Henning Schäfer

Seelentreu

Roman

schäfer verlag

Erstausgabe 11/2012

Umschlagfoto: Andrea Déus, Oberhausen
Druck: Druckerei Hubert & Co., Göttingen
ISBN 3-939482-09-9
978-3-939482-09-3

1

Als ich die Frau dort zum ersten Mal am Boden sitzen sah, auf einer blaurotkarierten Decke im Schatten eines vorspringenden Hausdachs, drehte ich schnell den Kopf zur Seite und tat, als würde etwas in den Schaufenstern nebenan meine Aufmerksamkeit in Anspruch nehmen. Ich war unangenehm berührt, ob ich es wollte oder nicht, und dafür schämte ich mich. Diesen Reflex der inneren Abwehr hatte ich oft, wenn ich auf einen Bettler blickte. Ich kann mir das nur so erklären, dass ich mich unterbewusst fragte: Wie kann es sein, dass sich ein Mensch so demütigen muss und ich, meine Freunde und Bekannte, leben zur gleichen Zeit und am gleichen Ort im Überfluss? Unter diesem Eindruck formt sich dann in mir ein Unbehagen, ja sogar ein schlechtes Gewissen. Wer mag es schon, wenn ihm der Spiegel vorgehalten wird, in dem er sich wiedererkennen muss in seiner Begrenzung auf das Absichern des eigenen Wohlergehens.

Bettler, so wie man sie in Großstädten häufig sieht – verhärmte Personen in abgerissenen Kleidern, von Entbehrungen gekennzeichnet, oft mit einem ihre Notlage erklärenden Pappschild neben sich und einem Kästchen zur Aufnahme des Geldes – sind in unserer kleinen Stadt ausgesprochen selten. Und wenn sich dann mal jemand nach Eschwege verirrt, so ist es meist ein Musiker, der um ein Almosen für sein Spiel bittet, oder ein Straßenmaler mit einem bunten, kreidegezeichneten Pflasterbild. Gelegentlich kommen auch Zirkuskünstler in Begleitung eines Lamas oder Esels und rufen zu Spenden für den Kauf von Tierfutter auf. Ungewohnt hingegen ist der Anblick eines Menschen, der nichts anderes tut, als dazusitzen und die Vorübereilenden anzuschauen. Solch ein Anblick muss verwundern oder sogar, wie in meinem Fall, verstören, nicht zuletzt auch wegen des Umstandes, dass es sich bei der Person auf der Decke um ein weibliches Wesen handelte, um eine Frau, die, wenn mich mein kurzer Blick im Vorbeigehen nicht getäuscht hatte, zudem noch ausgesprochen gutaussehend war.

Von der Richtigkeit dieser flüchtigen Beobachtung konnte ich mich in den folgenden Tagen mehrfach überzeugen, immer dann, wenn ich die Fußgängerzone durchquerte. Eigentlich betrete ich die Einkaufsmeile Eschweges nur ungern, denn ich bin kein Freund zufälliger Begegnungen, wie sie sich an einem solch zentralen Ort zwangsläufig ergeben. Wenn es irgendwie geht, vermeide ich Zusammenkünfte, die mit einem »Wie geht's?« und »Was macht...?« beginnen. Franziska hingegen liebt diese »kleinen Gespräche«, wie sie sie nennt, dieses unverbindliche, absichtslose Plaudern ohne Ziel, über dem sie nur allzu häufig die Zeit vergisst. Ihre ausschweifenden samstagmorgendlichen Einkaufstouren sind legendär. Selten nur, eigentlich nie, rechtfertigt das Mitgebrachte die in der Stadt zugebrachten Stunden.

Wegen der reisebedingten Abwesenheit meiner Frau war ich jedoch jetzt gezwungen, die Fußgängerzone einige Male selbst aufzusuchen. Immerhin lagen dort wichtige Einrichtungen wie die Bank und das Kaufhaus, aber auch die Buchhandlungen, in denen ich ein paar Einkäufe zu tätigen hatte.

Jedesmal auf meinem Weg zu den Geschäften musste ich an der Frau vorbei, stets sah ich sie dasitzen an ihrer Stelle unter dem Dach, stumm und unbeweglich mit unter dem Körper gekreuzten Beinen. Sie bot nichts an, keine Leistung, die man hätte belohnen können. Kein Schild wies aus, warum sie da kauerte und was sie in diese erniedrigende Lage gebracht haben mochte. Auch bemerkte ich niemals einen Behälter, der zum Hineinlegen von Geldstücken aufgefordert hätte. Gleichwohl lagen stets einige Münzen zwischen den Falten der bunten Decke.

All diese Beobachtungen machte ich selbstverständlich aus den Augenwinkeln heraus, denn meine Scheu, diese bettelnde Frau anzusehen, war unverändert. Ich gab ihr nichts, obwohl ich spürte, dass es mich drängte, ein Geldstück auf die Decke zu legen. Mit vorgespielter Teilnahmslosigkeit ging ich an ihr vorbei, voller Befangenheit und mit dem gleichen unsicheren Gefühl, das ich schon beim ersten Anblick empfunden hatte.

Doch dann, zwei Tage, bevor Franziska von der Reise zurückkehren sollte, kam ich überraschenderweise mit der Frau in Kontakt. Es waren die Umstände der zufälligen gemeinsamen Anwesenheit am Ort eines besonderen Ereignisses, die uns zusammenbrachten. Schon den ganzen Tag über war es heiß gewesen, bis zum Nachmittag kletterten die Temperaturen auf über dreißig Grad. Es wurde schwül, Wolken zogen auf, ein Gewitter lag in der Luft.

Ich hätte unter diesen Bedingungen mir gerne den Weg zur Bank erspart, aber meine Frau hatte mich von Mallorca aus angerufen und mich gebeten, eine dringende Überweisung noch heute zu tätigen. Die spanische Busfirma, die von ihrem Reiseunternehmen mit der Durchführung der Inselausflüge beauftragt worden war, bestand auf einer Abschlagzahlung. Also fuhr ich in die Stadt, um auf der Sparkasse den Geldtransfer in die Wege zu leiten.

Vom Fluss her betrat ich die Fußgängerzone und gewahrte sofort die reglose Gestalt auf der blauroten Decke. Sie war inzwischen schon ein so vertrauter Anblick, dass ich mich gewundert hätte, wenn sie nicht, wie jeden Tag, dort gesessen hätte. Soeben hatte ich das Kaufhaus passiert und war dabei, auf die andere Straßenseite zur Sparkasse hinüber zu wechseln, als eine Bewegung neben mir meine Aufmerksamkeit auf sich lenkte. Ich sah gerade noch, wie ein alter Mann in zeitlupenhaftiger Langsamkeit an der Glasfront des Schaufensters nach unten glitt, sah seine Hände in dem Versuch, etwas zu fassen, ins Leere greifen. Lautlos sackte der schwere Körper zusammen, hörbar schlug der Kopf auf den Fußwegplatten auf.

Mit einem Sprung war ich bei dem kollabierten Mann. Sofort tastete ich mit der linken Hand nach dem Puls, während ich mit der rechten versuchte, das Gesicht so zu drehen, dass ich die Stelle des Aufpralls inspizieren konnte. So sehr mich der regelmäßige Herzschlag beruhigte, um so mehr erschrak ich über das viele Blut, das aus einer großen Stirnplatzwunde floss.

»Hier«, hörte ich eine Stimme dicht in meinem Rücken. Ein Arm streckte mir über die Schulter hinweg ein weißes Taschentuch zu. »Nehmen Sie, es ist sauber. Wir können dann mit meinem Schal eine provisorische Blutstillung versuchen.«

Jetzt war nicht die Zeit, mich über die unerwartete Hilfestellung zu wundern, die ich von der Frau erhielt, die noch soeben auf der Decke gesessen hatte. Schnell nahm ich das Tuch und drückte es auf die klaffende Wunde.

Inzwischen hatte sich die Frau zu dem Ohnmächtigen hinuntergebeugt. Mit der einen Hand stützte sie den Kopf des alten Mannes, mit der anderen wickelte sie sich ihren grünen Schal vom Hals. Mehrfach schlang sie ihn jetzt um die Schläfen des Verletzten, zog die Enden über der Wunde fest und fixierte sie mit einem Knoten.

Verblüfft schaute ich ihr zu, verwundert und fasziniert zugleich von ihrem sicheren Auftreten. Es war offensichtlich, das war nicht das erste Mal, dass sie so etwas machte. Als wollte sie dies bekräftigen, zog sie nun ihre Decke heran, faltete sie zusammen und schob sie unter den Hinterkopf des Alten. Dann hockte sie sich zwischen seine Beine, griff unter die Unterschenkel und legte sie sich auf die Schultern.

»Sie sind Arzt«, vermutete sie und nickte mir zu. »Was meinen Sie? Irgend etwas Ernsthaftes?«

Ich sah sie an, zum ersten Mal offen und direkt, und fand bestätigt, was ich längst wusste: Sie war attraktiv, war trotz ihrer reifen Jahre von geradezu makelloser Schönheit. Was hatte eine solche Frau dort auf der Decke verloren?

»Glauben Sie, es ist etwas Gravierendes?«, wiederholte sie und wartete auf meine Antwort.

»Schwer zu sagen.« Ich zuckte mit den Schultern. »Die Ohnmacht ist nicht tief. Ich nehme an, unter der Hochlagerung der Beine wird er gleich aufwachen. Wahrscheinlich ist der Kreislauf kurzfristig zusammengebrochen. Kein Wunder bei dieser Witterung.« Mit den Fingern öffnete ich den Mund des Mannes und zeigte auf die rissige Zunge. »Sehen Sie, völlig ausgetrocknet. Die Alten trinken einfach zu wenig.« Ich wandte mich an die Leute, die uns im Halbkreis umstanden. »Hat jemand den Notarzt verständigt?«, fragte ich in die Runde.

»Ja.« Ein junger Mann mit hochgekrempelten Hemdsärmeln und einer roten Krawatte trat hervor. »Ich habe gleich, als es passierte, aus dem Geschäft heraus angerufen.« Er deutete auf das Reisebüro, das im Erdgeschoss des Kaufhauses untergebracht war. »Ich nehme an, der Wagen wird jeden Augenblick hier sein. Kann ich denn sonst noch etwas helfen?«

Genau in diesem Moment schlug der Alte am Boden die Augen auf. Ratlos blickte er sich um und versuchte, sich zu orientieren. Sein Mund formte ein stummes »Was?«, ohne dass er jedoch einen Laut über die Lippen brachte.

»Wenn Sie etwas Wasser zu trinken bringen könnten«, bat ich den Reisebüroangestellten, der sich sofort auf den Weg machte, das Gewünschte zu holen.

Inzwischen half ich dem Alten, sich aufzusetzen. Dabei informierte ich ihn kurz über das, was sich zugetragen hatte. Als ich ihn nach dem eigenen Erleben des Vorfalls befragte, schüttelte er den Kopf. »Ich kann mich an kaum etwas erinnern«, bekannte er mit einer hilflosen Geste. »Ich stand da, wartete auf meine Frau – plötzlich wurde mir schummrig. Von da ab weiß ich nichts mehr.«

Fast gleichzeitig mit dem Wasser aus dem Reisebüro kam die Ehefrau aus dem Kaufhaus heraus. Sie erstarrte, als sie ihren Mann am Boden sitzen sah. Es war in der Tat ein grotesker Anblick, der sich ihr bot: Wie eine exotische Schärpe imponierte der um den Kopf geschlungene grüne Schal, über dem sich der weiße Haarschopf des Alten wie der bauschige Turban eines Maharadschas wölbte. Aber das Wichtigste war: Die Blutung stand, der behelfsmäßige Verband hatte seine Schuldigkeit getan.

Das Auto des Notarztes kam, mit ihm der Krankenwagen. Ich schilderte dem Kollegen, was sich ereignet hatte, beschrieb ihm die Wunde an der Stirn. »Die wird chirurgisch versorgt werden müssen«, war ich mir sicher. »Das andere hingegen dürfte lediglich eine Kreislaufdysregulation gewesen sein. Der Mann ist reichlich dehydriert.«

»Ja, ja«, seufzte der Notarzt und kniete sich mit seinem Koffer zu dem Gestürzten hin. »Die alten Menschen unterschätzen die Hitze. Das Durstgefühl lässt mit den Jahren nach – na, Sie wissen schon.« Er begann, eine Infusion vorzubereiten. »Ich werde erst einmal Flüssigkeit zuführen, dann sehen wir weiter. Die Wunde kann nachher im Krankenhaus versorgt werden. Es bringt wenig, den Verband jetzt herunterzureißen.«

»Gut«, ich trat zur Seite und machte ihm Platz, »später werde ich dort anrufen und mich erkundigen, wie es gelaufen ist.«

Als ich mich nach meiner Helferin umblickte, sah ich sie etwas abseits an der Hauswand lehnen, die Decke über dem Arm. Interessiert verfolgte sie das Arbeiten des Notarztteams.

Ich trat zu ihr hin, zeigte auf ihre Hände und hielt die meinen daneben. »Wir sind beide mit Blut in Kontakt gekommen. Wir sollten es sicherheitshalber abwaschen. Was halten Sie davon, wenn wir dort hinüber in die Gaststätte gehen und uns säubern?«, ich zeigte auf die offene Eingangstür der »Traube«. »Und außerdem würde ich Sie gerne zu einem Kaffee einladen und mich für Ihre Hilfe bedanken.« Erwartungsvoll sah ich sie an, fasste sie schließlich am Arm. »Kommen Sie, den Kaffee haben wir uns jetzt verdient.«

»Also gut.« Sie legte die Decke auf dem Boden ab und folgte mir über die Straße. »Trinken wir zusammen einen Kaffee. Es ist schon einige Zeit her, dass mich jemand dazu eingeladen hat.«

2

Wenig später saßen wir uns, gesäubert und vom Blut befreit, an einem Tisch gegenüber und sahen uns, etwas befangen noch durch die unerwartete Begegnung, über dem aufsteigenden Dampf der heißen Kaffeebecher an. Hier im Innern der Gaststätte war es angenehm kühl, das grelle Licht des Sommertags fiel nur gedämpft von draußen herein.

Zunächst aber wollte ich eines bestätigt wissen: »Nicht wahr, Sie sind im medizinischen Fach tätig!? So, wie Sie agiert haben, das war schon professionell. Habe ich Recht?«

Statt einer Antwort erhielt ich einen kurzen, unsicheren Blick. Ihr Zögern war überlang und zeigte ihre Unentschiedenheit. Fast eine Minute verging, in der sie augenscheinlich mit sich kämpfte, ob und was sie mir, dem Fremden, anvertrauen sollte.

Während sie den Kopf zur Seite drehte, mit leerem Blick die Wand anstarrte und um eine Entscheidung rang, hatte ich Gelegenheit, sie näher zu betrachten. Jetzt und auf kurze Distanz brach die Fassade der armen Bettelnden, die sie, aus welchen Gründen auch immer, um sich herum aufgebaut hatte, in sich zusammen. Nichts war zu erkennen von einem Verfall und von Entbehrungen, wie sie bei sozial Ausgegrenzten so häufig zu sehen sind, nichts passte bei näherem Hinsehen zu dem Bild der Bedürftigen, das sie vorzugaukeln versuchte: Gewaschen und gekämmt, trotz einiger offenkundig beabsichtigten Zerzausungen, lagen die halblangen, braunen Haare um das aparte, schmale Gesicht, die feingliedrigen Hände waren gepflegt. Auch die Kleidung, in Schnitt und Farbe ein bisschen an frühere Hippiejahre erinnernd, machte einen zwar schlichten, aber sauberen

Eindruck. Nein, diese Frau war nicht auf die Gunst vorübergehender Passanten angewiesen. Warum aber spielte sie da draußen auf dem Pflaster die demütigende Rolle der Mittellosen? Was bezweckte sie damit?

Mit einem Ruck drehte mein Gegenüber mir nun wieder das Gesicht zu. Die eben noch schwankende Unentschlossenheit war jetzt daraus verschwunden, der Blick, der mich traf, war fest und bestimmt. »Sie haben es ja gerade an sich selbst erlebt, wie es ist, wenn man zum Helfen ausgebildet und erzogen ist. Man springt hinzu, ohne weiter nachzudenken. Das geht einem Arzt nicht anders als einer Krankenschwester.«

»Krankenschwester? Heißt das...?«

»Ja. Zuletzt habe ich als Stationsschwester auf der Unfallchirurgie gearbeitet.«

»Na, dort sind Sie ja mit noch ganz anderen Notfällen konfrontiert worden als dem heutigen.«

»Das kann man so sagen. Häufig ging es über das Erträgliche hinaus.«

»Sie sprechen in der Vergangenheit. Soll das heißen, dass Sie jetzt nicht mehr dort arbeiten?«

»Ja. Vor zwei Jahren habe ich den Schwesternberuf an den Nagel gehängt.«

»Ach, so ist das... also...«, unsicher, wie ich beginnen sollte, druckste ich herum. »Nun, wieso aber... wenn Sie doch Krankenschwester sind...?«

»Ich weiß, was Sie sagen wollen«, half sie mir über meine Verlegenheit hinweg. »Sie fragen sich, wie ein Mensch wie ich, mit Beruf und Qualifikation, in eine solche Lage kommen kann. Schon bei Ihrem ersten Blick auf mich vor einigen Tagen haben Sie sich das gefragt.«

»Tatsächlich, ja. - Aber woher wissen Sie das?«

»Glauben Sie, ich hätte nicht gemerkt, wie Ihr Auge mich verstohlen gemustert hat? Jedesmal, wenn Sie in den Folgetagen an mir vorüber gingen, haben Sie mich mit diesem fragenden Blick gestreift.«

Peinlich berührt, als wäre ich bei einer heimlichen Inquisition ertappt, griff ich nach dem Kaffee und führte ihn an die Lippen. »Und wie, wenn ich das fragen darf, sind Sie denn nun in diese Lage...?« Ich ließ den Satz unvollendet und blickte sie über den Rand des Bechers an. Es fiel mir nicht leicht, ihr offen ins Gesicht zu sehen.

»In diese Lage, wie Sie es nennen, hat mich nichts anderes als mein eigener Entschluss gebracht.«

Verwundert hob ich die Augenbrauen. »Wie soll ich das verstehen?«

»Ganz einfach. Ich sitze dort aus freien Stücken – und nicht, weil mich eine Not dazu zwingt.«

»Aber sich so einfach da hinzuhocken und zu betteln – das kostet doch Überwindung...?«

»Ich bettele nicht, auch wenn es so aussehen mag.« In einer Geste der Abwehr hob sie die Hand. »Ich habe niemals jemanden angesprochen, nie eine Notlage vorgetäuscht oder um ein Almosen gebeten.«

»Aber ich habe doch Münzen auf Ihrer Decke gesehen.«

»Dafür kann ich nichts. Die Leute geben unaufgefordert - vielleicht, um ihr schlechtes Gewissen zu beruhigen. Ich sammle das Geld abends ein und bringe es am nächsten Tag ins Tierheim. Auf diesem Umweg erfüllt es so den Zweck der guten Tat, dem es zugedacht war.«

In den folgenden Sekunden nippten wir schweigend an unserem Kaffee, gaben vor, uns mit den eigenen Gedanken zu befassen. Dabei lag die Frage, die mich beschäftigte und von der wir beide wussten, dass ich sie jetzt als nächstes formulieren würde, auf der Zunge. »Wenn Sie also nicht betteln, sich in keiner Notlage befinden – warum, um alles in der Welt, tun Sie dann so, als bäten Sie um Almosen?«

Wieder vergingen Sekunden. Ihr Blick glitt erneut zur Seite, verweilte kurz auf einem Wandbild, das ein Schiff unter vollen Segeln in einer windgepeitschten See darstellte. Auch in ihr, so schien es, tobte ein Sturm der Gefühle und wartete darauf, besänftigt zu werden. Mehrfach fuhr sie sich mit der Hand durchs Haar, zwirbelte die Strähnen und spielte mit den Fingern an den Ohrläppchen. Ich wartete, ließ ihr Zeit bei ihrer Entscheidung, ob und wie sie mir meine Frage beantworten wollte.

Aber noch immer war sie schwankend, abwägend, unentschlossen, nickte ein paarmal vor sich hin, wie um sich selbst Mut zu machen.

»Um Gottes willen, Sie müssen mir nichts erzählen«, versuchte ich ihr zu helfen, »bitte entschuldigen Sie, wenn ich zu direkt gefragt haben sollte.«

»Nein, nein«, wehrte sie ab, »Sie haben nur das gefragt, was jeder in einer solchen Situation gefragt hätte. Nein, das geht schon in Ordnung.«

Noch einmal nickte sie, diesmal aber war es ein Signal der Zustimmung. »Ich werde Ihnen antworten, schon im eigenen Interesse, werde Ihnen erzählen, weshalb ich in Eschwege bin, warum ich jeden Tag da draußen auf meiner Decke sitze. Denn ich begreife immer mehr, dass ich allein mein Ziel hier nicht erreichen kann. Ich brauche Hilfe, wenn ich weiterkommen will.« Sie deutete auf die offene Flügeltür. »Die Stelle da drüben habe ich mir übrigens ganz bewusst ausgesucht. Gleich neben dem Kaufhaus und unmittelbar gegenüber der Sparkasse, umgeben von den wichtigsten Geschäften der Stadt, das schien mir der geeignetste Platz für meine Beobachtungen.«

»Beobachtungen? Was wollen Sie denn beobachten?«

»Die Menschen, die vorübergehen. Die Wahrscheinlichkeit, die Gesuchte zu entdecken, ist an diesem Ort am größten. Irgendwann kommt jeder Eschweger hier einmal vorbei.«

»Welche Gesuchte meinen Sie denn?«

»Eine Frau, die aller Voraussicht nach in dieser Stadt wohnt. Ich habe Sie bisher nur einmal kurz gesehen, hoffe aber, sie auf diese Weise wiederzufinden.«

Wahrscheinlich war es der Ausdruck völliger Verständnislosigkeit in meinem Gesicht, der sie veranlasste, die Hand zu heben, um Fragen meinerseits zuvorzukommen. »Ich sehe, ich sollte Ihnen ein paar Erklärungen geben, die Sie verstehen lassen, was ich hier mache, warum ich mir das antue, mich Tag für Tag da draußen hinzusetzen, zu beobachten und zu warten, ob nicht die Frau, die ich suche, endlich auftaucht?« In einer mutlosen Geste ließ sie die Hand sinken. »Wenn Sie also meine Geschichte hören wollen? Sie dauert allerdings ein paar Minuten.«

»Das ist kein Problem«, versicherte ich. »Mein Gang zur Bank – das hat noch Zeit. Die Sparkasse ist auch noch in einer Stunde geöffnet.« Demonstrativ verschränkte ich die Arme vor der Brust, lehnte mich zurück und zeigte so meine Bereitschaft, ihr zuzuhören.

»Gut«, nickte sie, »Sie sollen erfahren, warum ich hier bin.« Noch einmal griff sie nach dem Becher, nahm einen Schluck. Dann lehnte auch sie sich zurück und begann, den Blick auf die in ihrem Schoß gefalteten Hände gesenkt, zu erzählen: »Es war vor gut drei Wochen, um genau zu sein am 26. Mai, dass ich meinen Mann zum letzten Mal sah.

Es war ein unfreundlicher Tag gewesen, nasskalt und düster, dicke Regenwolken lagen über meiner Heimatstadt Bad Karlshafen. Gerade hatten wir, mein Mann und ich, unseren gemeinsamen Nachmittagskaffee beendet, als es an der Haustür läutete. »Das wird die Buchlieferung aus Eschwege sein«, rief mir Robert hinterher, während ich zum Eingang ging. Bevor ich jedoch die Tür aufzog, knipste ich die Außenleuchte an. Das Dämmerlicht des wolkenverhangenen Tages machte schon jetzt ihr Einschalten erforderlich. Im hellen Schein des Strahlers stand eine Frau. In den Armen hielt sie einen länglichen Pappkarton, in dem sich lückenlos Buch an Buch reihte. Es waren alte Schriften, abgeblasste Bände und dicke Folianten, wie unschwer zu erkennen war. Nun ist ein solcher Anblick in unserem Haus nicht ungewöhnlich. Im Gegenteil – dunkle, verstaubte Buchrücken gehören zum alltäglichen Bild, denn schließlich leben wir von der Anlieferung antiquarischer Buchbestände. - Vielleicht sollte ich Ihnen zuerst einmal etwas von uns erzählen, zumindest soviel, wie es notwendig ist zum Verständnis der Zusammenhänge, soweit sie überhaupt verstehbar sind.«

Einen Moment saß sie ratlos da, wie ein verletztes Tier, das nicht von der Stelle kam. Ihr Kopfschütteln zeigte, wie wenig es ihr selbst bis heute gelungen war, das, was sie mir preisgeben wollte, zu verstehen. »Mein Mann und ich, wir sind noch nicht lange verheiratet. Erst vor drei Jahren haben wir uns kennengelernt – unter Umständen, die zwar etwas ungewöhnlich sind, in meinem Beruf aber immer wieder vorkommen. Das Erste, was ich von Robert sah, waren ein Paar geschlossene Augen und ein halboffener Mund, in dem ein Beatmungstubus steckte. Alles andere war verborgen unter Verbänden und Abdeckungen. Gerade hatte man ihn nach einem mehrstündigen Eingriff aus dem Op zu mir auf die Station heraufgebracht. Von dem ihn begleitenden Pfleger erfuhr ich die Geschichte des Unfalls: Als Fahrer eines BMW war Robert auf der Höhe von Holzminden mit seinem Auto von der Straße abgekommen. Ungebremst war er in eine seitliche Böschung hineingefahren, von dort auf die Fahrbahn zurückgeschleudert worden und schließlich mit einem auf der Gegenspur heranrollenden LKW kollidiert. Die Feuerwehr hatte den Schwerverletzten aus dem völlig zertrümmerten Auto herausschneiden müssen. Umgehend wurde er in das nächstliegende Krankenhaus nach Höxter gebracht und dort notversorgt. Neben multiplen Quetschungen, Knochenbrüchen und einem schweren Schädelhirntrauma fand sich auch die Erklärung dafür, was den verheerenden Unfall ausgelöst hatte: Robert hatte am Steuer einen Herzinfarkt erlitten, der für die plötzliche Schwäche und den Kontrollverlust verantwortlich war. Um es kurz zu machen, ich betreute den Patienten in den ersten Tagen und Wochen, in denen die Wundversorgung im Vordergrund stand, und entwickelte allmählich ein persönliches Verhältnis zu ihm. Auch nach seiner Verlegung in die Kardiologie hielten wir den Kontakt aufrecht. Und so kam es, dass wir uns ineinander verliebten und beschlossen, nach Roberts Entlassung aus dem Krankenhaus zusammenzuziehen und zu heiraten.«

Eine Pause entstand. Ihre tiefen Atemzüge verrieten das Bemühen, mit den Erinnerungen fertig zu werden. »Robert war Witwer, seine Frau schon Jahre zuvor einem Krebsleiden erlegen. Die Ehe war kinderlos geblieben. Ich hingegen hatte mich bisher immer vor einer dauerhaften Beziehung gedrückt, meine Tätigkeit als Krankenschwester füllte mich völlig aus. Sie bedeutete mir viel, soviel, dass daneben kein Raum blieb für eine Partnerschaft, die, das ahnte ich, einen übergroßen Anteil meines Lebens einfordern würde. Es war wohl unterschwellig die Angst, meinen Beruf aufgeben zu müssen, wenn ich eine feste Bindung mit einem Mann einging. - Ja, und dann waren diese Bedenken plötzlich alle über Bord geworfen, als Robert in mein Leben trat.« Wieder hielt sie inne in ihrem Bericht, ein Lächeln legte sich auf ihr Gesicht.

Ich nutzte die kurze Unterbrechung, drehte mich zur Theke und bestellte zwei weitere Kaffee. »Sie haben Ihren Beruf also nach der Heirat aufgegeben?«, ermunterte ich sie, ihre Erzählung wieder aufzunehmen.

»Ja – und ich muss sagen, es fiel mir leichter, als ich es angenommen hatte. Das hing natürlich vor allem mit den vielen gewonnenen Stunden zusammen, die ich, anstatt auf der Station Dienst zu tun, jetzt an der Seite meines Mannes verbringen durfte – bei einer Arbeit, die mich zudem ausgesprochen befriedigte.«

»Sie deuteten an, im Buchantiquariat Ihr Auskommen zu haben. War Ihr Mann denn in dieser Branche tätig?«

»Nein – zumindest anfangs nicht. Bis zu seinem Autounfall bekleidete Robert den Posten eines Abteilungsleiters bei einem der großen Chemiekonzerne. Nach dem Herzinfarkt hat ihm sein Arzt aber dringend von der Wiederaufnahme dieser Tätigkeit abgeraten. Er empfahl ihm, sich für sein zukünftiges Leben etwas Geordnetes, Ruhiges zu suchen. Ansonsten sei der nächste Infarkt vorprogrammiert. Also hat sich mein Mann entschlossen, seinen Job aufzugeben und sich einen Jugendtraum zu erfüllen. Schon immer waren Bücher seine große Leidenschaft gewesen, von frühester Jugend an hatte er den Wunsch gehabt, Buchhändler zu werden. Doch seine Eltern planten anderes, hatten eine steile, berufliche Karriere für ihn im Auge. Robert beugte sich schließlich ihrem Ehrgeiz, studierte Wirtschaftswissenschaften und Chemie und kletterte, so wie angedacht, auf der Erfolgsleiter nach oben.« Das Heben ihres Armes unterstrich den Aufstieg, ihr begleitendes Kopfschütteln galt wohl dem Preis, den ihr Mann dafür hatte bezahlen müssen.

»Und dann haben Sie zusammen einen Handel mit alten Büchern aufgemacht. Warum gerade das?«

»Nun, es erschien uns die spannendste und auch beglückendste Art, mit Geschriebenem und Gedrucktem in Berührung zu kommen. Außerdem konnten wir dieses Geschäft von Zuhause aus führen, denn Robert bot seine Dienste vorwiegend über das Internet an. Nur gelegentlich schaltete er auch einmal eine Anzeige. Darin offerierte er, alte Buchbestände – meist handelte es sich dabei um Nachlässe Verstorbener – hinsichtlich ihrer Qualität und Veräußerbarkeit durchzusehen. Aber er übernahm auch, falls es gewünscht wurde, den Verkauf der von ihm für wertvoll erachteten Exemplare. In der Regel wurde uns die zu begutachtende Ware angeliefert, manchmal musste Robert aber auch zu den Häusern hin, um dort Bücher und Bibliotheken vor Ort zu sichten.«

Die Schilderung hatte an Lebhaftigkeit zugenommen, die Augen der Sprechenden glänzten und verrieten die Freude, über dieses Thema reden zu dürfen. »Können Sie sich vorstellen, welch aufregendes Abenteuer es bedeutet, sich eine gerade eingetroffene Sendung alter Bücher zum ersten Mal vorzunehmen? Welches Vergnügen es bereitet, mit den Fingern den Staub von den Buchrücken zu streichen, um den Titel lesbar zu machen? Und dann, welche Lust, in dem Wust von Belanglosem plötzlich eine Kostbarkeit zu entdecken. Wann immer es ging, nahmen wir uns die erste Durchforstung der angelieferten Bücherkisten zusammen vor, versuchten, diese neuen Höhepunkte unseres Lebens gemeinsamen auszukosten. Robert war, obwohl er diesen Beruf nie erlernt hatte, ein guter Antiquar. Die Erfahrung unzähliger gelesener Bücher kam ihm zugute, dazu seine Gabe, schon nach wenigen Seiten den Wert einer Schrift oder einer Dokumentation einschätzen zu können. Er besaß einen regelrechten Instinkt für das Einmalige, das Kuriose, einen Spürsinn für ungewöhnliche Besonderheiten und ausgefallene Raritäten. Es dauerte nicht einmal ein halbes Jahr, bis er zu einem anerkannten und viel frequentierten Fachmann für antiquarisches Buchgut avanciert war.«

»Und Sie, haben Sie ihn bei seiner Arbeit unterstützt?«

»Ja, natürlich. Ich erledigte die Buchführung, registrierte und sortierte das bunte Sammelsurium der angelieferten Objekte und sonderte aus, was wertlos war. Es machte einen Heidenspaß, in diese Welt der Bücher einzutauchen. Ich war bemüht, Robert so weit wie möglich zu entlasten. Er sollte den Rücken frei haben für seine fachliche Arbeit. Wir ergänzten uns in geradezu idealer Weise, durchlebten eine Zeit vollkommenen Einklangs. Die gemeinsame Tätigkeit erfüllte uns mit Glück und Zufriedenheit.«

Ihr Kopf hob sich, als sie den Kaffee zum Mund führte. Sie trank in kleinen Schlucken, langsam, als wolle sie die Bilder vergangener Tage noch eine Weile in sich nachwirken lassen. Dann, in einer abrupten Bewegung, setzte sie den Becher auf der Tischplatte ab. Als sie ihre Erzählung wieder aufnahm, war von dem Überschwang, der noch soeben in ihrer Stimme gelegen hatte, nichts mehr zu hören.

»Jener Maitag, an dem mein Mann verschwand, bedeutete das vorläufige Ende dieser wunderbaren Zeit. Von einer Stunde auf die andere wurde alles das in Frage gestellt, was unser Zusammenleben bisher getragen hatte.« Noch einmal ein kurzes Zögern. Wieder verlor sich ihr Blick irgendwo im Raum. Schließlich sah sie mich offen an. »Ich will Ihnen jetzt den Ablauf jenes Nachmittags schildern, an dem die Frau mit den Büchern aus Eschwege zu uns kam. Von Anfang an, schon als ich ihr die Tür öffnete und ihr im Licht des Eingangsstrahlers gegenüber stand, fühlte ich, dass es mit dieser Buchanlieferung etwas Besonderes auf sich hatte, etwas, das sich von der sonst üblichen Ab- und Übergabe unterschied. Gewöhnlich sind es die Gepäck- und Lieferdienste, die die Bücherkisten entweder im Auftrag der Besitzer oder der Erben zu uns bringen. Manchmal spielt auch ein Mitglied der Verwandtschaft den Boten, selten dagegen tauchen die Eigentümer bei uns auf. Das mag damit zusammenhängen, dass es schwerfällt, sich von Vertrautem, wie es Bücher nun einmal sind, zu trennen. Man delegiert gerne diesen schmerzlichen Schritt, um ihn nicht selbst gehen zu müssen. Normalerweise werden die Kisten an unserer Haustür abgegeben, gelegentlich auch mal von einem Anlieferer hineingetragen, wenn sie besonders schwer sind. Wir quittieren den Empfang - und damit hat sich‘s in der Regel auch schon.

Diesmal jedoch war es anders. Die Art, wie die Frau den grauen Pappkarton umklammerte, machte mir gleich deutlich, dass sie mir die Bücher nicht so ohne Weiteres überlassen würde, eine Annahme, die sich sofort bestätigte, als sie nach Robert fragte. Sie wollte ihm die Lieferung persönlich übergeben. Dabei hob und streckte sie die Arme mit der Kiste, ließ sie die schwere Last für einen Moment frei und ungestützt tragen. Ich weiß noch, dass mich diese kraftvolle Geste etwas befremdete, oder doch zumindest verwunderte. Sie passte nicht zu der grazilen Gestalt, die unter dem langen Regenmantel zu erahnen war. Doch noch bevor ich eine Antwort geben konnte, vernahm ich die Stimme meines Mannes hinter mir. Ich hatte nicht bemerkt, dass er mir zur Tür gefolgt war. Drei Worte sprach er nur – für mich drei bedeutungsvolle Worte, denn es waren die letzten, die ich von ihm hören sollte. Zuerst ein Ausruf ungläubigen Verwunderns: »Ela, du!?« Und dann, fast flehentlich die Aufforderung: »Komm!« Als ich mich zu Robert umdrehte, sah ich nur noch auf seinen Rücken, als er der Frau in sein Arbeitszimmer voranging. Das war das Letzte, was ich von meinem Mann zu sehen bekam.«

Erneut der Griff zum Kaffee. Bilder schienen sie zu bedrängen, Erinnerungen, die erst bewältigt werden mussten. »Es war kurz nach fünf, um sechs Uhr schlossen die Geschäfte. Am Mittag hatte ich einiges in der Metzgerei bestellt, das ich jetzt abholen wollte. Auch beim Bäcker musste ich noch vorbeischauen. Also machte ich mich auf, noch vor Ladenschluss alles zu erledigen. Es würde ausreichen, wenn mir Robert später berichtete, was es mit dieser Frau und den Büchern auf sich hatte.

Knapp eine Stunde war ich unterwegs, dann kam ich zurück - in ein leeres Haus. Ich rief, öffnete alle Türen und suchte, aber ich fand weder Robert noch die Frau. Auf dem Schreibtisch im Arbeitszimmer stand der Kasten mit der Lieferung aus Eschwege. Die geschlossene Reihe der Buchrücken zeigte, dass keines der Exemplare herausgenommen worden war. Überhaupt, es gab nichts Auffälliges, weder in diesem Raum noch sonst im Haus. Alles war so normal, dass ich Roberts Verschwinden zunächst keine Bedeutung zumaß. Da sein Auto, ein blauer Golf, nicht mehr in der Garage stand, nahm ich an, er habe die Frau irgendwohin begleitet. Vielleicht gab es ja offene Fragen im Zusammenhang mit der Buchlieferung. Eschwege lag nur eine gute

Fahrstunde von Bad Karlshafen entfernt, möglicherweise war er dorthin gefahren, um sich weitere antiquarische Objekte anzusehen. Ungewöhnlich jedoch war, dass Robert keine Nachricht hinterlassen hatte. Üblicherweise legte er einen Zettel auf den Küchentisch, wenn er unerwartet außer Haus musste.

Ich wartete bis zum nächsten Morgen auf seine Rückkehr. Von Stunde zu Stunde nahm meine Unruhe zu. An Schlaf war in dieser Nacht nicht zu denken, zu sehr war ich damit beschäftigt, mir den Kopf zu zermartern, wo er abgeblieben sein könnte. Als er bei Tagesanbruch immer noch nicht aufgetaucht war, begann ich, Erkundigungen über seinen Verbleib anzustellen. Als erstes rief ich unsere Freunde vor Ort an. Nicht, dass ich glaubte, Robert dort zu finden – aber vielleicht hatte er ja ihnen gegenüber eine Andeutung hinsichtlich seiner Absichten gemacht, hatte erwähnt, wohin er fahren wollte. Doch niemand hatte auch nur die geringste Ahnung, wo er stecken könnte.«

»Und seine Verwandtschaft? Sie haben doch sicher auch dort nachgeforscht?« Ich beugte mich über den Tisch. Ich spürte, diese Geschichte begann mich zu packen.

»Nein, habe ich nicht.«

Verwundert schaute ich sie an. »Und warum nicht? Die Verwandten sind doch die Ersten, bei denen man nachfragt. Vielleicht gab es einen familiären Notfall, zu dem Ihr Mann gerufen wurde.«

»Nein, Sie verstehen nicht.« Mit einer Armbewegung schob sie meinen Einwurf beiseite. »Aber wie sollten Sie auch verstehen...« Nervös spielten ihre Finger auf der Tischplatte, strichen über die Ränder und folgten den Riefen in dem alten Holz. »Robert besitzt keine Verwandtschaft, zumindest ließ er mich das glauben.«

Und dann erklärte sie. »Natürlich hat mein Mann, wie jeder Mensch, einen Vater und eine Mutter. Beide sind tot, das hat er mir gesagt. Aber das ist auch schon alles, was ich über seine Familie weiß. Als ich zu Beginn unserer Beziehung nach Brüdern und Schwestern, nach Onkeln, Tanten, Nichten und Neffen fragte, wich Robert mir stets aus. Er gab mir zu verstehen, dass es für ihn keine Angehörigen gab. Ob er das im realen oder übertragenen Sinne meinte – ich weiß es nicht. Jedenfalls habe ich seinen Wunsch respektiert und ihn nie wieder nach seiner Familie gefragt. Wen also hätte ich anrufen sollen?«

Ungläubig starrte ich sie an. War das möglich, dass diese Frau einen Mann geheiratet hatte, dessen familiäres Umfeld sie nicht kannte - und dass sie sich auch noch damit zufrieden gab? Ratlos fragte ich: »Und was dann?«

»Das Übliche. Ich informierte die Polizei, erkundigte mich in den umliegenden Krankenhäusern. Auch an anderen Stellen, die von Roberts Verbleib hätten wissen können, fragte ich nach. Aber umsonst. Niemand kannte seinen Aufenthaltsort. Am Folgetag, nachdem ich nochmals bei der Polizei interveniert und angedeutet hatte, es könne ja auch ein Verbrechen dem Verschwinden meines Mannes zugrunde liegen, kam ein Oberkommissar ins Haus. Ich schilderte ihm den Nachmittag, an dem ich Robert zuletzt gesehen hatte, erzählte ihm von der Frau und den Büchern aus Eschwege.«

»Und, schloss er sich der These von einem möglichen kriminellen Hintergrund an?«

»Nein – und in gewisser Weise kann ich ihm das auch nicht verdenken. Es gab ja nichts, das auf ein Verbrechen hingewiesen hätte. Im Gegenteil, aus der Sicht der Polizei gab es eine Menge anderer plausibler Erklärungen, die viel wahrscheinlicher und zutreffender waren als die Annahme eines gewaltsamen Verschwindens. Roberts Aufbruch war geordnet und normal verlaufen, es bestand nicht der geringste Anhalt für etwas Ungewöhnliches. Er hatte Mantel und Jackett mitgenommen, sich Schlüsselbund und Portemonnaie eingesteckt, bevor er mit seinem eigenen Wagen davongefahren war.«

»Und die mysteriöse Frau?«

»Ja, die Frau. Ich habe sie dem Oberkommissar beschrieben, ihre dominante Erscheinung, ihr sicheres Auftreten, ihre Attraktivität. Doch noch während ich sprach, wurde mir klar, welches Gedankenspiel ich mit meiner Schilderung bei meinem polizeilichen Gegenüber unweigerlich in Gang gesetzt hatte, dass ich gerade dabei war, ihm einen gewichtigen Grund für Roberts Abwesenheit zu liefern. Zumal hinzukam, dass mein Mann am Tag seines Verschwindens einige tausend Euro von unserem gemeinsamen Konto abgehoben hatte.«

»Mein Gott«, entfuhr es mir, als ich begriff, welche Schlussfolgerung der Polizist gezogen haben musste. »Was wollte Ihr Mann denn mit soviel Bargeld?«

»Robert stand in Verhandlung mit einer Seniorin, die sich im Laufe ihres Lebens eine stattliche Büchersammlung zugelegt hatte. Altersbedingt war die Frau aber jetzt gezwungen, in ein Wohnstift umzuziehen. Doch dorthin konnte sie ihre umfangreiche Bibliothek nicht mitnehmen. Robert hatte vor, aus diesem Buchbestand einige wertvolle Exemplare herauszukaufen, um sie dann gewinnbringend weiter zu veräußern. Da er wusste, dass alte Leute eine Abneigung gegen Schecks und Kreditkarten haben, hat er sich das benötigte Geld von der Bank besorgt, um bar bezahlen zu können.«

»Und diese Zweckbestimmung des Geldes hat die Polizei in Zweifel gezogen?«

»Nun, offen natürlich nicht. Aber es war unschwer herauszuhören, dass der Oberkommissar ganz andere Zusammenhänge zwischen dem Abheben des Geldes und Roberts Verschwinden konstruierte.«

»Sie meinen die Frau?«

»Ja. Man hat es zwar nie klar ausgesprochen, hat es allenfalls angedeutet, aber die halbherzige Art, in der das Ganze in den Folgetagen angegangen wurde, sprach Bände. Es war nicht zu übersehen, man war überzeugt, Robert habe mich verlassen, sich mit dieser Frau auf und davon gemacht. Ich will Ihnen die Aufzählung all meiner Versuche, meinen Mann zu finden, ersparen. Das Ergebnis war immer das gleiche. Es gab nicht die geringste Spur von ihm, nicht den geringsten Anhalt, wo er sich aufhalten oder was mit ihm passiert sein könnte.«

»Und der Verdacht der Polizei, Ihr Mann habe sich möglicherweise...«, ich versuchte, es vorsichtig zu formulieren.

»Mit dieser Frau aus dem Staub gemacht, sagen Sie es nur.« Sie schüttelte den Kopf, ihr Gesicht spiegelte die Abwegigkeit dieses Gedankens wider. »Nein, das hat er ganz bestimmt nicht. Unsere Liebe war einfach noch zu jung, sie bescherte uns jeden Tag neue Wunder und Überraschungen. Wir waren noch dabei, uns gegenseitig zu entdecken, waren voller Pläne, voller Hoffnungen. Eine derart lebendige Beziehung gibt man nicht so ohne weiteres auf.«

»Sie müssen doch irgendeine Vorstellung haben, was mit Ihrem Mann geschehen ist.«

»Das ist es ja, was mir so zusetzt. Es gibt nichts, das auch nur im Entferntesten sein Verschwinden erklären könnte. Wenn da doch wenigstens ein Motiv wäre, man könnte sich damit beschäftigen, könnte sich mit den Ursachen auseinandersetzen. Aber dieses Nichts, dieses endlose Warten, das ist unerträglich. Natürlich hat die Polizei einige Szenarien entworfen – zum Beispiel das, Robert sei geschäftlich unterwegs, sozusagen in geheimer Mission auf der Spur einer antiquarischen Rarität. Oder aber auch, er hätte untertauchen müssen wegen einer illegalen Aktion, von der ich nichts wissen durfte.« Müde winkte sie ab. »Haltlose Vermutungen, nichts davon hat sich bestätigt. Tatsache ist, dass die Angelegenheit heute, drei Wochen nach Roberts Verschwinden, noch genauso nebulös und geheimnisvoll ist wie zu Beginn.«

»Deshalb also sitzen Sie da draußen.« Ich deutete durch die offene Gaststättentür auf die vorbeieilenden Menschen. »Sie wollen die Frau finden – der letzte Strohhalm, der Ihnen noch bleibt.«

»Ja, das letzte Stück Hoffnung, meinen Mann zu finden.« Mutlos senkte sie den Kopf. »Zehn Tage hatte ich für meine Mission hier in Eschwege eingeplant. Nun ist schon eine Woche um, ohne dass ich die Frau zu Gesicht bekommen habe - und ich fürchte, daran wird sich auch in der verbleibenden Zeit nichts ändern.«

»Vielleicht ist die Dame ja verreist«, versuchte ich ihr Mut zu machen. »Es ist Sommer, Ferienzeit - gut möglich, dass sie irgendwo ihren Urlaub verbringt.«

»Ja, daran habe ich auch schon gedacht.«

»Sind Sie denn sicher, dass Sie die Frau wiedererkennen würden? Sie haben sie doch nur kurz, und dann auch nur im Licht der Türlampe gesehen.«

»Ja, ich bin mir absolut sicher. Trotz der Kürze unserer Begegnung hat sich mir ihr Aussehen unauslöschlich eingebrannt – nicht zuletzt deshalb, weil ich es immer mit dem Verschwinden meines Mannes in Verbindung bringen werde. Aber auch ohne diese gefühlsmäßige Verknüpfung wird mir das ausdrucksstarke Gesicht in Erinnerung bleiben. Nicht etwa, dass es schön gewesen wäre im landläufigen Sinn – das war es nicht. Keins von diesen glatten, gleichmäßigen Madonnengesichtern, wie wir sie täglich in den Medien präsentiert bekommen. Ich erinnere mich an große, dunkle Augen, an markante Wangenknochen, die den Zügen eine exotische Einfärbung gaben.«

»Glauben Sie, die Frau war Ausländerin?«

»Nein, eigentlich nicht. Ihre Sprache war akzentfrei, ihr Auftreten irgendwie deutsch – wenn Sie wissen, was ich meine.«

»Auf wie alt schätzen Sie sie?«

»Sie dürfte deutlich jünger sein als ich, - Mitte dreißig bis Anfang vierzig, würde ich sagen.«

»Und sonst? Ist Ihnen sonst noch etwas aufgefallen?«

Sie dachte kurz nach. »Ja – ihr Haar, es war gefärbt. Wir Frauen haben dafür einen Blick. Zu schwarz, um echt zu sein.« Schweigend trank sie den Rest ihres Kaffees. Dabei schloss sie für einige Sekunden die Augen. Das gerade von ihr heraufbeschworene Bild jener Frau schien sie zu beschäftigen.

Ich schaute auf die Uhr. Himmel, die Bank – die hatte ich ganz vergessen. Erschrocken richtete ich mich auf. »Ich muss jetzt erst einmal hinüber zur Sparkasse«, bat ich um Verständnis, » die macht gleich zu. Ich habe meiner Frau versprochen, das Geld noch heute zu überweisen.« Mit einer Geste des Bedauerns deutete ich an, dass ich das Gespräch nur ungern unterbrach.

»Natürlich, gehen Sie nur.« Wie zur Entschuldigung hob sie die Hände. »Ich habe Sie mit meiner Geschichte schon viel zu lange aufgehalten.«

Doch noch einmal beugte ich mich zu ihr hin. »Eines

würde ich aber gern noch wissen. Sie sagten vorhin, dass Sie möglicherweise meine Hilfe benötigen. Wie meinten Sie das?«

»Ach ja, davon sprach ich.« Sie griff nach dem leeren Kaffeebecher, ließ die Finger über den Rand streichen, als wollte sie Zeit gewinnen für die Antwort. »Ich weiß ja gar nicht, ob ich überhaupt das Recht habe, Sie zu fragen...« Noch immer zögerte sie, schließlich sah sie mich an. »Warum eigentlich nicht. Sie können ja jederzeit nein sagen, wenn Sie nicht wollen.« Nun beugte auch sie sich zu mir hin. Vertraulich legte sie mir die Hand auf den Arm. »Ich glaube nicht mehr so recht daran, dass meine Mission hier Erfolg haben könnte. Wenn nicht noch ein Wunder geschieht, werde ich die Frau auf diese Weise nicht finden. Deshalb kam mir der Gedanke...« Wieder, kurz nur, stockte sie, unsicher, wie sie fortfahren sollte. »Wenn jemand, der hier wohnt...der die örtlichen Verhältnisse kennt...«

»Also einer wie ich«, half ich ihr.

»Ja, richtig, einer wie Sie. Wenn der sich hier vielleicht einmal umhören könnte...«

»Umhören nach was?«

»Nun, immerhin haben wir neben dem Aussehen der Frau einen weiteren Anhaltspunkt, der uns vielleicht weiterbringt bei der Suche nach ihr.«

Erstaunt registrierte ich, dass sie uns gesagt hatte. »Sie meinen den Namen, den Ihr Mann gerufen hat?«

»Ja – Ela. Man könnte doch versuchen, anhand dieses Namens die Frau zu finden.«

»Und wie soll das gehen?« Ich stieß die Luft durch die Nase. Ihr schien die Schwierigkeit einer solchen Aktion nicht klar zu sein. »Ela – das ist doch kein eigenständiger Name. Das ist die Kurzform eines Vornamens, so was wie ein Kosename, zum Beispiel für eine Daniela oder Gabriela, vielleicht auch für eine Elena. Selbst in unserem kleinen Eschwege mit seinen gerade mal zwanzigtausend Einwohnern dürfte es dutzendweise Frauen geben, die man Ela ruft, ohne dass sie unter diesem Namen registriert sind – weder im Telefonbuch noch im Melderegister.«

»Aber Sie könnten doch mal die Fühler ausstrecken, bei Freunden, Bekannten…« Der Druck ihrer Hand verstärkte sich. »Sie kennen doch die Leute hier.«

»Nun ja«, antwortete ich unbestimmt, ich hatte nicht vor, mich festzulegen. Aber ich war in Eile, die Bank schloss in zehn Minuten. »Also gut, wenn Sie wollen, hör ich mich mal um. Dürfte ja nicht schwer sein, diese Ela aufzuspüren.« Sie musste den ironischen Unterton in meiner Stimme heraushören. »Alter um die Vierzig, exotisches Gesicht, dunkle Augen, dazu schwarze Haare, die inzwischen aber auch ganz anders gefärbt sein können.« Ich wollte ihr die Vertracktheit des Vorhabens deutlich machen.

Aber sofort bereute ich meinen Sarkasmus. So unwahrscheinlich auch der Erfolg dieser Nachforschungen war, ich spürte, wie verzweifelt sie sich an diese letzte ihr noch verbleibende Hoffnung klammerte. »Gut, ich werde mich umhören«, sicherte ich ihr noch einmal zu. »Geben Sie mir einen Tag Zeit. Ich sage Ihnen Bescheid, sobald ich etwas erfahre. Ich weiß ja, wo ich Sie finde.« Ich deutete nach draußen. »Sie bleiben doch noch?«

»Ja, die zehn Tage, die ich mir hier vorgenommen habe, die sitze ich auch ab – im wahrsten Sinne des Wortes.« Ihr Lachen verriet die Erleichterung, in mir einen Verbündeten gefunden zu haben.

Gemeinsam verließen wir die »Traube«. Die Schwüle hier draußen war drückend und beschwerlich. Es war nur eine Frage der Zeit, wann sich die aufgeladene Luft in einem Gewitter entladen würde.

»Ich glaube, ich mache Schluss für heute.« Sie deutete zum Himmel. »Lange würde ich hier sowieso nicht mehr im Trockenen sitzen können.« Sie streckte mir die Hand entgegen. »Ich freue mich, Sie kennengelernt zu haben. Unser Gespräch hat mir gut getan.«

Ich hielt sie fest. »Wo übernachten Sie eigentlich?«

Lächelnd sah sie mich an. »Nicht unter der Brücke, wenn Sie das beruhigt. Machen Sie sich keine Sorgen, ich komme schon zurecht.«

Ich blickte ihr nach, als sie hinüberging zu ihrem Platz, sah sie ihre Sachen zusammenpacken. Verwirrt schüttelte ich den Kopf. Was für eine unglaubliche Geschichte hatte ich da gerade gehört?

Dann fiel mir ein, dass mir nur noch drei Minuten blieben, in denen sich die automatische Glastür der Bank bei meiner Annäherung öffnen würde. Schnell überquerte ich die Straße. Wahrscheinlich war ich der letzte Kunde, der an diesem Tag die Sparkasse betrat.

3

Und dann war es, so wie es oft im wechselvollen, schwankenden Verlauf unseres Lebens geschieht, der reine Zufall, der mich noch am selben Abend das Problem, Ela zu finden, lösen ließ.

Kurz nach sieben, nachdem ich geduscht und mein Abendessen eingenommen hatte, fuhr ich noch einmal nach Eschwege. Es war ja nur ein Katzensprung von meinem

Wohnort in Oberhone bis dahin, gerade mal vier Kilometer, die das kleine Dorf von der Kreisstadt trennten. Zwar hatte es sich nach dem heftigen, regenreichen Gewitter etwas abgekühlt, aber die von der Erde aufsteigende Feuchtigkeit machte das Atmen nach wie vor beschwerlich. Ich öffnete das Seitenfenster, genoss den Fahrtwind und freute mich auf das bevorstehende Ereignis.

Das Geschehen des Nachmittags schob ich zunächst einmal zur Seite, versuchte, die Erinnerung daran zu verdrängen. Heute Abend wollte ich an anderes denken. Ich mied die Fußgängerzone, stellte mein Auto unterhalb des Schulbergs ab und näherte mich dem Veranstaltungsort von der Flussseite her. Neben mir dampfte das Wasser, es roch nach Moder und fauligem Holz.

Bald tauchte die ehemalige Schlossmühle auf, das Ziel meines abendlichen Ausflugs. Hier in den Leseräumen der städtischen Bibliothek, die in dem alten Fachwerkgebäude untergebracht war, sollte der literarische Vortrag, auf den ich mich so freute, stattfinden. Voller Erwartung stieg ich die Stufen zum ersten Stock hinauf.

Vor der Eingangstür wartete Frau Rode, die neue Leiterin der Bücherei. Sie ließ es sich nicht nehmen, jeden Besucher mit einem persönlichen Wort zu empfangen.

»Herr Gerhard, schön dass Sie kommen konnten«, begrüßte sie mich und schüttelte mir die Hand. »Diesmal können wir uns entspannt zurücklehnen, müssen uns keine Notizen machen«, spielte sie auf einen schulischen Vorlesewettbewerb an, auf dem wir uns als Mitglieder der Jury kennengelernt hatten. »Und außerdem lesen heute keine Laien, sondern der bekannte Schauspieler Franz Leonhard, ein Meister seines Fachs.« Mit bedeutungsvollem Blick winkte sie mich durch die Tür.

Ich hatte den Namen des Schauspielers zwar noch nie vorher gehört – was nicht weiter verwunderlich war, da ich nur selten fernsah und auch eine Kinovisite zu den raren Ereignissen in meinem Leben zählte. Aber sofort nach Betreten des Lesesaals wurde ich von einem Bekannten in Beschlag belegt und über die Bedeutung des Vortragenden aufgeklärt. Überschwänglich schwärmend setzte er mich davon in Kenntnis, dass es unmöglich sei, sich der ausdrucksstarken Gestik und der warmen, eindringlichen Stimme des Herrn Leonhard zu entziehen. Schon allein deswegen sei die Veranstaltung einen Besuch wert.

Schön und gut – aber das, was mich bewogen hatte, hierher zu kommen, war nicht der Vortragende, sondern der Autor, aus dessen Werk gelesen werden sollte. Schon seit der Schulzeit, als ich zum ersten Mal im Deutschunterricht die »Schachnovelle« las, war ich ein Bewunderer Stefan Zweigs, wurde später zu einem regelrechten Verehrer seiner gleichermaßen wortgewaltigen wie sensiblen Sprache. Sie heute zu hören war der ausschlaggebende Grund meines Erscheinens. Wenn dann der Rezitierende zusätzlich noch über solche Qualitäten verfügte, um so besser. Doch auch sein Mitwirken hatte nicht vermocht, mehr als dreißig Interessierte in die Bücherei zu locken. Das Werk Stefan Zweigs hätte weiß Gott anderes als eine solch überschaubare Zuhörerschar verdient.

Für mich erfüllte dieser Abend das, was ich mir von ihm erhofft und erwartet hatte. Franz Leonhard, ein sympathischer und trotz seines Bekanntheitsgrades bescheiden gebliebener Mann in der Mitte des Lebens, las gut eineinhalb Stunden, ohne seine Zuhörer auch nur einen Augenblick zu ermüden. Die Präsentation der von ihm ausgewählten Leseproben war ausgesprochen einfühlsam, man nahm ihm die persönliche Anteilnahme ab, mit der er Zweigs Lyrik und Prosa zu Gehör brachte. Leicht ließ ich mich gefangen nehmen von dem Zauber der wortschönen Klangfülle, ließ mich bereitwillig einspinnen in das Geflecht der kunstvoll gefügten Sätze.

Viel zu schnell ging die Lesung zu Ende. Der Applaus am Schluss war herzlich, galt aber, da hatte ich keinen Zweifel, weniger dem dichterischen Werk als vielmehr dem bekannten Vortragenden. Wohl wegen ihm blieben auch nach der Vorstellung noch einige Zuhörer im Raum. Dicht umlagerten sie den Mann und genossen seine Nähe.

Etwas abseits, in der Wandvertiefung einer Fensternische, war eine Sammlung von Werkveröffentlichungen des Dichters ausgelegt. Frau Biehl, eine der Mitarbeiterinnen der Bibliothek, hielt dort einsam die Stellung in der Hoffnung, es könne sich vielleicht jemand aus dem Dunstkreis des populären Mimen herauslösen und von ihr Erläuterungen zu der bewundernswert umfangreichen Auslage erbitten. Doch im Moment schien sich niemand für sie und ihren Tisch zu interessieren. Etwas verloren schaute sie hinüber zu dem bunten Treiben in der Mitte des Raums.

Mit ein paar Worten der Anerkennung trat ich zu ihr hin. »Das war eine sehr schöne Lesung, Frau Biehl. Diese großartigen Texte in einer solch perfekten Darbietung – eine rundum gelungene Veranstaltung«, lobte ich und bedankte mich für den wunderbaren Abend. »Eine kleine Stadt wie unsere erlebt das nicht häufig. Wie kommen Sie nur an einen solchen Interpreten?«

Frau Biehl strahlte, man sah ihr an, wie sehr sie sich über meine Worte freute. Bereitwillig gab sie Auskunft. »Franz Leonhard ist ein Bekannter von Frau Rode, über sie kam die Verbindung zustande. Als der Schauspieler jetzt für einige Tage zu Fernsehaufnahmen in Kassel weilte, hat sie die Gelegenheit beim Schopf ergriffen und die heutige Lesung mit ihm vereinbart. Ein Glücksfall für Eschwege und die Bibliothek.«

»Ja, wahrhaftig«, stimmte ich zu, »und dann liest er auch noch einen meiner Lieblingsautoren. War das ein Wunsch Herrn Leonhards, Texte von Stefan Zweig vorzutragen?«

»Teils ja. Er scheint eine sehr innige Verbindung zu dessen Werk zu haben. Obwohl, die Anfangsidee zu einem solchen Abend kam von uns.« Ihr Arm deutete auf den Tisch. »Hier, diese einzigartige Sammlung von wertvollen Buchausgaben – die war der Anstoß, Zweigs Schaffen einmal der Öffentlichkeit vorzustellen.«

»Aber wie kommt eine Kleinstadtbibliothek wie unsere zu einer solchen Menge von Schriften eines einzigen Dichters?«, verwunderte ich mich und hob einen Band auf. »Wie ich sehe, haben Sie diese Bücher schon Ihrem Bibliotheksbestand einverleibt. Wie kann das gehen in Zeiten, in denen die öffentlichen Büchereien ständig über die Beschränkung der Mittel klagen?«

»Natürlich geht das nicht. Komplette Werkreihen eines Dichters können wir uns selbstverständlich nicht leisten – zumal diese Art Literatur am Interesse der Lesermehrheit vorbeigehen würde. Leichtverdauliche Unterhaltungslektüre – das ist es, was heutzutage verlangt wird. Nein, es war nichts anderes als eine zufällige Fügung, die uns in den Besitz dieser und auch noch anderer Kostbarkeiten brachte.«

»Ah, ich verstehe. Jemand verstarb und vermachte seinen Buchbestand der Bibliothek.«

Frau Biehl nickte. »So ähnlich ist es abgelaufen, nur, dass in diesem Fall niemand verstarb, sondern die Besitzerin plötzlich unerwartet aus Eschwege wegzog. Den Großteil ihrer Bücher ließ sie zurück und bat die Wohnungsnachbarn, den Inhalt der Kisten der Bibliothek zu übereignen. Manchmal ist es ja nur Ramsch, was uns auf diesem Weg zugeht: Alte, zerlesene Schinken, längst überholte Zeitschriften, zerfledderte Bildbände. Aber häufig ist auch brauchbares Material darunter, geeignet, auf dem Bücherflohmarkt verkauft zu werden. So kommt etwas Geld in unsere klamme Kasse.«

»Ja, ja, ich weiß, ich habe mich dort schon selbst einige Male eingedeckt. Aber wenn ich Sie recht verstehe, war die Schenkung dieser Frau diesmal zu schade für den Flohmarkt?«

»Ja, die Bücher waren wesentlich gediegener als die, die wir üblicherweise bekommen. Keine der gängigen Sonderdrucke vom Kaufhausladentisch, nichts mit einem Bestselleraufdruck, gleichwohl aber beste Literatur. Wir konnten natürlich nicht alles in die Regale aufnehmen, mussten uns auf einige wertvolle Exemplare beschränken – wie zum Beispiel die vor Ihnen liegenden Stefan-Zweig-Editionen. Den Rest stellten wir zu den Flohmarktsachen im zweiten Stock.« Sie deutete die Treppe hinauf in das Obergeschoss.

»Ein seltsames Verhalten!«, wunderte ich mich. »Wie kann man sich nur so abrupt von seinen Büchern trennen.« Ein Anflug von Tadel musste aus meiner Stimme herauszuhören sein, denn Frau Biehl hob den Blick und sah mich an.

»Nun, es gilt doch wohl noch immer das Wort: Ein Buch ist wie ein alter Freund«, erinnerte ich sie. »Lässt man einen Freund so einfach im Stich?«

»Vielleicht war die junge Frau in einer Notlage, war gezwungen, die Bücher zurückzulassen. Als ich vor drei Wochen die Kisten abholte, erzählten die Vermieter, sie sei völlig überstürzt und für alle überraschend aufgebrochen. Ich hatte nicht einmal Gelegenheit, mich bei ihr zu bedanken.«

Eine Unruhe entstand im Raum, eine Bewegung, dort, wo die Menschen sich um den Schauspieler drängten. Ein Tischchen wurde herbeigezogen, auch ein Stuhl, Hände streckten sich zur Mitte in dem Wunsch, ein Autogramm von dem bekannten Mann zu erhalten.

Während ich mich einen Moment von dem dortigen Geschehen ablenken ließ und dem Treiben um den Mimen zusah, spürte ich mit einem Mal, wie auch mich eine Unruhe befiel, fühlte plötzlich eine Spannung in mir aufsteigen, die ich mir zunächst nicht erklären konnte. Etwas musste mich angerührt haben während der letzten Worte von Frau Biehl. Etwas von dem, was sie gesagt hatte, drängte darauf, in einen Zusammenhang gebracht zu werden. Wie die losen Enden eines bis dahin stummen Stromkabels, die erst bei ihrer Berührung sichtbare Funken sprühten, hatte mich die unmittelbare Abfolge der Worte aufmerken lassen. Aber was, um alles in der Welt, hatte mich denn so sensibilisiert, dass ich spürte, wie mein Herzschlag sich zu beschleunigen begann?

Und dann auf einmal wusste ich, welcher Gedanke sich während der gerade geführten Unterhaltung unterbewusst in mir geformt hatte, welche Ahnung in mir aufgestiegen war, als ich Frau Biehl von einer jungen Frau hatte reden hören, von ihrem Auszug im Mai und den zurückgelassenen Büchern. Es war nur natürlich, dass mich die Verbindung dieser Begriffe alarmieren musste.

»Sagen Sie«, wandte ich mich an Frau Biehl, »diese junge Frau, die Ihnen vor drei Wochen die Bücher überlassen hat - wissen Sie, wohin die gezogen ist?«

Erstaunt schaute mich die Mitarbeiterin an. »Nein«, antwortete sie und schüttelte den Kopf, »das weiß keiner. Die

Vermieterin hat sich mir gegenüber etwas mokiert, dass sie ausgezogen ist, ohne eine neue Adresse angegeben zu haben.«

»Und der Name der Frau...?« Die erwartungsvolle Ungeduld in meiner Stimme war unüberhörbar. »Ist der wenigstens bekannt?«

»Natürlich. Er stand ja auf der Klingelleiste, als ich die Bücher abholte.«

»Wie, Sie mussten die Bücher selbst holen?«

»Ich sagte doch, die Frau war Hals über Kopf, quasi über Nacht, ausgezogen. Sie hat die Bücher, in Kartons verpackt, im Treppenflur abgestellt. Die Besitzer des Hauses haben uns benachrichtigt, dass wir sie dort abholen können. Normalerweise werden Buchschenkungen dieser Art zu uns gebracht. Aber die Ankündigung, es handele sich um wertvolle Exemplare, hat die Chefin wohl bewogen, mich in die Hospitalstraße loszuschicken.«

»Hospitalstraße? Ist das nicht die kleine Gasse in der Nähe der Neustädter Kirche?«

»Ja, Hausnummer 8, das weiß ich noch. Es war verdammt eng, dort zu parken. Und dann die schweren Kisten – die Vermieter mussten mir beim Einladen helfen.«

»Und der Name...?«, insistierte ich noch einmal. Ich gab mir dabei alle Mühe, ruhig und unbeteiligt zu wirken. »Wie hieß die Frau? Können Sie sich daran erinnern?«

Kurz hoben sich die Augenbrauen. Mein auffälliges Interesse schien Frau Biehl zu wundern. »Nun, wenn Sie das unbedingt wissen wollen? Die Dame hieß Gregorius. So ein Name bleibt im Gedächtnis.«

»Und ihr Vorname?«

»Klang nicht minder illuster. Wahrscheinlich ist das der Grund, weshalb ich ihn mir bis heute behalten habe. Sie hieß

Eleonora, da bin ich mir sicher – Eleonora Gregorius. Das muss man sich mal auf der Zunge zergehen lassen.«

In der Tat, was für ein Name, zwar etwas altmodisch, aber so melodisch und klangvoll wie eine prächtige Musik. Doch wie würde es einem Rufnamen wie diesem im alltäglichen Gebrauch ergehen? Die Antwort drängte sich geradezu auf: Man würde ihn verkürzen, dem Tempo der Umgangssprache anpassen – so wie es mit allen vielsilbigen Namen geschah. Was also lag näher, als aus einer nur schwierig auszusprechenden Eleonora eine leicht von den Lippen gehende Ela zu machen.

Augenblicklich war ich mir sicher, die Frau gefunden zu haben, nach der mich umzuhören ich am Nachmittag in der »Traube« versprochen hatte. Ich staunte, wie schnell es mir doch gelungen war, mein Versprechen einzulösen, wieviel leichter ich mich damit getan hatte, als ich es zunächst befürchtet hatte.

Obgleich, ich konnte mir meine Entdeckung ja wohl kaum als Verdienst anrechnen. Dem puren Zufall hatte ich es zu verdanken, dass ich heute Abend an dieser Lesung teilgenommen hatte und auf die Spur der Frau gestoßen war. Lediglich ein paar Schlüsse hatte ich ziehen müssen, um zu dem überraschenden Ergebnis zu kommen.

Doch konnte ich sicher sein, dass ich mich nicht irrte? Ein Hauch von Ungewissheit blieb. Was, wenn diese Eleonora Gregorius mit jener Ela, die ich suchte, nicht identisch war?

Ich nahm mir vor, gleich morgen früh die Hospitalstraße aufzusuchen, um mir Gewissheit zu verschaffen.

4

Ich parkte an der Nordseite der Neustädter Kirche, im Schatten der Lindenbäume. Längst hatte die Sonne mit dem Aufheizen des Tages begonnen, schon jetzt am Morgen lag ein Flimmern in der Luft. Es würde wieder heiß werden heute.

Ich stieg aus und schloss den Wagen ab. Über mir schlug das Glockenwerk der Kirchenuhr. Mit dem Blick folgte ich dem Turm hinauf bis zu dem goldenen Ziffernblatt, dessen Zeiger soeben auf halb zehn gerückt waren. Ich nickte, die richtige Zeit, Leute aufzusuchen – nicht zu früh, um Gefahr zu laufen, jemanden aufzuwecken, aber doch früh genug, die Mieter noch in ihren Wohnungen anzutreffen, bevor sie zum Einkaufen oder wegen anderer Aktivitäten das Haus verließen.

Die Hospitalstraße, eher eine Gasse als eine Straße, war schmal und gerade, ihr holpriges Pflaster duckte sich unter hohen Fachwerkhäusern. Hier in diesem dichtgedrängten Innenstadtbereich kannten sich die Nachbarn noch, wussten voneinander und waren vertraut mit den gegenseitigen Gewohnheiten. Das konnte mir entgegenkommen, wenn es darum ging, Auskünfte zu erhalten.

Ein großes, an der Vorderfront angebrachtes Schild machte es leicht, die Nummer 8 zu finden. Das stattliche Gebäude war frisch renoviert, erst vor Kurzem hatte man ihm einen neuen Anstrich verpasst, der aber nicht verbergen konnte, dass das Haus alt war. Die Wände waren schief, die Balken verbogen, dennoch machte das Fachwerk einen stabilen Eindruck, als wolle es den vielen Jahrhunderten, die es hinter sich hatte, noch einige dazufügen.

Seitlich, von der Straße zurückgesetzt unter einem ziegelgedeckten Vordach, lag die Eingangstür. Bevor ich läutete, studierte ich die Klingelleiste. Vier Mietparteien fanden in dem dreistöckigen Gebäude Platz, aber nur drei der kleinen Plastikgehäuse waren mit Namen versehen. Das oberste, wohl das des Dachgeschosses, enthielt kein Schildchen mehr. Hier also hatte Eleonora Gregorius gewohnt.

Ich legte den Finger auf den untersten Knopf und drückte. Laut Klingelaufschrift sollte hier eine Familie Sieloff wohnen, möglicherweise die Besitzer des Anwesens. Das gab es häufiger, dass sich die Eigentümer vorzugsweise im Erdgeschoss ihres Hauses einrichteten. Nicht nur, dass sie sich dadurch das Treppensteigen ersparten, das Kommen und Gehen der Mieter und ihrer Besucher war von Paterre aus leichter im Auge zu behalten, zudem bekam man auch alles mit, was sich vor dem Fenster auf der Straße abspielte.

Ein Summen ertönte. Mit der Schulter drückte ich die Tür auf und trat in das Treppenhaus. Ich sah mich um. Rechterhand führten Stufen zu den oberen Stockwerken, vor mir lag eine breite, zweiflügelige Tür, offensichtlich der Zugang zu der Wohnung, an der ich geläutet hatte. Ich machte zwei Schritte nach vorne, stellte mich in Positur und wartete, dass mir jemand öffnete.

Aber nichts tat sich. So sehr ich auch lauschte, nichts war zu hören hinter der Wohnungstür, nichts verriet, dass jemand von dort aus den Öffner betätigt hatte. Ich überlegte, was ich tun konnte. Sollte ich mein Glück in den oberen Stockwerken versuchen?

Ich hob die Hand, wollte mich durch Klopfen noch einmal bemerkbar machen. Gerade ballte ich die Faust, um mit den Knöcheln gegen das Holz zu schlagen, als mich ein Geräusch aufhorchen ließ. Die Tür vor mir begann sich zu öffnen – nicht weit, zehn, fünfzehn Zentimeter vielleicht. Ein metallenes Rasseln begleitete die Bewegung, die erst dann zum Stillstand kam, als sich die eingehängte Kette mit einem Ruck straffte. Ich schaute nach unten. Ein rundes Kindergesicht drängte sich in den Spalt, zwei große, dunkle Augen sahen mich an.

»Ich kann dich nicht reinlassen«, piepste mir eine helle Stimme entgegen, »Mama hat‘s verboten.«

»So, so, Mama hat‘s verboten«, wiederholte ich, überrumpelt von der unerwarteten Situation. Ich ging in die Hocke, wollte mit dem Kind auf Augenhöhe sein, bevor ich fragte. »Ist deine Mama nicht zu Hause?«

»Doch, sie ist im Garten. Sie hängt dort die Wäsche auf. Ich lasse gerade neues Wasser einlaufen, da kann sie dann gleich weiter waschen.«

»Du lässt Wasser einlaufen?« Verwundert hob ich die Augenbrauen. »Worein lässt du denn das Wasser laufen?«

»In die Küchenspüle. Das Becken müsste jetzt gleich voll sein.«

»In die Spüle?!« Besorgt lauschte ich in die Wohnung hinein. Das Rauschen des einlaufenden Wassers war gut zu hören, aber auch anderes hörte ich; es platschte und tropfte und schwappte, Geräusche, die sich deutlich von dem gleichmäßigen Strömen aus der Leitung unterschieden. Ich wusste, was das hieß: Das Becken lief über, sein Inhalt war dabei, sich in der Küche zu verteilen.

»Schnell«, drängte ich den Kleinen, »geh und dreh den Wasserhahn zu! Wenn du dich nicht beeilst, ist bald die ganze Wohnung überschwemmt.« Das Kind zögerte, das gab mir die Gelegenheit, noch etwas zu fragen. »Wie bist du überhaupt an den Hahn herangekommen?«

»Ich bin auf einen Stuhl geklettert. Das mache ich immer

so, wenn ich an das Wasser kommen will. Ich muss mir doch die Hände waschen können.«

»Dann steig jetzt noch einmal auf den Stuhl, schnell! Und dreh den Hahn ganz fest zu.« Ich reichte mit dem Arm durch den Spalt. »Los!«, schob ich den schmächtigen Körper in die Richtung, aus der die Wassergeräusche kamen.

Während ich ihm hinterherlauschte, hielt ich die Luft an. War das Kind überhaupt in der Lage, den Hahn zu schließen und die Überschwemmung zu stoppen. Ich schätzte, das kleine Kerlchen war nicht älter als vier Jahre.

Schon wenige Sekunden später erschien das Gesichtchen wieder im Türspalt, Tränen liefen über die pausbäckigen Wangen. »Ich komme nicht mehr an den Stuhl. Er steht mitten im Wasser.« Ein Schluchzen schüttelte den kleinen Leib.

Noch einmal langte ich durch den Spalt und legte dem Kind meine Hand auf den Kopf. »Das wird schon!«, beruhigte ich und strich ihm über das Haar. »Bleib hier an der Tür. Ich gehe jetzt und hole deine Mama.«

Eilig stand ich auf und blickte mich nach einer Möglichkeit um, wie ich von hier aus am schnellsten in den Garten gelangen konnte. Ich bemerkte eine Tür, die in die rückwärtige Wand direkt unter der Treppe eingelassen war. Sie schien nach hinten aus dem Haus herauszuführen. Schnell war ich dort, drückte die Klinke und registrierte mit Erleichterung, dass sich die Tür öffnen ließ. Tatsächlich, sie ging ins Freie, in eine Art Hof, über den der hauseigene Garten betreten werden konnte.

Ich hastete über den plattenbelegten Platz, vorbei an Beeten, Büschen und Sträuchern, lief auf die junge Frau zu, die auf einem Rasenstück zwischen den Armen einer in den Boden eingelassenen Wäschespinne stand und gerade dabei war, Kinderkleidung aufzuhängen. Der Kies auf dem Weg knirschte unter meinen Schritten, als ich mich ihr näherte. Erschrocken drehte sie sich zu mir um.

»Ihr Kind da drinnen, es ist in einer Notlage«, begann ich und wollte ihr den Sachverhalt gerade erklären – aber da hatte sich die Frau schon in Bewegung gesetzt. Mit großen Sprüngen rannte sie auf das Haus zu. Die noch unaufgehängten Wäschestücke fielen ihr aus den Händen und verteilten sich wie eine zurückgelassene Spur über den Rasen.

»Warten Sie!«, rief ich ihr nach, überrascht von dem panischen Davonlaufen, »es ist doch nur...« Aber da war sie schon durch die offenstehende Verandatür ins Hausinnere verschwunden.

Mein Gott, ja, ich hätte es wissen müssen, hätte ihre Reaktion auf meine aufgeregten Worte voraussehen können. Welche Mutter dieser Welt würde sich nicht, dem Instinkt folgend, sofort in die Nähe ihres Kindes begeben, um es zu beschützen?

Augenblicklich rannte ich der Davoneilenden hinterher. Auf der Schwelle hinein in das Haus blieb ich stehen und schaute in den vor mir liegenden Raum. Erleichtert erkannte ich, dass meine Alarmierung wohl noch rechtzeitig gekommen war. Noch war es nicht mehr als ein kleines Rinnsal, das durch eine Türöffnung hier hinein ins Wohnzimmer drang, noch hatte das Wasser die Möbel und Teppiche nicht erreicht.

Aus dem Nachbarraum war nun die laute Stimme der Frau zu hören: »Keinen Moment kann man dich alleine lassen«, schimpfte sie, »ständig richtest du etwas an.« Der zierliche Körper des Kindes - ein Knabe, wie ich jetzt sah - erschien im Türrahmen. Hinter ihm die zürnende Mutter. »Raus mit dir in den Garten! Und rühr dich dort nicht von der Stelle, bis ich hier alles trocken gemacht habe!«

Mit hängendem Kopf schlich der Sohn aus der Wohnung, begleitet von einer Serie tiefer Seufzer, die jedoch mit jedem Meter, den sich das Kind entfernte, leiser und leiser wurden, bis sie schließlich ganz verstummten und nur noch ein Blick voller Liebe übrig blieb, der dem Kind auf seinem Weg nach draußen folgte.

Als sich der Kleine an mir vorbei ins Freie drängte, fiel das Auge der Mutter auf mich. Jetzt erst schien sie sich wieder an mich zu erinnern. Mit dem Putztuch in der Hand winkte sie. »Kommen Sie herein«, forderte sie mich auf, dabei kniete sie sich auf den Boden, um das wenige ins Wohnzimmer gelaufene Wasser aufzuwischen. »Gott sei Dank, nur die Küche ist überschwemmt. Nicht auszudenken, was möglicherweise passiert wäre, wenn ich die Wäsche erst fertig aufgehängt hätte.«

Dann fiel ihr ein, dass ich es war, der sie auf das drohende Unheil aufmerksam gemacht hatte. Schnell richtete sie sich auf, rieb sich die nasse Hand an der Bluse trocken und streckte sie mir entgegen. »Danke, dass Sie mich benachrichtigt haben. Das hätte einen schönen Wasserschaden geben können. Dieser Lausejunge!« Doch noch im gleichen Atemzug milderte sie ab. »Maximilian ist im Grunde kein schlechtes Kind. Etwas wild vielleicht, ja, aber er meint es nie böse.« Zärtlich blickte sie zur Verandatür, Wärme lag in ihrer Stimme. »Immer will er etwas tun, verstehen Sie, will seiner Mutter helfen. Und dann kommt so etwas dabei heraus.« Ihr Blick ging zum Nebenraum, zwei-, dreimal schüttelte sie den Kopf. Dann zeigte sie mit dem Tuch auf die Küche. »Ich glaube, ich sollte das da erst einmal in Ordnung bringen. Ehe das Wasser noch einen bleibenden Schaden anrichtet.«

»Warten Sie«, rief ich und folgte ihr zur Tür, »ich helfe Ihnen. Zu zweit geht das doppelt so schnell.«

In den folgenden Minuten hockten wir Seite an Seite am Boden der engen Küche. Mit den Wischlappen nahmen wir das Wasser auf, wrangen die vollgesogenen Tücher über den Eimern aus und leerten diese in die Spüle. Während wir arbeiteten, wollte Frau Sieloff wissen: »Wie haben Sie das eigentlich bemerkt – das mit dem aufgedrehten Wasserhahn? Haben Sie sein Rauschen durch die geschlossene Tür hören können?«

»Nein, die Tür war offen – zumindest so weit, wie es die vorgelegte Kette zuließ. Ihr Sohn hat sie mir geöffnet, hat mir dabei erzählt, dass er seiner Mutter neues Wasser zum Waschen einlaufen lässt. Als ich es dann von innen plätschern hörte, konnte ich mir zusammenreimen, was da geschah. Also habe ich Sie verständigt.«

»Aber warum nur hat er Ihnen aufgemacht?«

»Ganz einfach, ich habe geklingelt.«

»Ach ja«, wieder seufzte sie, »wenn es klingelt, zieht er sich immer einen Stuhl heran, klettert darauf und drückt auf den Öffner. Das macht ihm soviel Spaß. Deshalb lege ich ja auch die Kette vor – damit nicht plötzlich wildfremde Leute in der Wohnung stehen.«

»Ungewollte Eindringlinge, so wie ich jetzt.«

»Nein, das wollte ich natürlich nicht damit sagen – ich meinte das nur allgemein...« Verlegen knetete sie das Wischtuch zwischen den Händen. »Mit einem Kind erlebt man ständig Überraschungen, da muss man immer auf der Hut sein.«

»Ja, ja, das verstehe ich gut. Ich habe selbst Kinder, jetzt sogar zwei Enkelkinder. Eines ist im Alter von Maximilian. Ich weiß, wovon Sie reden.«

Frau Sieloff nickte, sie war sichtbar erleichtert über mein Verständnis.

Bald schon konnten wir wieder in der Küche umherlaufen, ohne dass es unter den Füßen platschte. Frau Sieloff legte mir die Hand auf die Schulter. »Lassen Sie es gut sein, das reicht. Den Rest mache ich gleich alleine. Das Meiste haben wir ja geschafft. Ich glaube, die Geschichte ist noch einmal glimpflich abgegangen.« Ein letztes Mal bückte sie sich, wischte eine winzige Wasserlache auf, die wir übersehen hatten; dann legte sie das Tuch zur Seite.

»Sie wollten also zu uns.« Es war eher eine Feststellung als eine Frage, hatte ich doch gerade von meinem Läuten an der Wohnungstür erzählt. »Wenn Sie aber meinen Mann sprechen wollen – der kommt erst am Abend nach Hause.«

»Nein, nein, ich will weder zu Ihrem Mann noch zu Ihnen – zumindest nicht zu Ihnen persönlich. Mein Besuch ist eher eine informative Visite.«

»Wie soll ich das verstehen? Haben Sie eine Nachricht für uns?«

»Nein, anders herum. Ich benötige eine Auskunft von Ihnen – als hiesige Bewohnerin sozusagen. Oder vielleicht sogar als Eigentümerin dieses schönen Hauses?« Voll fragender Bewunderung blickte ich sie an. Vielleicht gelang es mir auf diese Weise, so etwas wie Besitzerstolz in ihr zu wecken. Das konnte ihre Mitteilungsfreudigkeit nur erhöhen.

»Ja, dieses Haus hier ist das Elternhaus meines Mannes«, enttäuschte sie mich nicht, »es gehört jetzt uns.« Zufrieden blickte sie sich im Raum um. »Meine Schwiegereltern haben uns das Anwesen schuldenfrei übergeben – das ist nicht selbstverständlich in der heutigen Zeit. Natürlich kostet so ein Haus auch einiges, man muss hin und wieder renovieren, auch etwas in Neuerungen investieren. Auf der anderen Seite – durch die Mieter verdienen wir auch ein hübsches Sümmchen.«

»Ja, genau, deshalb bin ich jetzt hier.«

»Sie suchen eine Wohnung?«

»Nein, keine Wohnung, ich brauche lediglich eine Auskunft über einen Ihrer Mieter.«

»Warum fragen Sie die Leute nicht selbst?«

»Das dürfte schwierig sein in meinem Fall. Soviel ich weiß, ist Frau Gregorius schon vor drei Wochen ausgezogen.«

»Ah, die geheimnisvolle Eleonora. Dafür interessieren Sie sich also.« Frau Sieloff sah mich prüfend an. »Ist etwas mit der Frau?«

»Nein, um Gottes willen, nichts Unrechtmäßiges«, wehrte ich ab. »Ich bin mir noch nicht einmal sicher, ob diese Frau überhaupt diejenige ist, die ich suche. Aber genau deshalb kam ich hierher, um mir darüber Klarheit zu verschaffen.«

Einen Augenblick schauten wir uns schweigend an, ich hilfesuchend, sie mich noch immer musternd, unsicher, wie sie sich mir gegenüber verhalten sollte. Schließlich wendete sie sich ab, ging ein paar Schritte ins Zimmer hinein. Sie wollte Zeit gewinnen, das war offensichtlich. Endlich drehte sie sich zu mir um. »Nun, dadurch, dass Frau Gregorius so gut wie keinen Kontakt zu mir und den anderen Bewohnern des Hauses hatte, ist es wenig wahrscheinlich, dass ich Ihnen helfen kann – abgesehen davon, dass ich als Vermieterin auch einer gewissen Schweigepflicht unterliege. Auskunft über Interna des Hauses kann ich natürlich nicht geben.« Wie um ihre Verschwiegenheit zu dokumentieren, verschränkte sie die Arme vor der Brust. »Ich sagte es ja – ich kenne Frau Gregorius kaum. Was also könnte ich Ihnen von ihr erzählen?«

Im Laufe des Lebens lernt man, wie sich die unterschiedlichen Typen und Geschlechter in dieser oder jener Situation verhalten, wie sie reagieren auf Anstöße und Herausforderungen. Zwar ist jedermann bemüht, einmalig und unverwechselbar zu erscheinen, aber nur allzu häufig ist unser menschliches Tun einem gleichen, leicht voraussehbaren Muster unterworfen.

Mir war klar, ich brauchte jetzt nichts anderes zu tun, als einen Moment abzuwarten – solange, bis der Stachel der Neugier, den ich der jungen Frau gesetzt hatte, seine Wirkung tat. Also zog ich ein Papiertaschentuch aus der Hosentasche und tupfte mir mit bedächtigem Umstand den Schweiß von der Stirn. Kaum mehr als fünf, sechs Atemzüge waren verstrichen, als die Frage kam, auf die ich wartete. »Was wollen Sie denn über meine ehemalige Mieterin wissen?« Frau Sieloff trat nahe an mich heran, die Arme waren längst aus der Verschränkung gelöst. Erwartungsvoll sah sie mich an.

Obwohl ich darauf vorbereitet war, brauchte ich einen Augenblick, um mir selbst noch einmal zu vergegenwärtigen, was es denn eigentlich war, das ich in Erfahrung bringen wollte. Im Grunde hatte mich die bettelnde Frau am Vortag doch nur darum ersucht, mich umzuhören, ob und wo in Eschwege es eine Person mit dem Namen Ela gab, eine Frau Mitte dreißig bis Anfang vierzig mit exotischen Gesichtszügen, die vor drei Wochen Bücher nach Karlshafen gebracht haben könnte. Um das und nichts anderes hatte sie mich gebeten.

Ich beschloss, bei der Wahrheit zu bleiben. Also begann ich, Frau Sieloff in groben Zügen die Geschichte, so wie ich sie in der »Traube« gehört hatte, zu schildern. Ich berichtete ihr von der Buchlieferung im Mai, ohne jedoch auf den Ort und die Personen im Einzelnen ein- zugehen, erzählte ihr von dem zeitgleichen Verschwinden des Antiquars und der Hoffnung der Ehefrau, durch eine Kontaktaufnahme mit der Überbringerin der Bücher etwas über dessen Verbleib zu erfahren. »Bisher scheiterte das Ganze allerdings daran, dass ihr der vollständige Name und die Anschrift der Unbekannten fehlten. Was sie wusste, war lediglich, dass die Frau aus Eschwege kam und Ela gerufen wurde. Erst gestern habe ich von all dem erfahren, habe die Geschichte zum ersten Mal gehört. Und dann wollte es der Zufall, dass ich noch am Abend, ohne danach gesucht zu haben, auf die Spur dieser Frau gestoßen bin.« Ich erzählte ihr von der Leseveranstaltung in der Bibliothek, von dem Gespräch, das ich mit einer der Mitarbeiterinnen, mit Frau Biehl, geführt hatte. »Sie müssten Sie kennen. Sie hat die Bücher von Eleonora Gregorius hier abgeholt.« Fragend sah ich sie an.

»Ja, ich erinnere mich. Mein Mann und ich haben ihr beim Einladen der schweren Kisten geholfen. Alleine hätte sie das nie geschafft.«

»Frau Biehl hat mir von der damaligen Bücherschenkung berichtet, hat mir den Namen der Spenderin genannt und auch diese Adresse. Das hat mich auf die Idee gebracht, jene Ela könnte vielleicht mit Frau Gregorius identisch sein.«

»Sie meinen, Ela als Kurzform für Eleonora?«

»Ja. Auch die Tatsache, dass die Geschichte sich vor genau drei Wochen abgespielt hat, also zum selben Zeitpunkt, als Ihre Mieterin auszog, und hier wie dort überlassene Bücher eine Rolle gespielt haben – das alles weist doch auf einen Zusammenhang hin – meinen Sie nicht auch?«

Ich ließ Frau Sieloff einige Sekunden, sich das Gehörte bewusst zu machen. Als sie schließlich mit einem Nicken ihr Verstehen signalisierte, stellte ich meine erste Frage: »Wissen Sie, wann exakt Frau Gregorius ausgezogen ist?

Frau Biehl sagte, sie habe Eschwege Hals über Kopf verlassen.«

»Ja, das stimmt. Obwohl, überrascht hat uns das eigentlich nicht. Wir waren im Vorneherein darüber informiert, dass sie die Wohnung nur für wenige Wochen brauchen würde. Also rechneten wir damit, dass sie uns schon bald wieder verlassen könnte. Das Dachgeschoss vermieten wir ausschließlich möbliert, meist an Leute, die sich nur zeitlich begrenzt in Eschwege aufhalten. Frau Gregorius hat nicht einmal einen Monat bei uns gewohnt, blieb so lange, bis sie ihren Auftrag erledigt hatte.«

»Auftrag? Was tat sie denn?«

»Sie hatte mit der Auflösung irgendeiner umfangreichen Büchersammlung zu tun, brachte ständig abends etwas davon mit nach Hause. Eine um die andere Kiste hat sie hier herein geschleppt – so viele Bücher. Und das alles musste sie bei ihrem plötzlichen Aufbruch zurücklassen - Aber warten Sie, das genaue Datum ihres Auszugs habe ich hier im Ordner.« Bevor sie sich zu einem der unteren Fächer des Bücherschrankes bückte und einen schwarzen Aktenhefter hervorzog, warf sie einen kurzen Blick durch das Fenster in den Garten. Ein Lächeln breitete sich über ihr Gesicht. »Er spielt, der Kleine – wie lieb er doch sein kann.« Dann widmete sie sich dem Ordner und den darin abgehefteten Belegen. Nach einigem Blättern hatte sie gefunden, nach was sie suchte. »Hier«, hielt sie sich ein Papier vor die Augen, »hier ist das genaue Auszugsdatum. Es war am 26. Mai, als sie die Schlüssel abgab und das Haus verließ.«

Ich versuchte, mich zu erinnern, was meine Gesprächspartnerin gestern in der »Traube« erzählt hatte. Ich brauchte nicht lange, um mir sicher zu sein, dass sie von einem verregneten 26. Mai gesprochen hatte, an dem ihr Mann verschwunden war.

Noch eines wollte ich wissen, um ganz sicher zu sein. »Wie sah denn Frau Gregorius aus? Gab es zum Beispiel an ihr irgend etwas, das so auffällig war, dass es sofort ins Auge fiel?« Ich dachte an die exotische Erscheinung, die mir beschrieben worden war.

Statt eine Antwort zu geben, drehte sich Frau Sieloff noch einmal zum Bücherschrank. Ihre Hand griff nach einem Bild, das in einem seitlichen Fach vor einer Reihe von Klassikern aufgestellt war. »Sehen Sie selbst«, hielt sie mir die gerahmte Fotografie hin, »diese Frau« - sie deutete mit dem Finger auf die Glasscheibe - »das ist Eleonora Gregorius. Sie ist rein zufällig auf die Aufnahme gekommen. Ein Reporter der Lokalzeitung hat die aus seiner Sicht mustergültige Sanierung unseres Fachwerkhauses zum Anlass genommen, einen Bericht über die alte Bausubstanz der Stadt zu machen. Als er das Gebäude zusammen mit uns, den Besitzern, fotografierte, kam Frau Gregorius gerade aus dem Haus.« Noch einmal streckte sie mir das Bild entgegen. »Betrachten Sie es in aller Ruhe. Lassen Sie sich Zeit. Ich sehe inzwischen mal nach Maximilian.«

Während sie das Wohnzimmer verließ, hielt ich mir die Aufnahme vor Augen. Die Sonne spiegelte sich auf der gläsernen Abdeckung, zunächst konnte ich nur wenig erkennen. Erst als ich die Fotografie aus dem hellen Licht herausdrehte, trat das darauf Abgebildete deutlicher hervor. Mein Blick fiel auf das Haus, in dem ich mich gerade befand, und auf die Eigentümer, die sich lächelnd davor aufgebaut hatten. Voller Stolz schauten sie in die Kamera. In der offenen Haustür hinter ihnen stand eine Frau, ihre rechte Hand lag noch auf der Klinke, die linke trug eine Einkaufstasche. Sie schien erstaunt zu sein angesichts der unerwarteten Fotografenszene. Ihr Mund war leicht geöffnet, so als wollte sie dem Treiben vor ihr Einhalt gebieten.

Obwohl der Eingangsbereich etwas zurückgesetzt war, konnte ich ihre Züge klar und deutlich erkennen. Ich hatte es zwar erwartet - und doch, es fuhr mir in die Glieder, als ich die vorspringenden Wangenknochen sah, darüber die geweiteten dunklen Augen, die dem aparten, schmalen Gesicht in der Tat einen fremdländischen Ausdruck verliehen. Es gab für mich keinen Zweifel, die Frau, die unter dem Namen Eleonora Gregorius hier unter dem Dach gewohnt hatte, war die gleiche, die am 26. Mai Bücher nach Bad Karlshafen gebracht hatte.

Ein Schrei aus dem Garten ließ mich auffahren. Schnell trat ich durch die offene Verandatür ins Freie. Als ich zu der Stelle hinsah, von der der Ruf gekommen war, erblickte ich Frau Sieloff. Mir den Rücken zugewendet stand sie da, unbeweglich, wie zu einer Salzsäule erstarrt. Mit auf die Schläfen gepressten Händen stierte sie auf das Ende des Rasenstücks, dorthin, wo die Grünfläche aufhörte und in die bepflanzten Beete überging.

Ich eilte auf sie zu. »Ist etwas passiert?«, rief ich noch im Laufen.

Die junge Mutter drehte sich zu mir um. Anklagend zeigte sie mit dem Arm in die Richtung, in die sie gestarrt hatte. »Was soll ich nur mit diesem Jungen machen!?« Sie trat einen Schritt zur Seite. »Sehen Sie sich das an – die frische Wäsche - da hängt sie über dem schmutzigen Zaun - alles ist voller Streifen und Flecken. Dieser verflixte Bengel!«

Nun erst sah ich, was sie damit meinte, hatte den Blick frei auf die niedrige Drahtumfriedung, die das Gemüsebeet von der Rasenfläche trennte. Sauber aufgereiht, Stück für Stück, in einer für einen Vierjährigen erstaunlichen Akkuratesse, hingen die frischgewaschenen weißen und farbigen

Kindersachen über den rostigen Drähten. Am Boden davor kauerte Maximilian. Es war offensichtlich, dass er nicht verstand, warum seine Mutter so zornig war.

»Ich wollte dir doch nur helfen, Mama. Die Wäsche muss doch trocken werden.«

Frau Sieloff verdrehte die Augen, tiefe Seufzer zeigten ihre innere Aufruhr. Noch war sie nicht bereit, die Verfehlung ihres Sprösslings in mütterlicher Nachsicht zu übergehen. »Man darf diesen Jungen keinen Moment aus dem Blick lassen, immer stellt er etwas an.« Vertraulich legte sie mir die Hand auf den Arm. »Wissen Sie, eigentlich hatte ich mir immer ein Mädchen gewünscht«, ließ sie mich an ihrer Nachwuchsplanung teilhaben, »Mädchen sind nicht so lebhaft, außerdem gehorchen sie besser. Ein Mädchen großzuziehen ist einfacher als einen Jungen, glauben Sie mir.« Nachdenklich nickte sie zu dem noch immer eingeschüchtert vom Boden zu ihr aufschauenden Sohn hin.

Schon war ich versucht, Maximilian in einer Art männlicher Solidarität beizustehen, ihn zumindest mit ein paar tröstenden Worten aufzumuntern, als in die eben noch zürnende Mutter Bewegung kam. Mit einem erneuten Seufzen, tiefer noch als das vorhergegangene und voller Zuneigung jetzt, kniete sie sich neben ihr Kind, fasste seinen Kopf und zog ihn mit inniger Herzlichkeit an ihre Brust. »Du hast es ja nur gut gemeint, mein kleiner Liebling, ich weiß, du meinst es immer gut.« Ein um das andere Mal strich sie dem Knaben über das Haar und bedeckte es mit Küssen.

Ich spürte, dies war der richtige Augenblick, aufzubrechen, zumal – Elas Identität war aufgedeckt und mein Versprechen eingelöst, alles Weitere war nicht meine Sache.

Mit einem flüchtigen Gruß und einem Winken zu dem noch immer eng umschlungenen Paar hinunter verließ ich den Garten durch die gleiche Pforte, durch die ich hereingekommen war. Erst überlegte ich, ob ich fahren sollte, ließ das Auto dann aber an der Kirche stehen. Die wenigen Meter bis zur Fußgängerzone konnte ich auch laufen. Während ich mich auf dem Weg durch die stillen Gassen dem Stadtzentrum näherte, malte ich mir aus, was die Frau auf der Decke zu meinem schnellen Erfolg sagen würde. In erwartungsvoller Freude beschleunigte ich den Schritt.

Rechterhand lag die Sparkasse, vor mir das Kaufhaus. Mein Blick fiel auf die Stelle, an der gestern der alte Mann zusammengebrochen war, wanderte weiter an dem Gebäude entlang. Aber so sehr ich mich auch umsah, ich konnte weder die Frau entdecken noch die blaurotkarierte Decke, auf der sie zu sitzen pflegte. Ich erkundigte mich, erst in der »Traube«, dann bei dem Angestellten des Reisebüros und schließlich in der gegenüberliegenden Bäckerei – aber keiner hatte die Frau an diesem Morgen gesehen.

Am Nachmittag fuhr ich noch einmal in die Stadt. Der Platz vor dem Kaufhaus war noch immer verwaist, die »Bettlerin« nicht wieder aufgetaucht. Niemand wusste, warum sie heute nicht gekommen war oder wohin sie gegangen sein könnte. Auch am nächsten Tag und an den Folgetagen blieb die Stelle leer. Man nahm an, dass die Frau weitergezogen war, vielleicht in eine andere, für sie lukrativere Stadt als Eschwege.

Für mich war ihr plötzlicher Aufbruch ein Rätsel, das mich verwirrte. Mehr noch, ich war beunruhigt. Ein weiterer Mensch in dieser seltsamen Geschichte, der sich davongemacht hatte, der von einem Moment auf den anderen von der Bildfläche verschwunden war, ohne eine sichtbare Spur zu hinterlassen. Was hatte das alles nur zu bedeuten?

5

Über eine Woche ging ins Land, ehe ich erneut mit dem Geschehen um die Frau aus Bad Karlshafen befasst wurde. Nicht, dass ich in der Zwischenzeit die geheimnisvolle Affäre vergessen hätte, nein, das nicht, aber die Intensität des Erinnerns wurde nach und nach weniger, die Häufigkeit, mit der ich mich damit beschäftigte, seltener. Das lag vor allem daran, dass ich das Erlebte gedanklich in dem Maße beiseite schieben musste, wie mich die überbordende Zuneigung meiner heimgekehrten Frau und ihr Bedürfnis, alle in den vier Wochen der Trennung versäumten Aktivitäten sofort nachzuholen, beanspruchte.

Nur einen Tag, nachdem die »Bettlerin« aus der Fußgängerzone verschwunden war, war Franziska von ihrer Reise zurückgekommen, hatte das Haus mit neuem Leben erfüllt und die einsame Stille beendet, die ich in den ersten Tagen ihrer Abwesenheit noch genossen hatte, die mir aber mit der Dauer ihres Fortseins zunehmend zur Belastung geworden war. Es war gut, sie wieder in meiner Nähe zu haben.

Die vielen Verpflichtungen ihres Reiseunternehmens brachten es mit sich, dass Franziska häufig unterwegs war, entweder um Gruppen zu begleiten oder aber auch nur, um die örtlichen Lokalitäten, die Hotels und die Ausflugsziele vorher noch einmal in Augenschein zu nehmen. Ich hatte mich daran gewöhnt, einen Teil des Jahres allein zu sein, hatte aus der anfänglichen Not eine Tugend gemacht und gelernt, die Freiheit meines temporären Strohwitwerdaseins zu nutzen. Ich wanderte viel in dieser Zeit, malte mit ausdauernder Hingabe die farbenschwülstigsten Ölbilder und spielte solange auf meinem alten Klavier, bis mir die Finger schmerzten oder mich der Hunger von den Tasten trieb. Aber bei aller Freiheit, die wir Männer angeblich so sehr lieben – es ging nichts darüber, Franziska wieder in den Armen zu halten und mit ihr zusammen etwas zu unternehmen.

Ich war erstaunt, wie erholt meine Frau bei ihrer Rückkehr war, sie strotzte nur so vor Aktivität. »Die Gruppen waren pflegeleicht, es gab keine Probleme«, erklärte sie ihre gute Verfassung, »da blieb auch für die Reiseleitung genügend Zeit zum Entspannen. Jetzt bin ich ausgeruht und voller Tatendrang.« Sie habe sich den kommenden Monat freigehalten, habe ihre Reiseplanung so festgelegt, dass sie den ganzen Juli mit mir zusammen sein konnte. »Ich will die Schönheit eines deutschen Sommers an deiner Seite genießen, Heinrich, will mit dir zusammen durch unser deutsches Vaterland ziehen«, verkündete sie mit einem Pathos, der die Vorfreude auf die vor uns liegenden Tage verriet.

So kam es, dass wir uns Hals über Kopf in alle möglichen Unternehmungen stürzten, uns als Erstes auf eine Wandertour durch den Thüringer Wald begaben, um, kaum zurückgekehrt, das Wochenende in Korbach zu verbringen – bei den stimmungsvollen Freilichtaufführungen im romantischen Theater unter der Stadtmauer. Und als das Wetter umschlug und es zu regnen begann, machten wir uns auf nach Köln, später nach Frankfurt, besuchten dort das Ludwig- und das Walraff-Museum, statteten der Schirn, dem Städel und dem Senckenberg einen Besuch ab und verbrachten die Abende in den Kneipen von Nippes und Sachsenhausen.

Ich erzähle das deshalb, um deutlich zu machen, wie wenig Raum mir in diesen Tagen blieb, um an die Frau aus Karlshafen und ihre Geschichte zu denken. Natürlich hatte ich Franziska noch am Abend ihrer Rückkehr von dem Erlebten berichtet, hatte ihr in allen Einzelheiten das in der »Traube« Gehörte wiedergegeben. Auch das erfolgreiche Ausfindigmachen jener Ela hatte ich ihr geschildert, hatte damit bei ihr ein ungläubiges Kopfschütteln hervorgerufen angesichts des Zufalls, der mich auf die Spur geführt hatte. Über die Abenteuer bei der Familie Sieloff und die Streiche des kleinen Maximilians hatte sie dagegen herzhaft gelacht.

Aber dann, im Strudel unserer gemeinsamen Aktivitäten, hatten wir die weiterführende Erörterung und die Frage, wie wir mit dieser Geschichte umgehen sollten, wieder und wieder aufgeschoben und schließlich die Angelegenheit völlig aus den Augen verloren. Vielleicht hätte ich sie sogar für immer vergessen, wäre da nicht eine Woche später der Anruf aus der Bibliothek gewesen.

Wir waren gerade erst wieder daheim von einem Ausflug in den Vogelsberg, waren noch dabei, das Gepäck aus dem Auto in das Haus zu tragen, als das Telefon klingelte.

»Heinrich Gerhard«, meldete ich mich und fügte übermütig, noch in Urlaubsstimmung, hinzu: »Soeben mit Ehefrau sicher gelandet. Womit kann ich Ihnen dienen?«

Zwei, drei Sekunden blieb es still am anderen Ende der Leitung, dann fragte eine Frauenstimme unsicher: »Herr Gerhard, Sie sind das doch? Hier spricht Frau Biehl aus der Bücherei. Ich hoffe, ich störe nicht.«

»Nein, nein, Frau Biehl«, beeilte ich mich, ihr zu versichern, »Sie stören überhaupt nicht. Gerade eben sind wir von einer kleinen Reise zurückgekommen. Sie haben Glück, dass Sie mich jetzt erreichen. Was gibt es denn?«

»Es geht noch einmal um diese Eleonora Gregorius. Sie erinnern sich doch noch an sie?«

»Ja, ja, natürlich – wir sprachen über sie, neulich, bei der Stefan-Zweig-Lesung.« Ich schwieg einen Augenblick, verblüfft über die Unmittelbarkeit, mit der die Bilder und Abläufe des verdrängten Geschehens plötzlich wieder in mir aufstiegen. »Was ist mit der Frau? Ist sie etwa aufgetaucht?«

»Nein, das ist es ja gerade. Kein Mensch weiß, wo sie steckt. Und da dachte ich, Sie hätten vielleicht eine Ahnung, wohin sie gegangen sein könnte...«

»Wie kommen Sie darauf? Als ich damals mit Ihnen sprach, wusste ich noch nicht einmal, ob Eleonora Gregorius überhaupt irgendetwas mit der Frau zu tun hatte, die ich suchte.«

»Aber inzwischen wissen Sie es, Frau Sieloff hat es mir gesagt.«

»Wie, Sie haben noch einmal mit Frau Sieloff gesprochen?«

»Ja, sie hat mich angerufen. Deshalb telefoniere ich doch jetzt mit Ihnen – weil sie mich darum gebeten hat.«

Was wollte Frau Sieloff von mir? Hatte sie sich vielleicht nachträglich an etwas erinnert, das sie mir mitteilen wollte, etwas, das mit ihrer früheren Mieterin zusammenhing? Doch warum rief sie mich nicht persönlich an? Aber hatte ich mich ihr überhaupt vorgestellt, als ich bei ihr war? Gut möglich, dass sie gar nicht wusste, wer ich war.

Als hätte Frau Biehl meine Gedanken erahnt, klärte sie mich auf. »Frau Sieloff wollte Sie ja selbst anrufen, aber sie hatte weder Ihren Namen noch Ihre Anschrift. Deshalb ging sie den Umweg über mich, die gemeinsame Bekannte. Gut, dass ich Sie jetzt an der Strippe habe.« Zufriedenheit lag in ihrer Stimme, der Anfang ihres Auftrags war erfüllt, die Verbindung zu mir hergestellt.

Doch nun wollte ich endlich den Grund ihres Telefonats erfahren. Ungeduldig fragte ich: »Und weshalb genau rufen Sie jetzt an? Hat Frau Sieloff Ihnen gesagt, was sie von mir will?«

»Sie hat es angedeutet, ja. Irgendetwas hat sie gefunden – beim Renovieren der Dachgeschosswohnung. Etwas, das offensichtlich Frau Gregorius gehört – Bilder, Fotos, was weiß ich. Sie will es ihr zustellen, weiß aber nicht, wohin sie es schicken soll. Als wir miteinander sprachen, kamen wir auf die Idee, Sie könnten mit Ihren Nachforschungen schon Erfolg gehabt haben.« Frau Biehl holte hörbar Luft, ehe sie fragte: »Und, wissen Sie denn jetzt, wo sich die Frau aufhält?«

Sekunden vergingen, in denen Frau Biehl erwartungsvoll meiner Antwort entgegenlauschte. Ich zögerte, unsicher, wie ich mich verhalten wollte. Sollte ich die Wahrheit sagen und zugeben, dass ich keinen Schimmer hatte, wo Eleonora Gregorius steckte? Oder sollte ich die Gelegenheit, etwas mehr über diese geheimnisvolle Person zu erfahren, beim Schopf packen und vorgeben zu wissen, wo sie sich befand?

»Nun, Frau Biehl, genau weiß ich's natürlich nicht.« Meine Antwort war unbestimmt, die Scheu, zu lügen, hielt mich von dem Aussprechen der Unwahrheit ab, »aber ich glaube, ich könnte herausfinden, wo Frau Gregorius möglicherweise abgeblieben ist. Es gibt da jemanden, der mir vielleicht Auskunft geben kann.« Ich dachte an die »Bettlerin«, die Frau aus Bad Karlshafen. Immerhin war seit ihrem Verschwinden aus Eschwege eine Woche vergangen. Durchaus möglich, dass sie inzwischen auch, so wie ich, auf Ela gestoßen war, vielleicht sogar ihrer Spur noch weiter hatte folgen können und jetzt wusste, wo sie sich aufhielt.

»Gut«, meine vage Antwort schien Frau Biehl zufrieden zu stellen, »kann ich also Frau Sieloff mitteilen, Sie hätten Frau Gregorius Adresse?«

»Ja - das heißt, eigentlich nein«, drückte ich mich noch immer vor einer klaren Aussage. Auf der anderen Seite –

die Chance wollte ich mir nicht entgehen lassen, wenigstens einen Blick auf die gefundenen Fotos zu werfen. »Sagen Sie Frau Sieloff, ich komme morgen früh zu ihr. Vielleicht kann ich ihr ja helfen.«

Sicherheitshalber hatte ich gestern Abend doch noch selbst in der Hospitalstraße angerufen, um mit Frau Sieloff meinen geplanten Besuch abzusprechen. Dabei hatte ich von ihr erfahren, dass sie mit dem Sohn am nächsten Tag die Oma in Großalmerode besuchen wollte und nicht vor dem frühen Abend in Eschwege zurück sein würde. »Wenn Sie wollen, kommen Sie um halb sieben«, hatte sie vorgeschlagen, »dann haben wir eine halbe Stunde Zeit. Um sieben nämlich, nach dem Sandmännchen, muss ich den Kleinen ins Bett bringen.«

So wie beim letzten Mal parkte ich an der Kirche. Diesmal schlug keine Turmuhr, doch ich wusste, wir waren pünktlich, sogar überpünktlich, denn es waren noch einige Minuten bis zur vereinbarten Zeit. Franziska ging neben mir, sie hatte sich bei mir eingehakt. Noch immer ließ sie keine Gelegenheit aus, meine körperliche Nähe spüren zu können. Ihr diesbezüglicher Nachholbedarf war groß, ihre Energiereserven noch lange nicht aufgebraucht.

»Ich komme natürlich mit«, hatte sie gestern Abend bestimmt, nachdem ich ihr von meiner Verabredung mit Frau Sieloff berichtet hatte. »Ich will das Kind sehen. Du hast soviel Wunderbares von dem Knaben erzählt – jetzt will ich ihn auch kennenlernen.«

Zwar hatte ich meine Zweifel, ob das Adjektiv wunderbar im Zusammenhang mit dem Unterwassersetzen einer Küche und dem Verschmutzen frischgewaschener Wäsche die richtige Wortwahl war, aber selbstverständlich hatte ich keine Einwände gegen die Begleitung meiner Frau.

»Ein stattliches Gebäude«, bestätigte Franziska meinen damaligen Eindruck, als wir an dem Haus mit der Nummer 8 entlanggingen und unter das Vordach traten. Ich deutete auf das leere Klingelgehäuse neben der Eingangstür. »Hier oben hat Eleonora Gregorius gewohnt. Sieht nicht so aus, als wäre die Wohnung inzwischen wieder vermietet.« Dann drückte ich auf den untersten Knopf. Während wir warteten, erklärte ich: »Die Sieloffs sind die Besitzer. Sie sind sehr stolz auf ihr Anwesen. Anfang des Jahres hat sich sogar ein Zeitungsartikel mit ihrem Haus befasst.«

Endlich, nach einigen langen Sekunden, ertönte das Summen des Öffners. Wahrscheinlich war der kleine Maximilian mal wieder seiner Passion nachgegangen und auf einen herangezogenen Stuhl gestiegen, um an die Türentriegelung zu kommen. So etwas zog sich natürlich hin.

Wir betraten das Treppenhaus, und tatsächlich, in der diesmal weit aufstehenden Wohnungstür stand mit strahlenden Augen der Junge, hinter ihm die Mutter. Sie hatte die Hände liebevoll um die Schultern des Sohnes gelegt. »Er liebt es über alles, die Tür zu öffnen; das macht er zu gerne, der Kleine – dadurch dauert es eben ein bisschen.« Ihr Blick bat um Nachsicht. »Aber kommen Sie doch herein«, forderte sie uns auf und ging uns ins Wohnzimmer voran.

Auf dem Weg dorthin warf ich einen Blick durch die offene Küchentür. Das nasse Glänzen des Bodens, das ich vom letzten Mal noch in Erinnerung hatte, war natürlich längst verschwunden. Die Küche sah aus, wie normale Küchen auszusehen pflegen, nichts verriet mehr die Beinahekatastrophe, die uns gerade noch abzuwenden gelungen war.

Bevor wir uns in die angebotenen Sessel setzten, stellte

ich Franziska vor, auch meinen vollständigen Namen nannte ich dieses Mal. »Damit Sie wissen, mit wem sie es zu tun haben, falls Sie noch einmal mit mir in Kontakt treten wollen.«

Als wir uns schließlich gegenüber saßen - neben uns auf dem Teppich Maximilian, der versuchte, ein Pferdepuzzle zusammenzusetzen -, kam ich sofort zur Sache. »Frau Sieloff, in Anbetracht der Tatsache, dass das Sandmännchen schon im Anmarsch ist, sollten wir uns gleich über Ihren Fund unterhalten.« Ich deutete auf ein Fotoalbum, das vor uns auf dem Tisch lag. »Ist es das, was Sie fanden?«

»Ja. Mein Mann und ich, wir wollten die Zimmer der Dachwohnung nach Frau Gregorius Auszug neu streichen. Dazu mussten wir alle Möbel von der Wand abrücken. Hinter dem halbhohen Schränkchen entdeckten wir das hier.« Frau Sieloff beugte sich vor und griff nach dem Ledereinband. »Fotos, nichts als Fotos. Sehen Sie.« Sie schlug das Album auf und hielt uns eine Doppelseite hin. »Es sind hauptsächlich Aufnahmen, wie man sie im Urlaub macht. Auch ein paar Fotos von Familienfeiern sind dabei.«

»Und wieso sind Sie sicher, dass das Album Frau Gregorius gehört?«, fragte ich und fügte erwartungsvoll hinzu: »Steht vielleicht ihr Name drin, möglicherweise auch ihre Anschrift?«

»Nein, natürlich nicht«, Frau Sieloff sah mich an und schüttelte den Kopf, »wenn ihre Adresse dringestanden hätte, hätte ich Sie bestimmt nicht um Ihre Hilfe bitten müssen. Nein, es gibt nichts Geschriebenes, nur die Fotos. Die Bilder sind alle nicht beschriftet. Aber hier«, ihr Finger klopfte auf eine schlanke Frauengestalt, die mit ernstem Gesicht in die Kamera blickte, »das ist eindeutig Eleonora Gregorius. Sie ist auf dem Großteil dieser Fotos abgelichtet. Ich habe deshalb nicht den geringsten Zweifel, dass das hier ihr Album ist.«

»Und Sie wollen ihr das Vergessene jetzt nachschicken?«

»Ja, das gehört sich doch so, oder?« Frau Sieloff sah dabei Franziska an, offensichtlich war in Fragen des Anstands die weibliche Meinung die maßgebende.

»Natürlich«, pflichtete meine Frau ihr bei, »das ist doch eine Selbstverständlichkeit. Solch persönliche Dinge, die möglicherweise einen großen Erinnerungswert enthalten, müssen auf jeden Fall wieder in den Besitz der Eigentümerin gelangen.«

»Sehen Sie«, Frau Sieloff wandte sich wieder mir zu, »deshalb habe ich mich doch mit Ihnen in Verbindung gesetzt – indirekt sozusagen, über Frau Biehl – ich kannte ja nicht einmal Ihren Namen. Sie hatten mir doch beim letzten Mal erzählt, dass Sie nach Frau Gregorius suchten – und da habe ich mir gedacht, vielleicht...«

Maximilians Stimmchen unterbrach ihren Gedankengang. »Mama, wie lange dauert's denn noch bis zum Sandmännchen?« Erwartungsvoll blickte das Kind seine Mutter an.

»Gleich, mein kleiner Schatz, ein bisschen mehr noch als fünf Minuten.« Frau Sieloff stand auf. »Ich mache dir schon einmal den Fernseher an, lass den Ton aber noch weg. Wenn die Sendung beginnt, dreh ich dir's sofort laut, versprochen.« Sie griff nach der Fernbedienung.

Während sie sich an den Knöpfen zu schaffen machte, fragte ich: » Dürfen wir denn mal einen Blick in das Album werfen?«

»Aber ja doch, sicher, schauen Sie nur rein. Es sind Allerweltsbilder, nichts Mysteriöses oder Intimes – Sie können sich's ruhig ansehen.«

Ich legte das Buch so auf den Tisch, dass auch Franziska hineinsehen konnte, dann schlug ich die ersten Seiten auf.

Sehr schnell war klar, dass es sich hier wirklich um jene Sorte Fotoalbum handelte, die in nahezu jeder Familie zu finden ist. Ein Sammelsurium von Erinnerungsbildern, alle von sehr persönlichem und privatem Charakter, füllte den hellen Pappkarton, auf den sie ohne erkennbare Ordnung über-, unter- und nebeneinander geklebt waren. Die Aufnahmen waren in der Tat weder gut noch originell, hatten eher dokumentarischen als künstlerischen Wert. Dem Fotografen, einem Laien, wie unschwer zu erkennen war, hatte offenbar weniger die Qualität als vielmehr das Festhalten von Situationen und Personen, an die zurückzudenken es sich lohnte, am Herzen gelegen.

Auf den meisten Aufnahmen war Eleonora Gregorius zu sehen, ihr markantes Gesicht fiel sofort ins Auge. »Das also ist sie«, nickte Franziska zu den Bildern hin, »Ela, die Geheimnisvolle – apart, exotisch, interessant – genauso, wie du sie mir beschrieben hast.« Sie zeigte auf ein Paar, das in einem augenscheinlich südländischen Café eng aneinandergeschmiegt auf einem Sofa saß. »Dieser Mann dort an ihrer Seite. Der ist öfters mit ihr zusammen abgebildet. Könnte ihr Ehemann sein.«

»Möglich. Er scheint zumindest ihr fester Partner zu sein. Die Aufnahmen hier in diesem Album erstrecken sich über mehrere Jahre, dieser Mann ist immer dabei.«

»Aber warum hat Eleonora Gregorius denn dann alleine in dieser Wohnung gelebt?«

»Nun, möglicherweise haben sie sich ja nur kurzfristig getrennt, vielleicht aus geschäftlichen Gründen.« Unsicher hob ich die Schultern, dabei betrachtete ich die kräftige Gestalt auf dem Foto, sah in ein intelligentes, männliches Gesicht, aus dem mich scharfe, wachsame Augen direkt anzublicken schienen. Trotz der Intimität der Szene machte der

Mann einen gespannten, aufmerksamen Eindruck, so als sei er auf dem Sprung, jederzeit bereit, sofort aufzustehen.

Frau Sieloff, noch immer beschäftigt mit der Einstellung des Fernsehprogramms und der richtigen Positionierung ihres Sprösslings vor dem Apparat, würde noch eine Weile zu tun haben. Also blätterte ich weiter.

Ich musste ein Geräusch, vielleicht auch eine abrupte Bewegung gemacht haben. Jedenfalls blickte mich Franziska erstaunt an. »Was ist, Heinrich, du siehst aus, als hättest du ein Gespenst gesehen.« Sie zeigte auf die Seite, die ich gerade aufgeschlagen hatte. »Ist etwas mit diesem Foto hier?«

Statt ihr zu antworten, zog ich das Album nah zu mir heran und betrachtete das vor mir liegende Bild genauer. Noch einmal blätterte ich zurück, verglich die dortige Fotografie mit der Aufnahme, über die ich soeben gestutzt hatte. Schließlich war ich mir sicher.

»Heinrich, was hast du?« Franziska fasste meinen Arm und schüttelte ihn. »Wer ist das, auf den du da starrst?«

Ich schob ihr das Album zu. »Hier, diese Frau. Zuerst dachte ich, ich hätte mich getäuscht, wahrscheinlich, weil ich nicht glauben konnte, dass sie identisch sein könnte mit der Frau, die ich so völlig anders erlebt habe. Aber es besteht kein Zweifel, das Gesicht ist das gleiche, auch wenn sie mir in dieser Kleidung ungewohnt fremd erscheint.«

»Von wem sprichst du?«

»Von ihr«, ich legte den Finger auf das Foto, »von dieser Frau in dem festlichen Kleid. Das ist niemand anderes als jene Bettlerin, von der ich dir erzählt habe.«

»Die Frau aus Bad Karlshafen? Die hast du auf dem Bild wiedererkannt?«

»Ja, aber das, was mich aufgeschreckt hat, ist nicht sie, sondern der Mann neben ihr.« Wieder zeigte mein

Finger auf das Foto. »Hier, dieser Herr, der ihr die Hand hält.«

Franziska beugte sich über das Album. Eine Weile studierte sie die Aufnahme. »Hhm, ich weiß nicht, aber irgendwie kommt mir der Mann bekannt vor – als hätte ich ihn schon einmal gesehen.«

»Nein,du bist diesem Mann noch nie begegnet, du siehst ihn heute zum ersten Mal - auch wenn dir sein Anblick vertraut erscheint. - Übrigens, er trägt ebenfalls festliche Kleidung, genau wie die Frau. Was hältst du davon?«

Wieder neigte sich Franziska über den Tisch, erneut musterte sie das Foto. »Ich kann mir nicht helfen, aber ich habe das ziemlich sichere Gefühl, es könnte das Bild eines frischvermählten Hochzeitspaares sein - auch ohne Schleier und Frack. Schau dir doch nur diese feierliche Haltung an, mit der die beiden in die Kamera blicken. Ihre Liebe steht ihnen doch regelrecht ins Gesicht geschrieben.« Versonnen nickte Franziska vor sich hin, dann legte sie sich fest. »Ich behaupte einfach mal, dass die beiden gerade erst geheiratet haben – so glücklich, wie die aussehen, besonders die Braut.« Belehrend sah mich Franziska an. »Merk dir, Heinrich, niemals im Leben strahlt eine Frau seliger, als in den ersten Tagen der Ehe.«

Argwöhnisch erwiderte ich ihren Blick, wartete kurz, ob sie ihrer weisen Bemerkung noch etwas hinzufügen wollte, aber sie schien alles gesagt zu haben. »Na, du musst es ja wissen«, brummte ich, bevor ich mich wieder dem Foto zuwandte. »Wenn die beiden also verheiratet sind und das hier auf dem Bild die Bettlerin ist, dann heißt das doch, dass der Mann neben ihr jener Robert soundso, also ihr verschwundener Ehemann sein muss.«

»Mein Gott, was für eine Logik.«

Ich überging ihren Spott. »Du glaubtest doch gerade, diesen Mann zu kennen. Kannst du mir sagen, warum?«

»Was weiß ich. Wahrscheinlich, weil er mich an jemand erinnert, warum sonst.«

»Exakt! Er hat dich an jemand erinnert, dessen Bild du soeben gesehen hast. Genauso ging es mir, als ich diese Fotografie hier sah.«

»Kannst du mir mal erklären...«, begann Franziska, doch es gelang ihr nicht den Satz zu beenden, denn gerade trat Frau Sieloff auf uns zu. »Es tut mir leid«, bedauerte sie und zeigte auf die Fernbedienung in ihrer Hand, »in zwei Minuten beginnt die Sendung. Maximilian ist ein lieber Junge – nur, wenn er das Sandmännchen nicht sehen kann...« Was der liebe Kleine in solch einem Fall zu tun imstande war, ließ sie offen.

Ich beeilte mich, ihr zu versichern, dass im Grunde alles besprochen war. »Diese Fotos sind zu persönlich, von zu hohem ideellem Wert für die Besitzerin«, gab ich vor, um das Eigentum von Eleonora Gregorius besorgt zu sein. »Sie dürfen das Album nicht so einfach aus der Hand geben. Solange wenigstens nicht, bis ich mit Sicherheit weiß, wo sich die Frau aufhält. Im Moment habe ich zwar eine Spur, die mich zu ihrem jetzigen Wohnort führen könnte, aber noch kenne ich nicht ihre genaue Anschrift. Ich schlage deshalb vor, Sie verwahren das Album hier bei sich. Sobald ich definitiv weiß, wo sich Eleonora Gregorius befindet, werde ich mich mit Ihnen in Verbindung setzen.«

»Gut, ja, genauso sollten wir es machen«, stimmte die Mutter freudig zu. Man sah ihr die Erleichterung an, das Gespräch rechtzeitig vor Beginn der Gute-Nacht-Sendung ihres Sohnes zu Ende gebracht zu haben.

Wir standen auf, reichten ihr die Hand und verabschiedeten uns. »Mach‘s gut, Maximilian«, rief ich beim Hinausgehen über die Schulter zurück, aber mein Wunsch traf auf taube Ohren, denn soeben schwebte, auf einem futuristischen Raumgleiter sitzend, das Sandmännchen in das Fernsehbild, begleitet von fröhlichen Kinderstimmen, die die Ankunft des kleinen Schlafbringers begrüßten. »Sandmann, lieber Sandmann« tönte es hinter uns her, als wir die Wohnung verließen.

Im Treppenhaus blieb ich einen Moment stehen und lauschte zu der geschlossenen Tür hin. Aber nichts war hier draußen zu hören, weder vom Sandmännchen noch von irgendwelchen Aktivitäten Maximilians, die ich nach den unlängst gemachten Erfahrungen eigentlich erwartet hatte.

Franziska bemerkte meine Verwunderung und teilte sie. »Du hast mir soviel von den Streichen dieses Kindes erzählt. Ich weiß gar nicht, was du da in den Jungen hineinprojizierst. Der Kleine ist doch lammfromm.«

Was sollte ich dazu sagen. Ich zuckte mit den Schultern, legte die Hand auf die Klinke und schickte mich an, das Haus zu verlassen. Ein plötzliches Scheppern in meinem Rücken ließ mich einhalten. Auch Franziska verharrte, beide drehten wir erschreckt die Köpfe.

Doch noch gellender und schriller als das Geräusch des zersplitternden Porzellans war der Schrei der Mutter, der selbst durch die geschlossene Wohnungstür überlaut an unser Ohr drang. »Max, verflixter Lausejunge«, schallte es zu uns hin, und dann, womöglich noch lauter: »Du elender Bengel, du! Herrgott, Max, was hast du nur wieder gemacht!«

Ängstlich lauschten wir auf das, was diesen wütenden Worten folgen sollte, befürchteten insgeheim Laute mütterlichen Vorwurfs, vielleicht auch Androhungen von Bestrafungen oder, schlimmer noch, Töne kindlichen Jammerns.

Aber es blieb still hinter der Tür, das mit Bangen Erwartete blieb aus. Ich atmete auf, stellte mir vor, wie die Mutter ihren Buben jetzt wieder in den Armen hielt, um ihn über sein Missgeschick hinwegzutrösten.

Erleichtert drehte ich mich dem Ausgang zu. »Na also, ich wusste es doch.«

»Du meinst, du wusstest, dass er noch etwas anstellt?«

»Das auch, ja, aber das meine ich nicht.« Ich zeigte mit dem Finger auf die Tür der Sieloffs. »Ich war schon fast soweit, dass ich an meiner These zu zweifeln begann.«

»Deiner These? Von welcher These sprichst du?«

»Von meiner Überzeugung, mehrsilbige Vornamen würden früher oder später vereinfacht und verkürzt. Das Beispiel Eleonora – Ela hat mich zu dieser Überlegung gebracht. Doch dann, als Frau Sieloff immer nur von ihrem Maximilian sprach, war ich unsicher, ob ich wirklich Recht hatte. - Aber jetzt«, dankbar seufzte ich auf, »jetzt hat sie ihn Max genannt. Meine These stimmt also: Die langen Namen werden irgendwann verkürzt, ob man es will oder nicht.«

Wir traten hinaus auf die Straße. Es hatte zu regnen begonnen, das Pflaster glänzte im Schummerlicht des frühen Abends. Meine Frau packte mich am Arm. »Stopp, Heinrich, was du da sagst, ist ja schön und gut, passt auch auf deinen Namen: Jeder außer mir nennt dich Heiner – aber was ist mit meinem Vornamen? Immerhin ist er dreisilbig, also lang genug, um verkürzt zu werden. Doch niemand nennt mich Franzi, Ziska oder zu was auch immer man eine Franziska verunstalten könnte. Wie passt das in deine These?« Herausfordernd stellte sie sich vor mich, die Arme in die Seite gestemmt, die pure Inkarnation einer selbstbewussten, schönen Frau, deren wohltuendes Erscheinungsbild die Antwort schon vorwegnahm.

»Weißt du«, erklärte ich dennoch, »jede Gesetzmäßigkeit braucht das Außergewöhnliche, das sich aus ihr heraushebt, jede Serie einen Ausreißer, der sie erst glaubwürdig macht. So ist es auch bei dir: Du bist einfach zu einmalig, um so ohne Weiteres in die Reihe der verkürzten Namen eingegliedert zu werden, bist die wundervolle Ausnahme, die jede These braucht zur Bestätigung ihrer Richtigkeit. Deshalb wirst du auch für immer und ewig meine zumindest namentlich unveränderbare Franziska bleiben.«

»Das hast du schön gesagt, Heinrich.« Meine Frau verdrehte die Augen, spielte die Beeindruckte, kehrte dann aber schnell in die Realität zurück. »Komm!«, drängte sie, »die Stütze deiner These hat jetzt Durst – und außerdem muss sie mal dringend aufs Klo.«

Doch noch einmal, schon in Sichtweite des Autos, hielt sie mich am Arm fest. »Sag mal, vorhin, als wir von Frau Sieloff unterbrochen wurden - du warst gerade dabei, mir zu erklären, warum ich den Ehemann dieser Frau aus Bad Karlshafen schon einmal gesehen zu haben glaubte.«

»Ja, richtig. Darüber sollten wir gleich ausführlich sprechen. Jetzt fürs Erste nur soviel: Du hast den Mann deshalb zu kennen geglaubt, weil du sein zum Verwechseln ähnliches Abbild kurz vorher gesehen hast.«

»Sein Abbild? Du meinst, einen Menschen, der ihm gleicht?«

»Ja, der ihm sogar sehr gleicht. Ruf dir doch noch einmal die Fotografien von Ela in Erinnerung – die mit dem Mann an ihrer Seite, von dem wir annehmen, es könnte ihr Ehemann sein.« Auffordernd sah ich meine Frau an.

Die Lippen aufeinander gepresst, mit gerunzelter Stirn, versuchte Franziska, sich zu erinnern. »Ja«, nickte sie schließlich vor sich hin, »jetzt taucht sein Bild wieder vor mir auf. Ich sehe sein Gesicht deutlich vor mir.« Einen Augenblick schloss sie die Augen ganz, um sie gleich darauf weit aufzureißen. »Mein Gott, ja, du hast Recht. Das ist derselbe Mann wie auf dem Hochzeitsbild deiner Bettlerin.«

»Nein, das ist er nicht«, widersprach ich. »Ich habe mir die Fotografien genau angesehen, habe sehr wohl einige Unterschiede festgestellt. Aber die Ähnlichkeit der beiden - das ist schon frappierend.«

»Wie kommt das?«

»Ganz einfach, sie sind Brüder - wenn mich nicht alles täuscht, sogar Zwillingsbrüder.«

»Aber das würde doch heißen...?«

»Dass die Frau, die zu betteln vorgab, und die von ihr so dringlich gesuchte Ela Schwägerinnen sind.«

6

Im Garten des englischen Pubs in Niederhone, unter dem gleichen Baum, an dem im Vorjahr meine Frau von einem reifen Apfel getroffen zu Boden gegangen war, wartete ich auf Franziskas Rückkehr von der Toilette. Abgesehen von der dringenden Notwendigkeit, eine solche Örtlichkeit aufzusuchen, hatte sie darauf bestanden, die gerade gewonnenen Erkenntnisse sofort zu besprechen und ihre Bedeutung und die sich daraus ergebenden Folgerungen unverzüglich durchzudiskutieren. Kaum ein öffentlicher Ort im Umkreis war dafür geeigneter als diese stille Ecke im Obstgarten des »Johnny B. Good«.

Der Regen hatte inzwischen aufgehört, die milde Luft war voller Feuchtigkeit und Düfte. John Baker, der Namensgeber und Wirt des Pubs, erschien mit Lappen und Wischtuch, um Tisch und Stühle trocken zu reiben. Aus seinem bärtigen Gesicht lachten mir freundliche Augen entgegen, umrahmt von einem Gestrüpp wirrer Haare, die wie die Zotteln eines ungarischen Hirtenhundes unter einer roten Baseballmütze hervorquollen. Wieder einmal hatte er die Schlacht mit seinen unbändigen Locken verloren – wenn er sie denn überhaupt gefochten hatte.

»Thank godness, it‘s not raining anymore«, zeigte der Wirt dankbar zum Himmel. »Regen ist nicht gut für ein Lokal mit Garten«, stellte er fest und schüttelte den Kopf, um sich gleich darauf Franziska zuzuwenden, die sichtlich erleichtert über den Rasen herangeschwebt kam. Eilig schob John ihr den Gartenstuhl zurecht, legte ein Sitzkissen darauf. Mit einer Handbewegung forderte er sie zum Platznehmen auf, dabei verkündete er feierlich: »The rain has gone, the sun is coming.« Dann, nach einer kurzen Verbeugung, machte er sich auf den Weg, die bestellten Getränke zu holen.

»Schau dir diese Engländer an«, konnte ich mir eine Bemerkung nicht verkneifen, »da soll noch mal einer sagen, nur die Franzosen könnten Komplimente machen.« Anerkennend blickte ich John hinterher, der gerade im Gastraum verschwand. »Aber wo er recht hat, hat er recht!« Ich griff über den Tisch nach Franziskas Hand. »Obwohl – es ist Abend, die Sonne längst untergegangen. Er hätte besser vom Vollmond sprechen sollen«, berichtigte ich John, begriff aber sogleich die Zweifelhaftigkeit dieser Korrektur, als ich die säuerliche Miene meines Gegenübers sah.

»Charmant, Heinrich, charmant. Mit dem aufgehenden Vollmond verglichen zu werden, ist der Traum jeder Frau.« Franziska verzog das Gesicht zu einer Grimasse, dann aber lachte sie. »Du und deine Komplimente – das passt nicht immer zusammen.«

John kam und brachte die Getränke. Mit der Eleganz eines höfischen Dieners stellte er die Gläser vor uns auf den Tisch, die Rolle des Charmeurs schien ihm Spaß zu machen. »Be careful, Franziska, the apple, you know«, zeigte seine Hand in den Baum über uns.

»Keine Angst, die sind noch grün und klein. Selbst wenn einer herunterfallen sollte, wird mich das nicht umhauen«, beruhigte meine Frau.

»Okay«, Johnny schaute kurz nach oben und nickte; dann ließ er uns mit einem »Good luck« allein.

Einen Augenblick genossen wir die Ruhe hier draußen auf dem Rasen. Nur wie Gemurmel drangen die Gespräche der Gäste von der Terrasse zu uns hin. Wir griffen nach unseren Gläsern, lehnten uns zurück und atmeten die schweren Gerüche des Gartens.

Franziska war es, die die Stille durchbrach. Energisch stützte sie die Hände auf den Tisch, dabei sah sie mich herausfordernd an. »Also, was hältst du von dieser Geschichte? Da verschwinden drei Menschen, und heute stellen wir fest, dass alle drei in einem Verwandtschaftsverhältnis zueinander stehen. Was hat das zu bedeuten?«

»Vielleicht überhaupt nichts.« Ich trank einen Schluck, ehe ich versuchte, eine Erklärung zu finden: »Kann doch sein, dass alle in einer Familienangelegenheit unterwegs sind, sich an einem uns unbekannten Ort, vielleicht sogar im Ausland, aufhalten. Vielleicht machen sie gemeinsam Urlaub - in Florida, auf den Malediven, was weiß ich.« Vage hob ich die Arme, eine Geste, die zeigte, wie wenig mich meine eigenen Darlegungen überzeugten.

Franziska schien das zu spüren. »Daran glaubst du doch selbst nicht, oder?«

»Nein«, gab ich zu. »Natürlich wäre das die einfachste Erklärung, aber die Umstände, unter denen sie verschwunden sind, sprechen dagegen – auch die zeitlichen Abstände. Nein«, war ich mir sicher, »dahinter steckt einiges mehr.«

»Aber was? Hast du eine Idee?«

»Nicht die Spur«, musste ich zugeben, »bei der Handvoll Fakten, die wir haben? Alles fußt doch mehr oder weniger auf dem, was mir die Frau in der »Traube« erzählt hat.«

»Aber sollten wir das nicht als Faktum nehmen?« Franziska beugte sich über den Tisch. »Immerhin hat sich doch einiges davon bestätigt. Diese Ela, von der sie berichtet hat, die gibt es tatsächlich, auch ihr Aussehen stimmt mit der von ihr gegebenen Beschreibung überein, gerade eben haben wir Fotos von ihr gesehen. Und dann dieses Datum, der 26. Mai, an dem ihr Mann verschwand. Du hast herausgefunden, dass genau an diesem Tag Eleonora Gregorius ihre

Wohnung verließ, jene Ela, die nachweislich mit wertvollen Büchern zu tun hatte. Deshalb besteht für mich kein Zweifel an der Schilderung, dass sie am Tag ihres Auszugs mit einer Bücherkiste in Bad Karlshafen auftauchte. Dazu jetzt noch die Aufdeckung der verwandtschaftlichen Verbindung. Das alles beweist doch geradezu den Wahrheitsgehalt des Erzählten.« Mit einem suggestiven Eifer, wie er Predigern und auch gelegentlich Politikern eigen ist, blickte mich meine Frau aus leuchtenden Augen an. »Bist du nicht auch meiner Meinung, Heinrich?«

»Ja, du hast Recht«, teilte ich ihre Überzeugung, »alles spricht dafür, dass die Geschichte sich so, wie sie mir erzählt wurde, zugetragen hat. Und wenn dem so ist, erklärt sich auch der zunächst befremdliche Umstand, dass sich die Schwägerinnen nicht kennen. Robert soll der Ehefrau, so hat sie es mir jedenfalls berichtet, alle Auskünfte über seine Verwandtschaft vorenthalten haben. Also hat er ihr auch nichts von einem Bruder und dessen Frau erzählt. Das heißt, dass sie zu dem Zeitpunkt, an dem ich mit ihr gesprochen habe, tatsächlich nichts von einer familiären Verbindung mit Ela gewusst haben dürfte.«

»Aber was soll das Ganze«, echauffierte sich Franziska, »da verschwindet dieser Mann vor jetzt mehr als vier Wochen, einfach so, und kein Mensch, nicht einmal die Polizei, weiß, wohin er verschwunden ist und auch nicht, warum.« Erregt trank sie ihr Weinglas leer. »Hast du denn eine Vorstellung, was da passiert sein kann?«

Erstaunt über das Engagement meiner Frau in dieser Sache wog ich die Möglichkeiten ab, die es gab. »Aus meiner Sicht gibt es für das Verschwinden des Antiquars zwei Deutungen. Die erste ist, dass er an jenem 26. Mai freiwillig das Haus und die eheliche Gemeinschaft verließ. Warum, wissen wir nicht, aber mögliche Gründe dafür gibt es viele. An vorderster Stelle einer solchen Betrachtung steht natürlich immer die andere Frau, die, glaubt man Filmen und Romanzen, irgendwann im Leben jedem Mann begegnet. In unserem Fall betritt sie in Gestalt von Ela die Bühne.«

»Aber sie ist seine Schwägerin!«, empörte sich meine moralische Frau. »Oder nimmst du etwa an, dass auch Robert nichts von der Verwandtschaft mit Ela wusste?«

»Selbstverständlich kannte Robert Ela, wusste natürlich, dass sie die Frau seines Bruders ist. Auch noch nach der Eheschließung mit seiner zweiten Frau muss er Kontakt zu ihr gehabt haben, denn in Elas Fotoalbum findet sich sein Hochzeitsbild. Wahrscheinlich hat es Robert selbst an seine Schwägerin geschickt.«

»Aber warum verheimlicht er diesen Kontakt vor seiner neuen Frau?«

»Das ist die große Frage. Irgendetwas muss vorgefallen sein, das die Verbindung zu seinem Bruder, vielleicht auch zu anderen Verwandten, sollte es sie geben, gesprengt hat. Er bricht mit der Familie, verbannt sie aus seinem Leben, lässt sie in seine neue glückliche Ehe erst gar nicht hinein.«

»Und dann gibt er diese glückliche Ehe auf, um mit seiner Schwägerin durchzubrennen?«

»Nein, ehrlich gesagt, ich glaube nicht, dass es so gewesen ist. Wenn wir uns einig sind, das Erzählte für wahr zu halten, dann gilt, dass sich die beiden, der Hobbyantiquar Robert und die ehemalige Krankenschwester, tief und innig liebten, so wie es oft geschieht bei Menschen, die spät zusammenfinden und dann umso unzertrennlicher aneinanderhängen. Deshalb scheint es mir wenig wahrscheinlich, dass Robert das Haus wegen einer anderen Frau verlassen hat.«

»Aber weshalb sonst?«

»Nun, es gibt da noch genügend Motive: Geschäftliche Zwänge zum Beispiel, oder auch ein krimineller Hintergrund: Er geht, weil er etwas Verbotenes vorhat, oder aber er flieht, um sich nach getaner Tat einer Strafverfolgung zu entziehen.«

»Ist das nicht ein bisschen weit hergeholt?«

»Ich will doch nur die verschiedenen Blickwinkel beleuchten, aus denen man sein Verschwinden betrachten kann. Ich glaube sowieso nicht an ein freiwilliges Fortgehen. Bei der Intensität der Beziehung zwischen den beiden kann ich mir nicht vorstellen, dass er gegangen wäre, ohne seiner Frau eine Mitteilung zu hinterlassen.«

»Aber wenn er nicht freiwillig...« Große Augen sahen mich an. »Glaubst du etwa, dass er entführt, vielleicht sogar getötet worden ist?« Franziskas Stimme hatte sich zu einem Flüstern gesenkt, so als wage sie es nicht, eine solch ungeheure Vermutung laut auszusprechen.

Bevor ich ihr antwortete, winkte ich hinüber zu Johnny und bestellte noch einmal Getränke. »Dass Robert gegen seinen Willen Haus und Frau zurückgelassen hat, ist die zweite und die wahrscheinlichere Deutung dieses mysteriösen Vorgangs. Dabei ist es durchaus möglich, dass er noch freiwillig außer Haus gegangen ist, zum Beispiel zusammen mit Ela in der Absicht, gleich wiederzukommen. Doch dann muss er gewaltsam an der Rückkehr gehindert worden sein. Aber ich habe nicht die geringste Ahnung, wer ihn daran gehindert haben sollte – genausowenig weiß ich einen Grund, warum jemand das getan haben könnte.«

»Ach«, seufzte Franziska. Sie schüttelte den Kopf, hielt den Blick auf den Rasen gesenkt, ihre Ratlosigkeit war augenscheinlich. »Fragen über Fragen – und alles nur Spekulationen. Solange wir nicht mehr wissen, bleibt diese Geschichte im Dunkeln, so sehr wir uns auch bemühen, sie zu verstehen.«

John brachte die Gläser, schwieg aber, als er unsere Nachdenklichkeit bemerkte. Ich wartete, bis sich der Wirt entfernt hatte, nahm einen Schluck, dann beugte ich mich zu meiner Frau. »Ich weiß nicht, aber ich habe da meine Bedenken, ob es uns überhaupt erlaubt ist, die Geschichte verstehen zu wollen. Was, wenn es sich um eine interne Familienangelegenheit handelt, die uns nicht das Geringste angeht?«

Franziska schaute mich an. Mit der Hand fuhr sie sich durch das Haar, ihre Bewegungen waren zaghafter jetzt als noch zu Beginn unseres Gesprächs. »Aber die Frau hat dich doch gebeten, ihr zu helfen«, versuchte sie, am Ball zu bleiben, »das ist doch fast so etwas wie eine Verpflichtung, der Sache nachzugehen.« Offensichtlich wollte sie sich nicht so einfach damit abfinden, das Spielfeld vorzeitig räumen zu müssen.

»Sie hat mich um Hilfe gebeten, das stimmt«, gab ich ihr teilweise Recht, »aber ihre Bitte zielte ausschließlich darauf, dass ich sie bei der Suche nach Ela unterstützen sollte – mehr nicht.«

»Mein Gott, sie hat dir doch ihr halbes Leben erzählt«, Franziska gab noch immer nicht auf. »Wenn eine Frau so etwas tut, dann erwartet sie geradezu, dass man sich in ihre Angelegenheiten einmischt. Glaub mir, Heinrich, Frauen sind so, da geht es mir nicht anders.«

»Tatsächlich?«, staunte ich und wunderte mich, dass ich nach vierzig Ehejahren erst jetzt davon erfuhr.

»Ja. Und deshalb müssen wir diese Sache unbedingt weiterverfolgen.« Franziska fasste meinen Unterarm, ich spürte den Druck ihrer Finger und wusste, dass er erst nachlassen würde, wenn sie von mir eine befriedigende Antwort erhalten hatte.

»Gut«, gab ich schließlich nach, als ich begriff, wie gefesselt sie war, wie innerlich eingebunden in dieses geheimnisvolle Geschehen. Sie würde nicht eher Ruhe finden, bis sie nicht wenigstens das Grundgerüst dieser Geschichte kannte. Also baute ich ihr eine Brücke. »Es gibt da noch eine dritte Möglichkeit, wie sich das Ganze vielleicht entwickelt hat. Wenn sie zutrifft, können wir alle unsere bisherigen Vermutungen und Hypothesen vergessen.«

Verwundert, zugleich aber erwartungsvoll, sah mich Franziska an, sagte aber kein Wort. Sie schien zu spüren, wie weit sie sich gerade, entgegen früherer Gewohnheit, aus dem Fenster gelehnt hatte. War bisher immer ich es gewesen, der gebremst werden musste in seiner Neigung, die Nase in fremde Dinge zu stecken, in denen sie nichts verloren hatte, so war es jetzt sie, die darauf drängte, Näheres in dieser Angelegenheit zu erfahren, die zwar verlockend dubios, aber nicht die unsere war.

»Es kann doch möglich sein«, begann ich meine Konstruktion, »dass sich alles längst in Wohlgefallen aufgelöst hat, dann nämlich, wenn die Frau, die ich hier als Bettlerin erlebt habe, zu ihrem wieder aufgetauchten Mann nach Bad Karlshafen zurückgekehrt ist. Was, wenn die beiden jetzt wiedervereint im trauten Heim zusammensitzen, während wir uns hier unnütze Gedanken machen? Vielleicht hat ja auch Ela inzwischen den Weg dorthin gefunden und nimmt an dem Wiedersehenstreffen teil. Was hältst du von dieser Version?«

Franziska schien von meinen Worten überrascht. Sie war verblüfft, viel zu verblüfft, um zu verstehen, was ich ihr da gerade anbot. »Ja, alles ist möglich, selbst das«, zögerte sie. Noch sah sie den Köder nicht, den ich ihr hinhielt.

Also baute ich ihr noch einen Pfeiler. »Glaubst du, wir könnten herausfinden, ob ich Recht habe oder nicht?«

Jetzt endlich begriff meine Frau. »Aber ja«, kam wieder Leben in sie, »wir brauchen es doch nur zu überprüfen.«

»Überprüfen? Wie soll denn das gehen?«, tat ich ahnungslos.

»Ganz einfach, morgen früh machen wir einen Spaziergang an der Weser.«

»An der Weser?«, ich stellte mich weiter dumm, »wo, um Himmels willen, gehen wir da spazieren?«

»Ach, Heinrich!«, Franziska seufzte, dabei sah sie mich strahlend an, »natürlich in Bad Karlshafen.«

7

Zeitig am Morgen standen wir auf. Die Erwartung des vor uns Liegenden trieb uns aus den Betten. Kurz nur frühstückten wir, überflogen flüchtig die Zeitung, dann brachen wir auf. Sicherheitshalber packte jeder eine Tasche mit dem Nötigsten, für den Fall, dass unsere Nachforschungen mehr als einen Tag in Anspruch nahmen und uns zwangen, unterwegs zu übernachten.

Obwohl, wir waren zuversichtlich, die Anschrift Roberts und seiner Frau in Bad Karlshafen rasch in Erfahrung zu bringen. Immerhin hatten wir einige Anhaltspunkte, die uns zügig ans Ziel führen konnten. Auch wenn wir den Familiennamen des Paares nicht kannten, wir wussten von Roberts Tätigkeit als Antiquar, auch von seiner früheren leitenden Anstellung bei einem Chemieunternehmen. Außerdem, es dürfte nicht schwer sein herauszufinden, welche Stationsschwester vor drei Jahren im Krankenhaus Höxter gekündigt hatte, um einen ihrer Patienten zu heiraten.

Wir sprachen wenig auf der Fahrt. Die Aussicht, die Geschichte schon bald mit dem Antreffen der Protagonisten in ihrem Haus unspektakulär aufgelöst zu sehen, hatte uns den Wind derart aus den Segeln genommen, dass wir über andere mögliche Verläufe vorerst gar nicht mehr spekulieren wollten. Erst wenn wir uns davon überzeugt hatten, dass diese einfachste Variante nicht zutraf, würden wir uns – so waren wir übereingekommen – wieder mit anderweitigen Vermutungen und Konstruktionen beschäftigen.

Die schöne Umgebung war ein zusätzlicher Grund, die Fahrt ohne größere Unterhaltung zu genießen. Neben uns strömte der Fluss, erst die Werra, später die Weser, deren Windungen und Kehren die Straße in weiten Schwüngen folgte. Endlose Wälder zogen sich über uns an den steilen Hängen hinauf, vor uns breiteten sich Wiesen und Felder, da, wo sich das Tal um eine Ortschaft herum öffnete. Die Ruhe, die diese stille Landschaft ausstrahlte, übertrug sich auf uns.

Erst mit der Annäherung an das Ziel – gerade hatten wir Wambek hinter uns gelassen, die kleine Kirche und die Fähre davor – begann sich der Zauber zu lösen und der praktischen Überlegung Platz zu machen, wie wir denn bei unserer Suche vorgehen wollten.

Franziska war der Meinung, wir sollten gleich zur Polizei gehen. »Die kennen den Vorgang, kennen Namen und Adresse, außerdem sind sie auf dem neuesten Stand. Wir haben in der letzten Woche die Sache ziemlich aus den Augen verloren. Vielleicht hat sich ja in dieser Zeit etwas Entscheidendes ergeben, von dem wir gar nichts wissen.«

»Sachlich hast du sicher Recht, aber ich glaube, es ist kein guter Stil, amtliche Stellen einzuschalten, bevor man nicht eine persönliche Kontaktaufnahme wenigstens versucht hat.« Ich schaltete herunter, gerade hatte ich das Ortsschild passiert. Über die Mündener Straße fuhr ich in die Stadt hinein. »Ich bin der Ansicht, wir sollten uns als Erstes die Adresse besorgen. Die suchen wir dann auf und sehen, was sich daraus ergibt. Zur Polizei können wir später immer noch.«

Aus den Augenwinkeln sah ich Franziska zustimmend nicken. »Ja, da ist was dran. Du kennst diese Frau, hast dich mit ihr auf ein vertrauliches Gespräch eingelassen. Es wäre nicht gut, wenn sie erführe, dass wir die Polizei mobilisiert haben, um an sie heranzukommen. Nein, wir sollten erst mit ihr reden - wenn sie denn überhaupt hier ist.«

Während ich von der Weserstraße abbog und am Hafenplatz parkte, informierte ich meine Frau über das, was ich vorhatte. »Es dürfte am Unauffälligsten sein, bei der Touristinformation im Rathaus nachzufragen. Wir können uns ja dort als Buchliebhaber ausgeben, die von dem Antiquar einen Rat einholen wollen. In einer so kleinen Stadt wie Karlshafen dürfte jeder jeden kennen, ein Robert, der mit Büchern handelt, müsste eigentlich allgemein bekannt sein.«

»Da wäre ich mir nicht so sicher. Der Mann hat kein öffentlich zugängliches Geschäft, keinen Buchladen, er erledigt seine Arbeit von Zuhause. Was, wenn er dort mit seiner Frau völlig zurückgezogen lebt? Vielleicht wissen ja gerade mal die nächsten Nachbarn, was er treibt.«

Aber dann erwies sich Franziskas Skepsis als gänzlich unbegründet, denn schon unser erster Versuch, Roberts Namen und seine Anschrift zu finden, war ein voller Erfolg.

»Sie wollen also zu Robert Gavel«, kommentierte der

Herr in der Touristinformation mein gerade vorgetragenes buchfachliches Interesse an dem Antiquar. Sein anfangs so freundliches Gesicht mit dem entgegenkommenden Lächeln hatte sich verdüstert, mit auf dem Tresen abgestützten Händen schaute er mich stirnrunzelnd an. »Wegen Büchern, so, so.« Nachdem er mich ausreichend gemustert hatte, ließ er seinen Blick von mir zu Franziska gleiten, schließlich nickte er. Doch schon einen Augenblick später schüttelte er bedauernd den Kopf und klärte mich auf. »Herr Gavel ist bereits seit mehreren Wochen nicht mehr in der Stadt, wussten Sie das nicht? Er ist verschwunden, spurlos verschwunden, kein Mensch weiß, wo er steckt. Sogar die Polizei hat sich in die Suche nach ihm eingeschaltet.«

»Mein Gott!«, tat ich erstaunt. Dann kam mir eine Idee. »Aber was ist mit unseren Büchern?« Ich schlug einen klagenden Ton an. »Wir haben ein großes Paket mit wertvollen Erstdrucken an den Antiquar geschickt. Er sollte sie taxieren, ihren heutigen Marktwert bestimmen. Und nun?« Fragend drehte ich mich zu Franziska.

Die Schnelligkeit, mit der sie die Situation und meine Absicht begriffen hatte, war bewundernswert. Ihr abgrundtiefer Seufzer demonstrierte unmissverständlich, welchen Verlust das Abhandenkommen der imaginären Bibliopreziosen für uns bedeuten würde. »Ach«, wandte sie sich an den Stadtbediensteten, »das wäre ja fürchterlich, wenn unsere Bücher...« In einer Geste der Hoffnungslosigkeit senkte Franziska den Kopf, um ihn gleich darauf wieder hoffnungsvoll zu heben. »Aber vielleicht hat ja seine Frau unsere Paketsendung entgegengenommen?«

»Das glaube ich kaum – zumindest nicht in letzter Zeit«, die Worte des Mannes klangen unberührt und sachlich, so als würde er einen Gast über die Abfahrtszeiten der Weserflotte informieren. Dann jedoch, mit einem Anflug von Wichtigkeit in der Stimme, verkündete er: »Frau Gavel ist nämlich ebenfalls seit einigen Tagen verschwunden.«

»Wie, einfach so?«

»Ja, einfach so, auch bei ihr weiß man nicht, wo sie sich aufhält.«

»Wie kann das sein?« Franziska blickte ihn mit großen Augen an, ich fürchtete schon, ihr gespieltes Entsetzen sei ein bisschen zu dick aufgetragen. »Sind Sie denn sicher, dass die beiden nicht längst wieder da sind?«

»Nun, zumindest gehen meine letzten Informationen dahin, dass sie noch nicht wieder aufgetaucht sind. Schließlich wohne ich auch in der Gartenstraße, genauso wie die Gavels, da spricht man schon mal über die Mitbewohner.«

»Dann sind Sie vielleicht sogar ihr direkter Nachbar?«, provozierte ich eine Richtigstellung.

»Nein«, wie vorausgesehen korrigierte er mich sofort, »ich wohne am anderen Ende der Straße. Das Haus der Gavels ist gleich das erste Anwesen, wenn man aus der Stadt kommt - die Nummer 2.«

»Ja, dann«, ich fasste Franziska am Arm und bedeutete ihr stumm, dass es Zeit war zu gehen. Wir hatten das erfahren, was wir wollten, nun sollten wir unser Wissen zur Anwendung bringen. »Ich glaube, es ist das Beste«, bereitete ich unseren Abgang vor, »meine Frau und ich fahren jetzt erst einmal in die Gartenstraße. Sollten wir dort bei den Gavels wirklich niemanden antreffen, bleibt uns immer noch, uns in den Häusern nebenan zu erkundigen, ob jemand der Nachbarn vielleicht unser Paket entgegengenommen und aufbewahrt hat.« Ich hob die Hand und bedankte mich. »Sehr freundlich von Ihnen, dass Sie uns geholfen haben. Vielleicht schauen wir ja später noch mal rein – dann, wenn wir das Schicksal unserer Bücher geklärt haben. Ich vermute, diese kleine Stadt birgt vieles, was sich anzuschauen lohnt. Sie haben da bestimmt einige Tipps für uns.«

Ich war schon auf dem Weg zur Tür, als mir noch etwas einfiel. »Sagen Sie, der Name Gavel – Sie betonen ihn auf der Endsilbe, das klingt französisch...?«

»Ist auch französisch«, informierte uns der Herr mit einigem Stolz, »ein Überbleibsel der Hugenotten, die bei der Stadtgründung hier angesiedelt wurden. Drüben im Museum...«

»Wir kommen darauf zurück – wenn wir mit dem anderen fertig sind«, versprach ich und verließ, gefolgt von Franziska, die Touristinformation. Kurz blieben wir vor dem großen Glaskasten stehen, der den Eingangsbereich des Rathauses fast vollständig einnahm. In ihm war ein Modell zu sehen von der Stadt, so wie sie der Landgraf vor über dreihundert Jahren am Reißbrett hatte entwerfen und dann bauen lassen. Daneben war ein Stadtplan aufgehängt, der den Ort in seiner jetzigen Ausdehnung zeigte.

»Hier«, deutete ich auf die Gartenstraße am jenseitigen Flussufer, »da müssen wir hin. Komm«, ich zog meine Frau zum Ausgang, »lass uns erst das erledigen, was wir uns vorgenommen haben, danach bleibt uns hoffentlich noch genügend Zeit, uns mit den Sehenswürdigkeiten und der Geschichte von Bad Karlshafen zu beschäftigen.«

8

Den Wagen ließen wir stehen, wir gingen zu Fuß. Die Stadt war klein und übersichtlich, die Entfernung zu der genannten Straße nur gering, ein bisschen Bewegung würde uns guttun.

Auf der Weserbrücke hielt ich an und wartete auf Franziska, die, wie so oft, einige Meter hinter mir herbummelte. »Da siehst du mal, wie unnütz deine Bedenken waren«, rief ich ihr entgegen, »von wegen, keiner kennt die Leute außer den Nachbarn. Schon der erste, den wir ansprechen, weiß über die Gavels Bescheid.«

»Was meine Ansicht nicht widerlegt, denn als Bewohner der gleichen Straße ist der Mann ja fast so etwas wie ein Nachbar«, rechtfertigte sich Franziska, während sie zu mir aufschloss. »Aber ich glaube jetzt auch, dass du – zumindest im Ergebnis – Recht hast«, räumte sie ein. »Der Großteil der Bad Karlshafener dürfte von dieser Geschichte wissen. Doch nicht, weil hier jeder jeden kennt, wie du behauptest, sondern weil ein Ereignis wie das ungeklärte Verschwinden eines Mitbürgers zwangsläufig hohe Wellen in einer Kleinstadt schlägt. Das ist doch hier eine regelrechte Sensation.«

»Ja, es dürfte im Ort eine Menge Vermutungen darüber geben, was passiert sein könnte. Ich nehme an, innerhalb der Bevölkerung kursiert einiges an Mord- und Entführungsszenarien. Deshalb sollten wir uns hüten, bei solchen Spekulationen mitzumachen. Was wir brauchen, sind fundierte Kenntnisse. - Also komm jetzt, vielleicht erhalten wir ja gleich einige Fakten mehr.«

Wir hatten den Fluss inzwischen überquert, folgten der Straße weiter bergauf. Linkerhand auf den bis zum Wasser hinunterreichenden Wiesen des Campingplatzes reihte sich Wohnwagen an Wohnwagen, hell schimmerten die Dächer mit ihren Fernsehantennen zu uns herauf.

Franziska blieb stehen, ihr Blick überflog das weitläufige Areal. »Tatsächlich«, stellte sie fest, »alle haben eine Schüssel auf dem Dach.« Nachdenklich wiegte sie den Kopf. »Ist der Urlaub nicht dazu da, den gewohnten Alltagstrott hinter sich zu lassen, Abstand zu finden und mal etwas ganz anderes zu tun als das, was man jeden Tag macht? Wir haben heutzutage soviel an Freizeit gewonnen, sind so mobil wie nie – und dann nutzen wir diese Freiheit zu nichts Besserem, als unsere Abhängigkeit von einem Ort zum anderen zu transportieren.« Sie drehte sich zu mir um. »Du solltest das mal in den Hotels erleben, wie sich die Speise- und Aufenthaltsräume leeren zur Zeit der Tagesschau und der darauffolgenden Fernsehserien.« Franziskas Augen blitzten.

Auch wenn ich es mochte, meine Frau so ereifert zu sehen, jetzt war nicht die Zeit für solche Betrachtungen. Ich spürte, wie es mich vorwärtsdrängte, wie sich eine Unruhe meiner bemächtigte angesichts dessen, was vor uns lag. »Los, lass uns weitergehen«, forderte ich sie auf, »du änderst sowieso nichts an diesen eingefahrenen Gewohnheiten, also komm!«

Wir erreichten eine erste Abzweigung, die, wie ein Schild zeigte, hinunter zum Bahnhof führte. Aber unser Ziel lag jenseits des Gleiskörpers, das hatte ich vom Stadtplan her in Erinnerung. Also setzten wir unseren Weg fort, passierten die Schienen über eine Brücke und stießen schon nach wenigen Metern auf die Straße, die wir suchten – und auch auf das Haus, an dessen Stirnseite deutlich sichtbar die Nummer 2 angebracht war.

»Lass uns erst einmal daran vorbeigehen und so tun, als

gingen wir spazieren.« Franziska flüsterte, obwohl weit und breit kein Mensch zu sehen war. »Stell dir einfach vor, Heinrich, du seist ein alter, verliebter Ehemann, der mit seiner noch jugendlich aussehenden Frau eine mittägliche Runde dreht.«

»Nichts leichter als das«, beugte ich mich zu ihr hin, legte meine Hand unter ihr Kinn und küsste sie mitten auf der Straße.

Franziska holte Luft. »Oh Gott, wenn uns jemand sieht.«

»Meine liebe Frau«, sanft schob ich sie auf Armeslänge von mir und blickte sie an. »Erstens bin ich mit dir verheiratet und damit legitimiert, dich wo auch immer und wann auch immer zu küssen. Und dann, weshalb diese Geheimnistuerei? Wir observieren hier niemanden, bespitzeln keinen und sind auch nicht auf Verbrecherjagd. Der einzige Grund, weshalb wir hier sind, ist jemanden in seinem Haus aufzusuchen, vielleicht auch ein paar Auskünfte in der Nachbarschaft einzuholen - das ist alles. Oder siehst du das anders?«

»Nein, natürlich nicht. Trotzdem, wir sollten zunächst einmal unauffällig am Haus vorbeigehen und uns einen ersten Eindruck verschaffen«, bestand sie auf ihrer vorsorglichen Heimlichkeit. Offenbar glaubte sie, das das unserer Unternehmung erst die richtige Würze verlieh.

Also schlenderten wir Arm in Arm, der alte Ehemann und seine angeblich jung gebliebene Frau, in die Gartenstraße hinein. So dicht wie nur möglich passierten wir das Haus mit der Nummer 2. Dabei warfen wir aus den Augenwinkeln heraus verstohlene Blicke auf das spitzgieblige Gebäude und den dahinterliegenden Garten, konnten aber nichts erkennen, das auf die Anwesenheit der Bewohner schließen ließ – aber auch nichts, was für eine längere Abwesenheit sprach: Keine Rollläden waren heruntergelassen und auch keine Zeitungen vor der Eingangstür gestapelt.

Etwas ratlos gingen wir weiter, folgten der Straße noch gut hundert Meter, dann hielten wir an.

»Und?«, drehte ich mich in die Richtung, aus der wir gerade gekommen waren, »wissen wir jetzt mehr?«

»Nun, zumindest haben wir jetzt die Bestätigung, dass die Nummer 2 tatsächlich die Adresse des Ehepaars Gavel ist. Über dem Briefkastenschlitz neben dem Tor habe ich den Namen lesen können.«

»Na, wenigstens etwas.« Ich wechselte hinüber auf die andere unbebaute Straßenseite. Unter mir lagen die Schienenstränge, gleich gegenüber der Bahnhof. Gerade lief ein roter Nahverkehrszug ein, nur wenige Fahrgäste stiegen aus. Bad Karlshafen war nicht unbedingt der Nabel des Planeten.

Franziska trat neben mich. »Und was machen wir nun?«

»Das Einfachste der Welt: Wir gehen hin und klingeln, dann werden wir sehen, ob jemand in Nummer 2 zu Hause ist oder nicht.«

Beim Aufklinken des schmiedeeisernen Tores sah auch ich jetzt das Namensschild. »R. und L. Gavel« war in ein messingfarbenes Plättchen eingraviert, das man über dem Briefkasten angeschraubt hatte. Einen Hinweis auf die Tätigkeit Roberts als Antiquar gab es nicht.

Kurz überlegte ich, was das »L.« bedeuten mochte. Vielleicht Luise, der Name einer Dame? Oder doch eher Lotte, Lene? Ich hatte die Frau erlebt, war mit ihr ins Gespräch gekommen. Ich entschied, dass sie das Format hatte, Luise zu heißen.

Während wir über einige Stufen zum überdachten Eingang hinaufstiegen, sahen wir unsere eben gemachten Beobachtungen bestätigt: Nichts lag herum, keine Post, keine

Zeitungen, keine Werbung. Der Boden war sauber, so als sei hier vor nicht allzu langer Zeit gekehrt worden. Selbst der Rasen war einigermaßen gepflegt, wenn auch nicht gerade kurz geschnitten, ein sich mehrere Wochen selbst überlassener Graswuchs würde jedenfalls anders aussehen.

Franziska und ich blickten uns an, hatten den gleichen Gedanken: Hier musste jemand Ordnung geschaffen haben, ein unbewohntes Haus, um das sich wochenlang niemand gekümmert hatte, hätte ein anderes Erscheinungsbild abgegeben.

Doch dann ein erstes Zeichen, das auf eine mögliche längere Abwesenheit der Hausbewohner hindeutete. Ein Kranz, offensichtlich aus den Zweigen der den Garten begrenzenden Buchsbaumhecke geflochten, hing welk und vertrocknet unter der Mattglasscheibe, die das obere Drittel der Eingangstür einnahm. Auch Franziska hatte das dürre Geflecht und die braunen, eingerollten Blättchen bemerkt. Mit einer Kopfbewegung deutete sie auf den wenig einladenden Türschmuck, sagte aber nichts. Stattdessen drückte sie den Klingelknopf.

Ein Bekannter hatte einmal behauptet, aus dem Geräusch, dem Ton oder dem Klang, den das Läuten an der Haustür erzeugte, könne man mit einiger Genauigkeit auf die Mentalität, ja sogar auf den Bildungsstand der dort Wohnenden schließen. Wenn diese These stimmte, musste die gerade aufklingende melodische Abfolge dunkler Hörnerklänge auf eine ernsthafte, besonnene Lebensweise hindeuten. Ich dachte an mein Gespräch mit Frau Gavel in der »Traube«. Zumindest der weibliche Teil des hier lebenden Paares ließ sich gut in dieses Qualifizierungsschema einfügen.

»Scheint niemand da zu sein«, vermutete Franziska, nachdem sich nichts im Haus rührte.

»Drück noch einmal«, forderte ich sie auf. Aber auch beim zweiten Läuten fand das Hornsignal keine Antwort.

Unschlüssig stieg ich die Stufen hinab. Auf einem Plattenweg, später über den Rasen, begann ich, um das Haus herumzugehen. Dabei betrachtete ich sorgfältig die Fenster, suchte nach einer Bewegung hinter den Gardinen, lauschte auf einen Laut, der die Anwesenheit eines Menschen verriet. Aber alles blieb stumm, nichts regte sich.

Als ich um die vordere Hausecke bog, sah ich Franziska am Eingangstor auf mich warten.

»Was ist?«, rief sie mir entgegen.

»Nichts. Nicht der geringste Anhalt, dass jemand daheim ist.«

Als ich herankam, bemerkte ich den prüfenden Blick, mit dem mich meine Frau musterte. »Klingt nicht so, als täte es dir leid, niemanden angetroffen zu haben«, mutmaßte sie.

Ich zögerte kurz, dann nickte ich. Sie hatte Recht, lag nur allzu richtig mit ihrer Vermutung. Schon auf dem Weg um das Haus herum war ich mir der Zwiespältigkeit meiner Gefühle bewusst geworden. Auf der einen Seite hätte es mich schon erleichtert, die nebulöse Geschichte mit dem unbeschadeten Vorfinden des Ehepaares hier zu einem guten Abschluss gebracht zu sehen. Andererseits, es fiel mir schwer, der Verlockung zu widerstehen, einem ungeklärten Mysterium weiter nachspüren zu können.

Ehrlicherweise musste ich mir eingestehen, insgeheim durchaus wohlwollend mit dem Gedanken gespielt zu haben, mit meinem heutigen Besuch die Tatsache bestätigt zu bekommen, dass der Antiquar auch weiterhin verschwunden und seine Frau noch immer nicht wieder aufgetaucht war – nur, damit die Angelegenheit weiter geheimnisvoll blieb und der Anreiz ausreichend groß, der Sache auf den Grund zu gehen.

»Und was machen wir jetzt?«, unterbrach Franziska meine Reflexionen.

»Na, was schon. Wir fragen die Nachbarn. Wenn jemand etwas über das Kommen und Gehen in diesem Haus weiß, dann sie.«

Meine Frau blickte auf die Uhr. »Mittagszeit«, gab sie zu bedenken, » hoffentlich stören wir nicht beim Essen.«

Das Haus mit der Nummer 3 war näher an die Straße herangebaut als das der Gavels, ein kurzer Plattenaufgang führte zur Eingangstür. Während ich läutete, schaute ich noch einmal hinüber zu dem Gebäude mit dem hohen spitzen Dach, das von hier aus wie ein zu groß geratenes, verlassenes Zwergenhaus wirkte. Noch hatte es uns das Geheimnis um seine verschwundenen Bewohner nicht preisgegeben. Aber vielleicht erfuhren wir ja hier in der Nachbarschaft etwas.

Erschrocken machten wir einen Schritt zurück, als plötzlich vor uns mit einem Ruck die Tür aufflog und ihr Holz, ungebremst von der die Klinke verfehlenden Hand, laut an die rückwärtige Dielenwand knallte. Ein Hut segelte von der dort aufgehängten Garderobe, ein Schirm fiel zu Boden. Schnell schob sich ein Filzpantoffel nach vorne, um das Zurückprallen der Tür zu verhindern. Dicke, speckige Finger griffen nach ihrem Rand und brachten sie zum Stillstand.

Ein Körper schob sich nun zwischen Hand und Fuß, ein Körper von einem derartigen Umfang, dass er nahezu den gesamten Rahmen ausfüllte. Zwei kleine Augen, von den schwammigen Lidern fast verdeckt, funkelten uns an. Mit einem Schnaufen trat die schwergewichtige Frau auf uns zu, die Arme in die Seiten gestemmt. Wenigstens ließ sie den Schirm liegen, ich hatte schon befürchtet, dass sie ihn gegen uns erheben könnte.

»Was wollen Sie denn jetzt schon wieder«, donnerte sie uns entgegen. »Wie viel mal muss ich es Ihnen denn noch sagen: Ich werde dieser Frommen-Weiber-Clique nicht beitreten. Die sollen ihre Pullover für die Neger alleine stricken. Und an dem Wohltätigkeitsbasar werde ich auch nicht teilnehmen. Wenn das doch der Pfarrer mal endlich...« Plötzlich stockte sie und blickte uns genauer an. Ohne, dass sie den Kopf bewegte, gingen ihre Schweinsäuglein zwischen Franziska und mir hin und her. Schließlich zog sie eine Brille aus der Tasche ihres Schürzenkleides.

»Mein Gott, Sie sind ja gar nicht die von der Kirche«, erkannte sie, nachdem sie uns eine Weile durch die Gläser gemustert hatte. »Und ich dachte, das wären schon wieder...« In einer Geste der Abwehr hob sie die Arme. »Sie glauben nicht, wie diese Leute mich nerven. Alle Naselang tauchen die hier auf, um mein Seelenheil zu retten. Als hätte ich Zeit, an die Seele zu denken – ich habe, weiß Gott, genug mit meinem Körper zu tun.« Ein Lächeln überzog das runde Gesicht und ließ für einen Moment die Augen ganz verschwinden. Zufrieden strichen die fleischigen Hände über den Bauch. »Ich koche halt gerne – und mir schmeckt alles«, gab sie ihre unübersehbare Schwäche zu. Nicht die Spur von Reue war aus ihren Worten herauszuhören.

»Also von der Kirche sind Sie nicht – und wie Hausierer sehen Sie auch nicht aus.« Ein Nicken begleitete ihre Feststellung, wieder wanderten die Äuglein. »Wer, zum Teufel, sind Sie dann? Und vor allem, was wollen Sie von mir?« Erneut grollte es gewaltig über der ausladenden Brust, aber das Lächeln um den Mund war geblieben, das beruhigte mich.

»Frau Paschulke« - ich hatte ihren Namen an der Tür gelesen -, »bitte entschuldigen Sie, dass wir so unangemeldet bei Ihnen hereinschneien. Meine Frau und ich, wir waren gerade am Haus nebenan, wollten zu Herrn Gavel. Aber dort macht niemand auf. Deshalb dachten wir, das Beste ist, wir erkundigen uns mal in der Nachbarschaft, ob Herr und Frau Gavel vielleicht verreist sind?« Noch einmal signalisierte ich mit einer Handbewegung unser Bedauern für die Störung, gleichzeitig versuchte ich, sie von der Harmlosigkeit unseres Anliegens zu überzeugen. »Wir sind nämlich Kunden«, blieb ich bei dem, was ich dem Mann in der Touristinformation aufgetischt hatte, »Bücherkunden, die Herrn Gavel um Rat gebeten haben. Da wir jedoch keine Antwort von ihm erhielten, sind wir heute von Eschwege hierher gekommen...«

»Um ein verlassenes Haus vorzufinden...«, Frau Paschulke schüttelte den Kopf, es sah so aus, als wiege sich ein Dickschiff sanft in der Dünung. »Sagen Sie nur, Sie kennen die Geschichte nicht?« Verständnislosigkeit lag in ihrem Blick, vielleicht auch etwas Mitleid über unsere Unwissenheit. Dann erinnerte sie sich. »Ach ja, gerade sprachen Sie davon – Sie sind nicht von hier. Dann haben Sie wahrscheinlich noch nichts von dieser mysteriösen Angelegenheit gehört.« Umständlich setzte sie die Brille ab und verstaute sie zwischen den Falten ihres weiten Kleides.

Wir warteten und hofften, dass sie weitersprechen, uns vielleicht sogar in ihre Wohnung bitten würde. Aber noch wich die Frau keinen Schritt von der Haustür zurück, noch immer schienen wir ungebetene Eindringlinge zu sein, die es gewagt hatten, ihre Ruhe – oder schlimmer noch – ihre Essensvorbereitungen zu stören.

Doch dann fand meine kluge, lebenserfahrene Frau den Schlüssel, der die Barriere öffnete und uns Zutritt in die Wohnung der korpulenten Walküre verschaffte.

»Hhmmm! Das riecht aber gut bei Ihnen«, schnüffelte Franziska in den schmalen Spalt, der zwischen dem breiten Körper und dem Türrahmen noch verblieben war. »Kerbel, stimmt's? Auch Estragon und Pimpernell – das erkenne ich sogar von hier. Was gibt's denn heute Gutes bei Ihnen?«

Überrascht von dem plötzlichen Interesse sah die Frau Franziska an. Das Lächeln erschien wieder auf ihrem Gesicht, breiter noch als vorher, die prall gerundeten Wangen begannen sich zu röten. Nun schnupperte auch sie in die Richtung, aus der die Gerüche kamen. Geräuschvoll zog sie die Luft durch die Nase, dann nickte sie zufrieden. »Erstaunlich, wie Sie das aus dieser Entfernung riechen können«, bewunderte sie Franziskas Geruchsvermögen und trat einen Schritt zurück, um die den Flur füllenden Düfte in ihrer vollen Intensität an die Nase meiner Frau gelangen zu lassen. »Ich habe gerade ein Gratin in den Ofen geschoben. Es ist ein erster Versuch, in dieser Form habe ich den Auflauf noch nie gemacht.«

»Lassen Sie mich raten«, wieder schniefte Franziska den Düften nach, hatte jetzt aber schon einen Fuß in den Wohnungsflur gesetzt, »wenn mich nicht alles täuscht, wird das ein Gratin mit Meeresfrüchten. Dieses maritime Aroma ist unverwechselbar.«

»Ja, es soll ein Krabben-Spargel-Auflauf werden – wenn's denn gelingt«, bestätigte die ambitionierte Köchin, augenscheinlich glücklich, sich mit jemand austauschen zu können, der ihre Künste zu würdigen verstand.

Franziskas Unschuldsmiene verriet nichts von ihrer Absicht, eifrig spann sie den Faden weiter: »Besonders lecker schmeckt so ein Gratin, wenn man es mit einigen Scheiben Käse überbackt – ein herzhafter Appenzeller zum Beispiel – dann noch eine Fingerspitze Basilikum...«

»Und natürlich eine Knoblauchzehe, die gehört einfach dazu«, bestand Frau Paschulke auf ihrer Art, den Auflauf zuzubereiten. Dabei zog sie Franziska so weit in den Flur hinein, dass ich die Fortführung des Gesprächs nur noch mit Mühe verfolgen konnte. Soviel jedoch verstand ich, dass es jetzt um die Hitze des Backofens ging.

»Entscheidend für das Gelingen eines Gratins ist die Temperatur«, behauptete die schwergewichtige Frau, »ein Zuviel trocknet das Ganze aus, ein Zuwenig verhindert die richtige Bindung der Schichten. Kommen Sie, ich zeige Ihnen meinen Herd – es ist das Neueste, was es auf dem Markt gibt.«

Dies waren die letzten Worte, die ich von den beiden Frauen hörte, und das Letzte, was ich von ihnen sah, bevor sie aus meinem Blickfeld in einen Raum verschwanden, von dem ich annahm, es könnte die Küche sein.

Unschlüssig stand ich da, allein und zurückgelassen in der offenen Haustür. Vergebens wartete ich auf ein Zeichen, auf eine winkende Hand oder doch zumindest einen Ruf, der mich zum Eintreten aufforderte. Die Zeit verging, aber nichts geschah. Da ich nicht ewig draußen stehen wollte, trat ich in den Wohnungsflur und schloss die Tür hinter mir.

Ein leiser Aufschrei, begleitet von den Worten »mein Gott, schmeckt das köstlich!«, zeigte mir, wo ich die Verschwundenen finden würde.

Es war ein friedliches Bild, das sich meinen Augen beim Blick durch die angelehnte Küchentür darbot. An einem Tischchen, jeder vor einer Untertasse mit einem Gäbelchen in der Hand, saßen sich meine schlanke Franziska und die alles andere als schlanke Gastgeberin gegenüber. In andachtsvollem, nur hin und wieder von einem genießerischen »Ah« unterbrochenen Schweigen verzehrten sie das auf das

Tellerchen Gehäufte, wohl eine Kostprobe des göttlichen Gratins, das ich hinter der Scheibe eines beleuchteten Backofens vor sich hinköcheln sah.

Gerade kratzte Franziska die Reste auf ihrem Teller zusammen und schob sie in den Mund, dabei verdrehte sie die Augen und lobte: »Großartig, Frau Paschulke, Sie können kochen, das muss man Ihnen lassen.«

Eilfertig, mit einer für ihre gewichtige Figur erstaunlichen Behändigkeit, erhob sich die Angesprochene von ihrem Stuhl. »Wenn Sie wollen, fülle ich Ihnen noch etwas auf. Es freut mich doch, wenn es Ihnen schmeckt.«

»Nein, danke«, wehrte Franziska ab und stand ebenfalls auf. »Wir sollten den Auflauf jetzt in Ruhe garen lassen. Jedes neue Öffnen des Backfachs bedeutet einen Verlust an Hitze, das sollten wir unbedingt vermeiden. Und außerdem, die eine Kostprobe war völlig ausreichend – und sie war ausgezeichnet, nochmals mein Kompliment.«

Ich hielt den Zeitpunkt für geeignet, mich von der Tür her bemerkbar zu machen. »Hallo«, ich hob die Hand und winkte, »ich bin jetzt hier. Ich habe mir erlaubt...«

»Aber kommen Sie doch herein.« Frau Paschulke zog mich am Arm in die Küche. Sie war nun die Freundlichkeit in Person, nichts war mehr übrig von ihrer zu Beginn gezeigten polternden Art. »Darf ich Ihnen denn auch eine kleine Probe meines Krabben-Spargel-Auflaufs servieren?«

»Nein, wirklich nicht, vielen Dank«, lehnte ich ab, »eigentlich sind wir nur deshalb hier, weil wir uns nach Ihren Nachbarn erkundigen wollten.«

»Ach ja, richtig, Sie fragten nach Herrn und Frau Gavel.« Frau Paschulke seufzte. »Glauben Sie etwa, ich weiß, was sich da drüben abgespielt hat? Wo doch nicht einmal die Polizei eine Ahnung hat, was da läuft. Erst verschwindet der

Mann - und jetzt ist auch noch die Frau weg. Wer soll das verstehen.«

»Wie?«, stellte ich mich ein weiteres Mal unwissend, »sie sind beide verschwunden? Meinen Sie damit, sie sind abgereist?«

»Nein, so wie ich es sage, sie sind einfach nicht mehr da. Wenn man verreist, teilt man doch im Allgemeinen jemandem mit, wohin man fährt. Herr und Frau Gavel jedoch sind fort, ohne dass jemand weiß, wo sie stecken.«

»Tatsächlich, das ist ungewöhnlich«, entfuhr es mir. Offenbar schaffte ich es, dabei so verblüfft auszusehen, dass Frau Paschulke sich entschloss, uns die Geschichte von dem Verschwinden ihrer Nachbarn zu erzählen. Im Großen und Ganzen deckte sich die Schilderung mit dem, was wir bereits wussten, ohne dass wir das ihr gegenüber zu erkennen gaben. Zu den von der Polizei aufgeführten Motiven, warum Robert sein Haus verlassen haben könnte, hatte sie ihre eigene Meinung: »Angeblich soll sich der Mann mit einer anderen davongemacht haben. Das ist doch lächerlich. So, wie die beiden miteinander umgingen. Die liebten sich, das sah doch jeder.« Ihre Stimme war dabei, wieder an Volumen zu gewinnen. »Der Mann ist entführt worden, was denn sonst. Sie werden sehen, irgendwann taucht eine Lösegeldforderung auf.«

»Nach so langer Zeit?«, wandte ich ein. Doch dann kam ich gleich wieder auf das Geschehen zurück, es galt, ihre Auskunftsbereitschaft zu nutzen. »Und jetzt ist also auch noch Frau Gavel verschwunden?«

»Ja. Sie ist schon viel zu lange weg, als dass ich mir nicht Sorgen machen müsste. Fast zwei Wochen ist das jetzt her, als sie mir den Hausschlüssel herüberbrachte und mich bat, für ein paar Tage nach der Post und den Blumen zu sehen -

so wie sie es immer tat, wenn sie und ihr Mann verreisten. Eigentlich wollte sie längst zurück sein. Wenn ich doch nur wüsste, was ich tun soll. Manchmal denke ich, ich sollte die Polizei informieren.« Erregt ging sie in der Küche auf und ab.

Plötzlich verharrte sie. Misstrauisch drehte sie sich zu uns um. »Was wollen Sie eigentlich von den Leuten nebenan?«, fragte sie. Wahrscheinlich war ihr gerade eben erst bewusst geworden, was sie uns, den Fremden, da alles anvertraut hatte. »Sagten Sie nicht, Sie seien Kunden?«

»Ja, das ist richtig«, log ich sie an. »Herr Gavel wurde uns von Freunden als erstklassiger Fachmann in antiquarischen Dingen empfohlen, deshalb haben wir ihm vor einiger Zeit ein Paket mit wertvollen Erstausgaben zugeschickt. Er sollte die Bücher für uns begutachten.«

»Aber es ist kein Paket gekommen, zumindest nicht in dem Zeitraum, in dem ich die Post annehme.«

»Ach!«, rief ich erschrocken, »dann ist unsere Sendung vielleicht verloren gegangen?«

»Nun, möglicherweise hat ein privater Lieferdienst etwas zuzustellen versucht. Sie wissen ja, wie diese Leute sind: Ist niemand zu Hause, nehmen sie das Paket wieder mit.«

»Aber der Brief! Was ist mit dem Brief!« Meine spontane Eingebung schien auch Franziska zu verwirren, fragend schaute sie zu mir. »Hoffentlich ist wenigstens der Brief angekommen.«

»Das weiß ich nicht«, Frau Paschulke zuckte mit den Schultern. »Ich habe mir die Briefe nicht näher angesehen. Frau Gavel hat mich nur gebeten, die Post von draußen hereinzuholen und in einen Korb zu legen. Das habe ich auch getan.« Sie hob die Hände, als wolle sie jede anderweitige Verdächtigung von sich weisen. »In letzter Zeit hat der Briefträger die Zustellungen für nebenan sogar direkt zu mir gebracht – damit sie drüben nicht vor der Eingangstür herumliegen. Ein-, zweimal in der Woche gieße ich im Nachbarhaus die Blumen – dann nehme ich alles mit, was sich an Post angesammelt hat, und lege es zu dem anderen in den Korb. Hier«, sie ging hinaus in den Flur und kam mit einigen Briefen in der Hand zurück, »das ist die Post der letzten beiden Tage. Vielleicht ist ja Ihr Brief dabei.« Mit einer auffordernden Kopfbewegung reichte sie mir den Stapel.

»Oh«, tat ich aufgeregt, »das wäre ja wunderbar.« Ich trat ans Fenster, kehrte den Frauen den Rücken und blätterte die Briefe durch. Doch das, was ich suchte, fand ich nicht. Das Meiste waren Anschreiben von irgendwelchen geschäftlichen Partnern Robert Gavels, von Buchhändlern zum Beispiel, auch von dem einen oder anderen Großversand. Ein Umschlag, dicker als die anderen, kam von einem Auktionshaus; möglicherweise enthielt er einen Versteigerungskatalog. Aber nicht eine der Postzustellungen trug den Namen Eleonora Gregorius als Absender, auch gab es keinen von einem der Eheleute Gavel abgesandten Brief, nichts also, das ihren möglichen Aufenthaltsort hätte verraten können.

Ich drehte mich um. »Nein, mein Brief ist nicht dabei.« Mit einem Schulterzucken reichte ich die Post zurück.

Aber noch bestand die Hoffnung, unter den Zusendungen der vorhergegangenen Tage etwas Brauchbares zu finden. Es würde schon von Vorteil sein, wenn ich einen Blick in den Postkorb nebenan werfen könnte. Also fuhr ich fort, enttäuscht den Kopf hängen zu lassen und mich weiter besorgt um meinen Brief zu zeigen.

Voller Anteilnahme sah mich Frau Paschulke an. »War denn der Brief so wichtig?«

»Wichtig?«, gab ich mir Mühe, verzweifelt zu klingen. »Er enthielt alle Quellenangaben zu den Büchern, teilweise sogar die Originale. Nicht auszudenken, wenn die verloren gingen.« Leise stöhnte ich auf in der Hoffnung, sie so zu beeindrucken.

Zunächst aber musste ich mir ihren Vorwurf anhören. »Sie hätten den Brief unbedingt als Einschreiben aufgeben müssen«, tadelte sie, »wertvolle Originale schickt man doch nicht mit der normalen Post.«

»Ja, das habe ich nicht bedacht«, zerknirscht blickte ich auf meine Fußspitzen.

Franziska trat auf mich zu. Wie tröstend fasste sie mich am Arm und gab vor, mir Mut machen zu wollen. Sie hatte schnell begriffen, auf was ich aus war. »Kopf hoch, Heinrich, warum sollte der Brief nicht ordnungsgemäß zugestellt worden sein. Er wird bestimmt drüben im Korb liegen. Was meinen Sie, Frau Paschulke?«

»Höchstwahrscheinlich liegt er da. In den letzten Tagen ist soviel Post eingegangen. Aber warten Sie«, mit der Hand an der Herdkante abgestützt beugte sie den Oberkörper so, dass sie durch die Glasscheibe auf den Auflauf sehen konnte. »Zehn, fünfzehn Minuten braucht er noch«, schätzte sie und richtete sich auf. »Wir könnten die Zeit nutzen und kurz nach nebenan gehen. Vielleicht ist Ihr Brief ja tatsächlich im Korb.« Aus einem der Küchenschränke holte sie einen Schlüsselbund, überprüfte, dass die Herdtemperatur richtig eingestellt war, dann winkte sie uns, mitzukommen.

Auf dem Weg zum Nachbarhaus bat ich sie noch einmal um eine Bestätigung: »Frau Paschulke, habe ich das richtig verstanden: Weder Sie noch jemand anderer kennt den Aufenthaltsort von Herrn Gavel – und auch nicht den seiner Frau?«

»Ja, das stimmt, die beiden sind verschwunden, ohne auch nur die geringste Spur zu hinterlassen.«

»Also hat Frau Gavel auch nicht versucht, mit Ihnen Kontakt aufzunehmen?«

»Nein, seit zehn Tagen habe ich nichts mehr von ihr gehört.«

Inzwischen waren wir vor der Eingangstür der Hausnummer 2 angelangt. Frau Paschulke suchte nach dem richtigen Schlüssel.

»Wer hat denn hier den Rasen gemäht? Waren Sie das?«, fragte ich, während sie aufschloss.

»Nein, das war Herr Kullmann, er wohnt im Stockwerk über mir. Er mag es nicht, wenn das Gras so hoch steht, also hat er nicht nur unseren Rasen, sondern auch den des Nachbargrundstücks gemäht.«

Endlich schnappte die Tür auf. Frau Paschulke zog den Schlüssel ab, behielt ihn aber in der Hand, dann betrat sie das Haus. Ich ließ Franziska den Vortritt und folgte den beiden Frauen.

Es dauerte einen Moment, bis ich mich an die Dunkelheit gewöhnt hatte. Das Mattglasfenster in der Tür war die einzige Lichtquelle, sie reichte gerade mal, um mich nicht gegen die Stufen stoßen zu lassen, die aus der Diele hinauf in den Flur führten.

Ein Ausruf drang von dort zu mir. »Mein Gott, wie riecht‘s denn hier!« Eine Tür ging auf. Kurz erschien in ihrer hellen Öffnung die korpulente Silhouette unserer Begleiterin, um gleich darauf in dem dahinterliegenden Raum zu verschwinden. Ein Klacken war zu hören, ein Kratzen und schließlich ein Schlagen gegen die Wand, als die Fensterflügel energisch aufgezogen wurden.

Ich war erst gar nicht weitergegangen, war auf dem Treppenabsatz stehengeblieben. Auch Franziska hatte angehalten, dicht stand sie vor mir und hielt sich mit vor dem Gesicht angewinkelten Arm den Ärmel ihrer Bluse unter die Nase,

Frau Paschulke tauchte in der Türöffnung auf. »Eine der Pflanzen muss faul sein. So ein Gestank. Ich habe erst einmal die Fenster aufgerissen. Vielleicht sollten wir einige Minuten warten, bis richtig durchgelüftet ist.« Sie verließ das Zimmer und zog die Tür hinter sich zu.

Auch wenn der Geruch hier im jetzt verschlossenen Flur längst nicht so durchdringend penetrant war wie noch bei geöffneter Tür, so war er doch ausreichend intensiv, um in mir ein plötzliches Wiedererkennen zu wecken, eine Erinnerung an gleichartige, frühere Geruchserlebnisse, die sich unverwechselbar und lebenslang in mir eingegraben hatten. Zur Aufgabe des Arztes gehört es, sich mit Toten zu beschäftigen. Meist sind es die gerade Verstorbenen, gelegentlich aber auch Menschen, die erst einige Tage nach ihrem Tod entdeckt und dann ärztlich begutachtet werden müssen. Wer einmal die Ausdünstungen einer halbverwesten Leiche zu riechen gezwungen war, wer jemals eine solche, kaum auszuhaltende, die Sinne weit überfordernde Reizung des Geruchsempfindens erlebt hat, der wird diese ekelerregende Wahrnehmung niemals wieder vergessen.

Jetzt, da ich wusste, auf was ich treffen würde, löste sich meine Erstarrung. Ich packte Franziska an den Schultern, drehte sie zur Haustür. »Nimm Frau Paschulke und geh mit ihr nach draußen. Ich sehe nach, woher der Geruch kommt.« Von der seitlichen Garderobe zog ich einen Schal, presste ihn mir aufs Gesicht, dann öffnete ich die Tür, hinter der es so entsetzlich roch.

Augenscheinlich war der vor mir liegende Raum das

Wohnzimmer des Ehepaars Gavel, oder genauer gesagt ihr Wohn-Esszimmer, denn eine offene Verbindung führte im hinteren Bereich in eine geräumige Nische, die mit einem runden Tisch und einigen darum gruppierten Stühlen ausgestattet war. Obwohl die drei Fenster weit offen standen, war der Geruch noch immer nahezu unerträglich. Deshalb verzichtete ich darauf, mich weiter umzusehen, zielgerichtet machte ich mich auf die Suche nach der Quelle des furchtbaren Gestanks.

Ich brauchte nicht lange, um den Toten zu finden. Meine Nase führte mich auf direktem Weg zu ihm hin. Ich durchquerte den Wohnraum, betrat das Esszimmer und entdeckte die Wandöffnung – wohl die Durchreiche für Speisen und Geschirr -, aus der es dermaßen pestilenzialisch roch, dass ich trotz des vorgehaltenen Wollschals würgen musste. Ich zwang mich zur Ruhe, atmete nur noch flach durch den Mund, dann öffnete ich die neben dem Wanddurchbruch gelegene Tür.

Der Mann lag in Rückenlage auf dem hellgefließten Küchenboden. Wie bei einem Hampelmann, dessen Schnur man gerade gezogen hatte, waren die Arme nach oben gestreckt, die Beine gespreizt. Trübe, eingesunkene Augen starrten aus tiefen Höhlen zur Decke. Ein Schwarm Fliegen stieg bei meinem Eintritt auf und verteilte sich im Raum.

Es kostete mich Überwindung, auf das entsetzliche Bild zu schauen, auf den leblosen, halbzersetzten Körper, der in seiner wehrlosen Haltung wie ein wem auch immer dargebrachtes Opfer wirkte, ein Anblick, den ich mir nur so lange zumutete, wie ich brauchte, um zu wissen, wer da vor mir lag.

Fluchtartig verließ ich die Küche, eilte durch das Wohnzimmer in den Flur und von dort nach draußen. Ich kämpfte mit dem Brechreiz, war kurz davor, mich zu übergeben. Gierig sog ich die frische Luft in die Lungen.

Die Frauen standen am Fuß der Eingangstreppe und sahen mich angstvoll an. Franziska kam die Stufen herauf, schmiegte sich an mich, sagte aber nichts. Erst, als sie merkte, dass sich meine Atmung beruhigt und meine Haut wieder Farbe bekommen hatte, sprach sie mich an: »Nicht wahr, Heinrich, da drin liegt eine Leiche.«

Ich nickte, starrte hinaus in den Garten, konnte aber nicht verhindern, dass das schreckliche Bild wieder vor meinen Augen auftauchte.

Auch Frau Paschulke war jetzt die Treppe hinaufgestiegen. Entgeistert stierte sie mich an. »Eine Leiche, sagten Sie? Aber da war keine Leiche, ich habe nichts gesehen.«

»Nein, sehen konnten Sie sie auch nicht, aber riechen. Der Tote liegt in der Küche. Es ist ein Mann.«

»Ein toter Mann!?« Die breite Brust hob sich unter einem entsetzten Aufstöhnen. »Aber, um Himmels willen, wer soll das sein?«

Kurz fragte ich mich, ob ich mir wirklich sicher sein konnte. Ich war dem Toten schließlich noch nie vorher begegnet.

Franziska zerrte an meinem Arm. »Heinrich, wer ist der Mann?«

Noch einmal holte ich tief Luft. »Ich glaube nicht, dass ich mich irre. Auch wenn ich ihn nur kurz auf einem Foto gesehen habe und sein jetziger Zustand es nicht leicht macht, ihn wiederzuerkennen – für mich steht fest – der Tote in der Küche ist Robert Gavel.«

9

»Warum hast du ihnen nichts davon erzählt?«, fragte Franziska neben mir auf dem Beifahrersitz. Erstaunen lag in ihrer Stimme. »Es ist doch mehr als seltsam, wenn ein Ehemann der eigenen Frau seine Verwandtschaft vorenthält. Meinst du nicht, dass sie von diesem merkwürdigen Verhalten des Antiquars erfahren müssten?«

»Ich weiß nicht.« So ganz war ich mir selbst nicht im Klaren, warum ich diesen Teil meines damaligen Gesprächs in der »Traube« der Polizei verschwiegen hatte. War es die unterbewusste Scheu, etwas, das mir persönlich anvertraut war, preiszugeben – oder hatte ich einfach nur vergessen, es zu erwähnen.

Wir waren auf dem Weg zurück nach Eschwege. Dämmerung lag inzwischen über dem Wesertal, längst war die Sonne hinter den Bergen des Reinhardswaldes verschwunden. Den ganzen Nachmittag hatte ich im Vernehmungsbüro der Polizei zugebracht, hatte ein um das andere Mal zunächst den vor Ort ermittelnden Beamten aus Hofgeismar, später den Spezialisten aus Kassel berichten müssen, unter welchen Umständen die Leiche von uns gefunden worden war. Auch hatte man immer wieder wissen wollen, warum wir heute nach Bad Karlshafen gekommen waren, und welche Veranlassung wir hatten, das Haus in der Gartenstraße aufzusuchen.

Da es als ausreichend befunden wurde, dass ich allein die Polizei zur weiteren Vernehmung und zur Protokollierung der Aussage in ihre Diensträume begleitete, hatte Franziska nach Beantwortung einiger kurzer Fragen am Leichenfundort die völlig aufgelöste Frau Paschulke in ihre Wohnung führen und sich dort um sie kümmern dürfen. Erst später dann waren wir wieder zusammengekommen, hatten noch eine Kleinigkeit im »Kaiser Wilhelm« gegessen, danach aber sofort die Heimfahrt angetreten.

Vor uns wand sich der breite Fluss, dunkel jetzt im schwindenden Licht. Nichts war mehr geblieben von dem glitzernden Flimmern des Vormittags.

Während ich zum Überholen eines Traktors ansetzte, versuchte ich, Franziskas unterschwelligem Vorwurf zu begegnen: »Ich habe der Polizei alles erzählt: Mein zufälliges Zusammentreffen mit der »Bettlerin«, mein Gespräch mit ihr in der »Traube«, auch ihre Bitte, mich nach Ela umzuschauen. Ich habe berichtet, wie ich dann später Eleonora Gregorius aufgespürt und herausgefunden habe, dass sie Roberts Schwägerin ist. Du siehst, ich habe alles offengelegt, habe nichts zurückgehalten. Nur eben jene Verwandtschaftssache, die habe ich nicht erwähnt, insofern hast du Recht!« Kurz sah ich sie an. »Glaubst du denn, das ist wichtig?«

»Möglicherweise. Immerhin ist es der einzige Hinweis, dass es in Robert Gavels Vorgeschichte einige Ungereimtheiten gegeben haben könnte.«

»Du meinst, die Tatsache, dass er seiner Frau nichts von seiner Familie erzählt hat, deutet auf eine Absicht hin, etwas zu verbergen?«

»Warum nicht? Ist doch ungewöhnlich, so ein Verhalten. Oder?«

»Ja«, gab ich zu, »jetzt, wo du mich darauf aufmerksam machst, glaube ich auch, dass dieses Detail mehr Bedeutung verdient, als wir ihm bisher zugemessen haben.«

Eine Weile schwiegen wir, hingen unseren Gedanken nach. Zuviel war heute geschehen, zuviel in uns aufgewühlt worden, das musste erst einmal wieder heruntergefahren und besänftigt werden. Vorhin beim Essen im Gasthaus hatte ich Franziska ausgiebig über meine Gespräche mit der Polizei informiert, auch über deren Skepsis hinsichtlich unserer Rolle im Fall Gavel, wie diese Angelegenheit nun offiziell hieß. »Die Beamten hatten Schwierigkeiten zu begreifen, dass unser heutiger Ausflug nach Karlshafen nichts anderem diente, als herauszufinden, ob der Antiquar oder seine Frau wieder nach Hause zurückgekehrt waren. Mit einem Anruf hätte man das genausogut in Erfahrung bringen können, war ihre Meinung. Ich versuchte, ihnen klarzumachen, dass uns die persönliche Nachforschung vor Ort einfach reizvoller erschienen war als eine telefonische Auskunft, stieß jedoch damit bei ihnen auf Unverständnis.«

Ich hatte Franziska berichten können, dass es sich bei der Leiche tatsächlich um den Hausherrn handelte. Der Tote war nach Augenschein und auch anhand der bei ihm gefundenen Ausweispapiere als Robert Gavel identifiziert worden. Auch die Todesursache stand nach einer ersten Untersuchung des hinzugerufenen Polizeiarztes fest: Die schweren Verletzungen am Hinterkopf waren ein sicherer Beleg, dass man den Antiquar erschlagen hatte. Wahrscheinlich war die Tat schon vor sieben oder acht Tagen begangen worden, Genaueres würde die gerichtsmedizinische Untersuchung und die Obduktion ergeben.

»Was für ein Scheißjob«, hatte Franziska wenig damenhaft die anstehende Arbeit des Pathologen kommentiert. Bei dem Gedanken an den fürchterlichen Zustand des Leichnams hatte ich ihr innerlich zugestimmt.

Wir verließen das Wesertal, folgten der Werra flussaufwärts und näherten uns Witzenhausen. Noch immer war Franziska mit unserem grausigen Fund beschäftigt. »Du sagtest vorhin, der Mann starb schon vor einer Woche. Aber warum hat man ihn erst heute entdeckt? Frau Paschulke war doch vorher mehrfach im Haus wegen der Post und zum Gießen der Pflanzen...?«

»Hast du nicht die übervollen Fensterbänke im Wohnzimmer bemerkt?«, half ich ihr auf die Sprünge. Dann aber fiel mir ein, dass sie ja nur vom Flur her einen kurzen Blick in den Raum geworfen und die lange Reihe der Blumentöpfe wahrscheinlich gar nicht gesehen hatte. Also informierte ich sie: »Alles, was gegossen werden musste, war am Fenster dicht nebeneinander gestellt. Das hat Frau Paschulke die Arbeit erleichtert und ihr erspart, zum Gießen in die Nebenräume zu gehen. Auch der Postkorb stand im Wohnzimmer. So erklärt sich, warum sie von dem Toten nichts wusste. Sie hat die Küche nämlich gar nicht betreten müssen. Wenn nicht der entsetzliche Geruch gewesen wäre, hätten wahrscheinlich auch wir heute das Haus wieder verlassen, ohne den Leichnam bemerkt zu haben.«

»Scheußlich, diese Vorstellung: Da liegt jemand, fault vor sich hin – und keiner kriegt‘s mit.« Franziska schüttelte sich bei dem Gedanken.

Vor uns tauchten die Häuser von Bad Sooden-Allendorf auf. Aber meine Frau war noch lange nicht fertig mit dem Toten. »Ich frage mich, was Robert Gavel in den Wochen nach seinem Untertauchen eigentlich gemacht hat? Hat er jemanden derart in die Enge getrieben, dass der sich nur mit einem Mord zu befreien wusste? Oder hat da jemand eine alte Rechnung begleichen wollen, etwas eingefordert, was noch aus früheren Zeiten offenstand?« Franziska nickte vor sich hin, bis jetzt hatte sie zu sich selbst gesprochen, ihren Gedanken laut freien Lauf gelassen. Nun aber sprach sie mich an. »Hat sich denn die Polizei in irgendeiner Weise geäußert, was der Antiquar nach seinem Verschwinden getrieben haben könnte? Oder wo er sich die ganze Zeit über aufgehalten hat? Du hast sie doch bestimmt danach gefragt?«

»Natürlich habe ich wissen wollen, ob es neue Erkenntnisse gibt. Sie haben mir auch bereitwillig Auskunft gegeben, was nicht weiter verwunderlich war, denn sie hatten nichts, was über das hinausging, was mir die Ehefrau in der »Traube« erzählt hatte. Allerdings habe ich den Verdacht, dass man nie so richtig an einer Aufklärung interessiert war. Von Beginn an hat die Polizei diese Angelegenheit als ein privates und familiäres Geschehen betrachtet, ist ihr folglich nie konsequent nachgegangen. Und wenn ich ehrlich bin, ich kann die Beamten verstehen – ein ernstzunehmender Anhalt für einen kriminellen Hintergrund war ja auch anfangs nicht zu erkennen.«

»Aber jetzt – jetzt gibt es einen Toten.«

»Ja, nun sieht die Sache natürlich anders aus. Nach dem Mord dürfte Roberts Verschwinden in einem ganz neuen Licht gesehen werden. Man wird wohl nicht umhin kommen, die Abläufe von damals wieder aufzurollen, wird die Ereignisse jetzt wesentlich intensiver beleuchten müssen, als man es seinerzeit getan hat.«

Franziskas langer Seufzer und ihr darauffolgendes Schweigen zeigten das Ausmaß der Verwirrung, in die sie die entsetzlichen Vorkommnisse dieses Tages gestürzt hatten.

Ich versuchte, ihr zu helfen. »Lass uns doch erst einmal Abstand gewinnen. So etwas wie heute erlebt man ja nicht alle Tage, das nimmt einen ganz schön mit«, gab ich meine eigene Befindlichkeit preis. »Wie wär‘s, wenn wir uns für den Rest des Abends gedanklich mit etwas ganz anderem beschäftigen? Ich glaube, mit ein bisschen Distanz zu dem

Geschehen wird es uns leichter fallen, über alles zu reden.«

Dankbar nahm Franziska meinen Vorschlag auf, mit einem stummen Nicken signalisierte sie ihre Zustimmung.

»Wenn du willst, spreche ich morgen mit Charly, bitte ihn, uns über die Entwicklungen in dem Mordfall auf dem Laufenden zu halten. Ich könnte mir vorstellen, dass die Beamten aus Hofgeismar und Kassel sich mit den Eschweger Kollegen kurzschließen. Immerhin hat Ela einige Wochen in unserer Stadt gewohnt und Frau Gavel hier nach ihr gesucht. Höchstwahrscheinlich wird man auch in Eschwege Erkundigungen einziehen und dabei die hiesige Kripo mitbeteiligen«, war ich mir ziemlich sicher und beendete das Thema just in dem Moment, in dem ich in die Einfahrt zu unserem Haus einbog.

10

»Du wolltest doch Charly anrufen«, erinnerte mich Franziska, »jetzt ist er bestimmt schon im Dienst.«

Ich schaute auf die Uhr, es war kurz vor zehn. Wir hatten uns heute Morgen viel Zeit mit dem Frühstücken gelassen, hatten uns den Luxus einer großen Portion Rührei mit Schinken gegönnt und dabei die Zeitung so intensiv wie lange nicht gelesen. Dabei waren wir uns einig, das gestrige Ereignis zunächst einmal ruhen zu lassen, es in der kommenden Stunde erst gar nicht anzusprechen. Warum sollten wir uns mit der Erinnerung an das Entsetzliche die friedliche Stimmung dieses Morgens trüben?

Doch dann stieß Franziska in der Rubrik »Nachrichten

aus Hessen« auf einen einspaltigen Artikel, der sich mit dem Mord in Bad Karlshafen befasste. In ihm war in reichlich freier Ausgestaltung beschrieben, wie die Nachbarin beim Saubermachen die Leiche auf dem Boden liegend vorgefunden hatte. Schreiend soll sie aus dem Haus gelaufen sein und nach der Polizei gerufen haben. Uns, Franziska und mich, hatte man in dem Artikel nicht erwähnt. Kurz war der Autor auch auf die Identität des Toten eingegangen, hatte den Namen genannt und publikumswirksam kundgetan, dass mit Robert Gavels Ermordung dem Mysterium seines ungeklärten Verschwindens nun noch ein weiteres Geheimnis hinzugefügt worden war.

Auch wenn in dem Bericht, wohl am Vorabend verfasst, nichts gestanden hatte, was uns nicht schon bekannt gewesen wäre, hatte er doch mit einem Mal wieder all das in uns lebendig werden lassen, was uns an Schrecklichem gestern begegnet war.

Eine Weile noch hatte Franziska stumm mit der Zeitung in der Hand dagesessen, voller Bilder und Gedanken, bis sie schließlich aufgeblickt und mir auffordernd zugenickt hatte. »Du wolltest doch Charly anrufen«, hatte sie mich an meinen noch unerledigten Anruf erinnert.

Ich nahm das Telefon, ging in die Diele und wählte die Nummer der Polizeidirektion Eschwege. Eine Männerstimme meldete sich und versprach, mich sofort mit dem Hauptkommissar zu verbinden.

»So spart der Staat Steuergelder«, begrüßte mich Karl Montag, den seine Freunde alle nur Charly nannten. »Gerade wollte ich dich anrufen, Heiner, hatte schon den Hörer in der Hand, da kommst du mir zuvor.«

»Wie, du wolltest mich anrufen?« Mir schwante Böses, vorsichtig fragte ich. »Was willst du denn von mir?«

»Mit dir reden. Wahrscheinlich über das Gleiche, was du mit mir besprechen wolltest. Liege ich da richtig?«

Ich zögerte, war auf der Hut. »Wenn du diese Sache in Bad Karlshafen meinst...?«

»Natürlich meine ich die«, polterte der Hauptkommissar, »diese Sache, wie du sie nennst,ist immerhin ein ausgewachsener Mordfall. Und Herr Dr. Heinrich Gerhard hat mal wieder seine Nase mittendrin.«

»Da hast du Recht, Charly, diesmal hat meine Nase tatsächlich eine zentrale Rolle gespielt. Wenn ich an den Gestank denke...«

»Ja, unappetitliche Angelegenheit, so ein halbverwester Körper«, brummte der Polizeibeamte, um gleich darauf wieder die Stimme zu heben. »Wie kommst du eigentlich dazu, jetzt im nördlichsten Zipfel unseres Bundeslandes nach Toten zu suchen? Reicht dir das nicht, rings um Eschwege alle Augenblicke lang über Leichen zu stolpern?«

Er spielte auf einige frühere Fälle an, in denen ich tatsächlich maßgeblich mit dem Auffinden von gewaltsam ums Leben Gekommenen zu tun hatte.

»Ich habe nicht nach einem Toten gesucht«, verteidigte ich mich, »der Mann lag einfach da. Was hätte ich machen sollen?«

»Die Finger aus der Sache lassen, was sonst. Um so etwas kümmert sich die Polizei.«

»Aber die hat sich nicht darum gekümmert«, konnte ich mir einen Vorwurf nicht verkneifen. »Hätten sich deine Kollegen etwas intensiver mit dem Verschwinden des Ermordeten befasst, wäre es vielleicht gar nicht zu dem Verbrechen gekommen.«

»Verschwinden?« Charly klang erstaunt.

»Schon seit einem Monat gilt der Tote als vermisst, weißt

du das nicht? Damals hat die Ehefrau sogar die Polizei eingeschaltet.«

»Ach, du meinst den Antiquar, diesen Robert Gavel?« Laut stieß der Hauptkommissar die Luft angesichts meiner Ahnungslosigkeit aus. »Wer spricht denn von dem?« Dann schien ihm etwas aufzugehen. »Sag nur, du bist noch nicht auf dem neuesten Stand?«

»Auf welchem neuesten Stand?« Ich konnte mir vorstellen, dass ich mich etwas unwirsch anhörte. Aber wer mag schon, dabei ertappt zu werden, nicht richtig informiert zu sein. »Welchen neuesten Stand meinst du denn?«

Karl Montag ließ sich Zeit mit der Antwort, seine Stimme wirkte zufrieden, als er sprach: »Schön zu hören, dass du ausnahmsweise mal weniger weißt als die Polizei. Gewöhnlich ist dein Informationsstand ja dem unseren um Ellen voraus.« Der Sarkasmus in seinen Worten lag wohl darin begründet, dass meine Kenntnisse umstandsbedingt in der Vergangenheit in einigen der von der Polizei verfolgten Fälle tatsächlich größer gewesen waren als die der ermittelnden Beamten. Auch wenn die Behörde letztendlich davon profitiert hatte, ein kleiner Stachel war doch steckengeblieben in der erfolgssensiblen Polizistenhaut. Ich gab dem Hauptkommissar die Chance, ein bisschen zurückzustechen. »Was weiß denn die Polizei, was ich nicht weiß?«

Drei, vier Sekunden blieb es still in der Leitung, genau die Zeit, die Charly benötigte, um sich genüsslich in seinem Dienstzimmersessel zurückzulehnen und voller Genugtuung den Blick zur Decke zu heben. »Du glaubst also, der Tote in Karlshafen ist der Antiquar?«

»Natürlich, man hat ihn schließlich identifiziert.«

»Ja, aber wie? Man hat Nachbarn und Bekannte flüchtig in das aufgedunsene, halbzersetzte Gesicht schauen lassen, das war‘s dann schon. Ein längeres Betrachten des Körpers hätten die Leute auch wohl kaum ausgehalten, nicht zuletzt wegen des unerträglichen Geruchs.«

»Und was ist mit den Papieren? Man hat Robert Gavels Portemonnaie mit all seinen Ausweisen bei dem Toten gefunden.«

»Pah! - Nichts leichter, als einer Leiche fremde Papiere zuzustecken.«

»Aber wenn nicht der Antiquar, wer ist dann der Tote?« Franziska war neben mich getreten. Meine zunehmende Erregung hatte sie vom Frühstückstisch aufstehen und zu mir in die Diele kommen lassen. Ich hielt den Hörer so, dass sie verstehen konnte, was Charly mich gerade fragte.

»Hast du denn überhaupt keine Vorstellung, wer der Ermordete sein könnte? Warum sich die Leute, die ihn als Antiquar zu erkennen glaubten, getäuscht haben?« Es war unüberhörbar, dass der Hauptkommissar seinen Wissensvorsprung auskostete. Ich sah ihn vor mir, wie er an seinem Schreibtisch saß, mit gespitzten Lippen und es genoss, mich zappeln zu lassen.

Plötzlich stöhnte Franziska neben mir auf. »Mein Gott!« Mit einer schnellen Bewegung entriss sie mir den Hörer und presste ihn ans Ohr. »Es ist der Bruder, muss der Bruder sein, der Zwillingsbruder von Robert Gavel, nicht wahr?«

Nun fiel es auch mir wie Schuppen von den Augen. Natürlich, nur so und nicht anders konnte es sein. Erst vor zwei Tagen hatten wir uns über die frappierende Ähnlichkeit der Männer in Elas Fotoalbum verwundert, hatten die Vermutung angestellt, die beiden Abgebildeten könnten Zwillinge sein.

»Kluges Mädchen«, lobte der Hauptkommissar und bestätigte: »Der Tote heißt Philipp Gregorius und ist einer der eineiigen Gavelzwillinge.«

»Gregorius? Aber warum...« Fragend sah mich Franziska an.

Ich nahm ihr das Telefon aus der Hand und stellte nun meinerseits die Frage: »Wieso heißt der Mann Gregorius?«

»Philipp Gregorius hat den Namen seiner Frau angenommen«, informierte uns Charly. »Die Beamten des K11 aus Kassel haben uns heute Morgen ausführlich über das gestrige Geschehen unterrichtet. Unter anderem ist auch eine Kopie deiner Aussage dabei, Heiner. Ich muss schon sagen, was du so alles erlebst in und um Eschwege, von dem die Polizei nichts weiß...«

»Nun mach's mal halblang, Charly, das, was mir Frau Gavel in einem Vieraugengespräch vertraulich erzählt hat, war etwas Familiäres, Privates – deshalb renne ich doch nicht gleich zur Polizei. Im Übrigen kannten deine Kollegen im hohen hessischen Norden den Sachverhalt genauso gut wie ich, ohne dass er sie groß beunruhigt hätte. Wer konnte denn auch ahnen, dass diese Geschichte sich zu einer Mordaffäre entwickeln würde.«

Der Hauptkommissar schien zu spüren, dass der heutige Morgen, nicht einmal zwanzig Stunden nach dem grausigen Fund, der falsche Zeitpunkt war, uns Vorhaltungen hinsichtlich unserer eigenmächtigen Nachforschungen zu machen. Zu sehr noch waren wir, wenn auch nicht gerade traumatisiert, doch zumindest sensibilisiert durch das schreckliche Ereignis, um nicht überempfindlich auf Vorwürfe, ob sie nun berechtigt waren oder nicht, zu reagieren.

»Nun gut«, lenkte Charly ein, »warten wir erst einmal das Weitere ab. Ich wollte euch heute Morgen eigentlich nur wissen lassen, dass die Eschweger Kripo ebenfalls in den Fall involviert ist. Das soll heißen, dass wir dankbar sind für alles, was euch in diesem Zusammenhang noch einfällt.«

»Aber ich habe doch schon gestern deinen Kollegen in allen Einzelheiten mein Wissen vorgetragen, habe meine Aussage sogar mehrfach wiederholen müssen. Das sollte doch reichen, oder?«

»Aber ja, Heiner«, beschwichtigte Charly, »ich habe alles gelesen, was du gestern zu Protokoll gegeben hast. Das waren wirklich präzise und detaillierte Angaben über das Auffinden der Leiche – und auch zur Vorgeschichte. Deshalb kann ich es mir jetzt auch ersparen, euch zu einer weiteren Aussage vorzuladen – das, was wir brauchen, haben wir. Nein, es geht jetzt einzig und allein um Dinge, an die ihr euch eventuell noch im Nachhinein erinnert – aus eurer Sicht vielleicht nur Kleinigkeiten, die für uns aber wichtig sein können. Denkt darüber nach!«

Für einen Moment schwieg der Hauptkommissar, so als wollte er uns Gelegenheit geben, etwas zu sagen. Kurz überlegte ich, ob ich ihm von Robert Gavels verheimlichter Verwandtschaft erzählen sollte, aber noch ehe ich mich entschieden hatte, setzte Charly seinen Appell fort. Streng klang die Stimme jetzt, ernst und ermahnend, ich wusste, dass nun das kommen würde, was ich insgeheim befürchtet hatte. »Heiner«, sprach er wie erwartet mich als Ersten an, »darf ich dich daran erinnern, dass das Märchen von der Bettlerin und dem Prinzen, der sich als eine Art Gralsritter auf die Suche nach der mysteriösen Unbekannten macht, nun zu Ende ist. Ein Mord ist geschehen, die Tötung eines Menschen. Damit erhält diese Geschichte einen neuen, völlig unromantischen Anstrich und eine Bedeutung, die die Profis auf den Plan ruft. Das ist jetzt kein Spiel mehr, Heiner, und auch kein Zeitvertreib für Hobbydetektive. Ich nehme an, du weißt, was ich sagen will?«

Ich schwieg. Es war nicht das erste Mal, dass ich eine

derartige Ermahnung von ihm zu hören bekam. Was hätte ich auch darauf erwidern können? Selbstverständlich hatte er aus seiner polizeilichen Perspektive Recht. Meine einzige Rechtfertigung wäre gewesen, dass die Entwicklung ja so nicht voraussehbar war.

»Also«, fuhr Charly fort, als meine Antwort ausblieb, »in Zukunft hältst du die Finger aus dieser Sache – das gilt übrigens auch für Franziska. Ein Mord ist ein schwerwiegender Straftatbestand, der gehört in die Zuständigkeit der Polizei – und außerdem ist es nicht ungefährlich, die Wege eines Mörders zu kreuzen. Also nochmals, die Hände weg von dieser Geschichte! Ich hoffe, ihr habt mich verstanden.«

»War ja wohl unmissverständlich«, brummte ich in den Hörer, vermied es aber, etwas zu versprechen. Stattdessen forderte ich: »Wenn wir schon nicht mehr in dieser Geschichte tätig werden sollen, dann wäre es nur recht und billig, von der Polizei mit den aktuellen Neuigkeiten des Falls versorgt zu werden. Ich bin fast der Meinung, dass mir das auch zusteht, denn immerhin bin ich von Frau Gavel persönlich gebeten und damit sozusagen autorisiert worden, mich in diese Angelegenheit einzumischen.«

»Auch eine Art, das Ganze zu betrachten.« Der Hauptkommissar seufzte, gab dann aber nach. »Gut, Heiner, ich begreife, dass du emotional sehr, nach dem gestrigen Erlebnis wahrscheinlich noch mehr, in der Sache drinsteckst. Deshalb gebe ich dir mein Versprechen, dich soweit auf dem Laufenden zu halten, wie es die Geheimhaltungspflicht zulässt. Also«, beendete Charly das Gespräch, »ich höre von euch, wenn euch etwas einfällt – ihr erfahrt von mir, was es im Mordfall Neues gibt.«

Während ich den Hörer auflegte, fragte Franziska: »Was

hat das zu bedeuten, Heinrich?« Sie schien verwirrt. »Wie kommt dieser Philipp Gregorius jetzt ins Spiel?«

»Keine Ahnung. Du siehst mich genauso ratlos.« Ich ging zurück ins Wohnzimmer, goss mir Kaffee ein und nahm die Tasse mit zum Fenster. »Die Geschichte war schon verworren genug, jetzt blicke ich überhaupt nicht mehr durch.«

»Und was nun?« Meine Frau hatte sich neben mich gestellt. Auch sie hielt eine Tasse in der Hand.

Ich zuckte mit den Schultern, tat, als beobachtete ich draußen die Kühe auf der Weide. »Charly hat sich ja wohl eindeutig ausgedrückt, oder?«

Franziska nickte, trank einen Schluck, ehe sie fragte: »Warum hast du ihm eigentlich nichts von Roberts sonderbarem Verhalten erzählt? Von dem totalen Verheimlichen seiner Familie? Schon in Karlshafen hast du diese Merkwürdigkeit vor der Polizei verschwiegen. Möglicherweise ist das ja der Schlüssel zur Lösung der Affäre.«

»Eben.«

»Was soll das heißen?« Franziska stellte die Tasse auf die Fensterbank, fasste mich an beiden Armen und drehte mich so zu sich hin, dass ich sie ansehen musste. »Heinrich, du hast doch nicht etwa vor, der Sache selbst nachzugehen? Charly hat doch gerade...«

»Ich habe nichts versprochen«, erinnerte ich sie und drehte mich wieder zu den Kühen. »Diese obskure Geheimnistuerei des Ehemanns bezüglich seiner Verwandtschaft hat mir die Bettlerin damals im gleichen Atemzug anvertraut, in dem sie mich bat, ihr bei der Suche nach Ela zu helfen. Das zeugt doch geradezu von ihrem unausgesprochenen Wunsch, mich auch in diesem Punkt miteinzubeziehen. Meinst du nicht auch?«

»Himmel, Heinrich, was bist du doch für ein Auslegungsakrobat!« In gespielter Verzweiflung hob sie die Arme, um sie mir gleich darauf um den Körper zu schlingen. Eng an mich geschmiegt legte sie mir den Mund ans Ohr und flüsterte: »Soll das also heißen, wir bleiben dran an der Geschichte?«

»Was sonst«, genoss ich ihre Nähe, den Hauch ihres Atems und den Gleichklang unserer Gedanken. »Mit den geheimnisvollen Familienverhältnissen von Robert und Philipp fangen wir an. Wäre doch gelacht, wenn wir dieses Mysterium nicht enträtseln könnten.«

11

Doch dann fiel uns ein, dass wir erst am nächsten Tag unser Vorhaben in Angriff nehmen konnten, denn Franziska hatte für heute einen Termin mit ihrem Krankengymnasten vereinbart. Die instabile Wirbelsäule machte ihr mal wieder zu schaffen.

In einem waren wir uns einig, dass, wollten wir etwas über die Familie Gavel herausfinden, wir wieder nach Bad Karlshafen fahren mussten. Dort, bei Nachbarn und Ämtern, war die Wahrscheinlichkeit am größten, brauchbare Auskünfte zu erhalten, Informationen, die uns vielleicht erlaubten, den Grund zu verstehen für Roberts Weigerung, über seine Verwandtschaft zu sprechen. Doch das musste bis morgen warten. Auch wenn uns die Ungeduld drängte, heute waren wir noch in Eschwege gebunden.

Ich hatte vor, am Nachmittag Franziska in die Stadt zu begleiten, wollte die Zeit ihrer Behandlung nutzen, die Bibliothek aufzusuchen. Entliehene Bücher mussten zurückgegeben werden. Außerdem, der Flohmarkt war neu bestückt worden – da war es gut, sich rechtzeitig umzusehen, denn das wirklich Wertvolle unter dem vielen Ausgelegten war auch das Begehrteste, das nur allzuschnell aus der Masse der Exponate heraus gekauft wurde.

Ich war vor allem auf ältere Editionen aus, auf Romane, die vor Jahrzehnten einmal aktuell gewesen waren, nun aber nicht mehr aufgelegt wurden, suchte nach Büchern, die mich seinerzeit mit ihren abenteuerlichen Schilderungen von den Machenschaften der Bösen und den Taten der Guten verzaubert, begeistert und in ihren Bann gezogen hatten. Hammond Innes zum Beispiel, seine »Mary Deare« oder auch »Das Land Kains« - wie habe ich die verschlungen und verschlinge sie auch heute noch, wenn mir danach ist.

Frau Biehl empfing mich mit einem Lächeln. »Na, hat‘s geklappt? Haben Sie Frau Sieloff helfen können?«

»Noch nicht«, wich ich aus, »aber ich bin zuversichtlich, die von ihr gesuchte Adresse bald zu finden.« Ich schob ihr die ausgeliehenen Bücher hin. »Heute bin ich hauptsächlich wegen des Flohmarkts hier. Es ist Nachschub gekommen, habe ich gehört?«

»Ja«, Frau Biehl zeigte zur oberen Etage, »auf den Tischen ganz rechts liegt die neue Lieferung. Auch einige alte Ausgaben sind dabei, so etwas suchen Sie doch, Herr Gerhard?«

»Aha«, tat ich pikiert, »man wird beobachtet, die Gewohnheiten registriert.« Scheinbar bedeutungsvoll nickte ich mit dem Kopf, ehe ich mich schmunzelnd auf den Weg zur Treppe machte.

Auf halber Strecke kam mir ein Gedanke. »Frau Biehl«,

drehte ich mich zu ihr um, »Sie sagten gerade, das Neue liegt auf den Tischen rechts. Soll das heißen, auf den anderen Tischen sind noch die nicht verkauften Bücher früherer Lieferungen zu finden?«

»Ja, wir lassen das Alte immer einige Zeit liegen, ergänzen es aber ständig mit neuen Exemplaren. So bleibt unser Angebot vielfältig und attraktiv für jedermann.«

»Das heißt, Bücher, die vor vier Wochen hierher gebracht wurden, könnten noch immer dort oben sein?«

»Höchstwahrscheinlich. Aber warum wollen Sie das wissen?« Doch dann begriff sie, worauf ich hinzielte. »Sie denken an die Bücher dieser Eleonora Gregorius, stimmt's?«

»Ja, ich frage mich, ob vielleicht noch etwas aus ihrer Buchlieferung da ist?«

»Ach, wissen Sie, es wird nie alles verkauft, immer bleiben ein paar Exemplare übrig.« Frau Biehl stand auf. »Kommen Sie, ich zeige Ihnen, wo wir damals die Sachen von Frau Gregorius ausgelegt haben.«

Ich folgte ihr die Treppe hinauf ins Obergeschoss. Vor einem langen Tisch unter einem Fenster, durch das man auf den Schlossplatz sehen konnte, blieb sie stehen und deutete auf die Bücherstapel vor uns. »Hier müssten die Reste von dem, was wir seinerzeit bei Frau Gregorius abgeholt haben, liegen – zusammen mit anderem, was bisher nicht verkauft werden konnte. Stöbern Sie's in Ruhe durch, vielleicht finden Sie ja etwas von ihr.«

Frau Biehl ließ mich allein mit den Büchern und der Stille, die über diesem etwas abseits vom allgemeinen Publikumsverkehr gelegenen Seitentrakt lag. Entgegen meiner Erwartung schien es sich noch nicht herumgesprochen zu haben, dass neuer Lesestoff in den Räumen der alten Schlossmühle angekommen war und darauf wartete, verkauft zu werden – denn ich war der einzige Besucher des Flohmarkts an diesem Nachmittag.

Ich zog einen Stuhl heran, setzte mich an den von Frau Biehl bezeichneten Tisch und begann, mir das Ausgelegte durchzusehen. Es war eine bunte Ansammlung von Büchern, ein typischer Restposten, bestehend aus den liegengebliebenen Überbleibseln des Angebots. Das ganze Spektrum des geschriebenen Wortes war abgedeckt, ich sah Romane, Biografien, Sachbücher jeglicher Art, auch einige Bildbände und, wie stets, die ewig unverkäufliche Lyrik.

Ich überflog das vor mir Liegende mit den Augen und war mir schon bald ziemlich sicher, was davon aus dem Buchbestand Elas sein könnte. Das lag zum einen daran, dass der örtliche Zusammenhang des kleinen Buchkontingents am hinteren Tischrand noch gut zu erkennen war, zum anderen aber auch an dem künstlerischen Anspruch der dort aufgereihten Bücher. Ich erinnerte mich an Frau Biehls Urteil, damals, als wir anlässlich der Stefan-Zweig-Lesung zum ersten Mal über den Gehalt der Buchschenkung sprachen: ‚Gediegen, wertvoll, beste Literatur' hatte ihre seinerzeitige Qualifizierung gelautet. Die wenigen noch vorhandenen Bände hier bestätigten diese Bewertung.

Ich weiß nicht einmal, nach was ich suchte, als ich mir die zehn, zwölf Bücher, die ich als die Elas erkannt zu haben glaubte, heranzog und durchzublättern begann. Fast ausnahmslos handelte es sich bei den festgebundenen Ausgaben um Romane und Erzählbände. Wahrhaftig keine leichte Kost -Thomas Manns »Tonio Kröger« war dabei, auch Gottfried Benn und Bergengruen.

Was aber erwartete ich zu finden? Etwas handschriftlich Kommentiertes vielleicht, eine Randnotiz oder auch eine Widmung, die mir etwas mehr über die Besitzerin verraten konnte? Aber wie genau ich auch alles durchforstete, ich fand nichts dieser Art. Was ich jedoch erkannte, war, dass man die Bücher gelesen hatte, ohne dass sie abgenutzt oder gar zerfleddert gewirkt hätten. Nichts war zerknickt, nichts befleckt; es war offensichtlich, man war mit ihnen bei der Lektüre sorgfältig und respektvoll umgegangen.

Aber dann, ich hielt gerade Márais »Die Glut« in der Hand, entdeckte ich in dem Unpersönlichen des Gedruckten doch noch etwas Persönliches. Ganz am Ende des Romans, den ich kannte und bewunderte und dessen meisterhaften Schluss ich mir noch einmal ins Gedächtnis rufen wollte, stieß ich auf der Innenseite des Hardcoverdeckels auf einen handgeschriebenen Eintrag, kurz und knapp, zwei Buchstaben nur, beide mit einem Punkt dahinter, Abkürzungen offenbar, und dann ein Wort, das ich nicht kannte und das nicht den geringsten Sinn für mich ergab. R. P. Gideron war da in bemühter Schönschrift zu lesen, mehr nicht. Ich blätterte die Seiten durch, suchte nach weiteren Eintragungen, aber ich fand nichts, das die kurze Notiz am Schluss ergänzt, erläutert oder gar verständlich gemacht hätte.

Ein Blick auf die Uhr zeigte, dass es Zeit war, aufzubrechen. Franziskas Behandlung war längst zu Ende, sie würde schon auf dem Weg zu unserem vereinbarten Treffpunkt sein. Ich stand auf und griff nach der »Glut«. Schweren Herzens verzichtete ich darauf, die mit der neu gelieferten Ware bestückten Tische auch noch zu durchwühlen.

Als ich mit nur einem Buch in der Hand die Treppe herunterkam, sah mir Frau Biehl verwundert entgegen. »Wie, nur ein Exemplar? War nicht mehr für Sie dabei?«

Bedauernd hob ich die Schultern. »Ich bin heute ein bisschen in Zeitnot, habe mich auf den Tisch mit den Gregoriusbüchern beschränkt. Aber sobald es passt, hole ich das andere nach.« Ich zahlte meinen Euro, grüßte und verließ die Bibliothek.

Als ich pünktlich zur verabredeten Zeit den Gastraum der »Oase« betrat, war Franziska natürlich noch nicht da. Ich sage deshalb natürlich, weil es dem Wesen der Frau, erst recht dem der meinen, in geradezu gesetzmäßiger Zwangsläufigkeit entspricht, sich von allen möglichen und auch unmöglichen Dingen ablenken und aufhalten zu lassen. Das ist besonders dann der Fall, wenn der Weg zum Ziel des vereinbarten Treffens durch die von Geschäften dicht gesäumte Fußgängerzone führt. Dass Franziska zu spät kam, wunderte mich also nicht. Eher war ich erstaunt, dass sie mich nicht länger als gerade mal fünfzehn Minuten hatte warten lassen.

Atemlos kam sie auf mich zu. Die Kleidertüte des Kaufhauses in der Hand war ein vertrauter Anblick, alles andere hätte mich beunruhigt.

»Stell dir vor, mein Krankengymnast ist krank«, informierte sie mich, »die Behandlung ist ausgefallen.«

»Ah«, begriff ich, »deshalb bist du schon da. Aber was ist mit deinem Rücken?«

»Ach«, winkte sie ab, »dem geht's schon besser. Eigentlich spüre ich jetzt überhaupt nichts mehr.«

»Tatsächlich!?« Kaum zu glauben, welch wundersames Heilmittel ein Kleiderkauf für eine Frau sein kann.

Uli, der Wirt, kam herangeschlurft. Missmut lag auf seinem sonst so freundlichen Gesicht, während er brummend die Bestellung aufnahm. Prüfend sah ich ihn an. Es gibt nicht viel, das einen Mann in eine solche Stimmung versetzen kann – nicht die Politik, darüber schimpft er lautstark, auch nicht die Ehefrau, die tut er mit einer Handbewegung ab – aber die Schramme am Auto, die Niederlage der Eintracht oder auch der Verzicht auf kulinarisch Gewohntes, die machen ihm zu schaffen, nagen weit mehr an seinem Gemüt als die großen Dinge des Lebens.

»Du machst mal wieder Diät?«, fragte ich mitfühlend. Ich hatte ihn schon einmal so erlebt, ahnte den Grund seiner Verstimmung.

»Sieht man mir das an?« Unwillkürlich umfuhr Ulis Hand die nicht unerhebliche Wölbung seines Bauches.

»Ja, du siehst griesgrämig aus, offensichtlich leidest du.«

»Ach«, sein abgrundtiefer Seufzer sagte mehr als alle Worte.

Franziska, eine Fachfrau in puncto männlicher Eitelkeit – angeblich durch mich so geworden -, beeilte sich, dem Unglücklichen aus seinem Jammertal herauszuhelfen. »Ja, Herr Schwarz, man sieht es deutlich, Sie haben abgenommen.« Ihr Blick fixierte die Hand, die noch immer in kreisenden Bewegungen über den Leib strich. »Und ich muss sagen, es steht Ihnen gut. Weiter so!« Mit einem aufmunternden Lächeln sah sie ihn an, schaute in ein Gesicht, das, von einem Strahlen erhellt, plötzlich alles Missmutige verloren hatte.

»Ja, also...«, halbgeschmeichelt, halbverlegen hob der Wirt die Hand, nickte kurz zu Franziska hin. Dann drehte er sich um und ging, jetzt mit festem Schritt, zu seinem Tresen zurück.

»Da hast du aber jemanden glücklich gemacht«, lobte ich meine Frau und deutete auf die Kleidertüte. »Wie ich sehe, hast du ebenfalls schon dein Glückserlebnis gehabt. Was ist es denn, eine Bluse, eine Hose?«

»Ein Kleid, Heinrich, ein luftiges Sommerkleid – ich konnte einfach nicht widerstehen.« Das Hauchen ihrer

Stimme gab mir eine Vorstellung von der Leichtigkeit des Stoffes. »Ich habe das Kleid doch für dich gekauft, nur für dich«, versuchte sie, mich zu gewinnen, »wenn du erst den tiefen Ausschnitt siehst...«

»Dann ist es um mich geschehen - meinst du das?« Ich wechselte das Thema. »Meine Ausbeute in der Bibliothek war heute etwas dürftig. Ich bin noch nicht einmal dazu gekommen, die neuen Auslagen durchzusehen.« Ich schob ihr das Buch zu. »Das ist alles, was ich mitgebracht habe.«

Franziskas Hand griff nach dem Bändchen. »‚Die Glut?'«, wunderte sie sich, »aber die steht doch schon zu Hause im Regal, jetzt haben wir sie doppelt.«

Ich erzählte von meinem Einfall, mich nach den Büchern von Eleonora Gregorius zu erkundigen, berichtete, wie mich Frau Biehl zu dem Tisch geführt und mir die Gelegenheit gegeben hatte, dort nach eventuell verbliebenen Stücken zu suchen. »Gut zehn Exemplare habe ich entdeckt, alle mit großer Wahrscheinlichkeit aus Elas Bestand. Aber trotz genauer Durchsicht konnte ich nichts finden, das uns hinsichtlich ihrer Person oder ihres jetzigen Aufenthaltsortes weiterhilft – bis auf das«, ich zeigte auf den Roman von Màrai. »Schlag ganz hinten auf, den inneren Buchdeckel! Lies, was da steht und sag mir, was du davon hältst.«

Ich brachte die Tassen zur Theke und bestellte uns noch einen Kaffee. Als ich zurückkam, grübelte Franziska über dem Geschriebenen. »R. P. - das könnten die Anfangsbuchstaben eines Namens sein. Aber das andere hier«, ihr Finger tippte auf den Deckel, »keine Ahnung, was Gideron bedeuten soll.«

»Klingt irgendwie französisch«, versuchte ich eine Deutung.

»Ja. Vielleicht ist es ein Familienname? Oder ein Ort?«

Rätselnd hob und senkte Franziska das Buch vor ihren Augen, als könnte sie so das Geheimnis lösen. »Bist du denn überhaupt sicher, dass dieses Buch von Ela ist?«

»Nein, sicher natürlich nicht, aber ich glaube nicht, dass ich mich irre.«

Uli kam mit dem Bestellten. Erfreut registrierte ich, dass das Strahlen noch immer auf seinem Gesicht lag, Franziskas Worte hatten Wunder gewirkt.

Als wir wieder allein waren, brachte ich eine andere Möglichkeit ins Spiel. »Was, wenn diese beiden Buchstaben und das Wort dahinter völlig bedeutungslos sind? Vielleicht einfach nur so dahingekritzelt, ohne großen Sinn?«

»Hingekritzelt?«, protestierte meine Frau und hielt mir das Buch vor die Augen. »So sorgfältig schreibt nur jemand, dem sein Eintrag am Herzen liegt, jemand, der mit seiner akkuraten Schrift dokumentieren will, welch großen Erinnerungswert die mit diesem Buch verbundenen Personen oder Ereignisse für ihn haben.« Franziska ließ das Buch sinken, behielt es aber in den Händen. Nachdenklich ruhte ihr Blick auf dem aufgeschlagenen Einband.

Ich nahm meinen Kaffee, trank bedächtig in kleinen Schlucken und sah sie forschend über den Tassenrand an. »Du hast eine Idee? Man kann‘s dir regelrecht ansehen, wie du überlegst.« Ich stellte die Kaffeetasse ab und beugte mich zu ihr hin. »Also, was ist – hast du eine Erklärung gefunden?«

»Ich glaube, ja«, Franziska hob den Kopf, ihre Augen leuchteten, »zumindest für den ersten Teil des Eintrags.«

»Du meinst die beiden Buchstaben – R und P?«

»Ja, ich kann mir vorstellen, für was sie stehen. Und wenn ich Recht habe, ist das der Beweis, dass dieses Buch tatsächlich einmal Ela gehört hat.«

»Also los, sag schon – für was steht das R und für was das P?«

Franziska ließ sich Zeit. So wie eine Seherin in die raumlose Leere schaut, um dort in der Unendlichkeit die Wahrheit zu finden, starrte sie auf eines der Wüstenbilder, die, dem Gaststättennamen verpflichtet, die Wände der »Oase« schmückten. Ihre Stimme klang orakelhaft, als sie verkündete: »Das R, das ist Robert, das P sein Bruder Philipp, der eine der Schwager von Eleonora Gregorius, der andere ihr Ehemann.« Wie zur Bekräftigung nickte sie zu den Sanddünen hin. »Ja, für mich gibt es keinen Zweifel – R und P, das sind die Zwillinge.«

Doch dann löste sich ihr Blick von der Wüstenlandschaft, fixierte noch einmal kurz das Buch. Schließlich schüttelte sie den Kopf. »Dieses Gideron jedoch...«, begann sie, stockte aber sofort. Hilflos hob sie die Arme. »Was das bedeuten könnte, ist mir ein völliges Rätsel.«

12

Es goss in Strömen, dicke Tropfen platschten vor uns auf die Straße und brachten den aufgewärmten Asphalt zum Dampfen. Hinter dem dichten Regenvorhang war die Weser neben uns nur zu erahnen. Laut Kalender sollte der heutige Junitag einer der längsten und hellsten Tage des Jahres sein, aber an diesem Morgen war davon nichts zu spüren, alles um uns herum lag im Dämmer des wenigen Lichts, das die tiefhängende Wolkendecke zu durchdringen vermochte.

Ich fuhr langsam, zuviel Wasser war auf der Fahrbahn.

Außerdem, wir hatten es nicht eilig, der ganze Tag stand uns für unseren neuerlichen Ausflug nach Bad Karlshafen zur Verfügung. Zwar hatte ich mich telefonisch bei Frau Paschulke angemeldet, hatte aber keine feste Zeit für den Besuch mit ihr vereinbart. Sie sei den ganzen Vormittag zu Hause, war mir von ihr versichert worden, und sie freue sich, dass ich käme. Dann aber hatte sie gleich nachgefragt, ob ich denn auch wieder meine liebe Frau mitbringen würde. »Natürlich kommt sie mit«, hatte ich sie beruhigt. »Das ist gut«, die Vorfreude der gewichtigen Hobbyköchin auf Franziska war unüberhörbar, sie habe nämlich ein neues Rezept, das sie an diesem Morgen ausprobieren wollte und von dem sie meiner Frau unbedingt...

Franziska zuckte mit den Schultern, als ich ihr davon erzählte. »Das lässt sich doch aushalten, Heinrich, sie kocht nun mal gerne – und sie kocht verdammt gut. Ich bin gespannt, was es diesmal gibt.«

Gestern in der »Oase« hatten wir noch eine Zeitlang über das rätselhafte Wort Gideron gesprochen, hatten die eine oder andere Deutungsmöglichkeit durchgespielt, waren aber mit sämtlichen Erklärungsversuchen gescheitert. Es gab einfach zu wenige Fakten, die unsere Vermutungen untermauern konnten. Vieles blieb, so sehr wir es auch drehten und wendeten, wilde Spekulation. Eine Übereinstimmung allerdings war uns aufgefallen: Beide Worte, das Gideron und auch das Gavel, waren offensichtlich französischen Ursprungs. Ob das jedoch eine Bedeutung hatte, ob es überhaupt miteinander zusammenhing, und wenn ja, wie – das blieb völlig unklar.

»Wir müssen zusehen, dass wir Informationen über Roberts Familie bekommen«, hatte Franziska unsere fruchtlose Diskussion beendet, »dieses Spekulieren ins Blaue, so wie wir es gerade praktizieren, das bringt nichts.«

»Also, wieder an die Weser, zum Einwohnermeldeamt der Stadt...?«

»Später, Heinrich, später, erst sollten wir die Nachbarn ausquetschen. Die wissen meist mehr als die offiziellen Stellen – und, vor allem, sie reden über das, was sie wissen, anders als ein Amt, das sich erst einmal hinter seinen Datenschutzbestimmungen verschanzt.«

Deshalb hatte ich noch gestern in der Gartenstraße angerufen und Frau Paschulke unser Kommen für heute avisiert. Nun also waren wir auf dem Weg zu ihr.

Erst kurz vor Bad Karlshafen hörte es auf zu regnen, aber es blieb diesig, nasser Dunst lag über dem Flusstal und umhüllte die Häuser. Wir fuhren erst gar nicht ins Stadtzentrum hinein, bogen gleich rechts zur Weserbrücke ab und erreichten nur wenig später die Gartenstraße. Vor dem Haus mit der Nummer 3 hielten wir an.

Ich bemerkte, dass wir beide etwas zögerten beim Aussteigen. Offensichtlich fiel uns der Blick auf das Nachbarhaus mit dem spitzen Dach doch schwerer, als wir gedacht hatten. Zu beklemmend noch war die Erinnerung an das, was wir dort vor zwei Tagen vorgefunden hatten.

Ganz anders noch als vorgestern empfing uns diesmal Frau Paschulke. Mit einem »Da sind Sie ja« hieß sie uns herzlich willkommen und zog uns hinter sich her in den Flur hinein. Obwohl das Licht hierhin nur spärlich fiel, erkannte ich, dass sich die Hausherrin, wohl in Erwartung unseres Besuchs, zurechtgemacht hatte. Aus einem buntgeblümten Kleid, das ärmel- und trägerlos nur von dem gewaltigen Busen am Herunterrutschen gehindert wurde, quollen speckige Arme wie aufgetriebene Blasen eines eingeschnürten

Luftballons. Silberne Ringe umschlossen die fleischigen Handgelenke, eine Perlenkette zierte den Hals unterhalb des ausladenden Doppelkinns. Frau Paschulkes Gang, wiegend schon beim letzten Mal, war jetzt geradezu gefährlich schwankend – wahrscheinlich die Folge der hochhackigen Schuhe, in die sie sich gezwängt hatte.

Auch heute roch es wieder intensiv. Obwohl mir der Duft irgendwie vertraut war, wusste ich ihn zunächst nicht unterzubringen, spürte jedoch, dass er in mir eine schöne Erinnerung weckte, die ich aber noch nicht einordnen konnte.

Franziska war mir diesbezüglich voraus. »Da haben Sie doch wieder etwas im Backofen«, witterte sie in die Luft, »wenn das mal nicht Dampfnudeln sind.«

»Es sind Dampfnudeln«, bestätigte die stolze Köchin und dirigierte meine Frau in Richtung Küche.

Natürlich, Dampfnudeln – jetzt wurde mir mit einem Mal klar, an was ich durch den Geruch hier erinnert worden war. Das Bild meiner Mutter tauchte vor mir auf, in ihren Händen ein Blech mit den dampfenden Wecken, das sie vor uns Kindern auf den Tisch stellte. Ich hörte ihren Ruf »Achtung, heiß!«, sah sie die Weinsoße in der großen, braunen Schüssel heranbringen, mit dem Eierschaum obendrauf, in den wir die Finger steckten und sie dann ableckten. Einen Moment noch schnupperte ich den Erinnerungen hinterher, spürte, wie mir, ob ich es wollte oder nicht, das Wasser im Mund zusammenlief. Dann betrat ich die Küche.

»Das braucht noch eine Weile«, sagte Frau Paschulke gerade, als ich die Tür durchschritt. Mit der Hand zeigte sie auf den Herd. »Ich habe den Teig erst vor einer halben Stunde hineingeschoben. Da müssen wir uns noch etwas gedulden.« Mit einiger Mühe ließ sie sich neben Franziska nieder, die bereits vor dem Ofenfenster kniete. Dicht aneinander gedrückt, Schulter an Schulter, starrten die beiden Frauen nun durch die Scheibe auf das werdende Backwerk. Ich fühlte mich an Touristen erinnert, die gebannt durch die Sichtluke eines Bootes auf den Meeresgrund schauen, um vielleicht noch eine letzte Regung in dem totzivilisierten Gewässer wahrzunehmen.

Es galt, die wortlose Andacht zu nutzen, um das anzusprechen, weshalb wir heute hier waren. Zunächst begann ich behutsam, wollte nicht gleich mit der Tür ins Haus fallen. »Frau Paschulke, ich hoffe, Sie haben sich ein bisschen von dem vorgestrigen Tag erholt. Glücklicherweise hat sich ja herausgestellt, dass der Tote nicht Ihr Nachbar war.«

»Ja, Gott sei Dank«, Frau Paschulke stemmte sich hoch. Ich reichte ihr die Hand und half ihr auf. Keuchend zog sie sich einen Stuhl heran und setzte sich. »Einen Menschen, den man kennt, ermordet aufzufinden – eine fürchterliche Vorstellung.« Mit der Hand strich sie sich über die Stirn, als wolle sie diesen Gedanken sofort wegwischen.

»Ja«, stimmte ich ihr zu, »jede Art von Leichenfund ist eine scheußliche Sache. So etwas nimmt einen mit. Glauben Sie, uns geht es anders?« Ich schaute zu Franziska, die sich inzwischen auch erhoben und zu Frau Paschulke an den Tisch gesetzt hatte. Ihr Nicken bestätigte meine Worte. »Und deshalb hat es uns keine Ruhe gelassen – wir mussten heute noch einmal nach Karlshafen, um ein bisschen mehr über die Umstände des Verbrechens zu erfahren. Das könnte uns helfen, über dieses schreckliche Erlebnis hinwegzukommen.« Ich schwieg, nahm nun ebenfalls Platz. Die Augen auf die ineinander verschränkten Hände gerichtet, gab ich mir den Anschein, mich stumm mit ihnen und meinen Gedanken zu beschäftigen.

Schließlich hob ich den Blick. »Wie gut kannten Sie denn die Gavels?«, wollte ich von ihr wissen, »hatten Sie ein enges Verhältnis zu Ihren Nachbarn?«

»Nein, das wäre zuviel gesagt«, erhielt ich bereitwillig Auskunft. »Wir sahen uns zwar oft, eigentlich täglich, grüßten uns dann und sprachen ein paar Worte miteinander, so wie es Nachbarn eben tun, mehr nicht.«

»Aber Sie haben doch in der Zeit, wenn Herr und Frau Gavel abwesend waren, ihr Haus versorgt. Da müssen Sie doch näher mit ihnen zu tun gehabt haben.«

»Ach, leider nein«, ihr Bedauern war unüberhörbar, »die Gavels gehörten nicht zu den Leuten, die Umgang mit anderen pflegten. Und wenn sie verreisten, dann kam Frau Gavel zu mir herüber, brachte mir den Schlüssel und instruierte mich, wenn es etwas zu beachten gab. Zu solchen Anlässen haben wir selbstverständlich auch mal eine Tasse Kaffee zusammen getrunken und uns dabei ein bisschen unterhalten – das ja, aber ansonsten hatte ich recht wenig Berührungspunkte mit meinen Nachbarn.«

Franziska und ich sahen uns an, die Enttäuschung über diese Auskunft musste in unseren Gesichtern zu lesen sein.

Mit einem Schulterzucken klärte uns Frau Paschulke auf. »Auch wenn die zwei nebenan«, sie deutete in die Richtung, in der das Nachbarhaus lag, »nicht mehr unbedingt als jung zu bezeichnen sind – beide gehen auf die Fünfzig zu -, so ist der Zustand, in dem sie sich befinden, noch immer der von Frischverliebten - wenn Sie wissen, was ich meine.« Sie verdrehte die Augen, es war offensichtlich, dass sie sich gerade diesen Zustand vorstellte. »Als die Gavels nämlich vor drei Jahren zu uns in die Gartenstraße zogen, hatten sie eben erst geheiratet.«

»Ach, dann kommen sie wohl gar nicht aus Karlshafen?«

»Von ihm weiß ich es nicht. Laura Bernig allerdings kenne ich schon länger. Sie wohnte früher in der Innenstadt.«

»Laura?«

»Die jetzige Frau Gavel. Sie ist gebürtige Karlshafenerin.«

Aha, das L auf dem Hausschild, über das ich so gerätselt hatte. Laura also, nicht Luise – nun gut, dieser Name war um keinen Deut weniger schön als der andere. Nun wusste ich auch das. »Aber woher stammt Robert Gavel? Ist darüber einmal gesprochen worden?«

»Nein, nie.« Frau Paschulkes Antwort war bestimmt, fast ein bisschen ärgerlich, wie ich herauszuhören glaubte. »Beide, sowohl er als auch sie, sind immer ausgewichen, wenn ich einmal in dieser Richtung etwas gefragt habe. Dabei gehört es doch zu einem Gespräch, dass man sich, ganz ohne besondere Absicht, nach etwas aus der Vergangenheit erkundigt, so nach der Art »Da, wo Sie herkommen...« oder auch »Bei Ihnen in der Familie...« Kam mir manchmal vor wie ein Klatschweib, dem man unterstellt, seine Nase in anderer Leute Dinge zu stecken.« Tief zog sie die Luft in die Lungen, ihr Busen hob und senkte sich. Dass man so etwas von ihr denken konnte! Das Kleid über der Brust straffte sich, hielt aber dem Ansturm der Gefühle stand.

Doch dann, als würde ein wolkenverhangener Himmel plötzlich aufreißen, entspannten sich ihre Züge, ein Lächeln legte sich um ihren Mund, aus ihrer Stimme sprach nun nichts als Warmherzigkeit: »Sie dürfen nicht glauben, dass ich etwas gegen meine Nachbarn hätte – im Gegenteil, Herr und Frau Gavel sind wundervolle Menschen, die ich sehr schätze - oder besser noch, die ich richtiggehend mag. Nie habe ich jemand Freundlicheren, Höflicheren kennengelernt als Laura und Robert Gavel.«

»Sie sagten vorhin, die beiden lebten ziemlich zurückgezogen?«

»Nein,so kann man das nicht sehen. Als Antiquar hat Herr Gavel häufig Kunden im Haus, und dann die Lieferdienste mit den Bücherkisten. Da gehen schon einige Leute ein und aus. Und was Laura betrifft – die stammt von hier, ihr ganzer früherer Bekanntenkreis ist noch in der Stadt. Nein, zurückgezogen, das ist das falsche Wort. Ich würde es so sagen: Die beiden sind noch nicht lange verheiratet, da ist es doch natürlich, dass sie erst einmal nur mit sich selbst beschäftigt sind, sich in ihrer Zweisamkeit genügen. Wahrscheinlich legen sie deshalb so wenig Wert auf gesellschaftlichen Kontakt.«

»Und über seine Herkunft hat Robert Gavel wirklich nie gesprochen, nicht einmal eine Andeutung gemacht?«

»Nein, auch seine Frau nicht. Daraus machen beide ein Geheimnis.«

Das plötzliche Piepsen des Herdes schreckte uns auf. Aber fast noch mehr erschreckte mich die Behändigkeit, mit der die gewichtige Köchin aufsprang und sich zu ihren Dampfnudeln hinunterbeugte. »Schauen Sie sich das an«, fasste sie Franziska am Arm und zog sie neben sich, »diese Farbe – ich glaube, jetzt sind sie fertig. Wir sollten das Blech herausholen.«

Es war das Wir, das mir klarmachte, dass ich ab jetzt auf verlorenem Posten stand, dass es in den nächsten Minuten, vielleicht auch noch länger, wenig Sinn machte, die Frauen anzusprechen. Die Dampfnudeln mussten aus dem Ofen, das hatte Vorrang vor allem anderen.

Doch bei der Zubereitung des Essens zuzusehen – dafür war ich nicht hergekommen. Ich nutzte den Moment, als sich die korpulente Hausherrin noch einmal hochquälte und zu einem Wandschrank ging, unter dem an einem Haken die Topflappen hingen. »Hören Sie«, tat ich einen Schritt nach vorne, um ihr den Rückzug zum Herd zu verstellen, »gibt es vielleicht noch jemand anderen, der etwas über Ihre Nachbarn wissen könnte? Jemand, der zum Beispiel häufiger mit dem Ehepaar Gavel zu tun hatte? Dem während solcher Kontakte das eine oder andere anvertraut worden sein könnte?«

Frau Paschulke sah mich an. Kurz schien sie über meine Frage nachzudenken, dann, mit ausgestrecktem Arm, den gehäkelten Topflappen in der Hand, schob sie mich zur Seite. »Versuchen Sie's beim alten Gierke, der spielte jede Woche Schach mit Robert Gavel. Vielleicht weiß der ja was.« Wieder spannte das Kleid gefährlich, als sie sich zur Ofenklappe bückte.

Hinter ihrem Rücken erschien der Kopf meiner Frau, auffordernd nickte sie mir zu. »Geh nur, Heinrich, frag Herrn Gierke. Vielleicht kann er uns ja tatsächlich weiterhelfen. Ich warte hier auf dich.« Noch einmal verschwand sie hinter dem voluminösen Körper. »Aber natürlich nur, wenn es Ihnen Recht ist, Frau Paschulke?«

»Ja doch, ja, ich freue mich, wenn Sie bei mir bleiben«, begeisterte sich die Angeredete, »wir haben doch noch soviel zu bereden.«

Franziskas Blondhaar tauchte wieder auf, ihr Blick fixierte mein Gesicht, bedeutungsvoll hob sie die Augenbrauen. Ich begriff ihre Botschaft: Sie würde in meiner Abwesenheit am Ball bleiben und der Frau weiter auf den Zahn fühlen. Gut so. Mit einem Nicken gab ich zu erkennen, dass ich verstanden hatte. Dann drehte ich mich um und verließ die Küche.

Auf meinem Weg nach draußen fiel mir etwas auf, was

mich beunruhigte, ja erschreckte. Wenn das Gespräch auf Robert und Laura Gavel gekommen war, hatten wir nahezu ausschließlich die Vergangenheit benutzt. Lag es daran, dass wir unterbewusst schon mit dem Schlimmsten rechneten, sogar ihren Tod in den Bereich des Möglichen zogen?

Trotz der Sommerwärme schauderte mich, als ich aus dem Haus trat.

13

Das Haus, in dem Herr Gierke nach Auskunft Frau Paschulkes wohnen sollte, lag auf der Höhe des Bahnhofs. Für einen alten Menschen eine gute Lage, um aus dem Fenster dem zumindest in den Stoßzeiten lebhaften Betrieb auf dem Bahnsteig zuzuschauen. Schon früh am Morgen konnte man die Arbeitspendler aufbrechen sehen, konnte beobachten, wie sich kurz darauf die Fahrschüler auf den Weg zu den Schulen machten – und dann, am Nachmittag, das gleiche Spektakel noch einmal, wenn erst die einen, später die anderen wieder zurückkehrten. Für einen betagten Mann, der es möglicherweise liebte, von dort oben auf das Treiben der anderen zu blicken, war das Haus mit der Nummer 5 geradezu ideal gelegen.

Unwillkürlich musterte ich das villenartige, in einem Gartenpark gelegene Gebäude, suchte mit den Augen die Fenster ab, konnte aber niemanden entdecken, der von dort auf mich heruntergeschaut hätte. Was gab es denn auch jetzt so kurz vor Mittag zu sehen? Wie verwaist lag das Bahngelände da - High Noon in Bad Karlshafen.

P. Gierke stand auf der mittleren Klingelleiste, ich nahm

an, dass sie zu der Wohnung im ersten Stock gehörte. Während ich den Knopf drückte, überlegte ich, wie ich mich am Besten bei dem Alten einführen könnte. Warum eigentlich nicht mit der Wahrheit? Ich wollte etwas über Robert Gavel erfahren, hatte schließlich den toten Zwillingsbruder in seinem Haus entdeckt, da hatte ich ja wohl ein Recht auf Information. Als Roberts Schachpartner konnte der alte Gierke dafür genau der Richtige sein. Vielleicht tat ich ihm ja auch einen Gefallen mit meinem Aufkreuzen hier, gab ihm die Gelegenheit, über das zu reden, was ihn seit dem Verschwinden des Antiquars auf der Seele liegen mochte.

Als der Summton ertönte, schob ich die Tür auf und stieg die marmorgeflieste Treppe hinauf. Ein roter Kokosläufer in der Mitte der Stufen dämpfte meine Schritte, seitlich an der Wand war ein messingfarbener Handlauf angeschraubt. Auf halber Strecke blieb ich stehen und sah mich um. War ich etwa in einem Hotel gelandet? Mein Blick ging nach unten, dahin, woher ich gekommen war, fiel auf das kleine Räumchen neben der Eingangstür, das mir schon beim Eintreten aufgefallen war. Jacken hingen dort, auch ein Regenschirm, an einem Haken baumelten ein Kehrblech und ein Handfeger. Nun erkannte ich auch die ursprüngliche Bestimmung dieser jetzt zu einer Garderobe umfunktionierten Nische. Hier musste früher einmal die Rezeption gewesen sein, eine Art Empfangstheke, an der die Gäste registriert und willkommen gehießen wurden. Als ich die Treppe weiter nach oben ging, bemerkte ich ein großes gerahmtes Foto an der Wand. Auf ihm das Haus, in dem ich mich gerade befand, aufgenommen aus dem gleichen Blickwinkel, aus dem ich es soeben von außen betrachtet hatte. Ein Schild an der Vorderseite, längst abmontiert jetzt, verkündete in verschnörkelten Großbuchstaben, dass hier tatsächlich einmal das Hotel »Weserperle« betrieben worden war.

Ich verhielt auf dem oberen Absatz, unschlüssig, ob ich auch noch die Wohnungsklingel bedienen musste, um eingelassen zu werden? Etwas ratlos stand ich da, schaute durch das seitliche Treppenhausfenster auf den in der Tat von hier bestens einsehbaren Bahnhof.

Das Schlurfen von Füßen über den Boden ließ mich aufmerken, der Schlüssel drehte sich, langsam und vorsichtig begann die Tür aufzugehen. Ein haarloser, glänzender Kopf drängte sich in den Spalt, zwei Augen sahen mich an, blinzelten gegen das helle Licht, das durch das Seitenfenster hereinfiel. Auf einen Gehstock gestützt schob sich ein hagerer Körper hinterher. Es dauerte eine Weile, bis sich die Tür völlig geöffnet hatte und die lange Gestalt des Mannes als Ganzes sichtbar wurde.

Mein Gott, war der Alte dürr. Die Glieder, soweit sie sichtbar waren, bestanden nur aus Haut und Knochen, die kahle Schädelkalotte wölbte sich wie ein spitz zulaufender Helm über dem ausgemergelten Gesicht. Und dann die Sachen, die er trug. Verwirrt schaute ich, obwohl ich die Tageszeit wusste, auf die Uhr an meinem Arm. Hatte ich den Mann vielleicht im Schlaf gestört? Aber es war heller Mittag, kurz nach zwölf, um diese Zeit lag man doch nicht mehr im Bett. Noch einmal blickte ich auf die blaugestreifte, um den Körper schlotternde Jacke und die nicht weniger weite Hose aus demselben Stoff. Es war eindeutig, diese Kleidungsstücke waren für den Nachtgebrauch gedacht, aber jetzt war Tag. Warum, um Gotteswillen, hatte Herr Gierke, wenn er es denn war, noch immer seinen Schlafanzug an? Oder hatte er ihn vielleicht schon wieder an?

»Bitte entschuldigen Sie, dass ich so einfach hereinplatze, aber ich wusste ja nicht...«, verlegen wies ich mit der Hand auf seinen Aufzug, »ich dachte, um diese Zeit...«

»Ist man längst aufgestanden – oder läuft zumindest nicht mehr im Schlafanzug rum«, ergänzte der Mann an der Tür und lachte vor sich hin, »das meinten Sie doch, oder?«

»Ja, aber...«, fühlte ich mich ertappt in meiner Unsicherheit, wie ich dieser außergewöhnlichen Situation begegnen sollte.

»Wir alten Menschen, wir haben so unsere Marotten – meine ist es eben, bis weit in den Tag hinein im Schlafanzug herumzulaufen. Erst am Nachmittag, wenn ich meinen Spaziergang mache, ziehe ich mich um.« Ein vergnügliches Kichern zeigte den Spaß, den ihm seine Eigenart machte. »Aber kommen Sie doch herein. Ich nehme an, Sie wollen zu mir?«

»Ja, wenn Sie Herr Gierke sind ...?«

»Der bin ich - Gierke, wie er leibt und lebt.« Er deutete eine Verbeugung an. »Und noch lebt der alte Klappergaul.« Mit einem zufriedenen Grunzen humpelte er zur Seite und ließ mich eintreten. »Die Leute erschrecken meist, wenn sie mein Knochengestell sehen, meinen, ich stünde schon mit einem Fuß im Grab. Von wegen. Auch wenn ich über achtzig bin, ans Abtreten denke ich noch lange nicht!« Wie zur Bekräftigung stieß er den Gehstock auf den Boden. »War übrigens schon immer so eine dünne Latte. Zündschnur haben sie mich in der Schule genannt, auch Bohnenstange. Anfangs hat‘s mir was ausgemacht, später nicht mehr. Habe mich daran gewöhnt.«

Das Zimmer, in das er mich führte, war licht und weiträumig, zwei marmorverkleidete Säulen in der Mitte und ein großer Wandspiegel gaben dem Raum einen repräsentativen Anstrich. Mein fragendes Umherblicken veranlasste Herrn Gierke, mich aufzuklären. »Dieses Haus fungierte einmal als Hotel – mein Hotel. Das hier war der

Speise- und Aufenthaltsraum. Ganz früher, in den Zeiten, in denen noch Gesellschaftsfeste gefeiert wurden, diente er auch als Tanzsaal.« Mit dem Stock beschrieb er einen Halbkreis. »Ein prachtvolles Zimmer, soviel Glanz und Prunk in all den Jahren. Wenn ich an die alten Zeiten denke.« Einige Sekunden hing er seinen Erinnerungen nach, dann ließ er den Gehstock sinken. »Ich musste das Hotel leider schließen, es rentierte sich nicht mehr. Lag einfach zu abseitig, zu weit entfernt von Stadt und Fluss und zu nah an der Bahnlinie – das waren gravierende Standortnachteile. Nach dem Tod meiner Frau vor zwanzig Jahren hatte ich es zunächst alleine weiterzubetreiben versucht, hatte dann später einen Pächter genommen – beides hat nicht geklappt.« Mit einem Schulterzucken beendete er das Thema.

»Bitte, nehmen Sie doch Platz«, der Stock zeigte auf einen Sessel nah am Fenster. Auch er zog sich eine Sitzgelegenheit heran, schließlich saßen wir beide. Erwartungsvoll blickte mich der Alte an. »Wie kann ich Ihnen helfen?«

Zuerst einmal stellte ich mich vor: »Mein Name ist Gerhard, Heinrich Gerhard aus Eschwege – ich bin der, der den Toten in Nummer 2 gefunden hat.«

»Robert Gavels Bruder? Entsetzliche Sache. Allein die Vorstellung, dass der tagelang dagelegen hat – und keiner hat‘s bemerkt.« Herr Gierke schüttelte sich bei dem Gedanken, um mich aber gleich darauf wieder anzusehen. »Sie waren das doch auch, der anfangs glaubte, Robert läge dort?«

»Ja, alle, die Polizei, selbst die Nachbarn glaubten das - die Zwillingsbrüder sehen sich zum Verwechseln ähnlich. Erst später bei der genauen Untersuchung hat man festgestellt, dass es Philipp war.«

»Seltsam, jetzt spiele ich schon jahrelang mit Robert Schach – aber von einem Bruder habe ich nichts gewusst.«

Ich hielt den Zeitpunkt für gekommen, ihm zu erzählen, warum ich heute hier war, berichtete von meinem Interesse, Näheres über den Antiquar und seine Familie zu erfahren. »Frau Paschulke hat mich zu Ihnen geschickt. Wenn Sie etwas über Robert Gavel und seine Verwandtschaft wissen wollen, dann gehen Sie hinüber zu Herrn Gierke, hat sie gesagt.«

»Na!«, seine Augen sahen mich skeptisch an, »so hat sie's bestimmt nicht gesagt. Wahrscheinlich hat sie's so formuliert: ‚Suchen Sie das dünne Skelett da drüben auf, dieses wandelnde Gerippe.' Vielleicht aber auch nur: ‚Gehen Sie rüber zu dem Alten' - dann muss sie aber gut gelaunt gewesen sein.«

»Tatsächlich, genauso hat sie's gesagt:‚Gehen Sie zu dem alten Gierke'!«

»Na also. Wahrscheinlich kocht sie gerade wieder oder backt. Das macht die fette Qualle glücklich.«

»Ja, sie backt Dampfnudeln, aber...«

»Kann das Weib nicht leiden«, knurrte er und hieb dabei mit der Faust auf die Stuhllehne. »Kein Wunder, dass die keinen Kerl findet. Hat nichts als ihren Herd und Backofen im Kopf. Welcher Mann hält sowas aus!« Es war unüberhörbar, Frau Paschulke und der Alte waren keine Freunde.

Um nun endlich auf das sprechen zu kommen, was der Zweck meines Besuches hier war – aber auch, um etwas von der gewichtigen Köchin abzulenken -, beugte ich mich in meinem Sessel weit nach vorne. »Sie sagten eben, Sie spielen schon seit Jahren Schach mit Robert Gavel. Kam er hierher zu Ihnen oder gingen Sie zu ihm?«

»Meist kam er zu mir, manchmal besuchte ich ihn auch in seinem Haus und wir spielten dort.« Der kahle Schädel nickte im Erinnern an die gemeinsamen Stunden. »Robert war ein stiller, ernster Mann – wie geschaffen für das Schachspiel – da kann man keinen Schwätzer gebrauchen.«

»Also haben Sie während der Partien nur wenig miteinander gesprochen?«

»Eigentlich überhaupt nicht. Der Zauber dieses Spiels liegt doch gerade im gegenseitigen Schweigen. Man teilt sich nicht verbal dem anderen mit oder bedrängt ihn mit Fragen. Nein, man erahnt mehr seine Regungen, fühlt seine Nähe, aber auch das Getrenntsein durch den Tisch und das Brett darauf. Da muss man nicht reden, im Gegenteil, Worte würden nur stören. Robert war der ideale Partner, er konnte schweigen, genauso wie ich – auch wenn Sie‘s vielleicht im Augenblick nicht glauben wollen.«

»Nun ja«, bei seiner momentanen Lebhaftigkeit fiel es mir nicht leicht, ihn mir als Schweiger vorzustellen. »Aber entsteht nicht unter den vielen gespielten Partien eine gewisse Intimität, die sich, wenn man denn einmal miteinander spricht, in weit vertraulicheren Äußerungen niederschlägt, als es bei einer Alltagskonversation üblich ist? Vielleicht ist Ihnen ja von Herrn Gavel in dieser besonderen Atmosphäre etwas Persönliches über seine Familie erzählt worden – oder auch über seine Herkunft. Immerhin weist das französisch klingende Gavel auf eine Hugenottenabstammung hin.«

»Ja, solche Namen gibt’s noch einige hier bei uns in der Stadt. Kein Wunder bei der Gründungsgeschichte von Karlshafen. Aber, wie gesagt, wir haben nie darüber gesprochen, woher er kommt, was seine Eltern und Großeltern von Beruf waren oder wo sie gelebt haben. Auch nicht, wo seine hugenottischen Vorfahren nach ihrer Flucht aus Frankreich zuerst gesiedelt haben. Ich bin mir ziemlich sicher, dass sie nicht von Anfang an hier in

Karlshafen waren, der Name Gavel wäre mir sonst bekannt gewesen.«

»Ja, wahrscheinlich«, stimmte ich zu. In dieser kleinen Stadt, das hatten wir ja schon festgestellt, kannte man sich, zumindest vom Hören, vor allem, wenn der Name etwas aus der Reihe fiel. »Wie haben Sie denn Robert kennengelernt?«

»Ganz einfach, wir haben gegeneinander Schach gespielt. Ein paar Schachfreunde haben vor drei Jahren ein Turnier organisiert und alle Interessierten dieser Stadt dazu eingeladen. Dabei bin ich auf Robert Gavel gestoßen. Als wir feststellten, dass wir fast Nachbarn waren, vereinbarten wir, uns regelmäßig zu treffen. So entstanden unsere wöchentlichen Schachabende. Dabei entwickelte sich eine Freundschaft zwischen uns, die eine reine Schachfreundschaft war. Ich könnte Ihnen eine Menge über Roberts Spiel erzählen, welche Eröffnungen er bevorzugt, welche Angriffsstrategien – aber über sein Privatleben, da kann ich Ihnen wenig bis nichts berichten.«

»Ich verstehe.« Enttäuscht lehnte ich mich zurück. Schade, auch diese nachbarliche Spur schien ins Leere zu laufen, mehr als schachtechnische Angaben über Roberts Spielkunst würde ich heute hier nicht erhalten.

»Und jetzt ist Ihr Partner verschwunden«, hakte ich trotzdem noch einmal nach, »schon seit über einem Monat ist er fort. Hat er denn Ihnen gegenüber angedeutet, wohin er gegangen sein könnte?«

»Nein, ich war völlig überrascht, als es hieß, er habe Bad Karlshafen verlassen.«

»Sie haben nichts Auffälliges vorher an ihm bemerkt? Etwas, das anders war als sonst?«

»Nein, nichts, gar nichts. Noch am Vortag haben wir hier bei mir gespielt. Robert war wie immer, voll konzentriert, schweigsam und ausgeglichen. Ich hätte mir nicht träumen lassen, dass dieser Abend auf Wochen unser letzter sein sollte.« Der Alte presste die Lippen aufeinander, die Sorge um den Freund war ihm ins Gesicht geschrieben. »Und jetzt auch noch der tote Bruder. Wo soll das alles enden?«

Ich räusperte mich, machte Anstalten aufzustehen. Zum einen hatte ich ein schlechtes Gewissen, etwas für den Hausherrn Schmerzliches angerührt zu haben. Zum anderen, es war kaum zu erwarten, dass ich von ihm noch etwas erfuhr, was für mich von Wert war. Ich hatte die Hände schon aufgestützt, wollte mich gerade aus dem Sessel hochstemmen, als mich ein Klacken und Klappern zur Seite blicken ließ. Ich sah auf den Alten, der, zu einem rückwärtigen Regal geneigt, soeben einen viereckigen Kasten aus dem Fach zog. Seine knöcherne Hand umklammerte das Gehäuse, dessen Herausheben das von mir gehörte Geräusch verursachte. Auch wenn ich die karierten Felder auf den Deckeln noch gar nicht bemerkt hatte, wusste ich augenblicklich, was der lang Entwöhnte mit mir vorhatte. Noch einmal purzelten die Figuren rasselnd durcheinander, schlugen gegen das hölzerne Behältnis, als Herr Gierke das Schachspiel auf den Tisch legte.

Der Blick, der mich aus seinen flehenden Augen traf, war der eines bettelnden Kindes, die Frage voller ängstlicher Erwartung. »Sie spielen doch Schach?«

Einen Augenblick lang fiel mir nicht ein, was ich ihm antworten sollte. Deshalb hob ich wie zur Abwehr erst einmal die Hände. Dann aber, was blieb mir anderes übrig unter diesem Blick, nickte ich ihm zu. Schon immer hatte ich mich schwergetan, mich einer kindlichen Bitte zu versagen, auch wenn ein Nein pädagogisch manchmal sinnvoller gewesen wäre; diesbezüglich war ich ein schlechter Vater und

Großvater. Oder doch vielleicht ein guter? Es kam auf den Blickwinkel an.

Jetzt jedenfalls kapitulierte ich wieder einmal, obwohl ich wusste, dass Franziska bei den Dampfnudeln ausharrte und auf mich wartete. »Ja, ich spiele Schach«, gab ich zu und half dem Alten, der schon dabei war, die Figuren mit zittrigen Händen auf das Brett zu stellen. »Nicht, dass ich unbedingt gut spielen würde«, räumte ich ein, um mich im selben Atemzug zu brüsten: »Aber von Taktik verstehe ich einiges, kenne da ein paar interessante Spielvariationen. Früher in der Schule hatten wir eine Schach-AG, da hat man uns beigebracht, was ein Evansgambit ist, wie sizilianisch verteidigt wird und wie man ein Königsendspiel führt.«

»Wunderbar«, begeisterte sich der Hausherr, »dann sind Sie ja der passende Gegner für mich.«

Wir losten die Farben aus, drehten das Brett in die richtige Position, dann forderte mich mein Gastgeber auf: »Also los!« Seine Augen leuchteten, als er auf das Schachspiel deutete, »weiß beginnt.«

Ich muss gestehen, dass ich in den folgenden Minuten, ja sogar in der folgenden Stunde, Franziska völlig vergaß. Nicht einen Gedanken verschwendete ich an sie, auch nicht an Frau Paschulke und ihren Backofen. Das Spiel, das nicht ohne Grund das königliche genannt wird, nahm mich so total gefangen, dass ich alles um mich herum ausblendete, zumal der Alte mir nicht die geringste Gelegenheit gab, an anderes zu denken, denn er spielte schnell und aggressiv, ich hatte alle Mühe, seinem Tempo zu folgen. Schon in der ersten Partie stellte ich fest, dass wir beide uns etwa auf dem gleichen Niveau bewegten, interessante Spielverläufe mit wechselndem Ausgang waren zu erwarten.

Um so mehr überraschte es mich, dass ich nicht nur das

erste und zweite, sondern auch das dritte und vierte Spiel verlor. Ich war regelrecht entsetzt über die groben Fehler, die mir in allen Partien unterlaufen waren. Da hatte ich zum Beispiel meinen Springer an aussichtsreicher Stelle geglaubt, um mit dem nächsten Zug die gegnerische Dame gewinnen zu können, dann aber erkennen müssen, dass ich mich um eine Position vertan hatte. Oder auch der Läufer – ich war mir sicher, dass er das Feld abdeckte, von dem aus ich mit meinem Turm das Schachmatt verkünden konnte – aber dann stand er plötzlich ganz woanders. Wie war das möglich, dass ich mich dermaßen irrte? War ich so aus der Übung? Oder wurde ich langsam vergesslich?

Dann kam mir ein Verdacht. Ich machte die Probe aufs Exempel. Gerade hatte ich mit einem exzellenten Zug den feindlichen König derart in die Enge getrieben, dass mir der Sieg kaum mehr zu nehmen war, als mich mein betagter Gegner, wie schon in den Partien zuvor, um ein Glas Mineralwasser bat. Nun stand die Flasche nicht etwa auf dem Spieltisch, sondern auf einer etwas abseits platzierten Kommode. Ich hatte sie jedesmal wieder dorthin zurückbringen müssen, denn angeblich störte sie neben dem Schachbrett. Ich erhob mich also, ging zu dem Schränkchen und goss mit abgewendetem Gesicht das kleine Gläschen voll. Dabei stellte ich mich so, dass ich den Mann im Schlafanzug und das Brett mit den Figuren im gegenüberliegenden Wandspiegel gut beobachten konnte.

Und wahrhaftig, ich hatte mich nicht getäuscht, denn kaum, dass ich ihm den Rücken zukehrte, beugte sich der Alte über die Schachsteine. Ein Blick noch zu mir hinüber, eine kurze Vergewisserung, unbeobachtet zu sein, dann langte seine Hand unter die Figuren. Was genau er verstellte, konnte ich nicht erkennen.

Na, da soll doch …!! Schon war ich im Begriff, mich empört umzudrehen und ihm ein anklagendes »Ha!« entgegenzuschleudern, ihm, dem ertappten Halunken. Mich so zu linken!

Doch dann, als käme eine Welle auf mich zu, wurde ich von einem plötzlichen warmen Gefühl durchströmt, ich spürte, wie sich mir die Mund- und Augenwinkel hoben und ich gar nicht anders konnte, als vor mich hinzulächeln. Alter Gauner, du, murmelte ich und schüttelte ungläubig den Kopf. Dann wendete ich mich um, brachte ihm das Wasser und tat so, als hätte ich nichts gesehen.

Als ich endlich, nach der sechsten verlorenen Partie, mich an der Tür verabschiedete, tröstete mich Herr Gierke: »Dafür, dass Sie lange nicht gespielt haben, war's doch schon ganz gut.« Gönnerhaft streckte er mir die Hand hin. »Wenn Sie mal wieder in Karlshafen sind, kommen Sie einfach vorbei – dann gebe ich Ihnen Revanche.«

»In Ordnung«, schlug ich ein und wandte mich zum Gehen. »Schade, dass Sie mir so gut wie nichts über Robert Gavel erzählen konnten.«

»Ja, leider«, bedauernd hob er die Schultern, »wir haben eben nur Schach gespielt.«

Ich war schon am Treppenende angelangt, als mich ein Ruf von oben noch einmal umdrehen ließ. »Ach, mir fällt da noch etwas ein.« Ich schaute hinauf zu dem kahlen Schädel, der, über das Geländer gebeugt, auf mich herunterblickte. »Robert hat früher schon einmal an Schachturnieren teilgenommen, das hat er mir erzählt. Irgendwo in einer kleinen Stadt unweit von Kassel. Eines der Turniere hat Robert gewonnen.«

Aufmerksam geworden stieg ich wieder ein paar Stufen nach oben. »Hat er auch gesagt, in welcher Stadt das war?«, fragte ich interessiert.

»Ja, ich glaube, das hat er.« Der Alte rieb sich die Nase. »Nein, tut mir leid, mir fällt's nicht mehr ein. War irgendein langer Name, irgendetwas mit Hessen...«

»Hessisch Lichtenau vielleicht?«

»Ja, richtig, Hessisch Lichtenau, so hieß die Stadt. Jetzt erinnere ich mich wieder. Hilft Ihnen das weiter?«

»Möglicherweise. Jedenfalls vielen Dank, Herr Gierke.« Noch einmal winkte ich zu ihm hinauf, dann stieg ich endgültig die Treppe hinunter, öffnete die Haustür und trat ins Freie.

14

Es dauerte einige Augenblicke, bis mir Frau Paschulke auf mein Klingeln hin öffnete. Breit stand sie vor mir und strahlte mich an. Bei ihrem Anblick kam mir Herr Gierkes Bemerkung von der fetten Qualle in den Sinn. Ich konnte mir nicht helfen – so despektierlich diese Äußerung auch sein mochte, eines war sie sicher nicht – falsch. Das Ergebnis einer exquisiten Kochkunst und die Folgen ihrer konsequenten Verwertung waren nur allzu deutlich zu sehen.

Der Empfang war überschwänglich: »Herr Gerhard, gut, dass Sie endlich da sind. Eine Dampfnudel ist noch übrig. Warum kommen Sie auch so spät! Franziska und ich, wir warten schon eine Ewigkeit auf Sie.« Ihre Arme gestikulierten, während sie mich zur Küche führte.

Der Überschwang meiner Frau stand dem um nichts nach. Erfreut sprang sie bei meinem Eintreten auf, schlang mir die Arme um den Hals und verkündete: »Heinrich, das Leben ist schön!«

Argwöhnisch sah ich sie an, verwundert auch, von ihr eine derart daseinsumfassende Aussage zu hören. Ihr Bezug zur Realität lässt sie normalerweise die Dinge beim Namen nennen. So sagt sie zum Beispiel »Das Wetter ist schön«, oder auch »Deine Hose ist schön«. Doch wenn sie so allgemein von der Schönheit spricht, das Leben so pauschal preist und mich dabei mit Liebkosungen überhäuft, dann macht mich das stutzig. Bemüht, mich aus ihrer erstickenden Umarmung zu befreien, schob ich meine Frau auf Armeslänge von mir. »Franziska!?« Fragend blickte ich in die glänzenden, leicht geröteten Augen.

»Heinrich, du hast etwas verpasst«. Wieder hing sie an meinem Hals. »So ein gutes Essen! Wir haben richtig zugeschlagen.«

Aus den Augenwinkeln heraus gewahrte ich, wie sich Frau Paschulke von seitlich näherte, in der Hand ein Tellerchen mit einer einsamen Dampfnudel darauf. »Hier, Herr Gerhard, das ist für Sie«, streckte sie mir mit einem seligen Lächeln den Essensrest entgegen, »leider ist von der Weinsoße nichts mehr übriggeblieben, sie war so köstlich und lecker, wir konnten nicht widerstehen. Nicht war, Franziska?«

»Ja, Gerda, einfach zu lecker«, seufzte meine Frau, löste sich von mir und ließ sich mit einem Plumps auf den Stuhl fallen.

Nun wurde mir klar, woher die leuchtenden Gesichter, woher der Überschwang in Reden und Bewegungen kam. »So, so, die Weinsoße«, konstatierte ich und sah von einer zur anderen. Doch dann, mit der Begründung, nun endlich aufbrechen zu müssen, ließ ich mir die soßenlose Dampfnudel einpacken. Fest fasste ich meine Frau am Arm, zog sie vom Stuhl hoch und hakte sie bei mir unter.

Auf dem Weg zur Haustür drehte sich Franziska zu ihrer neuen Freundin. »Dampfnudeln – ich wusste gar nicht, wie gut die schmecken können. Zu Hause werde ich die jetzt auch mal machen. Danke jedenfalls für die Anregung, Gerda.«

»Vergiss die Weinsoße nicht, Franziska«, rief Frau Paschulke hinter uns her, als wir den Plattenweg zur Straße hinunter gingen.

»Ganz bestimmt nicht, eher vergesse ich Dampfnudeln.« Das kichernde Lachen der beiden Frauen erfüllte den bis dahin stillen Nachmittag. Ich schloss das Auto auf, öffnete die Beifahrertür und half Franziska beim Einsteigen.

Das Bürgerbüro von Bad Karlshafen lag im ersten Stock des Rathauses. Dort, im Meldeverzeichnis, würde ich alles, was ich über die Bewohner dieser Stadt wissen wollte, gesammelt und gespeichert finden – so hatte man mir in der Touristinformation im Erdgeschoss gesagt. Ich stieg die breite Treppe hinauf zur oberen Etage.

Franziska war an der Weser zurückgeblieben. Sie hatte darauf bestanden, einen Weinsoßenausdünstungsspaziergang am Fluss entlang zu machen. Die frische Luft würde ihr guttun, sie sei zuversichtlich, danach wieder voll leistungsfähig und einsatzbereit zu sein. Wir waren so verblieben, dass wir uns in einer Stunde am Auto treffen wollten. Sicherheitshalber hatte ich ihr den Schlüssel überlassen für den Fall, dass die Folgen ihres Soßengenusses doch größer waren, als sie sich selber zugestand und sie zwangen, im Wagen zu warten.

Ich klopfte an die Tür des Bürgerbüros und wartete auf eine Aufforderung zum Eintreten. Aber nichts war zu hören, so intensiv ich auch lauschte. Wieder so eine amtliche Tür ohne Echo. Ich seufzte. Mit dem Eintritt in solche Diensträume war das ein regelrechtes Kreuz, nie wusste man so richtig, ob man nach einem unerwiderten Klopfen hineingehen sollte oder nicht.

Ich erkühnte mich schließlich, drückte die Klinke und trat, auch ohne dazu aufgefordert zu sein, in den Raum. Zwei Damen saßen hinter ihren Schreibtischen, blätterten, lasen und notierten. Mein Räuspern veranlasste die eine, aufzublicken.

»Ach«, staunte sie, mich im Zimmer stehen zu sehen, dann aber lächelte sie mir zu. »Kann ich etwas für Sie tun?«

Ich erwiderte ihr Lächeln, einmal, weil es sich so gehört, aber auch, weil ein Lächeln ein ausgezeichneter Türöffner sein konnte in Angelegenheiten, die sich als sperrig erweisen mochten. Denn eines war mir klar – in einer deutschen Amtsstube eine Auskunft erhalten zu wollen, konnte mit großen Hindernissen verbunden sein, vor allem, wenn sich die Erkundigungen auf einen Bürger bezogen, über den in den letzten Monaten viel geredet und gerätselt worden war. Und jetzt noch der tote Bruder in seinem Haus.

Ich begann diplomatisch und allgemein. »Ich komme aus Eschwege, bin also fremd hier. Was wäre denn, wenn ich etwas über einen Karlshafener Bewohner erfahren wollte?«

»Dann könnten Sie die Leute befragen«, das kurze Heben der Augenbrauen verriet den Spaß, den die Frau an ihrer Antwort hatte, »die würden Ihnen bestimmt etwas über den Mitbürger erzählen können.«

»Ja, das wäre die eine Möglichkeit«, räumte ich ein. Dann tastete ich mich weiter vor. »Eine andere Möglichkeit könnte sein, Ihre Behörde um Auskunft zu bitten. Wäre das denn möglich?«

»Um Auskunft bitten? - Aber natürlich.«

»Und wie groß wäre die Wahrscheinlichkeit, die gewünschten Informationen zu erhalten?«

Wieder lächelte sie, aber das Einladende war jetzt aus dem Gesicht verschwunden. Wie eine abweisende Mauer stand ihr Lächeln nun zwischen uns. »Das kommt darauf an, um welche Art von Auskunft man bittet. Alles, was im Telefonbuch steht, darf selbstverständlich herausgegeben werden - aber darüberhinaus...« Zweifelnd schüttelte sie den Kopf. »Man kann natürlich einen Antrag stellen«, informierte sie, nun wieder ganz Amtsperson, »darin sollten die Angaben aufgelistet sein, die gewünscht werden – und auch die Gründe für das Auskunftsersuchen. Wir prüfen dann, ob wir dem Antrag stattgeben.« Zum dritten Mal lächelte sie mich an, diesmal aber wohl, um mich zu verabschieden, denn aus ihrer Sicht war alles gesagt.

Ich wagte dennoch zu fragen: »Wie lange würde es denn dauern, bis man von Ihnen Auskunft erhielte?«

»Drei, vier Tage vielleicht, das hängt ganz von der Fragestellung und der Plausibilität der Begründung ab, und natürlich auch von der Person, über die Informationen gewünscht werden.«

Ich schluckte, drei, vier Tage – nein, das war viel zu lang. Und dazu noch die Ungewissheit, ob meine Gründe überhaupt ausreichten, die genehmigende Behörde zu überzeugen. Was konnte ich denn aufführen, das gewichtig genug war, mir Einblick in die Lebensdaten Robert Gavels zu gewähren? Dass seine Frau mir in einem Kneipengespräch von obskuren, verschleierten Familienverhältnissen erzählt hatte, deren Hintergrund ich aufzudecken gedachte?

Ich begriff, dass ich von offizieller Seite mit an Sicherheit grenzender Wahrscheinlichkeit keine Hilfe bekommen würde. Ich grüßte kurz, wendete mich zur Tür und verließ den Raum.

Obwohl ich damit gerechnet hatte, dass es schwierig werden könnte, über die amtliche Schiene etwas in Erfahrung zu bringen, machte mir dieser erneute Fehlschlag zu schaffen. Ich hatte zu tun, meiner Enttäuschung Herr zu werden. Nun schon zum dritten Mal heute war der Versuch gescheitert, etwas über Robert Gavels Herkunft herauszubekommen. Die dicke Paschulke und der alte Gierke hatte wenigstens bestätigen können, dass um die Familie des Antiquars ein Geheimnis gemacht worden war, hatten aber nichts dazu beigetragen, dieses Geheimnis zu lüften. Sie wussten einfach nichts, was uns weiterhelfen konnte. Das Amt hingegen dürfte sehr wohl über Angaben verfügen, mit denen sich dieses Dunkel etwas lichten ließe. Aber ich war mir sicher, hier würde ich nichts erfahren.

Ich stützte mich auf die Etagenbrüstung. Von hier oben war das in der Eingangshalle aufgestellte Modell des barocken Karlshafen besonders gut zu sehen. Was wusste ich eigentlich von dieser Stadt, diesem verwirklichten Hirngespinst eines ehrgeizigen Landgrafen, der partout eine Hafenstadt im nördlichsten Zipfel seines Herrschaftsbereichs errichten wollte? Dass die Hugenotten eine erhebliche Rolle bei der Ortsgründung gespielt hatten, davon hatte ich gehört. Auch von dem Kanal, mit dem der Landesherr seine Hauptstadt Kassel an die Weser anbinden wollte. Aber sonst?

Ich blickte auf die Uhr. Bis zum vereinbarten Treffen mit Franziska war es noch fast eine Dreiviertelstunde. Einer plötzlichen Eingebung folgend eilte ich die Treppe hinunter, durchquerte die Vorhalle und trat hinaus auf den Platz. Nach einer raschen Umrundung des Hafenbeckens stand ich vor dem Haus, in dem das Hugenottenmuseum untergebracht war.

Nicht, dass ich mir etwas von seinem Besuch versprochen hätte, irgendeine Erkenntnis etwa oder die Aufdeckung eines geheimen Zusammenhangs mit unserer Geschichte. Zwar war Robert Gavel hugenottischer Abstammung, aber mir war bewusst, wie weit die damalige Siedlungszeit zurücklag. Eine jetzt noch existierende Verbindung zu der fernen Vergangenheit war nahezu ausgeschlossen. Deshalb ging ich ganz entspannt durch die beiden großen Räume des Museums, betrachtete das Ausgestellte mit touristischer Neugier und vervollständigte das oberflächliche Bild, das ich von den damaligen Vorgängen um die französischen Glaubensflüchtlinge hatte.

Die Exponate im ersten Stockwerk und die daneben aufgehängten beschreibenden Tafeln handelten die Geschichte der Hugenotten in ihrem Heimatland ab. Ich war erstaunt über die falschen Vorstellungen, die ich mir von den seinerzeitigen Protestanten in Frankreich gemacht hatte. So war ich bis heute der Meinung gewesen, die Hugenotten hätten sich vorwiegend aus der ungebildeten Landbevölkerung kreiert, seien eine den unteren sozialen Schichten angehörige verfolgte Minderheit gewesen. Ich erfuhr nun, dass die Reformierten eine durchaus einflussreiche politische und auch militärische Kraft im damaligen Frankreich gebildet hatten, die immerhin in der Lage gewesen war, in acht Hugenottenkriegen gegen die katholische Übermacht mit wechselndem Kriegsglück zu kämpfen.

In diese Zeit war auch das fürchterliche Gemetzel im Jahr 1572, die sogenannte Pariser Bluthochzeit gefallen.

Tausende von Protestanten wurden in einer einzigen Nacht, der Bartholomäusnacht, von den Soldaten der katholischen Herzöge und dem aufgewiegelten Mob ermordet. Mit Interesse las ich auch von dem Edikt von Nantes, in dem Heinrich IV. endlich 1598 den reformierten Christen in Frankreich eine relativ freie Religionsausübung zusagte. Doch schon 1685 widerrief Ludwig XIV. im Edikt von Fontainebleau den alten Erlass, verbot die reformierte Kirche und ließ die Hugenotten aufs Schärfste verfolgen.

Über eine schöne, halbgewendelte Holztreppe stieg ich hinauf in die zweite Etage. Nun wollte ich auch die für die Stadt so bedeutungsvollen Folgeereignisse kennenlernen, die hier dokumentiert waren. Es ging um die Réfugiés, die hugenottischen Flüchtlinge, die ihren Glauben nicht aufgeben wollten und sich trotz des Ausreiseverbots heimlich auf den Weg in die benachbarten protestantischen Länder machten. Tausende, Zehntausende, so erfuhr ich, waren allein nach Deutschland gekommen, angezogen auch von den großzügigen Siedlungsversprechen der jeweiligen Regenten. Am Beispiel unseres hessischen Landgrafen Carl wurde mir klar, dass es nicht allein die christliche Nächstenliebe war, die den Hugenotten damals, um 1700, mit offenen Armen Aufnahme gewährt hatte. Auch ein wirtschaftliches Kalkül war dabei gewesen. Nach der massiven Entvölkerung durch den Dreißigjährigen Krieg benötigte der Herrscher Menschen zum Wiederaufbau der darniederliegenden Industrie, vor allem der Textilverarbeitung. Da kamen ihm die Hugenotten gerade recht. Carl ließ sich nicht lumpen, gab den Neuankömmlingen Land, baute ihnen Dörfer und Städte. Dass die Anlage von Karlshafen dabei so überaus pompös ausfiel, lag wohl auch daran, dass der Regent ein bisschen angeben wollte. Ein repräsentatives Stadtbild sollte

Eindruck schinden gegenüber den zahlreichen Handelsschiffen, die weseraufwärts den neuen Hafen anliefen.

Den Rest der Ausstellung ging ich nun zügig durch, gut zehn Minuten blieben mir noch bis zum Treffen mit Franziska. Das reichte aus, einen kurzen Blick auf die im hinteren Teil des Raumes aufgehängten Tafeln, auf die Fotos, Karten und Pläne zu werfen, die, in einer Art Sonderausstellung, sich ausschließlich mit den Dorfgründungen der Hugenotten im Großraum Kassel befassten. Kelze, Schöneberg, Carlsdorf, auch Leckringhausen – alles Kolonien, errichtet in den Fluchtjahren am Ende des 17. bis zum Anfang des 18. Jahrhunderts, Siedlungen, in denen sich die französische Sprache und auch das mitgebrachte fremde Brauchtum lange hielten.

Aber mir fehlte jetzt die Zeit, um Einzelheiten zu studieren. So beschränkte ich mich darauf, einige schöne Dorfansichten anzuschauen, warf auch mal einen Blick auf einen der vielen Lagepläne, auf denen die Verteilung der zugewiesenen Äcker und Ländereien an die Siedler kartografiert war.

Ich befand mich schon auf dem Weg nach draußen, sah mich noch einmal um, so wie ich es immer tat am Ende eines Museumsbesuchs, um einen abschließenden Eindruck des Gesehenen mit nach Hause zu nehmen, als ich plötzlich das Gefühl hatte, beim Schweifenlassen der Augen auf etwas geblickt zu haben, das ich kannte und das für mich, dies wurde mir sofort klar, von großer Bedeutung war. Wahrscheinlich hat jeder schon einmal so etwas mitgemacht, dass er zum Beispiel beim Aufschlagen der Zeitung mit dem ersten überfliegenden Blick etwas Vertrautes streift, etwas, das ihn anrührt, ohne dass ihm bewusst ist, was es ist und wo auf der Seite er es gelesen hat.

So ging es auch mir in diesem Moment. Ratlos überflog ich die Tafeln und Bilder an den Wänden auf der Suche nach dem, was unterbewusst meine Aufmerksamkeit erregt hatte. Ich betrachtete die angehefteten Ortspläne, ging die Straßenkataster und auch die Flurkarten der einzelnen Dörfer durch – und erstarrte, als ich auf das stieß, was mir nur wenige Augenblicke zuvor rein zufällig in den Blick gekommen war.

Ein älterer Herr, offensichtlich ein Museumsmitarbeiter, musste den entgeisterten Ausdruck auf meinem Gesicht bemerkt haben. »Kann ich Ihnen helfen?«, sprach er mich an und drängte sich in mein Blickfeld. »Sie sehen aus, als hätte Sie etwas völlig überrascht.«

Ich wachte aus meiner Erstarrung auf, schaute an dem Mann vorbei noch einmal auf die Gemarkungskarte von Seelentreu. »Sagen Sie«, wandte ich mich an den Herrn, »dieser Ort hier – ich habe den Namen noch nie gehört. Ich nehme an, es handelt sich auch um ein Hugenottendorf?«

»Ja«, der Alte wies mit dem Kopf zu den Tafeln und Karten hin, »alle Dokumente hier befassen sich mit den Koloniegründungen aus der Regierungszeit des Landgrafen Carl. Seelentreu ist eine der ältesten Siedlungen – und zugleich eine der kleinsten.«

Noch einmal schaute ich auf den Ortsplan, überzeugte mich ein drittes Mal, dass ich richtig gelesen hatte. »Wo liegt denn dieses Dorf?«, fragte ich den freundlichen Herrn und deutete auf den Schriftzug Seelentreu.

»Nicht weit von Hessisch Lichtenau«, erhielt ich die Auskunft, dazu noch eine Erklärung: »Hessisch Lichtenau ist eine kleine Stadt am Fuß des Meißners. Wenn man von Kassel in Richtung Eisenach fährt, muss man durch den Ort hindurch.«

Hessisch Lichtenau – natürlich kannte ich das Städtchen, es lag ja gerade mal fünfundzwanzig Kilometer von Oberhone entfernt. Jetzt hörte ich zum zweiten Mal heute schon seinen Namen. Zuerst hatte ihn Herr Gierke erwähnt, von der Treppe herunter hatte er ihn mir nachgerufen und mich darüber informiert, dass Robert Gavel dort in einem Schachturnier siegreich gewesen war. Und nun stieß ich auf ein Hugenottendorf in der Nähe dieser Stadt.

»Sie haben mir sehr geholfen«, bedankte ich mich bei dem Herrn und ging zum Ausgang. In der Tür wendete ich noch einmal den Kopf, als könnte ich nicht glauben, was ich gesehen hatte. Aber auch von hier war im linken unteren Zipfel des Flurplans von Seelentreu das Wort Gideron deutlich zu erkennen, kursiv geschrieben in der Mitte eines Quadrats. Vier schwarze Striche, wohl die Grenzen der Parzelle, umrahmten es, ein Bach floss seitlich schräg durch das äußere Drittel des Areals. Gideron – sollte das etwa das unbekannte Gesuchte sein? Ein Stück Land in einem winzigen Dorf bei Hessisch Lichtenau? War ich hier auf die Spur gestoßen, an der sich die Fährte in die Vergangenheit zurückverfolgen ließ?

15

Am nächsten Morgen, nahezu zur gleichen Stunde wie vor zwei Tagen, rief Hauptkommissar Karl Montag an. Auch diesmal waren wir wieder spät mit dem Frühstück dran, hatten uns beim Aufstehen viel Zeit gelassen. Das lag vor allem an Franziska, die etwas Mühe hatte, aus dem Bett zu kommen. Ihr Schlafbedürfnis war erstaunlich – oder auch nicht erstaunlich, wenn man sich die Größe der Weinsoßenschüssel in Erinnerung rief. Gestern Nachmittag, als ich, wie vereinbart, zum Auto zurückgekehrt war, hatte ich meine Frau tief schlummernd auf dem Beifahrersitz vorgefunden. Kurz war ich versucht gewesen, sie zu wecken und ihr von meiner Entdeckung im Museum zu berichten. Dann aber hatte ich sie schlafen lassen, hatte die Rückfahrt nach Oberhone in ihrer schweigenden Begleitung angetreten. So war ich erst heute Morgen dazu gekommen, ihr von Seelentreu und dem Schriftzug auf dem Ortsplan zu berichten.

Franziskas Enthusiasmus über meinen Fund war groß, am liebsten wäre sie sofort aufgebrochen zu dem kleinen Dorf und dem Grundstück mit dem rätselhaften Namen Gideron. Doch dann, mitten hinein in ihre Begeisterung, erreichte uns Charlys Anruf. Obwohl ich gleich nach dem ersten Läuten aufgestanden war, hatte ich gegen die schnellen Schritte meiner Frau keine Chance. Auch daran erkannte ich, dass sie sich von dem gestrigen soßenbedingten Aussetzer gut erholt hatte und wieder voller Unternehmungslust war.

»Franziska Gerhard«, meldete sie sich mit höflicher Vollständigkeit. Kurz lauschte sie, bis ich begriff, dass der Hauptkommissar in der Leitung war. »Warte, Charly«, bestätigte meine Frau, »ich schalte den Lautsprecher an, dann kann Heinrich mithören.«

Nachdem wir uns begrüßt und einige Höflichkeiten ausgetauscht hatten, kam Charly auf das zu sprechen, von dem er uns berichten wollte. »Ich hatte zugesagt, euch auf dem Laufenden zu halten, das will ich hiermit tun. Obwohl, viel haben die Kollegen in Kassel und Hofgeismar noch nicht zutage gefördert.« Dem Räuspern, mit dem sich der Hauptkommissar redebereit machte, folgte das Rascheln von

Papier – offensichtlich hatte er einige Unterlagen vor sich liegen, aus denen er zitierte: »Es steht jetzt definitiv fest«, begann er seinen Rapport, »dass es sich bei dem Toten aus Karlshafen um Dr. Philipp Gregorius, geborener Gavel, aus Hameln handelt.«

»Dr.?« Ich war überrascht. »Er war also Arzt?«

»Nein, Jurist. Philipp Gregorius führte eine alteingesessene Rechtsanwaltspraxis in der Weserstadt. Schon sein Vater war als Notar dort tätig. Der eine Zwilling, Philipp, hat die Sozietät nach seinem Tod übernommen.«

»Das heißt, Hameln ist auch Robert Gavels Heimatstadt?«

»Ja, beide Eltern sind Hamelner – und beide auch Juristen. Nach der Geburt der Zwillinge hat sich die Mutter aus der Anwaltstätigkeit zurückgezogen und sich ganz der Familie gewidmet. Solide Verhältnisse also, gehobene Bürgerklasse, würde ich sagen. Beide Jungen, Robert und Philipp, wurden gut und kostspielig erzogen, der eine studierte Chemie und Wirtschaftswissenschaften in Hannover, der andere Jura in Göttingen. Robert ging nach dem Ende seines Studiums zu einem Chemieunternehmen in Hameln, Philipp übernahm die väterliche Praxis. Alles normal und unauffällig, so wie es sich in diesen Kreisen gehört. Die Brüder heirateten. Roberts Frau starb früh an einem bösartigen Tumor, Philipp ließ sich nach neunzehn Ehejahren scheiden. Beide haben vor wenigen Jahren wieder geheiratet, dabei hat Philipp den Namen seiner Frau angenommen – auch das nichts Ungewöhnliches in heutigen Zeiten.«

»Hatte der Tote Kinder?«, wollte Franziska wissen.

»Ja, einen Jungen und ein Mädchen. Beide aus erster Ehe und inzwischen erwachsen. Der Sohn soll einmal die Praxis übernehmen, wenn er mit seinem Rechtsstudium fertig ist.«

»Von Robert wissen wir, dass er keine Kinder hat«, warf ich ein, »das hat mir seine Frau damals erzählt.«

»Ja, Roberts erste Frau starb schon bald nach der Hochzeit, deshalb wohl hatten sie keine Kinder – auch in der zweiten Ehe soll sich bis jetzt jedenfalls noch kein Nachwuchs angekündigt haben.« Charly schwieg einen Augenblick. Wieder knisterte es in den Unterlagen, dann schien er das gesuchte Blatt gefunden zu haben. »Das, was ich euch bisher von dem Toten und seinem Bruder schildern konnte, ist weitgehend ohne große Auffälligkeiten«, fuhr er fort und zählte auf: »Behütetes Aufwachsen, Wohlstand, exzellente Ausbildung und schließlich der erfolgreiche Beruf. Dann die Familiengründungen, in der einen zwei Geburten, in der anderen ein frühzeitiger Todesfall, endlich die Wiederverheiratungen – alles normale wechselhafte Verläufe, wie sie im Leben kommen und gehen. Sogar Roberts Autounfall vor drei Jahren passt da hinein.« Wieder hielt der Hauptkommissar inne, so als müsse er umblättern, um ein anderes Kapitel aufzuschlagen. »Erst mit dem 26. Mai beginnen die Dinge um Robert Gavel und Philipp Gregorius ungewöhnlich zu werden.«

»Also an dem Tag, an dem der Antiquar verschwindet«, verdeutlichte ich. »Aber warum nennst du beide Brüder? Ist auch bei Philipp in dieser Zeit etwas Besonderes passiert?«

»Allein genommen, nicht. Kein Mensch hat damals in den wiederholten Abwesenheiten des Kanzleibesitzers etwas Bedeutsames gesehen. Warum sollte sich der Firmenchef nicht ein paar Tage frei gönnen? Jetzt in nachträglicher Betrachtung und vor allem unter dem Aspekt des gewaltsamen Todes erscheinen die kleinen selbstgenehmigten Freiräume natürlich in einem anderen Licht – besonders auch deshalb, weil Philipp Gregorius die erste Auszeit am

29. Mai genommen hat, drei Tage nach dem Verschwinden seines Bruders.«

»Und die Polizei sieht da einen Zusammenhang?«, fragte Franziska.

»Zumindest Philipps erstes Fernbleiben hat einige Verwirrung gestiftet. Noch am Abend des 28. hat er den Privatanschluss seiner Sekretärin angerufen und alle Verabredungen für die nächsten Tage abgesagt. - Und das ohne jede Begründung und ungeachtet der Tatsache, dass er am Folgetag einen für die Kanzlei eminent wichtigen Termin hatte.«

»Das ist tatsächlich auffällig«, pflichtete ich bei. »Weiß man denn, was er in den Tagen seiner Abwesenheit tat?«

»Nein, das ist es ja, niemand weiß, wohin er ging. Wozu diese Heimlichtuerei?«

»Und Eleonora, seine Frau, was sagt die?«

»Hhmm!« Charlys Schnauben verriet sein Missfallen. »Seltsame Ehe, die die beiden führten. Philipp als Anwalt in Hameln, seine Frau ständig unterwegs in Sachen Gedrucktem, mal als Buchrezensentin, dann wieder als Lektorin von eingesandten Manuskripten. Manchmal war sie auch länger an einen Ort gebunden, zum Beispiel bei der Durchsicht eines größeren Buchbestandes, den sie zu ordnen und klassifizieren übernommen hatte. Wegen so einem Auftrag war sie ja auch für einige Wochen in Eschwege, hat bei den Sieloffs in der Hospitalstraße gewohnt. Aber das ist dir ja nichts Neues, Heiner, du hast ja selbst ihre Adresse dort aufgespürt.«

»Also machte sie so etwas ähnliches wie ihr Schwager Robert?«

»Ähnlich ja, aber doch anders. Auch sie begutachtete und bewertete die Bücher, aber sie handelte nicht mit ihnen. Eleonora Gregorius betreute Verlage, Buchhäuser und

Bibliotheken, war deshalb häufig außer Haus. Das Verhältnis zu ihrem Mann war eher das einer immer mal wieder auftauchenden Geliebten als einer Ehefrau. Na, mir soll‘s egal sein. Ich jedenfalls freue mich, meine Beate ständig um mich herum zu haben.« Der Hauptkommissar seufzte wohlig und fügte mit einem erahnbar lustvollen Lächeln hinzu: »Was gibt es Schöneres, als eine Ehefrau und Geliebte in einem zu haben – und vor allem, immer parat.« Dann, als sei ihm sein privater Exkurs peinlich, kam er schnell zum Ausgangspunkt seiner Ausführung zurück: »Das, was ich eigentlich sagen wollte, ist, dass Eleonora Gregorius einfach viel zu wenig zu Hause war, um kurzfristige Abwesenheiten ihres Mannes zu bemerken. Leider konnten wir sie zu diesem Thema noch nicht befragen, da sie sich im Augenblick mit unbekanntem Ziel irgendwo im Land aufhält.«

»Was ist mit den Kindern des Toten? Oder mit der Ex-Ehefrau? Wissen die, wo Ela sein könnte?«

»Nein. Die Verbindung von Sohn und Tochter zu ihrer Stiefmutter war nur lose, wurde außerdem nicht gerade durch Frau Gregorius‘ häufiges Außerhaussein gefördert. Auch Philipps erste Frau hat verständlicherweise so gut wie keinen Kontakt zu ihrer Ehenachfolgerin. Natürlich haben wir alle vernommen, aber ohne Erfolg. Sie wissen diesbezüglich nichts, was uns hilft. Tja...« Ich sah Charly vor mir, wie er Hand und Schultern hob und die Unauffindbarkeit Elas der des Ehepaars Gavel zuaddierte. Ein ungeklärtes Verschwinden mehr in dieser nebulösen Geschichte.

Franziskas Frage zielte auf den Kern der Angelegenheit: »Hat die Polizei denn schon einen Tatverdacht? Oder wenigstens eine Vermutung, warum die Tat begangen wurde?«

»Das ist ja gerade die Schwierigkeit in diesem Fall«, Charly seufzte. »Alles wirkt unbescholten und ehrbar. Weder im Privaten noch im Beruflichen ist irgendetwas Auffälliges zu finden: Kein nachtragender Klient in Sicht, der gegen Dr. Gregorius Rache- oder Hassgefühle entwickelt haben könnte, keine außereheliche Geliebte mit einem eifersüchtigen Ehemann. Die Finanzen sind geordnet, der Lebensstil unspektakulär. Alles haben die Kollegen durchforstet, ohne auf irgendeine Unebenheit zu stoßen. Einzig das etwas ungewöhnliche Zusammenleben mit seiner Frau fällt aus dem eher biederen Rahmen. Doch soll nach übereinstimmender Auskunft die Beziehung zwischen den Eheleuten trotz der häufigen räumlichen Trennung durchaus liebevoll gewesen sein.«

»Und wieso lässt dieser unauffällige, brave Dr. Philipp Gregorius vor gut vier Wochen Knall auf Fall seine Anwaltsfirma im Stich, um sich für kurze Zeit wer weiß wohin abzusetzen? Drei Tage nachdem die eigene Frau bei seinem Zwillingsbruder mit einem Paket Bücher auftaucht und Robert von diesem Zeitpunkt an wie vom Erdboden verschluckt und unauffindbar ist?«

Ich hatte nicht vor, anklagend zu klingen. Zumindest war es mir nicht bewusst, dass ich auf den Hauptkommissar so gewirkt haben könnte, denn als er jetzt sprach, klang es fast entschuldigend: »Ich weiß, was du sagen willst, Heiner, wir hätten Robert Gavels Verschwinden von Anfang an ernster nehmen müssen, hätten mehr Nachdruck in seine Aufklärung investieren sollen.«

»Aber ihr glaubt doch nun auch an einen Zusammenhang zwischen den Ereignissen im Mai und dem jetzigen Mord?«

»Natürlich, die Verbindungen sind zu offensichtlich – auch wenn wir noch immer keinen Schimmer haben, wie die Dinge zusammenpassen könnten.«

Franziska stieß mich an, nickte mit dem Kopf zum Telefon und bewegte die Lippen. Ich wusste, was sie von mir wollte, doch noch ehe ich ihrer Aufforderung nachkommen konnte, war der Hauptkommissar schon dabei, das Gespräch in ziemlicher Eile zu beenden. »Ich muss aufhören, der Polizeipräsident fährt gerade vor. Wenn es etwas Neues gibt, hört ihr von mir.« Ein Klacken im Hörer verriet, dass Charly sich auf den Weg gemacht hatte, seinen Vorgesetzten zu empfangen.

»Nun hat er wieder nichts von Roberts verheimlichter Familie erfahren.« Franziska deutete auf das verstummte Telefon, dabei sah sie mich an.

»Er hat einfach aufgelegt«, gab ich den stillen Vorwurf weiter, »ich hätte es ihm vielleicht sonst heute gesagt. Die Polizei scheint ja nicht viel in den Händen zu haben, so wie es sich anhört.«

»Um so mehr sind wir verpflichtet, ihr zu helfen. Früher oder später werden wir es erzählen müssen.«

»Eher später.« Ich ging zum Esstisch, goss mir einen Kaffee ein. »Ich glaube nicht, dass es etwas ausmacht, wenn sie es erst nachher erfährt.«

»Nachher? Wie meinst du das?« Franziska war mir ins Zimmer gefolgt. »Willst du etwa alles für dich behalten, um auf eigene Faust weiterzumachen?«

»Was haben wir denn schon der Polizei voraus?« Ich spreizte die Hand, um an den Fingern unser Mehrwissen vorzurechnen, schloss sie aber gleich wieder. Es lohnte nicht, das Wenige abzuzählen. »Da ist einmal das, was mir Frau Gavel in der »Traube« berichtet hat und was uns von ihren Nachbarn bestätigt wurde: Robert hat seine Herkunft und seine Familie bewusst verschwiegen, ja geradezu verheimlicht. Weiter gibt es da eigentlich nur noch den Eintrag in Elas Buch: R.P. Gideron, davon weiß die Polizei auch nichts.«

»Und Roberts gewonnenes Schachturnier in Hessisch Lichtenau?«

»Ja, natürlich, das auch. Aber vielleicht ist das ja nur ein Randereignis ohne jegliche Bedeutung. Wie im Grunde alle unsere Zusatzinformationen sich als Seifenblasen herausstellen können. Wer sagt uns denn, dass der Eintrag in dem Buch, von dem wir nicht einmal sicher wissen, ob es Ela gehört, in irgendeinem Zusammenhang mit unserer Geschichte steht? Vielleicht bezeichnet das Wort Gideron ja etwas völlig Belangloses? Wir kaprizieren uns darauf, dass es uns mit seiner Hilfe gelingen könnte, eine Person zu identifizieren oder ein Geschehen zu lokalisieren. Was aber, wenn dieser Bucheintrag völlig wertlos ist?«

»Und dein Fund gestern im Museum...? Der Vermerk in der Ortskarte von Seelentreu...?«

»Kann etwas bedeuten, genausogut aber auch nicht. Ebenso wie die räumliche Nähe des Dorfes zu Hessisch Lichtenau nichts heißen muss. Das kann reiner Zufall sein.«

»Aber was ist mit Roberts Geheimnistuerei um seine Familie? Da muss doch was dran sein, oder?«

»Ja, das ist existent, da gibt es keinen Zweifel. Mehr denn je bin ich überzeugt, dass der Schlüssel zur Aufklärung der Affäre in Roberts Familienvergangenheit liegt. Dort sollten wir auch ansetzen, sollten sehen, dass wir etwas über seine früheren Jahre herausfinden. Möglicherweise müssen wir dafür nach Hameln.«

»Aber sollten wir nicht zuerst...?« Mehr auffordernd als fragend hob meine Frau den Kopf, die Antwort, die sie von mir erwartete, war in ihrem Gesicht zu lesen.

»Ja, natürlich, zuerst fahren wir nach Seelentreu, überzeugen uns von der Richtigkeit und dem Gewicht unseres

Wissens. Danach können wir immer noch entscheiden, ob wir die Polizei informieren oder nicht.«

Franziska begann, das Geschirr abzuräumen. »Wann brechen wir auf?«

»Wenn du willst, gleich.«

»Gut, sagen wir in einer halben Stunde. Länger halte ich es vor Neugier sowieso nicht aus.« Auf dem Weg mit dem Tablett in die Küche drehte sie sich noch einmal um. »Seelentreu – was für ein wundervoller Name – klingt nach Frieden pur, nach Harmonie und Seligkeit.«

»Ja, so klingt es in der Tat. Hoffentlich zu Recht.«

16

Franziska saß bereits im Auto. Ich war noch einmal ins Haus zurückgegangen, um die Wanderkarte der Umgebung von Hessisch Lichtenau zu holen. Ein genauer Plan des Geländes rund um Seelentreu konnte uns vielleicht von Nutzen sein.

Während ich im Kartenschrank nach dem richtigen topografischen Blatt suchte, klingelte das Telefon. Nanu, schon der zweite Anruf an diesem Morgen. Wahrscheinlich einer der Reisekunden meiner Frau, vermutete ich und hob den Hörer ab.

Zunächst blieb es ruhig auf meine Namensnennung. Drei, vier Sekunden vergingen, ohne dass jemand sprach. Aber ich fühlte, da war jemand am anderen Ende der Leitung. Nicht, dass ich etwas gehört hätte, ein Atmen etwa, ein Räuspern oder ähnliches – ich spürte einfach, dass da ein Mensch war, der noch zögerte, mit mir zu sprechen.

Doch dann zuckte ich zusammen, als ich den vertrauten

Klang einer Stimme hörte, die ich sofort wiedererkannte. »Herr Gerhard, ich hätte Sie längst anrufen sollen – aber ich habe es immer wieder hinausgeschoben. Ich hoffe, Sie sind mir nicht böse?«

Im ersten Moment schwieg ich, völlig überrumpelt von dem unerwarteten Kontakt. »Frau Gavel«, stammelte ich schließlich. Fest presste ich den Hörer an das Ohr, als könnte ich dadurch ein Abreißen der unverhofften Verbindung verhindern. »Frau Gavel«, wiederholte ich, ehe es mir gelang zu fragen: »Wo sind Sie? Und, vor allem, geht es Ihnen gut?«

»Natürlich geht es mir unter den gegebenen Umständen nicht gut«, der müde Tonfall in ihren Worten war nicht zu überhören, »aber es ist immerhin erträglich. Sie werden sich vorstellen können, dass die Ereignisse in meinem Haus nicht spurlos an mir vorübergegangen sind.«

»Ja, es tut mir leid, was da passiert ist. Sie haben sicher mitbekommen, dass meine Frau und ich beim Auffinden Ihres toten Schwagers...?«

»Ja, ich habe davon in der Zeitung gelesen. Wie schrecklich muss das für Sie gewesen sein. Wir sollten uns darüber unterhalten.«

»Selbstverständlich«, stimmte ich zu, dann fragte ich noch einmal: »Wo sind Sie denn im Moment?«

»Nicht weit von Eschwege, ich könnte also zu Ihnen kommen, oder wir treffen uns hier bei mir – in Hessisch Lichtenau.«

»Hessisch Lichtenau?« Wieder verschlug es mir für einen Augenblick die Sprache. Was für Zufälle es gab. »Frau Gavel, das trifft sich gut. Wir, meine Frau und ich, sind nämlich gerade auf dem Weg dorthin – das heißt, genaugenommen wollen wir zu einem kleinen Dorf in der Nähe von Hessisch Lichtenau.«

»Sie wollen nach Seelentreu?«

»Ja, aber woher wissen Sie...?«

»Wir sollten miteinander reden, so bald wie möglich. Wann könnten Sie hier sein?«

Ein paar Sekunden der Verblüffung verstrichen, ehe ich antworten konnte. »In einer knappen halben Stunde – je nachdem, was auf der Bundesstraße los ist.«

»Gut. Kommen Sie ins Café im Brauhaus – wissen Sie, wo das ist?«

»Ja, ich bin schon öfters dagewesen. Aber was, wenn das Café zu ist?«

»Es ist auf – ich frühstücke nämlich gerade dort.«

»Also, dann bis gleich«, sagte ich zu, vergewisserte mich aber vorher noch: »Sie haben mitbekommen, dass mich meine Frau begleitet?«

»Ja, Sie erwähnten es. Ich freue mich darauf, sie kennenzulernen.«

Ich verließ das Haus und ging zum Auto. Franziska hatte das Seitenfenster heruntergelassen, mit fragenden Augen sah sie mir entgegen. »Ich musste noch ein Telefongespräch führen«, erklärte ich mein verspätetes Kommen und nahm neben ihr auf dem Fahrersitz Platz. »Du wirst es nicht glauben, wer gerade angerufen hat.«

Während ich fuhr, teilte ich ihr mit, was ich mit Frau Gavel gesprochen und verabredet hatte. »Was mag sie nach Hessisch Lichtenau führen?«, schloss ich meinen Bericht.

»Das fragst du?« Franziska war sich sicher. »Seelentreu – was sonst. Du hast doch gerade erzählt, wie sie spontan in dem von dir erwähnten Ort Seelentreu vermutet hat. Wenn das nicht belegt, welche Bedeutung das Dörfchen für sie hat?«

»Ja, du hast Recht. Zumindest legt die Tatsache, dass sie

jetzt in Hessisch Lichtenau ist und Seelentreu wenigstens dem Namen nach kennt, die Vermutung nah, dass an meiner Aufdeckung im Hugenottenmuseum tatsächlich etwas dran ist. Nun, wir werden hoffentlich gleich hören, was sie hier sucht und was sie vorhat.«

Aber dann brauchten wir doch länger, als wir vorhergesehen hatten. Die neue Autobahn von Kassel durch das Lossetal war mitten im Bau, eingerüstete Brückenkonstruktionen überspannten die Bundesstraße, seitliche Rodungen und Erdaufschüttungen engten die Fahrbahn ein. Mehrfach wurde der Verkehrsfluss von Ampeln aufgehalten, ein Überholen auf dieser Strecke war nahezu unmöglich.

Auch wenn im Moment einige Unannehmlichkeiten in Kauf genommen werden mussten, so war es doch ein Segen für die Bevölkerung, dass diese längst überfällige Anbindung an die großen Verkehrsströme des Landes endlich realisiert wurde. Der jahrelange Streit zwischen Naturschützern und Autobahnbefürwortern hatte immerhin dazu geführt, dass die Trasse sich ausgesprochen schonend in die hochsensible Naturlandschaft rund um den Meißner einfügte und die Lebensräume der Tierwelt respektierte. So können sich der Bläuling, der Kamm-Molch und die Großohrfledermaus auch weiterhin in unserer Region wohlfühlen, und für Wildschweine, Hirsche und Luchse werden Grünbrücken gebaut, die ihnen das sichere Wechseln über die Autobahn ermöglichen. Der Preis für die ökologischen Kompromisse ist allerdings hoch, der Fahrbahnverlauf durch unzählige Tunnel macht das gerade einmal 64 km lange Projekt zu einem der teuersten in der Geschichte des deutschen Autobahnbaus.

Doch schließlich erreichten wir Hessisch Lichtenau. Auf einem Platz unter der Stadtmauer parkte ich den Wagen.

Auch wenn unser Ziel, das Café, auf der anderen Seite der Altstadt lag, dauerte es dennoch nicht länger als fünf Minuten, dorthin zu gelangen. Heli, wie die Einheimischen den Ortsnamen abzukürzen pflegten, war ausgesprochen übersichtlich. Eng bebaut in seinem Inneren befand sich alles dicht beisammen, das Durchqueren des Stadtkerns war also keine große Angelegenheit.

Ein Gefühl ängstlicher Erwartung befiel mich, als ich die Stufen zum Eingang des Cafés hinaufstieg. Kurz fasste Franziska meine Hand, sie schien zu spüren, wie sehr mich das Wiedersehen mit der Frau bewegte. War sie es doch, die mich, als Bettlerin ausstaffiert, mit ihrer Bitte um Hilfe in diese geheimnisvolle Angelegenheit hineingezogen hatte. Kein Wunder, dass mich das bevorstehende Treffen mit einer gewissen Beklemmung erfüllte.

Frau Gavel saß an einem Fenstertisch, das helle Licht des Morgens brachte ihr schönes Gesicht zum Leuchten. Mit großen Augen sah sie uns entgegen. Jetzt, ohne ihre folkloristische Verkleidung, strahlte sie auch äußerlich jene Souveränität und Ernsthaftigkeit aus, mit der sie mir bei unserem Gespräch in der »Traube« begegnet war.

Als wir uns näherten, erhob sie sich. Mit einem warmen Lächeln streckte sie Franziska die Hand hin. »Frau Gerhard, schön, nun auch Sie kennenzulernen. Ich bin Laura Gavel.« Dann begrüßte sie mich. »Hallo, Herr Gerhard, so sieht man sich wieder.« Mit einer einladenden Armbewegung forderte sie uns auf, Platz zu nehmen. Augenscheinlich hatte sie ihr Frühstück schon beendet, vor ihr stand nur noch die Kaffeetasse.

Auch wir bestellten Kaffee, warteten, bis die Getränke gebracht wurden. Dann aber konnte ich meine Ungeduld nicht länger zügeln. »Frau Gavel«, sprudelte es aus mir, »Sie waren plötzlich verschwunden. Dabei hätte ich Ihnen am nächsten Tag so viel erzählen können. Stellen Sie sich vor, noch am Abend nach unserer Aussprache in der Gaststätte habe ich herausgefunden, wer Ela ist und wo sie in Eschwege gewohnt hat.« Erwartungsvoll sah ich sie an, gespannt auf ihre Reaktion.

Aber nichts von Anteilnahme oder Anerkennung war aus ihrer Stimme herauszuhören. »Wirklich?«, war alles, was sie sagte. Ein Anflug von Resignation lag in ihren Worten, als sie einige Augenblicke später weitersprach: »Ich glaube nicht, dass etwas anders gelaufen wäre, wenn ich es gewusst hätte.«

Dann, als müsse sie sich einen Ruck geben, drehte sie sich Franziska zu. »Ich nehme an, Sie sind über alles informiert, was ich damals Ihrem Mann erzählt habe. Die Tatsache, dass Sie ihn zu meinem Haus begleitet haben, lässt darauf schließen, dass er Sie eingeweiht hat. Sie werden das Geschehen um Roberts Verschwinden und Elas geheimnisvolles Auftauchen an jenem Nachmittag also kennen.«

»Ja, Heinrich hat mir...«, wie zur Entschuldigung hob Franziska die Hand.

»Das geht schon in Ordnung«, nickte Frau Gavel. »Eine solche Geschichte kann man nur schwer alleine mit sich herumtragen. Das habe ich an mir selbst erlebt. Es hat mir damals gut getan, dass ich mit Ihrem Mann darüber reden konnte.« Kurz schaute sie zu mir hin, dann senkte sie den Blick. Man sah ihr an, dass sie noch etwas loswerden wollte.

»Herr Gerhard, ich glaube, ich bin Ihnen eine Erklärung schuldig. Es ist normalerweise nicht meine Art, mich so einfach davonzumachen, ohne Bescheid zu sagen, vor allem dann nicht, wenn ich jemanden um Hilfe gebeten habe, so wie in Ihrem Fall. Zu meiner Entlastung kann ich nur anführen, dass ich zum Zeitpunkt meines Weggangs aus Eschwege nicht wusste, dass ich für länger fernbleiben würde. Als ich ging, glaubte ich, am nächsten Tag oder spätestens am übernächsten wieder zurück zu sein. Doch dann wurde ich in eine andere Richtung gelenkt.«

»Sie erhielten eine Nachricht?«, vermutete ich.

»Ja, auf meinem Handy. Ich begriff anfangs nicht, was die wenigen Worte bedeuten sollten, die auf dem Display zu lesen waren. Auch hatte die Nachricht keinen Absender, was sollte ich davon halten?« Sie fuhr mit dem Arm durch die Luft, als wollte sie das Vage und Unverständliche der Mitteilung ausdrücken.

Doch bevor sie weiterredete, sah sie uns an, blickte von Franziska zu mir. »Nicht wahr«, beschwor sie uns, »Sie versprechen mir, dass Sie das, was ich Ihnen erzähle, für sich behalten? Die Polizei muss nichts davon wissen.«

»Nun«, zögerte ich mit einer Zusage, auch Franziska wirkte unentschlossen, »wenn Sie das so wünschen – was aber, wenn...?«

»Ich weiß, was Sie sagen wollen. Doch ich versichere Ihnen, sollte eine kriminelle Geschichte dahinter stecken, bin ich die Letzte, die etwas verheimlichen will. Vielleicht entpuppt sich das Ganze ja nur als eine Dummheit, die vor Jahren einmal begangen wurde, eine Leichtsinnigkeit, die heute wieder aufzurollen Niemandem etwas nützen würde. Verstehen Sie, ich will Robert so lange wie möglich aus dem Gerede und dem Fokus der Medien heraushalten.«

Wir nickten, natürlich konnten wir die Sorge der Ehefrau nachvollziehen. »Gut, einverstanden«, sicherte ich ihr unsere Zurückhaltung gegenüber der Polizei zu. Dann forderte ich sie auf, uns nun mitzuteilen, welche Nachricht das Handy denn enthalten hatte.

»Es war nur ein kurzer Satz, so etwas wie eine auffordernde Information. Da stand: ‚Wenn du etwas über Robert erfahren willst, ruf Philipp an.' Dahinter war eine Telefonnummer angegeben. Zu dieser Zeit hatte ich noch keine Ahnung, wer dieser Philipp sein könnte, aber die Erwähnung Roberts sensibilisierte mich natürlich sofort. Ich rief die Nummer an und war zu meiner Verwunderung mit einer Hamelner Anwaltspraxis verbunden. Auf meine Frage nach einem Philipp teilte man mir mit, dass die Kanzlei Dr. Philipp Gregorius gehörte. Der Firmenchef sei jedoch seit einigen Tagen außer Haus, man wisse nicht, wann er zurückkehren werde. Doch dann fiel ich aus allen Wolken, als ich meinen Namen ins Spiel brachte und erfuhr, dass Dr. Gregorius vor seiner Heirat Philipp Gavel gehießen hatte.« Das Anschwellen ihrer Stimme ließ ahnen, wie heftig sie diese Nachricht überrascht hatte. »Danach gab es für mich kein Halten mehr, ich musste nach Hameln, um diesem mysteriösen Namenszusammenhang auf die Spur zu kommen.« Laura Gavel zwang sich, mich anzusehen. »So bin ich Knall auf Fall aus Eschwege aufgebrochen und nach Hameln gefahren. In den folgenden Tagen habe ich mehrfach überlegt, Sie anzurufen, Herr Gerhard, habe meine Absicht aber immer wieder verworfen. Wer gab mir das Recht, Sie in diese Sache weiter hineinzuziehen? Ich hatte Sie schon genug mit meinen Angelegenheiten belästigt.«

»Aber jetzt haben Sie mich angerufen«, wunderte ich mich.

»Ja«, Frau Gavel zögerte, wieder ging ihr Blick nach draußen. Schweigend verharrte sie einige Sekunden, dann wendete sie den Kopf. Ihre Stimme klang entschlossen. »Jetzt liegt die Sache auch anders. Sie können nun nicht mehr in die Geschichte hineingezogen werden – Sie sind bereits mittendrin. Spätestens mit dem Auffinden des Toten in meinem Haus haben Sie die Rolle des unbeteiligten Dritten, ob Sie es wollen oder nicht, aufgegeben. Jetzt sind Sie selbst Akteur in dieser Angelegenheit – und das nicht ganz unfreiwillig, wenn ich Ihre Andeutungen richtig verstanden habe. Außerdem, wen hier sollte ich um Hilfe bitten, wenn nicht Sie. Damals in der Gaststätte hatte ich das Gefühl, dass wir uns bei unserem Gespräch sehr nahe gekommen waren, näher, als es unter Fremden üblich ist. Wenn ich daran denke, was ich Ihnen alles anvertraut habe – und Sie haben mir zugehört, aufmerksam und vor allem mit großer Anteilnahme, wie mir schien. Das hat mir den Mut gegeben, Sie heute anzurufen.«

»Sie brauchen also Hilfe?«

»Ja, für mich alleine ist die Angelegenheit jetzt zu groß.« Abwehrend hob sie die Arme, winkelte wie schützend die Hände ab. »Ich traue mich einfach nicht mehr, der Sache im Alleingang nachzugehen. Da dachte ich an Sie.«

Unsicher, was sie meinte, blickte ich sie an, wartete auf eine weitere Erklärung. Doch sie unterließ es, näher darauf einzugehen. Stattdessen bat sie mich: »Wie wäre es, wenn Sie mir von Ihren Unternehmungen und den Ergebnissen Ihrer Aktivitäten berichteten? Danach will ich Ihnen gern erzählen, was ich in Hameln erreicht habe.« Wie zur Unterstreichung ihrer Worte lehnte sie sich zurück und blickte mich, die Kaffeetasse in der Hand, auffordernd an.

»Selbstverständlich«, beeilte ich mich, ihr zuzusichern, »Sie haben natürlich das vorrangige Recht zu erfahren, was ich, später auch wir, meine Frau und ich, unternommen haben, und vor allem, was bei dem Ganzen herausgekommen ist.« Da ich wusste, dass es etwas dauern würde, bis ich alles vorgetragen hatte, bestellte ich noch einmal Kaffee. Dann lehnte ich mich zurück, kreuzte die Arme vor der Brust und begann mit meinem Bericht.

Beide Frauen schwiegen, während ich erzählte. Auch Franziska verfolgte mein Reden aufmerksam, obgleich sie den Sachverhalt kannte. Sie passte wohl auf, dass ich nichts vergaß.

Ich begann, von dem Zufall zu berichten, der mich bei der Stefan-Zweig-Lesung auf Elas Identität stoßen ließ, schilderte unter Auslassung der persönlichen Erlebnisse meinen Besuch im Haus, in dem Eleonora Gregorius für einige Wochen gewohnt hatte. Ebenfalls nicht unerwähnt ließ ich den Eintrag R.P. Gideron auf dem rückwärtigen Deckel eines der Bücher, erzählte von meiner zweiten Visite bei Frau Sieloff in der Hospitalstraße, jetzt zusammen mit Franziska, von dem zurückgelassenen Fotoalbum in Elas Zimmer und den Entdeckungen darin. »Hier begegneten wir zum ersten Mal dem Bruder Ihres Mannes, wenn auch nur auf einem Bild und ohne da schon seinen Namen zu wissen. Doch aufgrund der verblüffenden Ähnlichkeit erkannten wir sofort den engen Verwandtschaftsgrad der beiden und wunderten uns einmal mehr, dass Ihr Mann Ihnen neben der übrigen Verwandtschaft sogar seinen Zwillingsbruder vorenthalten hat. Dieses ungewöhnliche Verhalten machte uns nun doch neugierig, außerdem war ich auch beunruhigt darüber, dass Sie damals so einfach abgereist waren, ohne das Ergebnis meiner Suche nach Ela abzuwarten. So fuhren wir nach Bad Karlshafen in der Hoffnung, dort vielleicht Sie anzutreffen oder doch zumindest etwas in Erfahrung zu bringen, das Licht in diese verworrene Geschichte bringen konnte.«

Ich schilderte, wie wir das Haus in der Gartenstraße verschlossen und verlassen vorgefunden hatte, wie wir bei der

Nachbarin vorstellig geworden waren, um vielleicht von ihr etwas Näheres erfahren zu können.

Hier unterbrach Frau Gavel ihr Schweigen. »Sie waren in Gerda Paschulkes Wohnung? Sie hat doch bestimmt gekocht?« Ein wissendes Lächeln lag um ihren Mund.

»Ja, einen Krabben-Spargel-Auflauf, es hat wunderbar gerochen«, man sah Franziska den Genuss an, den ihr die Erinnerung daran bereitete.

Kurz kam auch mir der köstliche Duft in die Nase, dann nahm ich meinen Bericht wieder auf. Schon vor Beginn des Gesprächs hatte ich mir vorgenommen, nichts zu verheimlichen. Schließlich, wir waren mit der fadenscheinigen Begründung, von ihr selbst darum gebeten worden zu sein, in Frau Gavels Privatsphäre eingedrungen, da war es das Mindeste, ihr gegenüber jetzt aufrichtig zu sein. So gestand ich, ohne irgendetwas zu beschönigen, unsere fingierte Bücherlieferung an ihren Mann ein, gab zu, dass sie uns lediglich dazu gedient hatte, einen Vorwand zu finden, um mit Frau Paschulkes Hilfe das Haus zu betreten. Das Auffinden der Leiche streifte ich nur kurz, das Meiste darüber dürfte Frau Gavel aus den Veröffentlichungen in der Presse bereits kennen. Dass Hauptkommissar Montag uns angerufen hatte, erwähnte ich zwar, gab aber nur soviel von dem Telefonat wieder, wie es zum Verständnis der Abläufe notwendig war.

Wieder breitete sich ein Schmunzeln über Laura Gavels Gesicht, als ich unseren zweiten Ausflug nach Karlshafen schilderte, das Dampfnudelfestmahl bei der Nachbarin und die verlorenen Partien mit dem betagten Schachspieler.

»Der alte Gierke«, sprach sie leise vor sich hin, »er wird Robert vermissen.« Die Wehmut über das verlorene nachbarliche Miteinander war unüberhörbar.

Zuletzt erzählte ich von meinem Besuch im Hugenottenmuseum, beschrieb, wie mein Blick zufällig auf das aus Elas Buch vertraute Wort Gideron im Ortsplan von Seelentreu gefallen war. »Daher weiß ich von diesem Dörfchen«, kam ich zum Ende, »deshalb sind wir heute hier, auf dem Weg dorthin.«

Ich beugte mich zu meinem inzwischen kalten Kaffee und nahm einen Schluck. Auch die Frauen lösten sich aus ihrer Zuhörerhaltung und ergriffen die Tassen. Schweigend tranken wir. Wieder blickte Laura Gavel aus dem Fenster, sah hinaus auf den jetzt sonnenüberfluteten Platz vor dem Café. Offenbar war sie noch damit beschäftigt, das gerade Gehörte zu sortieren und hinsichtlich seiner Bedeutung einzuordnen. Ich schaute Franziska an, beide warteten wir auf eine Reaktion von ihr.

Als sie sich schließlich zu uns umdrehte, deutete ihr Arm nach draußen. »Was halten Sie davon, wenn wir unser Gespräch im Freien fortsetzen? An einem solchen Tag sollten wir jede nur mögliche Stunde an der frischen Luft verbringen.«

So kam es, dass wir schon kurz darauf im nahen Park auf einer Bank saßen, Franziska und ich an den Enden, zwischen uns in der Mitte Frau Gavel. Ein wolkenlos blauer Himmel wölbte sich über uns, aus den blühenden Büschen wehte der Duft des sommerwarmen Morgens heran. Wie in einer stummen Übereinkunft ließen wir für einige Augenblicke die Stille auf uns wirken, atmeten tief die süße, blütenschwere Luft. Anders als in den üblichen Gesprächsrunden, wenn die Laut- und Sprachlosigkeit zur Last wird, genossen wir das wortlose Nebeneinander.

Doch dann nach einem Seufzer, der verriet, wie gerne sie diesen unbeschwerten Augenblick verlängert gesehen hätte, hob Frau Gavel die Hand. »Ich glaube, jetzt bin ich an der Reihe zu erzählen, wie ich auf den Namen Seelentreu gestoßen bin. Obwohl, viel Spektakuläres gibt es nicht zu berichten. Es war unglaublich leicht, die gewünschten Informationen zu erhalten.« Ihr Kopfschütteln unterstrich die Mühelosigkeit, mit der sie an das, was sie erfahren wollte, herangekommen war. »Es gibt keine bessere Informationsquelle als eine verlassene und enttäuschte Ehefrau«, verkündete sie ein allgemein bekanntes Erfahrungsgut. »Ich musste diese Quelle noch nicht einmal anzapfen, sie sprudelte von ganz alleine, im Gegenteil, ich hatte eher damit zu tun, ihren Fluss einzudämmen. Aber davon gleich. Zuerst will ich von meiner Visite in der Anwaltskanzlei erzählen, von meinem Versuch, mit Dr. Philipp Gregorius in Kontakt zu kommen. Ich gab mich dort als Bekannte aus, verschwieg jedoch meinen Verwandtschaftsgrad als Schwägerin. Es schien mir sinnvoll, zunächst noch unerkannt zu operieren. Aber die Sekretärin konnte mir nicht helfen. Es war offensichtlich, sie wusste nicht, wo sich ihr Chef gerade aufhielt, auch nicht, wie lange er noch fortbleiben würde. Eines jedoch erfuhr ich hier: Philipps Ehefrau Eleonora, nach der ich fragte und die ich mir beschreiben ließ, war niemand anderes als Ela. Aber auch sie war nicht zu erreichen, keiner wusste, wo sie steckte.« Die nach oben gedrehten Handflächen versinnbildlichten die Ergebnislosigkeit des Kontaktversuchs mit dem Schwager und dessen Frau. »Doch etwas auf den ersten Blick Nebensächliches teilte mir die Sekretärin noch mit: Philipp Gregorius war früher schon einmal verheiratet. Auf mein Nachhaken nannte sie mir auch den Namen der ehemaligen Frau Gavel. Es war nicht schwer, ihre Adresse im Telefonbuch zu finden.«

Ein Schwarm Tauben flatterte mit lautem Flügelschlag neben uns aus einem Baum. Wir sahen auf, folgten ihrem

Flug mit dem Blick, wandten uns dann aber wieder Laura Gavel zu, die die Schilderung des in Hameln Erlebten fortsetzte. »Nach ihrer gescheiterten Ehe mit Philipp hatte Gisela Gavel nicht wieder geheiratet, das erfuhr ich von der Frau, die ich in ihrem Einfamilienhaus am Rande der Stadt antraf. Fast schämte ich mich, wie wenig Verdienst ich hatte an dem, was ich in den Folgeminuten aus der völlig verbitterten, ja geradezu rachsüchtigen Ex-Ehefrau herausbekam. Ich hatte mich der Hausherrin als Journalistin vorgestellt, hatte ihr vorgemacht, ein Portrait ihres ermordeten früheren Mannes erstellen zu wollen und dazu Informationen über ihn zu benötigen. Ich war verblüfft, als mich die kleine, verhärmte Frau, ohne von mir eine nähere Erklärung zu verlangen, mit sich in das Wohnzimmer zog, mich dort in einen Sessel drückte und sofort damit begann, den Müll ihrer zerbrochenen Ehe gleich kübelweise vor mir aufzuhäufen. Ich will Ihnen Details ersparen, alles, was sie erzählte, war unerfreulich, ja regelrecht unappetitlich. Ich war soweit, dass ich für meinen unbekannten Schwager fast so etwas wie Verständnis aufbrachte, diese gehässige Frau, die nicht ein gutes Haar an ihm ließ, verlassen zu haben. Mir graust noch jetzt bei der Vorstellung, dass all das, was sie mir offenbarte, von einer tatsächlichen Reporterin möglicherweise veröffentlicht worden wäre. - Aber dann war unter dem ganzen Unrat doch noch die erhoffte Information, die mich bei meiner Suche nach Robert weiterbringen konnte. Es war in der Passage ihrer Tirade, in der sie mir klarzumachen versuchte, welch großartige Ehe sie mit Philipp geführt, welch wunderbare Verbindung zu Beginn zwischen ihnen bestanden hatte – nur um im gleichen Atemzug die Schuftigkeit ihres Mannes anzuprangern. Sie sprach von ihm als egoistischem und rücksichtslosem Menschen ohne jedes Verantwortungsgefühl, war noch immer fassungslos darüber, dass er es fertiggebracht hatte, die anfangs so harmonische Beziehung nach zwei Jahrzehnten aufzukündigen. Dabei hätten sie in den ersten Ehejahren eine so schöne gemeinsame Zeit verbracht, seien oft verreist, hätten Theater, Museen und Feste besucht. Auch von vier, fünf Sommeraufenthalten in einem abgelegenen Dorf erzählte sie. Dort hatte sie regelmäßig während der warmen Jahreszeit zusammen mit ihrem Mann und dessen Zwillingsbruder einige Tage verbracht. Robert und Philipp besaßen in der kleinen Gemeinde Grund und Boden, eine Wiese am Bach mit einem Wochenendhäuschen darauf. Sie berichtete, wie sie es damals bedauert hatte, dass der enge verwandtschaftliche Kontakt urplötzlich abgebrochen war, wie die Brüder von einem Tag auf den anderen den Umgang miteinander gemieden hatten. So sei auch der Besuch des Dorfes seitdem nie mehr zustande gekommen.

Hier spätestens wurde ich hellhörig. Genau das war es doch, nach dem ich suchte. Jetzt, nachdem sich die rätselhafte Ela als die Frau meines Schwagers Philipp herausgestellt hatte, war mir einiges noch klarer als vorher: Roberts plötzliches Verschwinden, Philipps Ermordung, auch das unerwartete Auftauchen von Ela damals musste etwas zu tun haben mit einer alten Hypothek, mit einer Schuld, die auf der Familie meines Mannes lag. Warum sonst hatte er mir seinen Zwillingsbruder verschwiegen? Es musste einfach ein Zusammenhang bestehen zwischen dem heutigen Geschehen und dem Zerwürfnis zwischen Robert und Philipp. Ich war mir jetzt sicher, dass am Ort ihres gemeinsamen Sommeraufenthaltes und zu dem Zeitpunkt, als die Verbindung unter den Brüdern so abrupt zu Ende ging, etwas passiert sein musste, das der Auslöser dieser Entwicklung war. Aber so sehr ich auch nachfragte: Näheres über die Art des Konflikts und der Grund, warum sie sich überworfen hatten, war der Frau nicht zu entlocken. Zum einen schien sie tatsächlich wenig, vielleicht auch gar nichts zu wissen, zum anderen war sie viel zu sehr damit beschäftigt, ihren Ex-Mann in Misskredit zu bringen. Wohl oder übel musste ich mir noch einige Minuten ihr Lamento anhören. Soviel jedoch erfuhr ich: Die besagte Kontroverse zwischen den Brüdern, die zum Abbruch ihrer Beziehung geführt hatte, fand im August 1994 statt, also vor knapp zwanzig Jahren. Auch den Namen des Ortes, in dem das Wochenendhaus stand, erwähnte sie.«

Franziska nickte. »Darf ich raten - Seelentreu?«

»Natürlich, ja – darum bin ich heute in Hessisch Lichtenau. Von hier aus ist es nur ein Katzensprung in das Örtchen.«

»Also waren Sie noch nicht dort?«

»Nein, ich hatte noch nicht den Mut dazu.«

»Sie wissen, dass dieses Dorf vor dreihundert Jahren von Hugenotten gegründet wurde?«, fragte ich.

»Ich habe darüber gelesen. Glauben Sie, es gibt da einen Zusammenhang? Immerhin entstammt Robert einer Hugenottenfamilie.«

»Schwer zu sagen. Wenn ja, bleibt die Frage – welchen?«

Ratlos schwiegen wir eine Weile. Jetzt, nachdem beide Parteien offengelegt hatten, auf welchem Weg sie auf die Spur von Seelentreu gestoßen waren, mussten wir uns zunächst über die Bedeutung und vor allem die Konsequenzen unserer Entdeckung klarwerden.

»Also, was machen wir nun?« In einer Mischung aus Frage und Aufforderung drängte Franziska auf eine Entscheidung.

»Ich schlage vor«, übernahm ich die Initiative, »wir bummeln erst einmal zusammen durch das Örtchen, zwanglos, entspannt, geben den Touristen, der sich die waldumschlossene Dorfidylle ansehen will. Das dürfte noch am Unauffälligsten sein. Denn eines ist doch wohl klar: Unser Auftauchen in dieser kleinen, abseits gelegenen Gemeinde wird nicht unbemerkt bleiben. Beim Anblick dreier fremder Menschen werden sich einige die Frage stellen: Was wollen die hier?«

»Und was danach?«

»Das wird sich ergeben. Wir sollten uns fürs Erste ein Bild von Seelentreu machen, dann sehen wir weiter.«

»Also gut«, Frau Gavel erhob sich, ihr Blick ging, ob zufällig oder bewusst, in die Richtung, in der das ehemalige Hugenottendorf liegen musste, »fahren wir dorthin. Es wird Zeit, dass das ans Licht kommt, was mir Robert verschwiegen hat. Jetzt will ich wissen, was damals in Seelentreu geschehen ist.«

17

Es waren nicht einmal fünf Kilometer nach Seelentreu, wenn man über den Berg auf direktem Wege dort hätte hingelangen wollen. Aber mir widerstrebte es, Waldwege zum Fahren zu missbrauchen, abgesehen davon, dass es verboten war, mit privaten Fahrzeugen darauf zu verkehren. Also nahmen wir die Bundesstraße bis Fürstenhagen, verließen dort das Lossetal, um über die Landesstraße Quentel und danach Seelentreu zu erreichen.

Laura Gavel war bei uns zugestiegen, ihren Wagen hatten wir in Hessisch Lichtenau stehen gelassen. Drei Personen in zwei Autos – das wäre zu auffällig, würde die Aufmerksamkeit der Dorfbevölkerung unnötig schärfen.

Vor der Ampel in Fürstenhagen fragte ich nach hinten: »Frau Gavel, nach Ihrem überstürzten Aufbruch aus Eschwege – waren Sie seitdem überhaupt schon mal wieder in Ihrem Haus in Karlshafen?«

»Nein, bisher habe ich es vermieden, dorthin zurückzukehren.«

»Aber die Polizei wird mit Ihnen sprechen wollen – vor allem jetzt nach dem Mord an Ihrem Schwager.«

»Das ist es ja, was ich im Moment scheue. Mein Wiederauftauchen würde unausweichlich Verhöre und Befragungen nach sich ziehen. Und dann die Presse – ich würde kaum mehr so unbeobachtet sein wie jetzt. Nein, zunächst ziehe ich es noch vor, von allen unbehelligt dem nachzugehen, was mich möglicherweise zu Robert führen kann. Deshalb ja auch meine Bitte an Sie, die Polizei vorerst aus dem Spiel zu lassen.« Weit beugte sie sich zwischen den Sitzen nach vorne. »Bitte räumen Sie mir, oder von nun an auch uns, drei, vier Tage Frist ein – wenn wir bis dahin nichts gefunden haben, bin ich sofort bereit, die Behörden zu informieren.«

Was sollten wir dazu sagen? Entsprach das nicht auch der eigenen Absicht, erst einmal selbst zu überprüfen, was an unseren Entdeckungen dran war? Also blieben wir stumm. Aufatmend ließ sich Laura Gavel, unser Schweigen als Einverständnis deutend, in die Polster zurücksinken.

Wir waren schon auf dem Weg hinunter nach Quentel, als ich etwas berührte, das anzuschneiden mir nicht leicht fiel. »Die Botschaft auf Ihrem Handy, mit einem Anruf bei

Philipp etwas über Robert zu erfahren - haben Sie dafür eine Erklärung, Frau Gavel?«

»Nein«, ihre Stimme klang verzagt. »Die einleuchtendste Deutung wäre, Robert in der Nähe seines Bruders zu vermuten, zum Beispiel in Hameln. Aber weder in Phillipps Anwaltspraxis noch in seinem privaten Umfeld habe ich eine Spur von Robert finden können. In der Kanzlei wusste man nicht einmal etwas von seiner Existenz. Gisela Gavel, Philipps erste Ehefrau, berichtete, dass sie Robert seit dem Sommer 1994 in Seelentreu nicht mehr gesehen und auch nicht gesprochen hat.«

Ich zögerte, bevor ich dann doch ansprach, was nicht zu umgehen war. Es war notwendig, die Dinge beim Namen zu nennen, nur so kamen wir weiter. »Frau Gavel, ich nehme an, Sie sind sich darüber im Klaren, dass unsere Nachforschungen auch zu einem für Sie sehr schmerzlichen Ergebnis führen können.«

»Ja, ich weiß. Aber wenn es so wäre, dann wäre es besser, Gewissheit zu haben als weiter in einer fürchterlichen, vergeblichen Hoffnung zu leben.«

In Quentel hinter der Kirche bogen wir nach links ab. Beinahe hätten wir den Wegweiser übersehen, der in seiner Winzigkeit der Größe des Dorfes entsprach, auf das er hinwies. Denn Seelentreu, das hatte ich gestern Abend noch aus dem Internet erfahren, zählte gerade mal 47 Einwohner. Neben der Tatsache, dass es zu Hessisch Lichtenau gehörte, war das aber auch schon alles, was ich über diesen kleinsten aller Stadtteile herausfinden konnte.

Ein schmales Sträßchen schlängelte sich erst durch ein Wiesental, dann in Kehren einen bewaldeten Hang hinauf. Einige Buchten seitlich erlaubten es den sich begegnenden Fahrzeugen, einander auszuweichen.

»Mein Gott, liegt das abseits«, entfuhr es Franziska, als wir von der Höhe herunter in den runden, vor uns liegenden Talkessel und auf das Dörfchen in seiner Mitte blicken konnten. »Sieht ganz so aus, als gehe nur dieses Sträßchen hinein.«

»Ja, wir müssen auf dem gleichen Weg wieder zurück. Von der Karte her weiß ich, dass es außer ein paar Forstwegen nur diese eine Straße gibt.«

»Ein Dorf mit Sackgasse also«, stellte Franziska fest und wies mit der Hand nach unten. »Na, worauf warten wir, fahren wir hinunter.«

Vom Charakter her war Seelentreu ein Straßendorf. Man sah schon von oben, dass die hugenottischen Siedlerhäuser entlang des Weges, der das Bachtal seinerzeit durchzogen haben mochte, in zwei gegenüberliegenden Reihen angeordnet waren. Nur wenige Gebäude waren später hinzugekommen, einige neuere Wohnhäuser im rückwärtigen Ortsteil, auch zwei, drei Bauernhöfe etwas weiter draußen. Der Saum der vom Dorf bewirtschafteten Felder war schmal, schon im unteren Drittel der umgebenden Bergflanken begann der Wald. Von hier aus war nicht auszumachen, an welcher Stelle der Bach das geschlossen wirkende Tal verließ.

»Am besten, wir parken den Wagen in der Ortsmitte, dort neben dem großen Haus«, schlug Franziska vor, »dürfte die ehemalige Schule sein, wahrscheinlich das einzige Gebäude im Dorf, das auch von touristischem Interesse ist – wenn sich denn überhaupt einmal ein Tourist hierher verirren sollte.«

Also fuhr ich in den Ort hinein, passierte sechs, sieben Häuser und lenkte das Fahrzeug auf den kleinen Platz jenseits des Baches. Vor dem auffälligen, langgestreckten Fachwerkhaus am Ende der Freifläche stiegen wir aus.

Frau Gavel deutete zum Dach des Gebäudes: »Scheint eher die Dorfkirche zu sein«, schloss sie aus dem kleinen, achteckigen Aufsatz im vorderen Teil des Firstes. »Zwar etwas mickrig für einen Kirchturm, aber groß genug, um eine Glocke darin aufzuhängen.«

Wir traten zur Eingangstür, erfuhren dort auf einer Informationstafel, dass beides – Frau Gavels Beobachtung und auch Franziskas Vermutung - richtig war. Das große, zweigeschossige Doppelhaus, das schon bald nach der Besiedlung am Anfang des 18. Jahrhunderts gebaut worden war, diente im vorderen Teil den Réfugiés, später der Dorfbevölkerung als Kirche, der hintere Teil war dem im Ort tätigen Lehrer als Wohnung vorbehalten. Die Balkeninschrift über der Tür war französisch. Ich versuchte, sie zu entziffern, laut las ich vor: C‘ EST ICI LA MAISON DE DIEUX, C‘ EST ICI LA PORTE DES CIEUX:

Laura Gavel übersetzte: »Das hier ist Gottes Haus, das hier ist die Himmelspforte.«

»Was für ein starker Glaube muss das damals gewesen sein«, sinnierte Franziska, »um ihn leben zu können, verließen diese Menschen ihr Vaterland, gaben so vieles auf.«

»Manche gewannen auch einiges«, gab ich wieder, was ich im Hugenottenmuseum gelesen hatte. »Vor allem natürlich die Religionsfreiheit, aber auch materiell standen sich viele der französisch Reformierten besser als in ihrem Vaterland. Einem Großteil von ihnen wurde schon bei der Ankunft hier die Unterstützung des Landesherrn zuteil. So erhielten die Siedler Bau- und Ackerland, Hilfe beim Errichten der Häuser. Auch andere Zuwendungen, die ihnen den Start in der neuen Heimat erleichterten.«

»Aber die Vertreibung...«

»Niemand wurde vertrieben«, korrigierte ich das falsche

Bild. »Zwar wurden die Hugenotten in ihrer reformierten Glaubensausübung behindert und verfolgt, wurden mit schweren Repressalien belegt, wenn sie sich weigerten, zum Katholizismus zu konvertieren – das ja, aber der König wollte sie nicht außer Landes haben, im Gegenteil, er verbot den Exodus.«

»Um so bewundernswerter der Entschluss, sich des Glaubens wegen heimlich aufzumachen.«

»Ja«, stimmte ich zu, obwohl, so ganz sicher war ich mir nicht, ob aus heutiger Sicht eine derart starre Konfessionsverfechtung wirklich die Bewunderung verdiente, die ihr Franziska gerade entgegengebracht hatte. Zuviel Schlimmes war geschehen – und geschah noch immer – im Namen von Glauben und Religion. Zuviel Fanatismus war im Spiel, die Toleranz blieb häufig auf der Strecke.

»Schauen Sie sich mal unauffällig um«, flüsterte in diesem Moment Laura Gavel hinter uns, »die ersten Zuschauer sind da.« Ihr Kopf deutete zur Seite.

Langsam, so als hätten wir die Besichtigung der Kirche soeben beendet, drehten wir uns, taten, als wollten wir gerade gehen, und blickten in die angezeigte Richtung. Zwei alte Männer, beide faltig und krumm, der eine weißhaarig, der andere kahl, standen, auf ihre Stöcke gestützt, am Rand des Platzes und starrten zu uns hin. Die Tatsache, dass wir nun unsererseits den Blick auf sie richteten, hielt sie nicht davon ab, uns mit misstrauischer Neugier zu mustern.

»Sollen wir sie ansprechen?«, flüsterte nun auch Franziska, »vielleicht erfahren wir etwas von ihnen.«

»Nein«, raunte ich zurück, »wir sollten nicht gleich mit der Tür ins Haus fallen. Vorerst bleiben wir dabei, die unbeteiligten Dorfbesucher zu spielen. Wir verschaffen uns zunächst einen Eindruck von den Örtlichkeiten, alles Weitere später.«

Wir grüßten freundlich, als wir die beiden Alten passierten, erhielten aber nur ein mit einem mürrischen Brummen vermischtes Kopfnicken zurück. Fast körperlich spürten wir in unseren Rücken die fragend taxierenden Blicke, die uns auf dem Weg das Sträßchen hinauf verfolgten.

Nah bei der Kirche lag der Dorffriedhof. Nur wenige Ruhestätten verteilten sich auf der ungemähten Wiese, drei, vier kiesbestreute Wege verbanden die lichten Grabreihen. Genügend Platz für alle, die noch hierher mussten.

Wir suchten auf den Grabsteinen nach französischen Namen. Insgeheim, ohne dass wir darüber gesprochen hätten, hofften wir wohl, auf die Eingravierung Gavel zu stoßen. Aber wir fanden nicht den geringsten Hinweis auf den hugenottischen Ursprung des Dorfes. Alles klang deutsch und wich nicht von dem ab, was üblicherweise auf Friedhöfen zu finden ist.

»Wir sollten uns nicht zu weit vom Auto entfernen«, Franziska deutete zum Himmel, »gut möglich, dass wir schon in wenigen Minuten ein trockenes Plätzchen brauchen.«

Tatsächlich, eine grauschwarze Regenwolke war herangezogen, erst jetzt bemerkte ich, dass die Sonne verschwunden war und der Wind aufgefrischt hatte. »Du hast Recht, es wird gleich Regen geben. Aber wenigstens die Dorfstraße sollten wir einmal abgegangen sein. Dafür dürfte die Zeit noch reichen.«

Wir verließen den Friedhof, passierten das Kirchen-Schul-Gebäude an seiner Rückseite und erreichten kurz darauf die beiden Häuserreihen. Hauptstraße stand pompös auf einem Schild, eine Bezeichnung, die man sich hätte sparen können, denn die so benannte Straße war die einzige in diesem Ort.

Angesichts des bevorstehenden Regengusses beschleunigten wir die Schritte, ließen nur im Vorbeigehen den Blick über die schmucklosen, ziemlich uniform aussehenden Häuser gleiten. Nahezu alle Gebäude waren mit der Traufe hin zur Straße gebaut, fast überall ragte eingangsseitig eine Gaube aus dem Dach. Bei einer kleinen Hinweistafel hielten wir kurz an, lasen, dass wir vor einem der zwölf Kolonistenhäuser standen, die damals für die ankommenden Siedlerfamilien errichtet worden waren. Ein detaillierter Grundriss informierte über die baulichen Besonderheiten und die typische Raumaufteilung. Doch noch bevor wir mit dem Lesen zu Ende waren, fielen die ersten Tropfen. Hastig setzten wir uns in Bewegung, eilten dem Auto entgegen. Doch sehr schnell wurde klar, dass wir unter dem zunehmenden Wasserguss unser Ziel nicht trocken erreichen würden. Es galt, einen geschützten Ort zu finden, an dem wir uns unterstellen konnten.

Fast hätte ich das Schild durch den dichten Regenvorhang nicht bemerkt, zumal es um diese Tageszeit noch nicht erleuchtet war. Schon war ich daran vorbei, als ich unterbewusst die rote Raute registrierte, darin die beiden Türme und die vertraute Aufschrift »Eschweger Klosterbräu«. Zwei, drei Schritte dauerte es, bis ich begriff, auf was ich gestoßen war. Ohne mich lange zu besinnen, fasste ich die Frauen am Arm und zog sie in den Hauseingang. »Ein Wunder«, strahlte ich, »da taucht wie aus dem Nichts ein Gasthof auf – in diesem kleinen Dorf – und dann auch noch zur rechten Zeit.« Ich zeigte hinaus in den Wolkenbruch. »Das ist wie ein Rettungsring, der dem Schiffbrüchigen in letzter Minute zugeworfen wird.«

»Nun übertreib mal nicht, Heinrich, wir würden in diesem Regen hier ganz bestimmt nicht absaufen, sondern höchstens nass werden«, ordnete Franziska dem Wunder die richtige Dimension zu. »Obwohl, gegen einen heißen Kaffee im Trockenen hätte ich jetzt nichts einzuwenden.«

Hintereinander betraten wir den Gastraum und sahen, dass wir nicht die Einzigen waren. An einem Tisch in der dunkelsten Raumecke saßen, unbeweglich wie Statuen, die beiden alten Männer und beobachteten unser Eintreten mit der gleichen prüfenden Direktheit, mit der sie uns erst vor wenigen Minuten draußen begutachtet hatten.

»Sind die uns gefolgt?«, argwöhnte Laura Gavel, »sieht aus, als würden die hier auf uns warten.«

»Nein, glaube ich nicht«, gab ich leise zurück, »ich nehme eher an, die haben rechtzeitig erfasst, was da von oben runterkommen würde und sich hierher in Sicherheit gebracht.«

Ich sah mich in der Gaststube um, registrierte mit Freude, dass der Eigentümer nicht der Versuchung erlegen war, dieses alte, anheimelnde Schankzimmer zu modernisieren – aber vielleicht hatte ihm auch das Geld dazu gefehlt. Eine lange, abgewinkelte Theke aus dunklem Holz dominierte den Raum, die wenigen Tische und auch die Stühle waren einfach, auf blauen Deckchen standen kleine Vasen mit Wiesenblumen.

Wir hockten uns an den Tresen, setzten uns so über Eck, dass wir uns unterhalten konnten. Die Männer waren weit genug entfernt, sie würden Mühe haben, unser Gespräch zu verfolgen.

In die Wand hinter der Theke war eine Tür eingelassen, augenscheinlich der Durchgang zur Küche, denn gerade erschien in ihr ein Herr, der zwei Teller in den Händen trug. Als er uns bemerkte, nickte er. »Ich komme sofort«, rief er uns zu und brachte das Essen zu den Alten an den Tisch.

»Mein Gott, schaut euch diese Eisbeine an«, stöhnte ich unter dem Eindruck der Fleischberge, über die sich der Weißhaarige und der Kahlkopf hermachten. »Der nächste Gichtanfall ist damit doch vorprogrammiert.«

Inzwischen war der Herr, wohl der Eigentümer, zur Theke zurückgekehrt. Ich spreche ganz bewusst von ihm als einem Herrn, denn das Erscheinungsbild dieses Mannes unterschied sich deutlich von der Vorstellung, die man normalerweise von einem Dorfwirt hat. Schon sein Gang zeigte eine selbstbewusste Sicherheit, wie sie entsteht im gesellschaftlichen Umgang, die Kleidung war leger, aber von gepflegter Eleganz, das freundliche Gesicht voller Humor und Lebensweisheit. Und auch die Sprache, mit der er uns jetzt anredete, war von anderer Art, als hier in den Dörfern üblich. Es war unüberhörbar, dieser Mann war es gewohnt, sich zu artikulieren und zu formulieren.

»Willkommen in Seelentreu«, begrüßte er uns, »schön, mal wieder jemand Neues hier zu sehen. Es sind nicht viele Fremde, die sich hierher verirren. Man muss die seltenen Gelegenheiten nutzen und es genießen, in unbekannte Gesichter schauen zu können. Womit, bitte, kann ich Ihnen dienen?«

Angesichts der Unwirtlichkeit draußen war uns jetzt allen nach etwas Warmem zumute. Also bestellten wir Kaffee. Kurz verschwand der Herr durch die rückwärtige Tür, tauchte aber schon nach wenigen Augenblicken wieder auf, offenbar hatte er unsere Order an eine Küchenkraft weitergegeben.

»Sie sind aber auch nicht von hier«, griff ich seine Bemerkung über die Fremden auf, »wenn mich nicht alles täuscht, stand Ihre Wiege im Raum Berlin?«

»Hört man das?«, sein Lächeln zeigte, dass er sich über

seine landsmannschaftliche Identifizierung freute, »ja, ich bin vor sechs Jahren aus Potsdam hierher gezogen.«

»In diese Einsamkeit? Freiwillig?«

»Wie man's nimmt.« Für einen Moment verlor sich das Lächeln aus seinem Gesicht, erschien aber sofort wieder, als die Frau aus der Küche das Tablett mit dem Kaffee brachte. Während er die dampfenden Becher vor uns hinstellte, erklärte er: »Vor sechs Jahren brauchte ich das Alleinsein. Damals habe ich nach Einsamkeit gesucht und sie hier gefunden. Die Gaststätte und das Haus standen zum Verkauf, da habe ich zugegriffen.«

»Sind Sie denn Gastwirt?« Franziskas Zweifel war nicht zu überhören. »Ich müsste mich sehr täuschen, wenn Sie nicht früher etwas ganz anderes gemacht hätten.«

»Sieht so aus, als trüge man lebenslang eine Plakette mit sich herum, mit eingraviertem Beruf und sozialer Position. Fürchterliche Vorstellung! Aber Sie haben Recht, Gastwirt bin ich erst seit sechs Jahren.« Wie in Gedanken langte er nach einem Lappen und wischte über die saubere Thekenplatte.

Unsicher sahen wir uns an, griffen verlegen nach den Bechern und schwiegen. Hatten wir da etwas angerührt, das uns als Außenstehende nicht zu interessieren hatte?

Der Mann schien unsere Befangenheit zu spüren. Sorgfältig faltete er das Tuch zusammen und legte es auf dem Rand der Spüle ab. Noch schien er hinsichtlich seines weiteren Verhaltens mit sich zu Rate zu gehen. Schließlich wandte er sich uns zu. Seine Stimme war fest, als er zu erzählen begann: »Früher war ich Richter an einem Berliner Sozialgericht, jetzt bin ich schon seit einiger Zeit im Ruhestand. Im Jahr meiner Pensionierung starb meine Frau. Danach wurde alles anders. Ich ertrug es nicht mehr, so weiterzuleben wie vorher. Zuviel in meiner alten Umgebung erinnerte an sie. Also ging ich fort, verkaufte Haus und Grundstück und zog hierher.«

»Ausgerechnet nach Seelentreu? So fernab?«, wunderte sich Frau Gavel.

»Ja, das war genau das, was ich wollte: Einsamkeit, Stille, Weltabgeschiedenheit, wenn Sie das großartige Wort nicht stört. Davon gibt es hier mehr als genug. Und dann meine neue Beschäftigung, das Führen dieses Gasthofs, dazu fünf Fremdenzimmer – das füllt mich aus.«

»Lohnt sich das Ganze denn?«, wollte ich wissen.

»Finanziell natürlich nicht. Aber Gott sei Dank bin ich durch meine Richterpension so gut abgesichert, dass ich auf die Gaststätteneinnahmen nicht angewiesen bin. Doch in anderer Hinsicht hat das alles hier guten Ertrag gebracht: Ich bin zur Ruhe gekommen, bin mit mir selbst im Reinen.«

»Um Himmels willen, Sie müssen uns das nicht erzählen«, schuldbewusst hob Franziska die Arme, »wir hätten nicht so neugierig fragen sollen...«

»Lassen Sie nur, mir macht das nichts aus, darüber zu sprechen – im Gegenteil, ich berichte gerne von meinem Neuanfang. Das ist dann jedesmal, als würde ich einen weiteren Schlussstrich unter mein altes Leben ziehen. So etwas hilft, Vergangenes hinter sich zu lassen und sich der neuen Herausforderung zu stellen.«

Vom Tisch der Alten kam eine Bestellung. »Walter, machst du uns noch zwei!« Als ich mich zu dem Rufer umdrehte und auf die leergeputzten Teller blickte, sah ich bestätigt, was ich erwartet oder auch befürchtet hatte: Nicht eine Faser Fleisch hing mehr an den sorgfältig abgenagten Knochen, auch die Scheiben in dem vorher reichlich gefüllten Brotkorb waren verschwunden. Wenn, wie behauptet wird, der Appetit ein Gradmesser ist für das Wohlbefinden des Menschen, dann musste es den beiden ausgesprochen gut gehen.

Walter, der Neugastronom aus Potsdam, brachte das Bier an den Tisch. Stumm nahmen es die Männer entgegen, auch die obligate Frage, ob es denn geschmeckt habe, blieb unbeantwortet.

Bevor sich der Wirt mit den leergegessenen Tellern in die Küche entfernte, informierte er uns: »Ich verschwinde jetzt mal für fünf Minuten. Muss mit dem Hund raus. Bin gleich wieder da.«

Für einen Moment saßen wir unschlüssig auf unseren Hockern, sahen durch das Fenster hinaus in den trüben Dunst. Der Regen hatte inzwischen aufgehört, doch noch war die vorherige Tageshelle nicht wieder zurückgekehrt.

»Nun sind wir also in Seelentreu«, stellte Franziska lakonisch fest.

»Was für ein Kaff, als wäre hier die Welt zu Ende.« Laura Gavel sah uns fragend an. »Was tun wir jetzt als Erstes?« Einige Augenblicke waren wir ratlos, denn über die Einzelheiten des Vorgehens nach unserer Ankunft hier hatten wir überhaupt noch nicht gesprochen. Wo sollten wir mit unserer Suche beginnen? Und vor allem, wie konnten wir etwas in Erfahrung bringen, ohne allzu großes Aufsehen zu erregen?

Mir kam eine Idee, wie das Ganze, ohne aufzufallen, zu händeln war. »Ihr habt das Dorf jetzt kennengelernt«, bereitete ich meinen Vorschlag vor. »In einer derart überschaubaren Gemeinde wie Seelentreu müssen wir die Sache vorsichtig angehen. Denn unsere Schritte werden registriert, jede unserer Fragen, jede Bemerkung an den Nachbarn weitergeleitet. Wir sollten deshalb den Dorfbewohnern Gelegenheit geben, sich mit uns vertraut zu machen, sich peu a peu an unsere Anwesenheit hier im Ort zu gewöhnen. Ihre Neugier wird dann ganz von alleine nachlassen.«

»An was denkst du, Heinrich?«

»Der Wirt hat doch gerade die Fremdenzimmer erwähnt. Was, wenn ihr Frauen euch hier für ein paar Tage einlogiert?«

»Wir? Warum nur wir?« Verständnislos blickte mich Franziska an.

»Erstens, weil zwei Frauen unauffälliger sind als ein einzelner Mann mit zwei weiblichen Begleiterinnen, das gibt Anlass zu Spekulationen. Ihr könntet euch zum Beispiel als Schwestern ausgeben, die sich mal in Ruhe aussprechen wollen. Wäre doch einleuchtend.« Ich sah von einer zu anderen.

»Ja, warum nicht?« Frau Gavel schien sich mit meinem Vorschlag anfreunden zu können.

»Der zweite Grund ist, dass mir auf diese Weise freie Hand bleibt, anderweitig tätig zu werden. Ihr hört euch im Dorf um, ich recherchiere draußen. Und wenn ich euch dann hier besuche, ist das das Natürlichste der Welt. Was haltet ihr davon?«

»Kein schlechter Gedanke«, jetzt erwärmte sich auch meine Frau für den Plan.

»Wir sollten uns jetzt zügig einig werden«, mahnte ich, »gleich kommt der Wirt zurück. Nehmen wir nun ein Doppelzimmer oder nicht?«

Kurz noch zögerten die Frauen, dann reichte Franziska die Hand über den Tresen. »Einverstanden, machen wir die Schwestern. Hallo, Laura, willkommen in der Familie.«

»Na, großartig, eine Schwester wollte ich schon immer haben. Hallo, Franziska«, schlug Frau Gavel lachend ein, um gleich darauf auch mir die Hand hinzustrecken. »Nichts für ungut, Schwager, ich bin Laura.«

»Und ich der Heinrich«, stellte ich mich förmlicher vor, als es in meiner Absicht lag, »aber sag einfach Heiner zu mir, das tun außer Franziska alle. Schön, eine so reizende Schwägerin zu bekommen.«

»Also, dann auf die Verwandtschaft!« Laura hob den Kaffeebecher. »Heiner! Franziska!«

Hell schwebte der Klang des gegeneinanderschlagenden Porzellans durch den Gastraum, sogar die beiden Alten bewegten kurz die Köpfe.

»Auf die Familie!«, stimmte ich in den ungewöhnlichen Trinkspruch ein und trank meinen Becher genüsslich aus.

Eine halbe Stunde später waren wir auf dem Weg zurück nach Hessisch Lichtenau. Das Doppelzimmer war gebucht, der Wirt erfreut, endlich Gäste zu haben. Franziska und Laura waren die Ersten in diesem Monat, die bei ihm übernachteten. »Bis später«, hatten sich die Frauen von ihm verabschiedet. Sie wollten schnell nach Hause fahren, um ein paar Sachen zusammenzupacken, aber schon am frühen Abend wieder in Seelentreu zurück sein. Ob sie denn dann noch etwas zu essen bekämen? »Alles, was Sie wollen.« Der ehemalige Richter hatte mit der Zunge geschnalzt. »Anna, meine Küchenperle, ist der Höhepunkt des Dorfes – zumindest kulinarisch.«

Vor der Abfahrt hatten wir ihm das Märchen von den ruhesuchenden Schwestern aufgetischt, hatten mich kurzerhand zu einem Kasseler Geschäftsmann gemacht, der ab und zu, wenn es der Terminkalender erlaubte, Frau und Schwägerin besuchen würde. Zur Erhöhung der Glaubwürdigkeit sollte ich Lauras Wagen mit dem Kasseler Nummernschild fahren, Franziska würde den unseren mit nach Seelentreu nehmen.

Hinsichtlich Lauras Familiennamen waren wir uns einig, dass sie sich zunächst ihres Mädchennamens Lorchheim bedienen sollte. Das Gavel wollten wir vorerst ganz aus dem Spiel lassen, solange jedenfalls, bis wir wussten, welche Bedeutung dieser Name für das Dorf und seine Bewohner hatte.

»Ihr solltet am Anfang nichts anderes tun, als die Ohren aufmachen und den Seelentreuern zuhören. Verfängliche Fragen, die den Verdacht erwecken könnten, wir wären hinter etwas her, sollten vorerst vermieden werden«, skizzierte ich meine Vorstellungen, wie wir die Sache angehen sollten. »Später dann können wir gezielt auf das zusteuern, was uns speziell interessiert, zum Beispiel, ob das Wochenendhäuschen noch auf dem Grundstück Gideron steht. Oder auch: Was ist mit Robert und Philipp? Kennt man die hier im Ort? Und schließlich das Wichtigste: Was geschah damals im August 1994?«

»Ganz schön viele Fragen«, stöhnte Franziska.

»Was, wenn wir auf alles eine Antwort finden?« Beklommenheit lag in Lauras Stimme, die Angst vor der Wahrheit war unüberhörbar.

»Sind wir nicht deswegen hier? Um Antworten zu finden?«

»Ja, natürlich – trotzdem...« Es war nicht schwer, zu erraten, von welchen Gedanken sie bewegt war. Immerhin ging es um das Schicksal ihres Mannes. »Also los«, überwand sie sich schließlich mit einem tiefen Atemzug, »holen wir unsere Sachen. Je früher wir im Dorf zurück sind, desto größer ist die Chance, den Geheimnissen auf die Spur zu kommen.«

18

Gerade waren Franziska und Laura aufgebrochen, hatten den Kofferraum meines Wagens vollgepackt bis unters Dach. Sogar die Rücksitze waren mit Kleidung und angeblich unentbehrlichen Gegenständen belegt.

»Hatten wir nicht maximal drei Tage Aufenthalt in Seelentreu ausgemacht? Ihr reist, als wolltet ihr wochenlang fortbleiben.«

»Das verstehst du nicht, Heinrich. Diesbezüglich haben Männer noch nie die Bedürfnisse unseres Geschlechts verstanden.«

»Da hast du Recht«, hatte ich auf eine weitere Erörterung dieses Themas verzichtet. Darüber mit einer Frau zu diskutieren, war verschwendete Zeit. Aber dann hatte ich mir doch eine Bemerkung nicht verkneifen können. »Was macht ihr, wenn ein gutaussehender Anhalter am Straßenrand den Daumen hochhält und mitgenommen werden möchte? Ihr habt keinen Platz mehr für ihn.«

»Dann zucken wir eben mit den Schultern und fahren winkend an ihm vorbei«, gab sich Laura gleichgültig.

Meine Frau hatte eine andere Lösung parat. »Was, wenn ihn die Beifahrerin auf den Schoß nimmt?«, schlug sie vor. »Erst fahre ich, doch spätestens in Heli tauschen wir die Plätze.«

»Gute Idee«, das gefiel auch Laura.

»Na, hoffentlich seid ihr bei eurer Aufklärungsarbeit in Seelentreu genauso einfallsreich«, hatte ich sie in die vor ihnen liegende Aufgabe verabschiedet.

Es regnete schon wieder, weniger ausgiebig zwar als am Mittag, aber doch so, dass es nicht unbedingt verlockend war, sich ins Freie zu begeben. Ich überlegte, was ich tun sollte. Wie konnte ich meinerseits die Angelegenheit weiterbringen?

Mir fiel Charly ein. Beim Blick auf die Uhr hatte ich allerdings Zweifel, ob ich den Hauptkommissar noch in der Polizeidirektion erreichen würde. Schließlich war er Beamter mit festen Dienstzeiten. Aber ein Versuch würde nicht schaden, also wählte ich Charlys Durchwahl.

Ich war erstaunt, eine zwar vertraute, aber in diesem Moment unerwartete Stimme zu hören. »Hier spricht Oberkommissar Gunter Schröder vom Anschluss des Hauptkommissars Karl Montag. Was kann ich für Sie tun?«

»Zunächst einmal kannst du mir sagen, was du in Charlys Zimmer machst?«, forderte ich den Freund nach einem kurzen Augenblick der Verblüffung auf, »vor allem jetzt noch, weit nach Dienstschluss? Gibt es etwa wieder einen Anlass zum Feiern?«

»Ja, den gibt es, Heiner. Und wenn du dich beeilst, kannst du mit uns feiern.«

Gunters Tonfall, unweit der Glückseligkeit, ließ mich argwöhnen. »Ihr habt was zu essen besorgt?«

»Natürlich, diesmal brauchst du nichts mitzubringen, wir haben alles da. Auch für dich wird's reichen.«

»Und wo ist Charly? Ich wollte eigentlich mit ihm über den Mordfall in Karlshafen sprechen.«

»Er kommt gleich zurück. Er bereitet gerade den Tee.«

»Tee? Seit wann trinkt ihr Tee. Und was, zum Teufel, feiert ihr?«

»Komm, dann erfährst du‘s. Wir drei, das ist wie in alten Zeiten. Das passt ausgezeichnet zu dem nostalgischen Grund unserer heutigen Feier. Wie immer bist du unser gerngesehener Gast.«

Ich war verwirrt. Das hatte es noch nie gegeben. Sonst war doch ich es gewesen, von dem erwartet wurde, dass er etwas zu Essen mitbrachte, wenn wir zusammenkamen, um eine Kriminalaffäre zu besprechen, in die ich mal wieder verwickelt war. Ich hatte dann meist die von den beiden Kommissaren so geliebten Mohnschnecken und Quarktaschen besorgt und so die Grundlage für ein harmonisches Miteinander geschaffen. Nun also war ich auch ohne diese Mitbringsel ihr gern gesehener Gast. Neugierig, was mich erwartete, sagte ich zu. »Gut, ich komme. In zehn Minuten bin ich da.«

Das Erste, was ich beim Betreten des Dienstzimmers registrierte, war der herrliche Duft, der die Luft durchschwebte. Es roch nach Gebratenem. »Kein Wunder, dass ich nichts einkaufen sollte«, begrüßte ich die Beamten mit Handschlag, »hier riecht's wie in einer Bratwurstbude. Heute war euch wohl nicht nach Süßem zumute?«

»Nein, Heiner«, Charly klang feierlich, »heute nicht und auch nie wieder. Die süßen Versuchungen früherer Tage sind Sünden der Vergangenheit, die wir hinter uns gelassen haben. Nicht wahr, Gunter?«

»Ja, Chef, dieses Kapitel ist ein für allemal abgeschlossen.«

Misstrauisch sah ich von einem zum anderen. »Na, über diese Brücke will ich lieber nicht gehen«, verhehlte ich nicht meinen Zweifel an ihrem Bekenntnis. »Aber warum dieser plötzliche Sinneswandel? Ist wieder Gunters Diabetes daran schuld?«

»Unter anderem.«

»Also deshalb seid ihr jetzt mal wieder auf Fleisch umgestiegen«, vermutete ich. »Aber hast du denn ganz deinen letztjährigen Gichtanfall vergessen?« Fragend sah ich den Oberkommissar an.

»Nein, wie könnte ich den jemals vergessen.« Wie unter Qualen verzog sich Gunters Mund in der Erinnerung an das schmerzhafte Ereignis. »Deshalb machen wir doch Diät, damit sich so etwas nie wiederholt.«

»Ihr macht Diät?« Ich deutete auf das kleine Tischchen und die runde Schüssel darauf, in der sich ein gutes Dutzend braungebrannter, faustgroßer Frikadellen übereinander häufte. »Unter Diät verstehe ich etwas anderes als diesen Fleischhügel da.«

»Du irrst, Heiner«, Charly hörte sich an wie ein Pfarrer, der ein Gemeindemitglied auf den Weg der Läuterung wies, »das dort ist kein Fleischhügel, sondern das Produkt unserer neuen, gesundheitsbewussten Lebensweise.«

»Aber das sind doch Frikadellen?«

»Frikadellen, ja, aber anders, als man sie üblicherweise kennt. Ihre Zubereitung beruht auf der Basis von Soja. Hast du schon mal etwas von Tofu gehört?«

»Tofu? Natürlich, aber das dort riecht doch genauso wie...«

»Und schmeckt auch wie...« Gunter fuhr sich mit der Zunge über die Lippen. »Versuch's doch mal!«

Gemeinsam griffen wir zu, angelten uns jeder eine Bulette aus der Schüssel und bissen hinein. »Hhmm!« Töne des Wohlgefallens klangen neben mir auf und auch ich konnte nicht umhin, in die Lobgesänge der beiden Polizisten einzustimmen. »Die sind in der Tat köstlich, damit lässt sich's doch gut überleben«, spottete ich, fügte dann aber ernsthaft hinzu, »und nebenbei tut ihr etwas Gutes für Gunters Gesundheit.«

»Und auch für die von Charly«, zog der Oberkommissar seinen Chef mit ins Boot, »der Arzt hat ihm nämlich dringend eine Gewichtsabnahme angeraten – wegen seiner kaputten Bandscheibe. Und auch für mich wären ein paar Pfunde weniger nicht schlecht.«

Prüfend ließ ich meinen Blick über die polizeilichen Bäuche gleiten. »Na, allzu lange scheint ihr eure Diät noch nicht zu praktizieren.«

»Nein, wir haben gerade erst damit angefangen.«

»Man sieht's.« Ich wechselte das Thema. »Jetzt erzählt mir aber erst einmal, was ihr heute feiert. Hat einer Geburtstag?«

»Nein, Geburtstag hat keiner.«

»Oder ist jemand von euch befördert worden?«

»Noch nicht. Aber eine Beförderung steht kurz bevor – deshalb feiern wir.« Mein verständnisloser Blick veranlasste Gunter, mich aufzuklären. »Charly wird befördert, in genau zwei Wochen – in den Ruhestand.«

»In den Ruhestand? Heißt das, du scheidest aus dem Polizeidienst aus?«

»Ja, ich habe die Altersgrenze erreicht.« Der Hauptkommissar strich mit der Hand durch die Luft. »Von mir aus könnte es noch zehn oder zwanzig Jahre weitergehen, aber so sind nun mal die Vorschriften.« Das Heben der Schultern zeigte, dass er sich inzwischen mit dem Unabänderlichen abgefunden hatte.

Gunter stellte die Tassen vor uns hin und griff nach der Kanne. »Ingwertee, ungesüßt – genau das richtige Begleitgetränk zu unserer Gesundheitskost.«

Charly verzog den Mund, sagte aber nichts. Mit einer auffordernden Bewegung wies er auf die Buletten. Also fassten wir noch einmal in die Schüssel und bedienten uns.

Einige Sekunden kauten wir schweigend, genossen jeder für sich die gebratene Köstlichkeit. Dann, den Mund noch halbvoll, sprach mich Charly an: »Gut, dass du gekommen bist, Heiner. Das erspart mir morgen den Anruf. Es gibt da nämlich einiges Neues im Mordfall Gregorius, das du wissen solltest.«

»Ja, deshalb bin ich ja auch hier«, beeilte ich mich zu versichern, und betonte: »Ausschließlich deshalb!«

»Ja, ja.« Charly lachte. »Ich hoffe, die Frikadellen sind keine allzu große Belästigung für dich. Immerhin hast du schon zwei gegessen.«

»Notgedrungen«, lachte auch ich und setzte mich auf einen der Stühle, auf die der Hauptkommissar wies. Neben mir nahm Gunter Platz. Charly zwängte sich in seinen höhenverstellbaren Drehstuhl, eine möglicherweise durch die angesprochenen Rückenschmerzen erforderlich gewordene Anschaffung. Auch die Bulettenschüssel hatte ihren Standort gewechselt, griffbereit stand sie vor uns auf dem Schreibtisch.

»Also, hör zu.« Charly schluckte den Rest Frikadelle herunter, wischte sich mit dem Taschentuch über den Mund, dann begann er seinen Bericht: »Die jüngsten Ermittlungen, die nochmalige genaue Untersuchung des Tatorts und die Laboranalysen ergeben ein zum jetzigen Zeitpunkt recht verlässliches Bild vom Tathergang. Auch über das Tatmotiv gibt es nun Erkenntnisse. Dr. Philipp Gregorius wurde erschlagen, hinterrücks, das war von Anfang an klar, jetzt wissen wir auch, womit.« Der Hauptkommissar zog ein Papier heran, klopfte mit dem Finger darauf und las vor: »An der fast meterhohen, gusseisernen Milchkanne, die laut Auskunft der Nachbarin seit jeher als Vase in der Küche stand, waren eindeutig Blutreste und Haarpartikel des Getöteten gefunden worden.« Charly sah auf. »Der Täter hat zwar versucht, die Kanne abzureiben, sogar abzuwaschen, aber bei den heutigen verfeinerten

Nachweismethoden ist es nahezu unmöglich, alle Spuren zu beseitigen.«

»Aber eine Milchkanne dieser Größe hat doch ein enormes Gewicht. Die hochzuheben und damit zuzuschlagen erfordert eine Menge Kraft«, wandte ich ein.

»Ja, und aus diesem Grund nehmen die Kollegen an: Der Mörder ist ein Mann. Und noch etwas steht so gut wie fest: Die Tat muss aus einem spontanen Entschluss heraus erfolgt sein. Davon zeugt, dass der Täter den erstbesten Gegenstand, der griffbereit war, als Waffe benutzt hat. Denn Philipp Gregorius ist dort, wo er entdeckt wurde, auch ermordet worden. Die Auswertung der zurückgelassenen Spuren hat unzweifelhaft ergeben: Der Fundort ist gleichzeitig der Tatort.«

»Und wie ist der Täter ins Haus gekommen?«

»Der, oder auch die Täter – einiges deutet darauf hin, dass es mehrere Personen gewesen sein könnten – ist wahrscheinlich durch das ebenerdige Arbeitszimmerfenster in die Wohnung gelangt. Reste von Torf und Gras dort lassen darauf schließen, dass hier eingestiegen wurde.«

»Hat man das Fenster aufgebrochen?«

»Nein, es war unverschlossen, man brauchte es nur aufzudrücken. Die Spurensicherung hat keinen Anhalt für ein gewaltsames Öffnen finden können.«

»Welch ein Leichtsinn«, entfuhr es mir, aber sofort leistete ich Abbitte. War es mir nicht schon selbst passiert, dass ich ein Fenster, auch mal eine Tür über Tage unverriegelt gelassen hatte, ohne es zu merken? »Und was ist mit dem Motiv? Du hast gerade angedeutet, die Polizei wüsste, warum der Mann ermordet wurde.«

»Sagen wir so, wir glauben zu wissen, warum der oder die Täter ins Haus eingedrungen sind.«

»Und was genau wollten sie dort?«

»Das eben wissen wir nicht. Wir haben allen Grund zur Annahme, dass sie nach etwas suchten. Im Arbeitszimmer des Hausherrn waren, das hat eine spätere Überprüfung ergeben, sämtliche Schubladen und Fächer durchwühlt worden. Auch die Bücher hat man aus den Regalen genommen und durchgeblättert, das ließ sich aus der Art, wie sie danach wieder eingestellt wurden, erkennen. Man hat vonseiten der Täter versucht, das Durchstöbern des Raumes zu verschleiern, hat aufgeräumt und grob wieder Ordnung geschaffen. Aber unseren Spezialisten ist es dennoch nicht entgangen.«

»Habt ihr denn eine Vorstellung, nach was sie gesucht haben könnten?«

»Nein, nicht die geringste. Hinsichtlich der Täterschaft tappen die Kollegen noch immer völlig im Dunkeln. Die zahlreichen Fingerabdrücke, die sich natürlich zuhauf in dem publikumsoffenen Haus finden lassen, sind nur dann etwas wert, wenn wir sie mit denen des Mörders vergleichen können – aber dazu müssten wir den erst einmal haben.«

Charly stand auf, das Reden hatte ihn durstig gemacht. Während er sich aus der Teekanne nachschüttete, wies er seinen Oberkommissar an. »Gunter, erzähl du Heiner, was die Kripo in Kassel von den Kollegen in Hameln erfahren hat. Das wird ihn interessieren.« Mit voller Tasse kehrte er zum Schreibtisch zurück. »Es geht da nämlich auch um deine Bettlerin, diese Frau Gavel, die Schwägerin des Toten.«

Gunter, überrascht von der plötzlichen Einbeziehung in das Gespräch, richtete sich auf. Unschlüssig, was er mit der angebissenen Frikadelle tun sollte, legte er sie schließlich auf der Untertasse ab. Dann, nach einem lautstarken Räuspern, kam er der Anweisung seines Chefs nach.

»Eigentlich ist das, was ich zu berichten habe, nicht wert,

dass es berichtet wird«, begann er nicht gerade optimistisch, »denn das Wenige, was die Hamelner auf Ersuchen ihrer Kasseler Kollegen herausgefunden haben, trägt kaum dazu bei, die Auflösung des Falls Gregorius voranzubringen. Deshalb nur soviel: Nachforschungen im Umfeld des Toten haben nichts zu Tage gefördert, das erklären könnte, warum man den Rechtsanwalt umgebracht hat. Lediglich eine vielleicht völlig bedeutungslose Auffälligkeit ließ sich feststellen: Dr. Gregorius hat sich in den letzten Wochen mehrfach für ein, zwei Tage in seiner Anwaltskanzlei abgemeldet, ohne dass er einen Grund dafür angegeben hätte. Was er in der Zeit seiner Abwesenheit trieb, weiß kein Mensch. Seine jetzige Frau kann dazu nicht befragt werden, sie ist noch immer nicht wieder aufgetaucht. Unsererseits wird intensiv nach ihr gesucht.«

Bis hierhin hatte der Oberkommissar aus dem Kopf rekapituliert, nun aber zog er sich das Blatt auf Charlys Schreibtisch heran. Kurz studierte er es, dann legte er es wieder zurück. »Man hat natürlich auch die Familie des Ermordeten, soweit sie greifbar war, befragt. Die Kinder wussten nichts, was weiterhalf, der Tod ihres Vaters hatte sie aus heiterem Himmel getroffen und völlig ratlos zurückgelassen. Philipps erste Ehefrau Gisela konnte dann wenigstens mit einer Überraschung aufwarten. Sie erzählte, dass sie vor einigen Tagen von jemand besucht worden war, der sehr interessiert an Robert und Philipp Gavel gewesen wäre.« Bedeutungsvoll sah mich Gunter an, wie ein Quizmaster, der nach der Darlegung der Fakten gleich die Frage stellen würde. »Ahnst du, wen ich meine?«

»Natürlich, Charly hat es doch vorhin schon angedeutet. Du sprichst von Laura Gavel, der Frau des Antiquars.« Ich hoffte inständig, keiner der beiden Polizisten würde mir die ängstliche Spannung anmerken, die mich mit plötzlicher Heftigkeit bei der Erwähnung Lauras erfasst hatte. War man bereits auf ihre Spur gestoßen? Hatte man sie vielleicht schon bis Seelentreu verfolgt?

Doch dann hörte ich zu meiner Erleichterung, dass Laura Gavel nach ihrem unerwarteten flüchtigen Auftauchen in Hameln inzwischen wieder völlig aus dem Blickfeld der Ermittler verschwunden war. »Wir wollen sie befragen zu dem Mord an ihrem Schwager – immerhin geschah er in ihrem Haus. Aber es sieht so aus, als meide sie mit voller Absicht die Kontaktaufnahme mit der Polizei. Was soll man davon halten!?« Der Oberkommissar schnaubte, noch unentschieden, ob er sich über ein derartiges Verhalten wundern oder empören sollte.

Ich hätte es ihm natürlich erklären können, hielt mich aber zurück. Wir hatten uns auf drei, vier Tage geeinigt, in denen wir die Polizei außen vor lassen wollten, ich hatte nicht vor, diese Vereinbarung zu brechen. Zumal es möglicherweise von Vorteil war, in einem solch transparenten Gebilde wie Seelentreu in kleinster Besetzung, so wie wir es vorhatten, zu operieren und nicht gleich mit der geballten Ordnungsmacht anzurücken. Das eine konnte Zungen lösen, das andere Münder verschließen.

Jetzt, einen Monat nach Roberts Verschwinden, kam es auf ein paar Tage mehr oder weniger nicht an. Nun war nicht schnelles Handeln gefragt, wie es bei einer akuten Bedrohung oder Gefährdung erforderlich ist, jetzt ging es darum, weit zurückliegende Ereignisse aufzudecken. Hier musste zwar hartnäckig, aber auch langsam und mit viel Fingerspitzengefühl vorgegangen werden, um zu dem vorzudringen, was sich damals vor Jahrzehnten in dem kleinen Dorf abgespielt hat.

Ich wollte sichergehen, wollte bestätigt bekommen, dass die Polizei noch nichts von Seelentreu wusste. »Gibt es denn in Philipp Gregorius Vergangenheit vielleicht ein Ereignis, das den Mord an ihm erklären könnte? Irgendeinen lange zurückliegenden Vorfall, der als Motiv herhalten kann?«

»Nein, die polizeilichen Nachforschungen sind unverändert negativ. Alles ist sauber, keine Intrigen, keine Affären, keine krummen Geschäfte – wie gesagt, wir tappen im Dunkeln.« Der Oberkommissar kreuzte die Arme vor der Brust, mehr hatte er nicht zu berichten.

Ich nutzte die Pause, die nun entstand und erhob mich. »Danke, dass ihr mich auf dem Laufenden haltet. Ihr könnt euch vorstellen, mit wieviel Interesse Franziska und ich diese Geschichte verfolgen. Wer so eng wie wir darin verwickelt ist...«

Ich kam nicht dazu, den Satz zu vollenden, denn in diesem Moment fiel mein Blick auf einen länglichen, weißen Zettel, der aus einem in der äußersten Ecke des hauptkommissarlichen Schreibtisches gestapelten Aktenstoßes herausschaute. Nicht, dass ich das darauf Geschriebene hätte lesen können, nein, aber ich erkannte nur allzu gut das Emblem, die zwei Schweineköpfe mit den lächelnden Schnauzen. »Ha!«, kam mir ein plötzlicher Verdacht. Mit drei, vier schnellen Schritten war ich um den Schreibtisch herum, griff nach dem Zettel und zog ihn unter den Akten hervor. Schon der erste Blick darauf bestätigte, was ich vermutet hatte.

»Ihr Pharisäer!«, hielt ich den Freunden den Wisch entgegen, wobei es mir allerdings nur mit Mühe gelang, ein Schmunzeln zu unterdrücken, »ein Kilo Schweinehackfleisch, gekauft am heutigen Tage in der Metzgerei Happel. Schämt ihr euch nicht, so zu betrügen?« Ich schwenkte den Zettel wie eine Anklageschrift.

»Hallo!«, protestierte Charly, »von wegen Betrüger – vergiss nicht, du redest mit Polizeibeamten!« Beide Kommissare streckten sich und hoben den Kopf. Diesen Vorwurf wollten sie nicht auf sich sitzen lassen.

»Selbstbetrüger seid ihr, macht euch vor, pflanzlich gesund und kalorienbewusst zu essen, und dann dies hier...« Ich klopfte auf das Papier.

»Aber Heiner, glaub mir doch«, versuchte mich Gunter mit großer Geste zu überzeugen, »in den Frikadellen ist wirklich Tofu drin.«

»Und was ist mit dem Gehackten? Ein ganzes Kilo?«

»Das haben wir druntergemischt. Es war ja nun mal gekauft, also musste es weg.« Gunters Blick enthielt alle Unschuld der Welt. Von Zerknirschung über den aufgedeckten Schwindel war jedenfalls nichts zu merken.

»Kein Wunder, dass die Frikadellen wie richtige Frikadellen geschmeckt haben«, resümierte ich. Auf dem Weg zur Tür drehte ich mich noch einmal um. »Wenn es neue Entwicklungen im Mordfall gibt, würde ich mich freuen, von euch zu hören - natürlich auch bei neuen Entwicklungen in der Tofuküche«, fügte ich spöttisch hinzu.

»Könnte gut sein, dass du dann bald schon von uns hörst.« Verschwörerisch sahen sich die Kommissare an. »Wir wollen es nämlich beim nächsten Mal, noch vor Charlys Pensionierung, mit Tofuwürstchen versuchen, selbstverständlich alles nur mit naturbelassenen Zutaten und reiner Kräuterwürzung.«

»Natürlich, alles pflanzlich und gesund.« Ironisch hob ich in übertriebener Gebärde beide Hände, so als wollte ich die Großartigkeit ihrer Idee preisen. Dann aber, mit einem Kopfschütteln, wendete ich mich um. »Ihr seid einfach unverbesserlich«, winkte ich ab und ging.

19

Die Mittagssonne stand hoch über dem Wald und tauchte das Dörfchen unter mir in helles Licht. Von hier oben, von der, etwas übertrieben gesagt, Höhe des Passes, wirkte Seelentreu wie die Modellanlage einer idealisierten Ortschaft, so wie sie Gartenbauer und Landschaftsarchitekten gelegentlich anfertigen oder auch Hobbyeisenbahner, wenn sie ein Dorf um ihren Bahnhof gruppieren. Eng standen die ziegelgedeckten Gebäude zusammen, nichts von Zersiedlung war zu sehen, gleich hinter den Häusern begann die Natur.

Eine zunehmende Wiedersehensfreude bemächtigte sich meiner, je näher ich auf dem Sträßchen dem Dorf entgegenrollte. Vier, fünf Minuten noch, dann würde ich Franziska wieder in die Arme schließen können. Und auch auf Laura freute ich mich. Nach all dem Geschehen in der letzten Zeit, dem Geheimnisvollen und auch dem Furchtbaren, das uns gleichermaßen verband, war eine enge Beziehung entstanden, die durch die liebenswerte Persönlichkeit Lauras noch vertieft worden war.

Und dann natürlich meine Neugier zu erfahren, ob die Frauen am gestrigen Abend und dem heutigen Morgen etwas herausgefunden hatten. Vorhin am Telefon, als ich mein Kommen zum Mittag angemeldet hatte, war Franziska meiner Frage danach ausgewichen. »Wir reden darüber, wenn du da bist«, hatte sie mich vertröstet, dann jedoch hinzugefügt: »Einiges hier ist schon seltsam, das ist nicht von der Hand zu weisen. Aber komm jetzt erst einmal her. Was hältst du davon, wenn du uns zum Mittagessen einlädst?«

Wie beim letzten Mal parkte ich mein Auto auf dem kleinen Platz vor der Kirche. Von dort waren es nur ein paar Schritte bis zur Gaststätte. Auf meinem Fußweg durch die Häuserreihen hatte ich das Gefühl, auch diesmal wieder von musternden Augen beobachtet zu werden. Aber niemand war zu sehen, weder auf den Höfen noch auf der Straße. Unauffällig versuchte ich zu erkennen, ob jemand heimlich aus einem der Fenster zu mir hinschaute, sich vielleicht der Umriss eines Kopfes hinter dem Glas zeigte oder sich eine Gardine bewegte. Aber alles lag regungslos da in der friedvollen Ruhe des dörflichen Mittags. Wahrscheinlich wurde ich durch meine Vermutung, etwas Geheimnisvolles könnte in diesem Ort geschehen sein, dazu verleitet, Dinge zu sehen, die gar nicht existierten, projizierte ich eine Bedeutung in sie hinein, die es so nicht gab.

Erst jetzt bei der Annäherung an die Gaststätte registrierte ich, was auf dem Schild über dem Eingang geschrieben war. Gestern während des Regens hatte mir die Zeit zum Lesen gefehlt, zu sehr war ich davon in Anspruch genommen, mich und die Frauen ins Trockene zu bringen. »Gasthof Sanssouci« stand dort in schrägen, verschnörkelten Lettern, darunter, steil und deutsch, »Zur alten Tenne«. Warum auch nicht – kein schlechter Einfall, die Erinnerung an das zurückgelassene Potsdam mit dem den Dorfbewohnern Vertrauten zu verbinden.

Ich betrat den Gastraum, blieb aber erst einmal erstaunt stehen. So, als hätte mich eine Zeitmaschine um genau einen Tag zurückversetzt, sah ich mich dem gleichen Bild gegenüber, das sich mir gestern dargeboten hatte. Auch heute saßen, erneut zu Denkmälern erstarrt, die beiden Alten an ihrem kleinen Tisch. Am Tresen, auf genau den gleichen Sitzen wie beim letzten Mal, hockten die Frauen und sahen mir entgegen. Mit einer herzlichen Umarmung begrüßte ich

Franziska, dann auch Laura. Dabei war ich mir der sorgfältigen Beobachtung jeder meiner Bewegungen von der dunklen Ecke des Raumes bewusst.

»Sind die noch immer da, oder schon wieder?«, mit dem Kopf deutete ich unmerklich auf das Weißhaar und den Kahlen.

»Gestern Abend, als wir zu Bett gingen, saßen sie jedenfalls noch da«, gab Laura Auskunft, »aber irgendwann müssen sie dann doch nach Hause gegangen sein, denn heute Morgen beim Frühstücken waren Franziska und ich alleine hier im Zimmer.«

Und noch einmal wiederholte sich das gestrige Geschehen, als sich die Tür zur Küche öffnete und der Wirt hereinkam. Wie am Vortag hielt er zwei Teller in den Händen, über deren Rand die Enden einer astdicken Bratwurst ragten. »Ah, die Damen haben Besuch. Schön, Sie wiederzusehen, Herr Gerhard«, grüßte er zu mir hin, bevor er das Essen an den Tisch der Alten brachte.

»Woher weiß er, wie ich heiße? Ich habe mich ihm nicht vorgestellt«, wunderte ich mich.

»Wir haben uns natürlich eingetragen, Heinrich, ich als Frau Gerhard und Laura als Frau Lorchheim.«

»Aber wie kann er wissen, wer mit wem...?«, wechselseitig deutete ich mit dem Finger auf beide.

»Ich hoffe, er hat das aus der Art, wie du mich ansiehst, erkannt«, schmollte Franziska.

»Natürlich, ja«, beeilte ich mich, ihr zu versichern, »der Blick auf die eigenen Frau unterscheidet sich immer von dem, mit dem man andere Frauen anschaut«, machte ich ein Kompliment, das in seiner Missverständlichkeit kaum größer sein konnte.

Das Zurückkommen des Wirtes bewahrte mich vor einer

Kommentierung seitens der Frauen. Ich nutzte sein Erscheinen, um nach ihren Essenswünschen zu fragen, machte auch gleich einen Vorschlag. »Habt ihr gerade die Bratwurst gesehen? Sieht lecker aus. Wie wär‘s damit?«

»Kein schlechter Gedanke«, zeigte sich Laura erfreut.

Franziska war ebenfalls einverstanden. »Das wäre auch etwas für mich«, schloss sie sich an, »aber dann höchstens die Hälfte der Halbmeterportion, über die sich gerade die beiden da hermachen.« Sie zeigte zu den Männern am Tisch, die unter dem emsigen Klappern von Messer und Gabel den Riesenwürsten zu Leibe rückten.

»Aber du isst doch sonst so gerne...«

»Aber nicht dann, wenn ich ein Frühstück wie das heutige hinter mir habe. Das war schon eine Herkulesaufgabe, oder, Laura?«

»Ja, allerdings. Das war etwas für Holzfäller, aber nichts für zwei zarte Frauen wie uns. Obwohl, wir haben die Herausforderung angenommen...«

»Und verloren«, bedauerte meine Frau. »morgen früh werden wir es noch einmal versuchen.«

Der Wirt hatte zugehört, nun sah er mich an. »Also dreimal ein Viertelmeter Bratwurst?«, fragte er lächelnd.

»Ja, ein Viertelmeter höchstens, eher noch etwas weniger«, begrenzte ich und erhielt das zustimmende Nicken der anderen.

»Recht so, die Damen«, lobte der Wirt, »es soll doch niemand Schaden nehmen, denn nichts ist elender als die Reue nach dem Genuss.« Wie zur Bekräftigung klatschte er mit der flachen Hand auf die Theke, ehe er sich umdrehte, um die Bestellung an die Küche weiterzuleiten.

Uns blieb etwas Zeit, bis das Essen kommen würde. Ich nutzte sie, um zu berichten, was ich mit den Kommissaren besprochen hatte. Auch von deren Diät erzählte ich, erntete aber nur einen ungläubigen Blick Franziskas: »Gunter, Charly, die und Diät? Nie und nimmer, die doch nicht!«, war sie sich sicher, um sich kurz darauf bestätigt zu fühlen, als sie von dem Schwindel mit dem Schweinehack erfuhr. »Wusst ich's doch!«

Laura folgte meinem Bericht mit wachsendem Interesse. Besonders, als ich wiedergab, was Charly mir über den vermuteten Tathergang, die Täter und das mögliche Motiv des Einbruchs in ihr Haus mitgeteilt hatte, merkte sie auf. Sie hing jetzt regelrecht an meinen Lippen. Ich kam auf die Annahme der Polizei zu sprechen, der oder die Täter könnten etwas im Arbeitszimmer ihres Ehemannes gesucht haben.

»Mein Gott, ja!«, entlud sich ihre aufgestaute Spannung, »Robert war ein Geheimniskrämer. Er liebte es, persönliche Dokumente an einem versteckten Ort aufzubewahren. Nicht, dass er darum ein Mysterium gemacht hätte – ich wusste, wo er seine Sachen verbarg, das hat er mir selbst gezeigt. Aber er konnte sich absolut sicher sein, dass ich sein Versteck respektieren würde und mir jeden Einblick in das, was er geheim zu halten wünschte, versagte.«

Laura verstummte, die Erinnerung an ihren Mann machte ihr zu schaffen. Für einige Augenblicke verlor sich ihr Blick in der Maserung des alten Thekenholzes. Dann aber sah sie wieder auf, fragend wandte sie sich an mich. »Die Einbrecher haben also nichts gefunden? Auch nicht die Polizei? Habe ich das richtig verstanden?«

»Zumindest hat der Hauptkommissar nichts davon erzählt. Wenn bei der polizeilichen Durchsuchung etwas entdeckt worden wäre, hätte mir das Charly ganz bestimmt gesagt. Ob allerdings die Täter etwas in den Schubladen und

Regalen gefunden haben, ist völlig unklar. Wenn ja, dann werden sie es mitgenommen haben.«

»Aber warum wurde nur das Arbeitszimmer durchstöbert? Man muss ja den Eindruck haben, die Leute hätten gewusst, dass Robert dort seine Sachen versteckt. - Und dann, wie passt mein toter Schwager in das Ganze? Ist er vielleicht selbst einer der Einbrecher? Hat er womöglich etwas bei Robert gesucht, das ihm gehört?«

»Oder etwas, das ihn belastet«, brachte ich eine andere Deutung ins Spiel.

»Aber wer, um Himmels willen, bringt deswegen gleich einen um – und warum?«

»Nun, einiges scheint dafür zu sprechen, dass mehrere Personen in euer Haus eingedrungen sind. Ist doch möglich, dass es Streit unter ihnen gegeben hat, in dessen Verlauf Philipp erschlagen wurde.«

Der Wirt schaute durch die Tür. Kurz sah er zu uns hin, dann verschwand er wieder in die Küche. Gleich würde er das Essen bringen.

Aber eines wollte Laura vorher noch wissen: »Wenn wir annehmen, die Täter kannten den Ort, wo Robert seine Dokumente verbarg – wie haben die denn dann so zielgerichtet den Einstieg in das Arbeitszimmer finden können? Sieht fast so aus, als hätten sie sogar Kenntnis von dem unverriegelten Fenster gehabt. Doch Philipp konnte das nicht wissen, er war nie in unsrem Haus.« Ratlos sah sie uns an.

Nun, ich hatte eine mögliche Lösung parat. Schon gestern, nach meinem Gespräch mit den Kommissaren, war mir der Gedanke gekommen. Nun sprach ich ihn aus. »Das mag ja richtig sein, dass Philipp nie in eurem Haus war – aber was ist mit seiner Frau?«

»Du meinst Ela?«

»Ja, sie kennt sehr wohl die Örtlichkeiten eurer Wohnung. Du hast damals in der »Traube« erzählt, dass dein Mann sie bei ihrem unerwarteten Besuch sofort in sein Arbeitszimmer geführt hat.«

»Heißt das, dass auch Ela ...?«

»Warum nicht, sie könnte bei dem Einbruch dabeigewesen sein. Wenn Philipp Interesse hat, an etwas heranzukommen, das in eurem Haus aufbewahrt ist, warum dann nicht auch seine Frau? Für beide kann das Gesuchte von Wichtigkeit sein. Außerdem hätten wir dann auch eine Erklärung, weshalb das Fenster unverriegelt war.«

»Glaubst du, Ela hat den Riegel zurückgeschoben?«

»Wäre doch möglich.«

»Aber was, wenn Robert oder ich das unverschlossene Fenster bemerkt hätten? Der Einbruch und der Mord geschahen doch erst einige Tage nach Elas Besuch.«

»Dann hätten die Eindringlinge wahrscheinlich irgendetwas aufgebrochen, um ins Haus zu gelangen. So aber war der Einstieg wesentlich bequemer.«

»Mein Gott, wenn ich mir das vorstelle.« Laura schüttelte sich bei dem Gedanken an das soeben Durchgespielte. Sie hatte sichtlich mit der Fassung zu kämpfen. »Aber wofür das alles? Was steckt dahinter?«

»Wenn wir das wüssten.« Ich kannte genausowenig die Lösung. »Das Ganze ist und bleibt ein Rätsel.«

Der Wirt kam mit dem Besteck. »Wollen Sie hier an der Theke essen oder am Tisch?«

»Wir bleiben hier«, entschied Franziska. Ich glaube, wir waren alle froh, dass das in der folgenden Minute herangetragene Essen es uns ermöglichte, die soeben durchexerzierten Gedankengänge erst einmal sacken zu lassen. Die Dauer einer schweigsam verzehrten Bratwurst sollte ausreichen, uns wieder bereit zu machen für neue Diskussionen.

Während Franziska und ich mit viel Genuss aßen, beobachtete ich Laura. Gedankenverloren schnippelte sie an ihrer Wurst herum, es war augenscheinlich, dass sie über irgendetwas grübelte. Kaum hatten wir Messer und Gabel auf unseren leergegessenen Tellern abgelegt, schob auch sie den ihren zurück. Entschlossen sah sie uns an. Über was auch immer sie sich im Ungewissen gewesen war, man sah ihr an, dass sie eine Entscheidung getroffen hatte.

»Wir spekulieren die ganze Zeit, ob die Eindringlinge etwas in unserem Haus gefunden haben«, begann sie, uns ihre Überlegungen darzulegen, »dabei ist es das Einfachste der Welt, in Roberts Versteck nachzusehen, ob es geplündert wurde oder nicht. Schließlich weiß ich, wo die Sachen aufbewahrt werden.«

»Aber hattest du nicht gesagt, dass die persönlichen Notizen deines Mannes für dich tabu sind?«, erinnerte Franziska.

»Ja, das galt, solange Robert noch da war. Jetzt aber, nach seinem rätselhaften Verschwinden, zählt das nicht mehr. Um so weniger, je mehr darauf hindeutet, dass Unbekannte an seinen Papieren ein großes Interesse haben könnten.«

»Wenn's denn Unbekannte sind«, warf ich ein, »denk an Philipp und Ela.«

»In diesem Fall fühle ich mich erst recht dazu ermächtigt, mir Roberts Sachen anzuschauen. Alles, was mich zu ihm führen könnte oder zur Aufklärung seines Schicksals beiträgt, ist jetzt erlaubt.«

»Ja, das würde wohl jeder verstehen«, pflichtete Franziska bei.

Ich wiegte zweifelnd den Kopf. »Haltet ihr das für eine gute Idee? Laura in Bad Karlshafen? Dann ist es mit ihrem unbemerkten Agieren im Hintergrund vorbei«, gab ich zu bedenken.

»Ja, das stimmt, mich kennen einfach zu viele Leute dort.« Laura winkte ab. »Dann muss das eben warten, bis wir hier in Seelentreu mit allem fertig sind.«

Der Wirt kam aus der Küche, sah, dass wir zu Ende gegessen hatten. Stumm räumte er das Geschirr ab. Er schien zu spüren, dass im Moment nicht der richtige Zeitpunkt war, unser Gespräch mit Höflichkeiten zu unterbrechen.

Ich wartete, bis sich die Tür wieder hinter ihm geschlossen hatte, dann machte ich einen Vorschlag: »Was meinst du, Laura, könnte nicht ich nach Karlshafen fahren? Mich kennen nur wenige in der Stadt, und wenn ich mich vorsichtig verhalte, dürfte es nicht schwer sein, unbemerkt ins Haus zu gelangen. Du beschreibst mir genau, wo das Versteck liegt – dann werde ich ja wohl kaum Schwierigkeiten haben, es zu finden.« Fragend sah ich Laura an. Noch zögerte sie.

Doch dann erhielt ich Unterstützung von Franziska. »Ich glaube, das ist eine gute Idee, Heinrich sollte fahren. Es könnte wichtig sein, ja geradezu entscheidend, zu wissen, hinter was diese Leute her sind. Möglicherweise liegt ja in Roberts Versteck der gesuchte Schlüssel zum Verständnis des Ganzen.«

Laura schloss die Augen. Während sie über meinen Vorschlag nachdachte, nickte sie vor sich hin. Zwei-, dreimal strich sie sich mit der Hand über die Stirn, dann hatte sie sich entschieden. »Ja, ich meine auch, Heiner sollte fahren. Wir dürfen jetzt keine Zeit verlieren«, stimmte sie zu, um sich sofort mit der Ausführung des Vorhabens zu befassen. »Am Besten, du fährst übermorgen. Dann ist Gerda Paschulke aus dem Haus, denn donnerstags kocht sie regelmäßig mit Gleichgesinnten in Uslar. Seminar nennen sie ihr Treffen«.

Lauras Handbewegung verriet, was sie davon hielt. »Und Herr Kullmann von nebenan, der aus dem ersten Stock, kommt frühestens um vier von der Arbeit zurück. Es wird dich also keiner vom Nachbarhaus her beobachten können.«

Sie kramte in ihrer Handtasche, zog einen Schlüsselbund heraus und hantierte kurz daran herum. »Hier, der passt in das Schloss der hinteren Kellertür. Da kann dich auch von der Straße aus keiner sehen.« Sie reichte mir den Schlüssel. Ich nahm ihn und befestigte ihn an meinem Bund.

Nun begann Laura zu beschreiben, wie ich über die Kellertreppe hinauf zu Roberts Arbeitszimmer gelangen konnte und wo dort genau das geheime Versteck ihres Mannes lag. Ich war zuversichtlich. So, wie sie es mir schilderte, dürfte es ohne große Probleme zu finden sein – vorausgesetzt, es befand sich noch an dem Platz, den sie mir gerade beschrieben hatte.

20

Die Tatsache, dass wir jetzt etwas besaßen, das sich als vielversprechend erwies und uns vielleicht entscheidend voranbringen konnte, hatte uns mit einer motivierenden Erregung erfüllt. Es war unübersehbar, wir fieberten alle dem Aufsuchen des Verstecks entgegen. Aber wir waren uns auch einig, dass wir mit größter Vorsicht vorzugehen hatten. Das Beobachten meines Eintritts in das Haus konnte im schlimmsten Fall die Alarmierung der Polizei nach sich ziehen, etwas, das wir unbedingt vermeiden mussten. Also würde ich Lauras Rat folgen und erst am Donnerstag nach Karlshafen fahren.

Doch der verschobene Tag musste kein verlorener sein. In Seelentreu gab es noch genug zu klären, deshalb waren wir schließlich hierher gekommen. Laura und Franziska hatten sich nicht ohne Grund im »Sanssouci« einquartiert.

»Wie wär's jetzt mit einem Bericht eurerseits«, forderte ich die Frauen auf. »Immerhin standen euch der gestrige Abend und der ganze heutige Morgen zur Verfügung, um etwas herauszufinden. Was ist zum Beispiel mit Gideron? Habt ihr darüber etwas erfahren?«

»Natürlich«, mit gespielter Empörung blickte mich Franziska an, »du hast uns doch den Auftrag gegeben. Am Besten, wir machen einen Lokaltermin an Ort und Stelle. Dann kannst du dir selbst ein Bild machen.«

Bevor wir den Gastraum verließen, winkte meine Frau zum Wirt hinüber. »Wir sind gleich wieder da, machen nur einen Spaziergang. Danach wäre ein Kaffee nicht schlecht.«

Dankbar, nach dem Verzehr der üppigen Bratwurst ein paar Schritte tun zu können, folgte ich Franziska und Laura hinaus in das mittagsschläfrige Dorf. Die Straße führte leicht bergauf, am Sonnenstand erkannte ich, dass wir uns auf den westlichen Ortsrand zubewegten. Zügig gingen die Frauen vor mir her. Trotz ihres energischen Ausschreitens hatten sie aber offenbar noch genügend Luft zum Reden, pausenlos warfen sie sich Worte und Sätze zu. Erst, als wir die letzten Häuser hinter uns gelassen hatten, verstummte ihr Gespräch. Wir hielten an.

»Dort«, Lauras Arm zeigte hinunter in den Bachgrund, auf ein im kanadischen Stil erbautes Blockhaus, »das ist das Wochenendhäuschen, von dem Philipps erste Frau erzählt hat. Und ringsum die Wiese – das ist Gideron. Als wir heute Morgen hierher kamen, hatten wir das Glück, einen alten

Mann anzutreffen, der gerade den Rasen mähte. Wir haben ihm natürlich gleich auf den Zahn gefühlt.«

»Ganz diskret selbstverständlich«, nahm Franziska einem möglichen Einwand von mir gleich den Wind aus den Segeln. »Es sollte doch kein Aufsehen erregt werden.«

Nun, zum Thema Frauen und Diskretion hätte ich einiges sagen können, schwieg aber. Jetzt war ich nur an dem Ergebnis der Befragung interessiert. »Was hat euch denn der Mann berichtet?«

»Stell dir vor, er kannte die Gavels«, sprudelte Franziska heraus. »Nicht, dass wir ihn danach direkt befragt hätten – um Himmels willen, nein -, aber als wir so ganz nebenbei den Namen fallen ließen, wusste er sofort, von wem wir sprachen.«

»Er hat von Robert erzählt«, fiel Laura begeistert ein, »auch von Philipp und dessen Frau. Er erinnerte sich, dass sie hier in diesem Häuschen einige Sommerurlaube verbracht haben. Wilde Burschen waren das, so hat sich der Alte ausgedrückt, aber auch nette Kerle, die immer wussten, wo die Grenze lag. Er hat mit viel Respekt von ihnen gesprochen.«

»Aber das Tollste kommt ja noch, Heinrich«, Franziskas Augen glänzten, sie liebte es, Höhepunkte zu schildern. »Es ist nämlich kein Zufall, dass Robert und Philipp hier Grund und Boden besitzen.« Aufmunternd sah sie mich an, erwartete, dass mir etwas dämmern müsste. Doch ich war vollkommen ahnungslos. Also klärte sie mich auf. »Der letzte hier ansässige Nachfahre der Hugenottenfamilie Gavel – Erstbesiedler von Seelentreu im Übrigen – war ihr Großvater. Gideron, wie die Bachwiese auch jetzt noch heißt, ist bis heute im Besitz der Enkel, also Eigentum von Robert und Philipp. Der Mann, mit dem wir sprachen, hat das Grundstück mit dem Haus nur von ihnen gepachtet.«

»Wusste der Mann etwas über das Jahr 1994 zu sagen?«

»Ja, obwohl wir ihn nicht dazu befragt haben. Er hat uns von sich aus erzählt, dass er seit 1994 der Pächter von Gideron ist.«

»Das passt zu dem, was wir wissen: 1994 war das Jahr des Zerwürfnisses unter den Brüdern. Also haben sie das Haus und das Grundstück unmittelbar danach abgegeben.«

»Aber noch an anderer Stelle haben wir etwas aus diesem Jahr erfahren«, trumpfte Franziska auf. Es schien ihr Spaß zu machen, auf diese Weise Spuren aufzudecken. Da war sie nicht anders als Kinder, die sich auf einer Schatzsuche aufgeregt von Hinweis zu Hinweis einem Ziel nähern. »Am Besten, wir zeigen dir das, was wir gefunden haben, dort, wo wir es entdeckt haben.«

Erneut vertraute ich mich der Führung der Frauen an und staunte, als wir zum Gasthaus zurückkehrten. Da die beiden aber ein wahres Geheimnis daraus machten, was sie mir zeigen wollten, setzten wir uns erst einmal wieder an den Tresen und empfingen unseren vorbestellten Kaffee.

Doch kaum hatte der Wirt die Becher gebracht und wir einen Schluck daraus getrunken, erhob sich Laura und trat zu einem niedrigen Regal an einer der Seitenwände des Raumes. Die zwei Alten, die noch immer ihren Tisch besetzt hielten, begleiteten sie mit aufmerksamen Blicken. Auch Franziska folgte ihrem Weg mit erwartungsvollen Augen, stutzte dann aber, als sie Lauras Unsicherheit beim Durchmustern der dort einsortierten Bücher und Broschüren sah.

»Unten links«, rief sie der Suchenden durch den Gastraum zu, »da habe ich es gestern hingestellt – ein hellgrünes Büchlein mit rotem Rand. Hast du‘s?«

Ein weiteres Mal ging Laura die Buchreihen durch. »Nein, hier steht's nicht mehr.« Sie winkte Franziska heran, inspizierte zusammen mit ihr nochmals den Buchbestand. Aber das, was sie mir hatte zeigen wollen, war nicht mehr da.

Auch der Wirt beteiligte sich schließlich an der Suche. Er war sich absolut sicher, das Bändchen am Abend vorher nach dem Zubettgehen der Frauen noch im Regal gesehen zu haben. »Sie hatten darin gelesen, haben es aber dann wieder zurückgestellt, allerdings so, dass es ein wenig aus den übrigen Büchern herausstand. Pedant, wie ich bin, habe ich es natürlich sofort wieder ordentlich in die Reihe hineingeschoben.«

»Aber jetzt ist es weg«, klagte Franziska, nachdem sie mit Laura und dem Wirt wieder zurückgekehrt war.

Das war der Zeitpunkt, an dem ich zu wissen verlangte, um was es eigentlich ging. Welche Art Büchlein war denn so plötzlich und rätselhaft von der Bildfläche verschwunden?

Meine Frau konnte die Enttäuschung über die misslungene Überraschung nicht verbergen, ich hörte es ihrer Stimme an. Es handele sich um die Jubiläumschronik von Seelentreu, erklärte sie, man habe sie hier im Dorf anlässlich der dreihundertsten Wiederkehr der Ortsgründung 1999 herausgegeben. Gestern Abend seien sie auf das Bändchen gestoßen, hätten es in dem Regal entdeckt und sich von seinem Durchlesen die eine oder andere Erkenntnis über das Zusammenleben innerhalb des Dorfes versprochen. Und tatsächlich, die Chronik beinhaltete sehr genau eine Aufzählung und Kommentierung aller Ereignisse und Vorkommnisse der vergangenen Jahrzehnte und Jahrhunderte. Auch enthielt sie eine Auflistung der Personen, die sich in irgendeiner Weise in der Historie der Gemeinde hervorgetan oder ausgezeichnet hatten. »Eigentlich haben wir nach nichts Besonderem gesucht, haben die Seiten mehr oder weniger flüchtig durchgeblättert, um uns ein grobes Bild von dem Ort und seiner Geschichte machen zu können. Und dann hat Laura plötzlich aufgestöhnt ...«

»Ja, es war, als hätte mich ein Schlag getroffen. Franziska hatte schon weitergeblättert, wir mussten die Seite also noch einmal zurückschlagen – und da sah ich, was mich so elektrisiert hatte.« Lauras Hand deutete in die Luft, als erschien gerade die Buchseite vor ihren Augen. »Es war eine Liste mit vielen Namen. Die Überschrift verriet, dass es sich um die örtlichen Schützenkönige handelte, die seit der Gründung des Vereins 1991 jährlich ausgeschossen wurden. Der vierte in der Spalte war Robert Gavel, mein Mann.«

Laura hatte sichtlich zu tun, mit ihren Gefühlen fertig zu werden. Also übernahm Franziska die weitere Schilderung. »Wir lasen natürlich von jetzt an sehr genau alles, was über diesen Verein in der Chronik geschrieben stand. So gab es ein gesondertes Kapitel, das sich mit den im Dorf existierenden Gruppierungen befasste. Auch der Schützenverein präsentierte sich dort. Der Inhalt dieses Beitrags war im Grunde nichtssagend und uniform, so wie solche Darstellungen gewöhnlich sind. Doch für uns war er bedeutungsvoll, denn er legte einiges offen, das uns sehr verwunderte. Gleich zu Anfang des Berichts war auf die Gründung des Vereins eingegangen, unter anderem wurden die Initiatoren der Idee namentlich erwähnt. Wir staunten nicht schlecht, Robert und Philipp Gavel als die Hauptdrahtzieher dieses Projekts benannt zu sehen. Sie und noch ein paar Dorfburschen hatten den »SV Edelweiß Seelentreu« damals, 1991, aus der Taufe gehoben.«

»Du weißt, was Franziska damit sagen will«, sprach mich Laura an.

Ich nickte. Schon während des Vortrags meiner Frau war mir klar geworden, was der Fund in der Chronik für uns bedeutete. »Wir werden Abschied nehmen müssen von der Vorstellung, dass Robert und Philipp hier nur als Sommerurlauber aufgetreten sind. Alles deutet darauf hin, dass sie in die hiesige Gemeinschaft voll integriert waren. Ich möchte mal vermuten, dass sie hier ihre Wurzeln haben, höchstwahrscheinlich sogar hier aufgewachsen sind.«

»Dazu passt auch die Aussage des Alten heute Morgen auf dem Grundstück. Er sprach von den Brüdern, als gehörten sie zum Dorf.«

»War denn sonst noch etwas in der Chronik, das uns helfen kann?«, fragte ich voller Hoffnung.

»Das wissen wir nicht«, Franziska blickte Laura an, beide zuckten mit den Schultern. »Wir hatten vor, weiterzulesen, sind dann aber in ein Gespräch verwickelt worden. So haben wir unser Vorhaben auf heute verschoben. Doch jetzt ist das Büchlein weg!«

Ihr laut vernehmlicher Seufzer ließ den Wirt aufsehen. »Irgendeiner wird es gestern Abend mitgenommen haben«, kam er zu uns heran, »einer von den späten Gästen wahrscheinlich. Es ging außerordentlich lebhaft zu, auch noch, als sich die Damen längst schon auf ihr Zimmer zurückgezogen hatten. Man konnte meinen, die halbe männliche Bevölkerung war hier. - Nun, man kann‘s verstehen, so etwas Charmantes sieht man nicht oft in Seelentreu.« Ganz selbst Charmeur verneigte er sich vor den Frauen, ein Lächeln begleitete sein Kompliment.

Doch mir war im Augenblick eher nach Praktischem zumute. »Wie kommen wir jetzt an die Chronik?«, stellte ich die Frage in den Raum. Ratlos sahen wir uns an.

Der Wirt machte zwei Vorschläge: »Entweder Sie warten, bis mein Büchlein wieder auftaucht. Das kann schnell gehen, kann aber auch dauern, vor allem, da wir niemanden an die Rückgabe erinnern können – wir wissen ja nicht, wer es mitgenommen hat. Oder aber Sie besorgen sich die Chronik irgendwo anders im Dorf. Ich gehe mal davon aus, dass in nahezu jedem Haus ein Exemplar vorhanden ist. Das dreihundertjährige Jubiläum war schließlich der Höhepunkt der Feierlichkeiten in den letzten Jahren. Sollten Sie noch darüber hinausgehende Informationen benötigen, dann gehen Sie am Besten gleich zu Herrn Erdmann. Er hat die Festschrift weitgehend alleine zusammengetragen. Nach seiner Pensionierung 1987 hatte er genügend Zeit dafür. Auch die meisten Artikel sind von ihm. Er ist so etwas wie der Lokalchronist von Seelentreu.«

»Ein ehemaliger Lehrer, vermute ich mal?«

Der Wirt tat erstaunt. »Wie sind Sie nur darauf gekommen?« Er sah auf die Uhr. »Im Moment dürfte der alte Herr noch seine Mittagsruhe halten. In einer halben Stunde können Sie aber zu ihm.«

Die Zeit, bis Herr Erdmann seine Siesta beendet haben würde, nutzten wir, um zu diskutieren, wie wir nun vorgehen sollten. Ich war dagegen, mit der ganzen Mannschaft bei dem Dorfchronisten aufzukreuzen. »Das wird den Alten möglicherweise einschüchtern«, riet ich ab. »Auch könnte es seine Auskunftsbereitschaft vermindern, dass ihm plötzlich zwei attraktive Frauen wie ihr gegenüberstehen.«

»Mein Gott, schon wieder ein Kompliment«, stöhnte Franziska, »hier muss ein Nest von Kavalieren sein.«

Ich überhörte den Spott. »Es mag euch im ersten Moment ja abwegig erscheinen, dass jemand so reagiert. Aber der Mann muss steinalt sein, wenn er schon in den Achtzigerjahren pensioniert gewesen war. Er entstammt also einer Zeit, in der die Männerwelt das weibliche Geschlecht am liebsten hinter dem Herd und im Wochenbett gesehen hat. Viele dieser Alten akzeptieren auch heute noch nicht Frauen als gleichwertige Gesprächspartner.«

»So etwas gibt es noch?«, entsetzte sich Laura.

»Ja, leider, trotz aller Erfolge der Emanzipation«, musste ich einräumen. »Deshalb schlage ich vor, ich gehe allein zu dem Mann und versuche behutsam, an die Dorfchronik und vielleicht noch ein paar andere Auskünfte zu kommen.«

»Und wir?«, maulte meine Frau, »wir sind doch nicht nur zum Kaffeetrinken hier.«

»Ihr könnt in der Zwischenzeit einer anderen Sache nachgehen«, gab ich ihnen eine Aufgabe, die sie einerseits beschäftigen, uns aber auch durchaus von Nutzen sein konnte. »Versucht, herauszukriegen, wie das damals mit der Gründung des Schützenvereins war, welche Rolle die Gavelbrüder dabei gespielt haben und vor allem, ob es 1994, dem Jahr, in dem Robert Schützenkönig war, etwas Besonderes gab. Natürlich alles mit der nötigen Vorsicht.« So hatten wir uns getrennt und verabredet, nach erledigter Mission wieder im Gasthof zusammenzukommen.

Das Haus des Lehrers war das letzte an dem Sträßchen, das aus dem Dorf heraus auf die Höhe und dann hinunter nach Quentel führte. Klein und unscheinbar lag es da, so wie die anderen Häuser in diesem von der Außenwelt vergessenen Ort. Zwei große Ahornbäume überschatteten das Anwesen, vielleicht hatte sie der junge Lehrer seinerzeit noch als Schößlinge selbst gepflanzt.

Über wacklige, verwitterte Sandsteinplatten erreichte

ich den Hauseingang. Ein Türschild dort warnte den Ankömmling, sich dem Irrglauben hinzugeben, hier wohne irgendwer. »Dr. Max Erdmann, Pädagoge« las ich und begriff den Stolz des Hausbewohners auf die Promotion und den geliebten Beruf. Ich läutete.

Wie erwartet dauerte es eine Weile, bis sich etwas regte. Das Geräusch fahrender Räder war zu hören, ein Rasseln, als die entriegelte Kette gegen das Holz schlug. Dann, langsam, öffnete sich die Tür. In ihrem breiten Rahmen wurde ein Rollstuhl sichtbar. Ein kleines, verschrumpeltes Männchen, das wie verloren aus dem viel zu großen Gefährt zu mir aufblickte, umklammerte mit spinnendürren Fingern die Räder, als wollte es ein Herunterrutschen vom Sitz verhindern. Wie leblos saß es da, ein Häufchen Haut und Knochen, in dem nur noch wenig Leben zu sein schien, wären da nicht die wachen Augen, die mich musterten und verrieten, dass doch noch einige Funken in dem welken Körper glimmten. Augenblicklich sah ich mich in meiner Vermutung bestätigt: Der Mann war tatsächlich steinalt.

»Guten Tag«, grüßte ich zu der faltigen Gestalt hinunter. Dabei beugte ich den Oberkörper so weit nach vorne, dass er mir, ohne sich den Kopf zu verrenken, in die Augen schauen konnte. »Sie sind Herr Erdmann, nehme ich an?«

»Dr. Max Erdmann«, berichtigte er mich und ließ den Blick misstrauisch über mich hin gleiten. »Was wollen Sie von mir?« Seine Stimme war leise, fast flüsternd. Es war gut, dass ich mich vorgeneigt hatte. Nur so konnte ich ihn verstehen.

Jetzt hieß es, diplomatisch vorzugehen. Auf keinen Fall durfte ich den Alten schon gleich am Anfang mit allzu direkten Fragen vor den Kopf stoßen. Meine Erfahrung hatte mich gelehrt, dass in solchen Situationen Lob oft die beste

Trittleiter für einen Einstieg in ein Gespräch war. Also lobte ich sein Werk, auch wenn ich es bisher noch nicht zu Gesicht bekommen, noch weniger in ihm gelesen hatte. »Man hat mir gesagt, Sie seien der Verfasser dieser wunderbaren Jubiläumschronik von 1999«, lächelte ich ihn an. »Großartig, wie Sie in Ihrem Büchlein das alte Seelentreu wieder zum Leben erweckt haben.«

»Ja, es war schon ein gewaltiges Stück Arbeit, das alles zusammenzutragen«, der Stolz auf das Geleistete war unüberhörbar. »Doch wer, wenn nicht ich, hätte es sonst machen sollen? Ich hatte die Kenntnisse, war im Formulieren geübt und, das Wichtigste, war der geeignete Ansprechpartner für die Leute. Einem Lehrer erzählen sie im Allgemeinen gerne ihre Geschichten.«

»Ja, ein Pädagoge ist genau der richtige Mann für eine so große Aufgabe«, pflichtete ich seiner Selbstbelobigung bei. »Sachkenntnis und Anerkennung – das sind die unerlässlichen Grundlagen für das Gelingen eines solchen Projekts.« Das runzlige Gesicht vor mir strahlte, ich hielt den Zeitpunkt für passend, jetzt mein Anliegen vorzubringen. »Herr Dr. Erdmann, ich bin hier, um diese Chronik bei Ihnen käuflich zu erwerben. Man hat mir gesagt, Sie seien der einzige, der möglicherweise noch einige dieser Bändchen besitzen könnte.«

»Nein, leider nein«, kraftlos hob er die Hand als Zeichen seines Bedauerns, »ich verfüge nur noch über mein eigenes Exemplar, alles andere wurde damals verkauft. Schon am Tag des Jubiläums war alles weg.« Die Freude über diesen Erfolg und die damit verbundene Würdigung seiner Arbeit standen ihm ins Gesicht geschrieben; wenn er noch dazu in der Lage gewesen wäre, hätte er sich jetzt bestimmt auf die eigene Schulter geklopft. »Doch wenn Sie wollen, leihe ich

Ihnen meine Chronik. Sie müssen aber versprechen, sie mir wieder zurückzubringen.«

»Herr Dr. Erdmann, ich bitte Sie, das ist doch selbstverständlich.« Ich staunte, wie schnell und mühelos ich mein Ziel erreicht hatte. Vielleicht war es ja dieser allzu leichte Erfolg, der mich die selbstauferlegten Spielregeln, vorsichtig zu agieren, vergessen ließ. Der Alte war schon dabei, den Rollstuhl zu drehen, um das Chronikexemplar zu holen, als ich ihn, einer spontanen Eingebung folgend, mit einer Frage zurückhielt. »Da Sie über alles Vergangene so gut Bescheid wissen, können Sie mir bestimmt auch etwas über 1994 berichten. Ich habe vage von einem gravierenden Vorfall reden hören, der sich in diesem Jahr hier im Ort ereignet haben soll. Ist da etwas dran?«

Obwohl er sich kaum bewegte, war der Schrecken unübersehbar, der den ausgemergelten Körper durchfuhr. »Was sagen Sie da? Ich verstehe nicht, wovon Sie sprechen«, versuchte der ehemalige Pädagoge, Zeit zu gewinnen. Dann, plötzlich und unerwartet heftig, setzte er den Rollstuhl zurück und griff nach der Türklinke.

»Warten Sie«, rief ich, als ich sah, was er vorhatte, »was ist mit der Chronik? Sie wollten mir doch ...«

»Bedaure, ich hatte vergessen, dass ich sie gar nicht mehr habe. Irgendjemand hat sie sich ausgeliehen. Guten Tag!« Mit einem Knall fiel die Tür vor mir ins Schloss.

Verblüfft stand ich einige Sekunden da, auch wütend auf mich, dass ich mich zu dieser Unvorsichtigkeit hatte hinreißen lassen. Ein Misserfolg also auf der ganzen Linie. Oder nein, widersprach ich mir selbst, zu etwas war mein Besuch hier doch gut. Bestätigte nicht die Reaktion des Alten, dass 1994 etwas von Gewicht und Bedeutung geschehen sein musste? Und dass in der Chronik darüber in irgendeiner Form berichtet wurde?

Ein Gedanke kam mir auf meinem Weg zurück zum Gasthof. Was, wenn die Jubiläumsfestschrift dort nicht zufällig dem Regal entnommen worden war, sondern einzig und allein in der Absicht, sie uns vorzuenthalten? Vielleicht gab es Leute, die trotz aller Vorsicht unsererseits bemerkt hatten, dass wir hinter den darin enthaltenen Informationen her waren. Wurde möglicherweise hier im Dorf ein Komplott gegen uns geschmiedet mit dem Zweck, zu verhindern, dass wir von den damaligen Ereignissen und dem Inhalt der Chronik Kenntnis bekamen?

Ich rechnete damit, das es einige Zeit dauern könnte, bis Franziska und Laura wieder zurückkämen. Also bestellte ich mir einen Tee, setzte mich mit einer Zeitschrift an die Theke und wartete.

Doch noch nicht einmal eine Viertelstunde war vergangen, als die Tür aufging und die Frauen hereinspaziert kamen, vorneweg Franziska. »Nichts«, fasste sie noch im Herankommen die Ergebnislosigkeit ihrer Unternehmung zusammen. »Informationstechnisch tote Hose, das Ganze. Richtiggehend abgeblockt hat der Kerl.« Enttäuscht wischte sie durch die Luft, dann begann sie zu erzählen: »Wir hatten uns gedacht, wir gehen erst einmal zum Schützenhaus, vielleicht treffen wir dort jemanden, den wir befragen können. Aber ein Schützenhaus oder etwas Ähnliches gibt es nicht in Seelentreu, dafür ist der Ort zu klein. Die haben hier eine Schießbahn – im Freien. Wir mussten ein bisschen laufen bis dorthin, vier-, fünfhundert Meter vielleicht. Die Anlage liegt in einem engen Tälchen am Ortsrand, eine kleine Bretterbude dient als Clubraum. Dort haben wir Martin getroffen.«

»Martin?«

»Das Faktotum des Schützenvereins, wie er sich selbst

bezeichnet. Ist vom Gründungsjahr an Mitglied, fungiert als Hausmeister, Zeugwart, macht alles, was im Verein an Arbeit anfällt.«

»Das ist doch genau der Richtige, so einer weiß doch, was damals abgelaufen ist.«

»Könnte man meinen«, brummelte meine Frau, »zu Beginn war er ja auch sehr gesprächsbereit, hat uns willig Auskunft gegeben. Da haben wir ihm allerdings auch nur unverfängliche Fragen gestellt.«

»Jetzt wissen wir zum Beispiel, dass der SV Edelweiß in der untersten Liga schießt und kurz vor dem Aufstieg in die nächsthöhere Klasse steht«, warf Laura spöttisch ein.

»Und was war dann?« Ich ahnte die Antwort.

»Irgendwann habe ich die Geduld verloren, hatte diese belanglose Fragerei und die Nullachtfünfzehnantworten satt.«

»Und da hast du ihn nach Robert, Philipp und 1994 gefragt, stimmt‘s?«

»Nun ja«, Franziska druckste herum, holte sich bei Laura Hilfe. »Du hattest doch auch den Eindruck, dass wir so nicht weiterkamen, oder?«

»Ja«, erhielt sie Unterstützung, »wir hätten noch bis zum Sanktnimmerleinstag Fragen stellen können und nur nichtssagende Antworten bekommen.«

»Also habe ich ihn gefragt, ob er wisse, was 1994 passiert ist.« Trotzig sah mich Franziska an, so als erwarte sie einen Rüffel von mir. Aber hatte ich ein Recht, sie zu tadeln? Hatte ich nicht gerade die gleiche Frage gestellt? Ich konnte und wollte ihr keinen Vorwurf machen. »Und was hat er geantwortet?«

»Nichts. Ab da ist er verstummt. Als ginge ein Rollladen runter und alles wird dunkel.«

»Geradezu feindselig ist der geworden«, ergänzte Laura, »hat uns regelrecht wegkomplimentiert.«

Ich erzählte nun von meiner Begegnung mit Dr. Erdmann. »Die Erfahrung, die ich dort gemacht habe, und das, was ihr an der Schießbahn erlebt habt, beweisen doch, dass wir richtig liegen mit unserer Annahme, 1994 sei etwas Entscheidendes geschehen.«

»Aber was?« Lauras Frage hing einige Augenblicke unbeantwortet in der Luft.

»Das werden wir aus der Chronik erfahren«, war ich mir sicher. Ich informierte sie über meinen Verdacht, es möglicherweise mit einem dörflichen Komplott zu tun zu haben, das darauf aus war, uns den Zugang zu der Festschrift zu verwehren. »Deshalb steht das Büchlein dort nicht mehr im Regal, deshalb haben euch dieser Martin und mir der alte Pädagoge ihre Hilfe verweigert. Aber das wird ihnen allen nichts nützen. Es gibt noch andere Wege, an die Chronik zu kommen.«

»Was hast du vor, Heinrich?«

»Ich fahre nach Heli, in die die Stadtbücherei. Die Wahrscheinlichkeit, dass dort die Chroniken der Stadtteile archiviert sind, ist groß. Ich bin überzeugt, da finde ich, was wir suchen.«

»Gute Idee«, stimmte mir Laura zu und auch Franziska war einverstanden. »Mach das, Heinrich, das klingt erfolgversprechend. Wann willst du dorthin?«

»Warum nicht gleich. Je früher wir dieses Bändchen in den Händen haben, desto besser.«

Nur eine Viertelstunde später saß ich im Auto, fuhr hinunter nach Quentel, dann nach Fürstenhagen und erreichte wenig später Hessisch Lichtenau. Im Rathaus erfuhr ich, dass die Bibliothek im Schulkomplex jenseits der Bundesstraße untergebracht war. Eine gute Idee, wie ich fand. Man konnte die Bücher nicht nahe genug an die Schüler heranbringen.

Der städtische Angestellte begann, seine Sachen zusammenzupacken, der Dienstschluss stand bevor.

Ich sah auf die Uhr, es war kurz vor vier. »Ist denn die Bücherei heute Nachmittag geöffnet?«, fragte ich in seine Aufbruchsbemühungen hinein.

»Warten Sie, ich sehe nach.« Er blätterte in einer Broschüre. »Nein, tut mir leid, heute Nachmittag ist zu. Aber morgen früh ab zehn macht sie wieder auf.« Er griff nach einer Aktentasche, es war offensichtlich, die gerade gegebene Auskunft war seine letzte Amtshandlung an diesem Tag gewesen. Nun würde er gehen.

Folgerichtig ging auch ich.

21

Am folgenden Morgen betrat ich pünktlich um zehn die Bücherei von Hessisch Lichtenau.

Die Leselust sowohl der Bürger als auch der Schüler war zu diesem Zeitpunkt augenscheinlich noch nicht geweckt, denn ich war der einzige Besucher.

Die Frau hinter der Ausgabetheke lächelte mir zu. Ich grüßte zu ihr hin, sah ihre Enttäuschung, als ich an ihr vorbei zu den Regalen ging, ohne ihre Hilfe in Anspruch genommen zu haben. Aber zunächst wollte ich selbst versuchen, die Chronik zu finden. Je weniger Leute von meinem Interesse dafür wussten, desto besser.

Langsam dahinschlendernd begann ich, die Beschriftungen der Buchrücken zu studieren, dabei spürte ich, wie mir die Augen der Büchereiangestellten auf meinem Weg folgten. Zwar gelang es mir, die Reihe mit den heimatkundlichen Abhandlungen zu entdecken, doch unter den vielen Herausgaben, die sich mit der Stadt und den umliegenden Dörfern befassten, konnte ich nichts finden, das den Ortsteil Seelentreu behandelte.

Falls sich die Frau gefragt haben sollte, nach was ich Ausschau hielt, erlöste ich sie nach einigem weiteren vergeblichen Suchen aus ihrer Ungewissheit. »Entschuldigung, können Sie mir helfen?«, trat ich auf sie zu und bewirkte, dass sie augenblicklich um den Tisch herumkam.

»Natürlich, dafür bin ich doch da. Was suchen Sie denn?«

»Etwas aus der Heimatecke«, gab ich Auskunft, »eine Festschrift des kleinen Dörfchens Seelentreu. Über andere Ortschaften und die Stadt gibt es genügend Literatur, aber ausgerechnet die Chronik von Seelentreu finde ich nicht im Regal.«

»Können Sie auch nicht«, tippte mich die freundliche Frau mit dem Finger an – es fehlte noch, dass sie »ätsch!« gesagt hätte - »das Büchlein ist nämlich ausgeliehen. Erst gestern war jemand hier und hat es mitgenommen.«

»Ach«, versuchte ich, unbeteiligt zu wirken. Doch ich nahm an, sie konnte mir ansehen, wie sehr mich diese Nachricht überraschte. »Das ist aber schade. Es gibt wohl kein zweites Exemplar?«

»Nein, nur dieses eine. Sie müssen sich schon gedulden, bis es zurückgegeben wird. Spätestens in drei Wochen ist es wieder da – es sei denn, die Ausleihfrist wird verlängert.«

»So lange kann ich nicht warten.« Mir kam ein Einfall. »Vielleicht könnte ich mich mit der Person, die die Chronik entliehen hat, in Verbindung setzen, könnte sie bitten, mich nur mal kurz hineinsehen zu lassen. Wenn Sie mir sagen könnten, wer ...?«

Augenblicklich verschwand das Lächeln aus ihrem Gesicht. Streng klang die Stimme, als sie mich belehrte: »Das kann ich natürlich nicht, die Daten unserer Benutzer sind selbstverständlich geschützt.«

Ich schoss ins Blaue. »Es war ein Seelentreuer, nicht wahr? Wer sonst hätte Interesse ...«

»Wenn Sie das also schon wissen, will ich‘s nicht abstreiten.«

Mir war klar, diese Hilfestellung war das Äußerste, zu dem sie bereit sein würde. Bei aller Liebenswürdigkeit, mehr als das durfte und würde sie nicht preisgeben. »Nun gut«, begnügte ich mich, »muss ich‘s vielleicht doch noch einmal später versuchen.« Ich verabschiedete mich, registrierte mit Freude, dass das anfängliche Lächeln wieder in ihr Gesicht zurückgefunden hatte, dann verließ ich das Schulgebäude.

Auf der Treppe zum Parkplatz hinauf blieb ich einen Augenblick stehen, drehte das Gesicht in den Wind und dachte über meinen Besuch in der Bücherei nach. Das, was ich dort wollte, hatte ich nicht erreicht. Noch immer hielt ich die Chronik nicht in den Händen, wusste auch weiterhin nicht, was sie uns über die Ereignisse vor über zwanzig Jahren enthüllen konnte. Immerhin hatte sich ein weiteres Mal die Brisanz ihres Inhalts bestätigt. Auch hier in Hessisch Lichtenau hatte man die Festschrift so rechtzeitig entfernt, dass wir keinen Einblick in sie nehmen konnten. Für einige Leute musste es immens viel bedeuten, die alte Geschichte zwischen ihren Seiten bewahrt zu sehen.

Entschlossen ging ich zum Auto. Es musste mir einfach gelingen, die Chronik in die Finger zu bekommen, ein derart verbreitetes Büchlein musste doch irgendwo zugänglich sein.

Ich öffnete die Wagentür, setzte mich ans Steuer und startete den Motor. Gerade wollte ich losfahren, hatte schon den Gang eingelegt, als das Handy neben mir klingelte. Das Display verriet, dass mich Franziska anrief. »Hallo, Liebes«, meldete ich mich.

»Heinrich, wo steckst du?« Der Ernst ihrer Stimme alarmierte mich.

»Ich bin noch in Hessisch Lichtenau, wollte aber jetzt gleich los zu euch. Ist etwas passiert?«

»Ja, komm schnellstens hierher.«

Schon wollte ich mich nach Näherem erkundigen, unterließ es dann aber, als mir die Dringlichkeit ihrer Aufforderung bewusst wurde. »Gut, ich bin schon unterwegs«, verlor ich keine Zeit mit Fragen.

Jetzt nahm ich doch die Waldwege, fuhr hinauf auf die Höhe von Günsterode und dann hinein in den Tannenforst. Bald schon tauchten die Häuser des Dorfes unter mir auf, in Serpentinen führte der Weg hinab in den Talkessel.

Ich parkte diesmal direkt vor dem Gasthof. Franziska schien am Fenster gestanden und meine Ankunft beobachtet zu haben. Ich war noch nicht ganz ausgestiegen, als sie schon aus dem Eingang auf mich zu kam. Laura folgte hinter ihr.

»Komm!« Sie fasste mich am Arm und führte mich um das Haus herum auf einen gepflasterten Hof, der, wie die darauf markierten Linien schließen ließen, als Parkfläche für die Gaststättenbesucher gedacht war.

Doch jetzt stand nur ein einziges Auto dort – ich erschrak, als ich darauf blickte.

»Wir haben es eben erst entdeckt. Ich habe dich danach

gleich angerufen«, informierte mich meine Frau. »Ist das nicht schrecklich?« Sie deutete auf unseren Wagen.

Ich nickte, fürs Erste hatte es mir die Sprache verschlagen. Stumm schaute ich auf die Reifen, alle vier quollen luftlos und platt unter den den Boden berührenden Felgen hervor. Nicht viel schöner war der Anblick der Windschutzscheibe, hunderte von Fäden liefen über das zertrümmerte Glas, ein Loch am rechten Rand war die einzige Stelle, durch die man noch hindurchsehen konnte.

Doch das Schlimmste sah ich erst, als mich Franziska um das Auto herumzog und auf die Beifahrertür zeigte. Hinter mir stöhnte Laura: »Mein Gott, wie entsetzlich – als hätte jemand mit Blut geschrieben.«

Die Buchstaben waren groß, fielen schon von Weitem ins Auge. Man hatte sie mit einer in der Tat blutroten Farbe auf den Lack gepinselt. Zwei Worte stand da, eine Drohung, die unmissverständlich war: »Verzieht euch!« Von den Kanten und Rundungen der Schrift waren kleine Farbrinnsale nach unten gelaufen, es sah wahrhaftig so aus, als liefe dort Blut herab. Angst erfasste mich, als ich begriff, dass dieser Effekt nicht zufällig war, dass er genauso und nicht anders beabsichtigt war mit dem Zweck, uns einzuschüchtern und vom Aufdecken der Wahrheit abzuhalten.

22

Flach lag mein Körper im warmen Wasser. Ich tat nichts, als mich hin und wieder daran zu erinnern, nichts zu tun. Es ist nicht leicht, Arme und Beine mit schlaffen Muskeln herunterhängen und sich einfach treiben zu lassen. Immer wieder ertappt man sich dabei, wie man korrigierend eingreift, wie man die Lage verändern und der Strömung entgegenwirken will. Gewohnt, Körper und Geist die Richtung vorzugeben, fällt es schwer, loszulassen und die Kontrolle aus der Hand zu geben. Mit dieser Übung haben die Menschen stets Probleme.

Aber genau deshalb war ich hier, um einmal gänzlich abzuschalten und für zwei, drei Stunden auszukuppeln aus der Geschichte, die inzwischen soviel Fahrt aufgenommen hatte. Schon früh am Morgen war ich in Oberhone aufgebrochen, wollte rechtzeitig in Karlshafen sein, um in aller Ruhe das dortige Thermalbad aufsuchen zu können. Ich brauchte eine Verschnaufpause nach dem gestrigen Tag in Seelentreu, einen Ort, an dem ich meine Kräfte wieder sammeln und auch Luft holen konnte vor der anstehenden Aufgabe in der Gartenstraße.

Also ließ ich mich treiben und tragen vom Salz der Solequelle und versuchte, nichts zu tun und nichts zu denken. Durch die Glaskuppel über der Schwimmhalle fiel blendender Sonnenschein in breiten Streifen auf die Becken. Ich machte die Augen zu, drehte den Kopf ins helle Licht und freute mich an dem roten Leuchten meines eigenen Blutes unter den geschlossenen Lidern.

Doch so sehr ich auch versuchte, die Erinnerungen an gestern auszublenden, die Bilder tauchten wieder auf, die

Gesichter Franziskas und Lauras, die Häuserreihen von Seelentreu, das Gasthaus, dahinter das kaputte Auto und der Abschleppwagen. Das Geschehen des Vortages ließ mich nicht los.

Ich musste eine abrupte Bewegung gemacht haben, jedenfalls bemerkte ich, dass ich ungewollt mit dem Arm den Körper eines neben mir Treibenden gestreift hatte. Dadurch in eine Schieflage geraten, tauchte ich mit Mund und Nase unter und schluckte gehörig Wasser. Prustend stieg ich aus dem Becken. Was für eine Illusion zu glauben, ich könnte mich aus der Geschichte so ohne Weiteres ausklinken – als brauchte ich nur einen Schalter umzulegen und damit basta.

Ich duschte mir das Salz vom Körper und trocknete mich ab. Dann streckte ich mich auf der Liege aus, senkte mit dem Druck meiner Arme den Kopfteil und kippte das Fußende hoch. Einige Augenblicke lag ich still, versuchte, die Ruhe ringsum in mich aufzunehmen. Aber wieder kamen die Gedanken an den gestrigen Tag, es war vergeblich, sie unterdrücken zu wollen. Also gab ich auf, mich dagegen zu wehren. Erneut schloss ich die Augen und ließ meinen Erinnerungen freien Lauf.

Es war vor allem das Bild des zerstörten Autos, das immer wieder herandrängte und mich mit Schrecken erfüllte. Dabei war es nicht der materielle Schaden, der mich entsetzte – das war eher ärgerlich wegen der damit verbundenen Mühen und Kosten -, nein, was mir zu schaffen machte, war die Erkenntnis, es mit einen Gegenüber zu tun zu haben, der uns mit roher Zerstörung begegnet war, der uns eine Gewalttätigkeit offenbart hatte, die mir und erst recht den Frauen völlig fremd war. Zwar kannten wir noch immer nicht die Identität unseres Kontrahenten, weder den Namen noch das Aussehen, aber seine brutale

Handschrift hatten wir kennengelernt – und die machte uns Angst.

Walter, der Wirt, war uns gestern in den Hof hinaus gefolgt, die Aufregung der Frauen war ihm nicht entgangen. Fassungslos wie wir hatte er mit uns vor dem demolierten und beschmierten Wagen gestanden. Aber mit all seiner richterlichen Erfahrung war ihm sehr schnell unser Dilemma klar geworden. »Was wollen Sie tun? Wollen Sie die Polizei rufen oder das Ganze in eigener Regie regeln?« Es war ihm anzusehen, dass er gerne eine Erklärung unsererseits zu dem Vorgefallenen gehört hätte; aber dann hatte er darauf verzichtet, uns mit Fragen zu bedrängen.

Einen Augenblick war ich unentschlossen gewesen, hatte kurz einen Blick mit den Frauen gewechselt und mich ihres Einverständnisses vergewissert. Dann hatte ich entschieden: »Wir lassen das Fahrzeug abschleppen, erst einmal auf eigene Kosten, später sehen wir weiter.«

Auf unserem Weg zurück in den Gastraum hatten wir die beiden alten Männer passiert, die im Hintereingang gestanden und das Geschehen mit, wie ich zu erkennen glaubte, unverhohlener Schadenfreude verfolgt hatten.

»Jetzt können wir alle Vorsicht sausen lassen und auf eine weitere Geheimhaltung verzichten«, war sich Franziska sicher gewesen, »die Dorfpost ist schon unterwegs.«

Tatsächlich, in die Alten war mit einem Mal Bewegung gekommen. Sie hatten sich erst gar nicht wieder hingesetzt, hatten gleich am Tresen bezahlt und die Gaststätte eilig verlassen. Bald würde jeder in Seelentreu wissen, welches Unglück den unerwünschten Fremden, so sahen uns wohl einige, widerfahren war.

»Am besten, ich rufe Dietmar an«, hatte ich vorgeschlagen, das Abschleppunternehmen des Freundes zu benachrichtigen. »Er wird die Sache diskret behandeln und den Wagen unauffällig mitnehmen.«

Doch noch eine Dreiviertelstunde sollte vergehen, bis der gelbe Kranwagen angerollt kam. Von einem unauffälligen Abtransport konnte zu diesem Zeitpunkt keine Rede mehr sein, denn das halbe Dorf hatte sich inzwischen auf dem Gaststättenhof versammelt. In Grüppchen hatten die Männer und Frauen dagestanden und dem Straffen des Stahlseils zugesehen, mit dem das ramponierte Fahrzeug auf die Ladefläche des Bergungs-LKWs gezogen worden war.

»Hast du denn Seelentreu gleich finden können?«, hatte ich von Dietmar wissen wollen.

»Nein, deshalb bin ich ja auch so spät dran. Zu diesem Minidorf zu kommen, ist alles andere als einfach. Und dann das enge Sträßchen; das ist für Spielzeugautos gebaut, aber nicht für einen Abschleppwagen.«

Ich hatte Dietmar angewiesen, den Wagen nach Eschwege zu fahren und ihn in dem Reparaturbetrieb oben am Hessenring abzustellen. Ich würde nachkommen und mit dem Werkstattbesitzer persönlich das Weitere besprechen. Auf seine Frage, was denn passiert sei, hatte ich ausweichend reagiert und ihn mit einer späteren Erklärung vertröstet.

Noch einmal waren wir in den Gastraum zurückgekehrt. Der Wirt war herangekommen, hatte sich an Franziska und Laura gewandt. »Ich hätte Verständnis, wenn Sie nach all dem hier abreisen wollen. Es tut mir schrecklich leid, dass so etwas meinen Gästen passieren musste.«

»Wenn Sie wollen, erzähle ich Ihnen ...«, hatte ich angesetzt, ihm eine Erklärung zu geben. Wenigstens in groben Zügen sollte er die Hintergründe des Geschehens draußen erfahren, das waren wir ihm schuldig.

Er aber hatte abgewehrt. »Dass die Damen nicht als erholungssuchende Touristen nach Seelentreu gekommen sind, war mir von Anfang an klar. Dafür haben sie allzu eifrig Informationen über den Ort und seine Bewohner gesammelt. Ob ich es will oder nicht, ich fange immer etwas hinter der Theke von den Gesprächen der Gäste auf.« Wie entschuldigend hatte er mit den Schultern gezuckt. »Man erfährt viel, tut aber gut daran, so zu tun, als wüsste man von nichts. Das ist nicht unvorteilhaft in einem kleinen Dorf wie Seelentreu – vor allem für einen Gastwirt, der auch noch in den kommenden Jahren hier wohnen und arbeiten will. Deshalb ziehe ich es vor, den neutralen Beobachter zu geben. In das, was Sie und das Dorf miteinander auszumachen haben, möchte ich nach Möglichkeit nicht verwickelt werden.« Noch einmal hob er die Schultern, sein Bedauern war ehrlich, sein Standpunkt nachvollziehbar.

Kurz nur hatten wir uns gestern beraten, waren uns schnell einig gewesen, die Zelte in Seelentreu abzubrechen. Die Lage war unberechenbar geworden, die Sicherheit der Frauen nach der gewaltsamen Aktion und vor allem dem Bekanntwerden unserer Absichten nicht mehr gewährleistet.

Der Wirt war offensichtlich der gleichen Meinung. »Ich glaube, es ist besser, wenn Sie das Dorf erst einmal verlassen. Obwohl«, bedauerte er galant, » Sie waren mit liebe Gäste, eine wahre Bereicherung meines Hauses. Ich würde mich freuen, Sie bald wieder hier bei mir begrüßen zu dürfen – wenn sich die Situation beruhigt hat und es die Umstände zulassen.«

Dann war ihm etwas eingefallen. Seine Hand hatte unter die Theke gegriffen und von dort ein in braunes Umschlagpapier gewickeltes Päckchen hervorgeholt. »Das ist für Sie, Frau Gavel.«

Verblüfft und erschrocken zugleich über die Aufdeckung ihres Namens hatte Laura das Hingereichte entgegengenommen.

»Aber woher wissen Sie ...?«

»Es steht darauf«, er hatte auf das Päckchen gezeigt. »Außerdem, ich war Richter ...« Sein Blick unter den hochgezogenen Brauen und das wissende Lächeln um den Mund hatten uns zu verstehen gegeben, dass ihm so schnell keiner etwas vormachen konnte.

»Wo haben Sie das her?«

Seine Antwort war einfach: »Als ich heute Morgen los wollte, um die Brötchen zu holen, habe ich es entdeckt. Es lag vor der Haustür.«

Gebannt hatte wir alle die in unsicheren Druckbuchstaben auf das Papier gemalte Schrift gelesen: »Für Frau Gavel« stand da geschrieben, ein Absender war nicht vermerkt.

Lauras Hände hatten gezittert, als sie das Papier aufgerissen und das Ausgepackte vor uns auf die Theke gelegt hatte. Es war die Chronik von Seelentreu, auf die wir starrten.

Walter war herangekommen. Flüchtig nur hatte sein Blick die vor uns liegende Festschrift gestreift. »Das ist nicht mein Exemplar«, war er sich sicher. »Bei meinem ist der Einband oben rechts beschädigt – dieses hier wirkt aber wie neu.« Nachdenklich hatte er auf das Büchlein geschaut. »Nun haben Sie also, was Sie gesucht haben.« Er war ans Fenster getreten, hatte kurz hinausgesehen. Sein Gesicht war voller Sorge, als er zu uns zurückkam. »Wenn ich Ihnen einen Rat geben darf. Nehmen Sie die Chronik mit und lesen Sie sie irgendwo unterwegs. Das Auto vor der Tür ist noch unversehrt, dafür habe ich gesorgt. Anna hält draußen Wache.« Fragend hatte er uns angeblickt. »Ich gehe davon aus, dass Sie noch immer nicht die Polizei rufen wollen?«

Wir hatten keinen Grund gesehen, unsere Meinung zu ändern.

»Na schön, dann sollten Sie zusehen, den Leuten hier keinen weiteren Angriffspunkt zu bieten. Sie sollten fahren, ehe sich noch etwas entlädt.«

Wir hatten jede Veranlassung, seinen Rat ernst zu nehmen. Wer, wenn nicht er, der ehemalige Richter, war in der Lage, die Tragweite des Vorgefallenen einzuschätzen und mögliche Folgen vorauszusehen. In Eile hatten die Frauen ihre Sachen zusammengepackt. Währenddessen bezahlte ich die Rechnung. Wenig später waren wir soweit, das Gasthaus zu verlassen.

Draußen hatten uns erneut die Dorfbewohner empfangen, sie waren noch immer nicht nach Hause gegangen. In den Gesichtern der meisten hatte ich einen Ausdruck von Genugtuung zu erkennen geglaubt, so als genösse man unseren überstürzten Aufbruch. Wieder war mir das Schweigen aufgefallen, mit dem man unseren Abgang begleitete.

Der Wirt war mit uns aus dem Haus getreten, hatte uns zum Wagen eskortiert. Anna, seine Küchenkraft, stand vorne am Auto und hielt die Leute im Auge.

Was hatten wir nur angerührt? Was in Bewegung gesetzt? Diese permanente Lautlosigkeit war nur schwer zu ertragen gewesen, diese stille Gegnerschaft, die uns weit mehr zu schaffen gemacht hatte, als eine offenen Aggression es vermocht hätte. Wie viel leichter war es, einen lautstarken Protest auszuhalten, eine direkte Anschuldigung oder auch die Aufforderung, uns zum Teufel zu scheren. Aber diese stumme Feindseligkeit gestern, diese kollektive Abwehr war an die Grenzen des Erträglichen gegangen. Schnell hatte ich den Frauen ins Auto geholfen, war eingestiegen und sofort losgefahren. Wir hatten die Blicke in unserem Rücken gespürt, es war, als schöbe man uns regelrecht aus dem Dorf.

Ein schmerzhaftes Kribbeln machte, dass ich mich aufrichtete, die Liege in die Sitzposition zurückkippte und die Arme senkrecht in die Luft hielt. Dabei bewegte ich die Finger, um das aufgestaute Blut wieder in Zirkulation zu bringen. Mir waren die Hände eingeschlafen, die ich während meiner gedanklichen Rückschau unter dem Kopf verschränkt hatte.

Aber ich war froh über diese Unterbrechung, die Bilder unseres gestrigen fluchtartigen Aufbruchs aus Seelentreu bedrückten mich noch heute. Denn es war eine Flucht gewesen, anders konnte man es nicht nennen. Nicht vor Hessisch Lichtenau hatten wir angehalten, zu stark war bei uns allen das Bedürfnis gewesen, eine räumliche Distanz zu dem Dorf zu schaffen. Obwohl die Chronik uns unter den Finger gebrannt hatte und das Verlangen übergroß war, sie sofort aufzublättern, hatten wir uns doch zurückgenommen und unsere Ungeduld beherrscht. Erst, als wir in Heli auf einer Bank in der Innenstadt nebeneinander saßen und uns, umspült vom geschäftigen Fußgängerstrom, sicher fühlten, hatte ich das Büchlein hervorgeholt und es Laura gereicht: »Hier, nimm du es, es ist an dich adressiert. Sieh nach, ob es einen Hinweis gibt, wo wir mit unserer Suche anfangen können.«

Doch dann hatten wir gar nicht zu suchen gebraucht. Denn kaum hatte Laura die Chronik ergriffen, hatte sie sich ohne ihr Zutun von selbst aufgeschlagen, dort, wo ein weißer unbeschriebener Zettel zwischen die Seite eingelegt war.

»Was mag das zu bedeuten haben?« Laura hatte die aufgeklappte Stelle genauer betrachtet. Ein Ausdruck der Verwunderung war auf ihrem Gesicht erschienen. Schließlich hatte sie mit dem Finger auf eine Textpassage gezeigt, die deutlich sichtbar mit einem Bleistiftkreuz gekennzeichnet war.

»Ob es das sein könnte?« Noch hatte ein leichter Zweifel in ihrer Stimme gelegen. »Hier hat jemand nicht nur die Seite, sondern auch einen Abschnitt markiert.«

»Aber wer tut das?« Franziska war verwirrt. »Das ganze Dorf ist damit beschäftigt, die Chronik vor uns zu verbergen, und hier legt sie uns jemand vor die Haustür, markiert sogar die Textstelle.«

»Nun«, ich hatte eine Deutung parat, »wahrscheinlich handelt es sich um dieselbe Person, die auch die SMS an Lauras Handy geschickt hat.«

»Aber deine Nummer, Laura, wer weiß die?«

»Jeder, der sie wissen will, sie steht frei zugänglich im Telefonbuch. Schließlich hatten wir ein Buchantiquariat mit vielen telefonischen Kontakten, da war es notwendig, immer erreichbar zu sein. Deshalb waren die Nummern unserer beider Mobiltelefone, Roberts und auch meines, im öffentlichen Fernsprechverzeichnis aufgeführt.«

»Da war es ja nicht schwer, sich zu bedienen«, hatte ich kommentiert, dann aber meine Neugier nicht mehr zügeln können. »Sollten wir jetzt nicht endlich lesen, was dort angekreuzt ist?«

»Ja, natürlich.« Laura hatte mir das Büchlein in die Hand gedrückt. »Am besten, du liest vor, Heiner. Du sitzt in der Mitte, da können wir beide mit hineinschauen.«

»Auf was wartest du, Heinrich«, Franziska war nun ebenfalls voller Ungeduld, »fang endlich an!«

Nur allzu bereitwillig war ich der Aufforderung meiner

Frau gefolgt, hatte die Chronik für beide gut einsehbar in halber Höhe vor mich gehalten. Der Tag war hell, ich konnte meine Brille stecken lassen, ich brauchte sie nicht, um das Gedruckte lesen zu können.

Beim Überfliegen des Textes war mir sofort klar geworden, das ich die Darstellung des 1991 gegründeten Schützenvereins vor mir hatte. Es waren nur wenige Sätze, die für uns, wenn überhaupt, von irgendeiner Bedeutung sein konnten, denn der Großteil des auf dieser Seite Zusammengetragenen bestand aus vereinsinternen Fakten wie Punktzahlrekorden, Auf- und Abstiegen der Schützenmannschaften sowie Meisterschaften und Pokalen, Dinge, die Außenstehende nun wirklich nicht interessierten. Nur ein kurzer Absatz befasste sich mit einem Geschehen, das sich deutlich von dem anderen unterschied. War es das, was man uns im Dorf unter allen Umständen hatte vorenthalten wollen?

Atemlos hatten die Frauen gelauscht, als ich zu lesen begann: *Ein trauriges Ereignis überschattete das sportlich so erfolgreiche Jahr 1994, tragisch und schockierend für uns alle, insbesondere deshalb, weil es in einem unmittelbaren Zusammenhang mit dem Höhepunkt des Vereinslebens, der Kür des Schützenkönigs, stand. Am 27. August, dem Tag nach dem Vogelschießen, hatten sich einige junge Männer aus der Schützengarde, unter ihnen der aktuelle Schützenkönig Robert Gavel, zu Fuß durch den Wald hinüber in das Nachbardorf Quentel aufgemacht, um dort auf der Kirmes den Schießerfolg des Vortages zu feiern. Auf dem nächtlichen Heimweg stürzte unser Schützenbruder Bernd Hellwig so unglücklich, dass er mit dem Kopf auf einen Felsen aufschlug und noch am Ort des Sturzes seinen Verletzungen erlag. Seine ihn begleitenden Schützenbrüder Robert und Philipp Gavel, Daniel Degenhardt, Peter Erdmann, Simon*

Geerk und Christian Roth werden ihm, ebenso wie wir, allzeit ein ehrendes Andenken bewahren.

Ich schreckte aus meinen Gedanken auf, als über mir plötzlich der Lautsprecher ertönte. Das Team der Wesertherme lud seine Badegäste zu einer kostenlosen Wassergymnastik ein. Ich schaute auf die Uhr. Es war höchste Zeit aufzubrechen, viel zu lang hatte ich in meinem Liegestuhl geträumt. Schließlich war ich hierhergekommen, um eine Aufgabe zu erledigen, von deren erfolgreichem Abschluss wir uns einiges versprachen, umso mehr, als uns das Lesen der Chronik gestern in einiger Verwirrung zurückgelassen hatte. Immer wieder hatten wir uns vergeblich gefragt, was Roberts und Philipps Anwesenheit beim Tod ihres Schützenbruders mit unserer Geschichte zu tun haben könnte. Aber bei allem Herumrätseln, wir hatten keine schlüssige Verbindung herstellen können.

Nun setzten wir alle Hoffnung auf das, was ich möglicherweise gleich in Roberts Arbeitszimmer entdecken könnte. Vielleicht fand sich ja dort eine Erklärung, wie die Brüder Gavel mit dem Tod Bernd Hellwigs verflochten waren.

Ich stand auf, erinnerte mich, was Laura mir über ihre Nachbarn gesagt hatte. Demnach dürfte Frau Paschulke jetzt gerade aus dem Haus gegangen sein, ich war mir sicher, von ihrem Kochseminar würde sie nicht eine Minute versäumen – und Herr Kullmann sollte, wenn sich nichts Unvorhergesehenes ereignet hatte, noch an seinem Arbeitsplatz sein. Freie Bahn also für mich, das Haus in der Gartenstraße aufzusuchen und zu betreten.

Ich packte meine Sachen zusammen und machte mich auf den Weg zu den Umkleidekabinen. Ein Kribbeln in der Magengegend verriet mir, dass das, was vor mir lag, eine durchaus knifflige Angelegenheit werden könnte.

23

Zunächst dachte ich daran, den Wagen schon weit vor der Gartenstraße abzustellen und mich zu Fuß dem Haus zu nähern. Dann aber verwarf ich die Idee. Ein Fußgänger war einfach zu auffällig, erregte weit mehr Aufmerksamkeit als ein vorbeifahrendes Auto. Auch war er den Blicken der Nachbarn ungeschützter ausgesetzt als ein Fahrer hinter spiegelnden Glasscheiben. Was, wenn Frau Paschulke heute ausnahmsweise nicht ihren Kochkurs besuchte, sondern mir stattdessen vom Garten her entgegensah und mich begrüßte? Dann würde ich unverrichteter Dinge wieder nach Hause zurückkehren müssen.

Also entschloss ich mich, erst einmal langsam mit dem Wagen am Haus vorbeizufahren und die Lage zu sondieren. Wenn alles ruhig und verlassen aussah, konnte ich versuchen, von der anderen Seite vorsichtig heranzugehen.

Wie schon bei meinen vorigen Besuchen in der Gartenstraße war auch diesmal kein Mensch im Freien zu sehen. Wie ausgestorben lagen die Häuser und Gärten da. Falls jemand am Morgen in irgendeiner Form draußen tätig gewesen sein sollte, war er jetzt jedenfalls schon wieder in seine Wohnung zurückgekehrt. Denn es war Mittag, Zeit zum Essen und zum Ruhen danach – eine ausgesprochen vorteilhafte Tageszeit also für mich und meine Unternehmung.

Langsam rollte ich vorbei am Haus von Robert und Laura Gavel. Mit einer Bedeutung, die ihm der Mord verliehen zu haben schien, schaute der spitze Giebel auf mich herunter. Nichts regte sich, nichts im Haus und nichts im Garten. Nichts deutete mehr darauf hin, dass hier die Polizei Untersuchungen durchgeführt hatte oder noch dabei war zu ermitteln. Keine Absperrbänder waren zu sehen, keine Versiegelungen, nirgends konnte ich ein Zutrittsverbot erkennen.

Im Haus nebenan war ebenfalls alles ruhig. Frau Paschulkes Erdgeschoss wirkte gleichermaßen verlassen wie der erste Stock des mähwütigen Herrn Kullmann, dem die Pflege des Rasens beider Häuser, wie ein Blick auf das kurzgeschnittenes Gras zeigte, noch immer ein Bedürfnis zu sein schien.

Ich fuhr, bis ich das Bahngebäude links unter mir liegen sah, dann stieg ich aus. Kurz blickte ich über den kleinen Gartenpark hinweg zu den Fenstern des ehemaligen Hotels, vielleicht in der Erwartung, Herrn Gierke dort auftauchen zu sehen. Aber niemand schaute herunter, auch der alte Schachspieler schien seine Siesta zu halten. Also schlenderte ich wie ein den Sommertag genießender Spaziergänger den Weg zurück, den ich gerade mit dem Auto gekommen war.

Noch war ich unschlüssig, wie ich am unauffälligsten in das Haus gelangen konnte. Es war anzunehmen, dass das Interesse der Bevölkerung an diesem Anwesen durch den Mord beträchtlich gestiegen war, sich die Aufmerksamkeit für jeden, der es betrat, erhöht hatte. Also hieß es, vorsichtig zu sein. Eine Bemerkung Frau Paschulkes fiel mir ein. Sie hatte von einer Pforte gesprochen, die die Gärten der beiden Grundstücke miteinander verband und es Herrn Kullmann ermöglichte, mit seinem Rasenmäher dem nachbarlichen Gras zu Leibe zu rücken. War das vielleicht die Lösung, wie ich die rückwärtige Haustür ungesehen erreichen konnte?

Kurz entschlossen bog ich von der Straße ab auf den Zugangsweg zum Haus Nummer 3. Ich passierte den Treppeneingang, folgte dem seitlichen Gebäudetrakt und betrat den hinteren Garten. Ein Jägerzaun trennte die beiden Grundstücke, eine Pforte in der Mitte erlaubte tatsächlich einen Durchgang. Dass sie unverschlossen war, merkte ich, als ich die Klinke herunterdrückte. Ich zwang mich, mit ruhigem Schritt über den Rasen und dann die Stufen hinunter zu dem von Laura beschriebenen Kellereingang zu gehen. Aus der Hosentasche holte ich den Schlüssel und öffnete. Schnell huschte ich ins Hausinnere, drückte hinter mir die Tür ins Schloss und lehnte mich erleichtert dagegen. Bis hierher war alles gutgegangen.

Ich schaute mich um, sah, dass ich mich in einem typischen Kellerraum befand: Einiges Gerümpel türmte sich in den Ecken, an den Wänden standen Regale, die mit Kistchen und allerlei Gegenständen vollgestopft waren. Ein runder Türbogen am anderen Ende des Raums ließ den Blick auf einige Steinstufen frei. Vorsichtig ging ich in die Richtung, erkannte, dass ich den Treppenaufgang zum Erdgeschoss vor mir hatte. Bevor ich jedoch die Stufen betrat, lauschte ich ins Haus hinauf. Nichts, kein Laut kam von oben. Still und düster lag das Treppenende über mir, offenbar schloss eine Tür den Keller vom Wohnbereich ab.

Behutsam bewegte ich mich aufwärts, fasste nach dem Handlauf, um nicht im Dunkeln zu stolpern. Schließlich erreichte ich den Türabschluss. Erneut blieb ich stehen, lauschte mit angehaltenem Atem, um auch das kleinste Geräusch wahrnehmen zu können, das die Anwesenheit eines Menschen im Haus verriet. Aber alles blieb ruhig.

Leise öffnete ich die Tür, trat aus dem Keller und begriff sofort, wo ich mich befand. Abgesehen davon, dass mir Laura genau beschrieben hatte, wo die Treppe endete, erkannte ich den Wohnungsflur wieder, denn nur wenige Tage vorher war ich in ihm dem entsetzlichen Geruch entgegengegangen, der mich zu der verwesenden Leiche geführt hatte. Unwillkürlich zog ich die Luft in die Nase. Ein bisschen modrig roch es auch jetzt, aber natürlich war das kein Vergleich zu dem infernalischen Gestank von damals.

Ich ersparte mir, noch einmal das Wohnzimmer und erst recht die Küche aufzusuchen. Alles andere als erpicht darauf, die schrecklichen Erinnerungen an den grausigen Fund wieder zu wecken, ging ich an der Tür vorbei bis zum Ende des Flurs, wo, wie ich von Laura erfahren hatte, das Arbeitszimmer ihres Mannes lag. Dort blieb ich stehen, holte noch einmal tief Luft, so wie es Taucher tun, die ins Unbekannte hinabstoßen und nicht wissen, was sie dort erwartet; dann betrat ich den Raum.

Hätte ich mir das Arbeitszimmer eines Antiquars vorstellen und meine Imagination beschreiben müssen – ich glaube, ich hätte es genau so beschrieben, wie ich es jetzt vor mir sah. Möglicherweise brauchen belesene Männer ja eine solche Atmosphäre gestapelten und aneinandergereihten Wissens, lassen sich von dem Geruch des Gedruckten und des Papiers inspirieren, von dem Zurückziehen in das dämmrige Dunkel, das die äußeren Sinne beruhigt und gleichzeitig die Lust weckt auf das Licht zwischen den Zeilen. Robert Gavel war da keine Ausnahme. Sein Arbeitszimmer glich einer Bibliothek, bis hoch an die Decke reichten die dichtgefüllten Buchregale. Eine kleine Stehleiter machte es möglich, auch die obersten Reihen zu erreichen. Der mächtige Schreibtisch in der Raummitte war, das hatte mir Laura verraten, aus Walnussholz, der braune Ledersessel in der Ecke eine Lieferung aus der Türkei.

Ich trat zu den Fenstern. Durch eines von ihnen waren Philipps Mörder eingestiegen. Ein Schauer überlief mich, als ich daran dachte. Rasch wandte ich mich wieder dem Zimmer zu.

Ich wusste, wo ich zu suchen hatte. Mit Lauras detaillierter Beschreibung würde es mir wohl keine Schwierigkeiten machen, Roberts Versteck zu finden. Ich nahm die Leiter, stellte sie vor die vom Eingang aus gesehen rechte Regalwand und stieg soweit hinauf, dass ich die vorletzte Bücherreihe gut einsehen konnte. »Im Mittelfach, ganz links, das zweite oder dritte«, war mir Ort und Positionierung genau bezeichnet worden. »Du wirst es sofort entdecken.« Auch den Titel hatte mir Laura genannt, mir das Aussehen des Buches beschrieben und mich dann in das Geheimnis des Verstecks eingeweiht. »Der vordere Deckel, das ist die Kammer, die Roberts Privates enthält. Wenn du's nicht weißt, wirst du den Hohlraum darin nicht erkennen. Der feine Klettverschluss ist für das bloße Auge kaum sichtbar. Du blickst darauf und merkst nicht, was du vor dir hast.«

Laura hatte Recht, es war leicht, das Gesuchte zu finden, aber als ich versuchte, danach zu fassen, konnte ich es mit der Hand nicht erreichen. Also verschob ich die Leiter und kletterte erneut hinauf. Jetzt hatte ich das Buch direkt vor mir. Es war ein Wälzer von einigen hundert Seiten, das merkte ich am Umfang, aber auch am Gewicht, als ich den dicken Band herausgezogen hatte und mit ihm die Leiter hinunterstieg.

Die blaue Vase mit den leuchtendgelben Sonnenblumen und der handgeschriebene Schriftzug Vincent zeigte mir, dass ich das richtige Buch in den Händen hielt. »Es ist eine Lebensbeschreibung van Goghs«, hatte mich Laura informiert. »Robert liebt seine Bilder über alles. So war es für ihn eine Herzensangelegenheit, seine persönlichen Dokumente dieser Biografie anzuvertrauen.«

Normalerweise hätte ich die ganzseitigen Farbtafeln, die an mehreren Stellen das Buch illustrierten, nicht so unbeachtet gelassen, denn auch ich liebte, wahrscheinlich mit nicht weniger Hingabe als Lauras Mann, das Werk des genialen Holländers. Aber im Moment war nicht der richtige Zeitpunkt für Kunstbetrachtung und -genuss, das Einzige, was mich jetzt interessierte, war, Roberts Versteck aufzuspüren.

Ich ging mit dem Buch ans Fenster, hielt seinen Einband so, dass das helle Mittagslicht schattenlos darauf fallen konnte. Sorgfältig betrachtete ich den Rand des vorderen Deckels, versuchte, eine Spur des Schließmechanismus zu entdecken. Aber so sehr ich mich anstrengte, ich fand nichts, was auf einen Klettverschluss hinwies. Erst als ich mit spitzen Fingern an dem Einband zog und schob, öffnete sich plötzlich mit einem hellen Ratschen ein schmaler Spalt und ließ den Blick in einen dahinterliegenden Hohlraum fallen. Ein loses Blatt war darin zu erkennen, gefaltet auf das Maß einer Buchseite, daneben lag ein hellbraunes Briefkuvert der gleichen Größe.

Ich brachte das Buch an den Schreibtisch, legte es dort ab. Während ich mich setzte, versuchte ich, meiner Erregung Herr zu werden. Was würde ich gleich zu lesen bekommen? Obwohl, einige Überwindung kostete es schon, in den intimen Angelegenheiten eines anderen Menschen herumzustöbern. Zwar hatte mich die Ehefrau dazu ermächtigt, mir alles, was ich in Roberts Versteck fand, anzusehen – es konnte ja etwas darunter sein, das eine sofortige Reaktion oder Entscheidung erforderlich machte -, aber ein mulmiges Gefühl blieb doch bei der Vorstellung, in Roberts Privatsphäre einzudringen.

Mit einem leichten Druck auf die Seitenränder des Buchdeckels erweiterte ich den Spalt gerade so viel, dass ich mit Daumen und Zeigefinger hineinfassen konnte. Vorsichtig zog ich das Papier heraus. Ein Foto lag zwischen dem gefalteten Blatt. Als ich es aufnahm, erkannte ich sofort, um was es sich handelte. Das gleiche Hochzeitsbild hatte ich damals in Elas Album gesehen. Auf die Rückseite der Aufnahme war eine Zeitungsanzeige geklebt. Darin gaben Philipp und Eleonora ihre Vermählung bekannt. Nichts war dazugeschrieben, kein handschriftlicher Gruß, kein persönliches Wort, das auf eine Verbesserung des zerstrittenen brüderlichen Verhältnisses hingewiesen hätte.

Ich schob das Foto beiseite, legte das Blatt vor mich hin und faltete es auseinander. Doch schon beim ersten flüchtigen Blick darauf wurde mir klar: Das, was dort geschrieben stand, hatte für unsere Sache keine Bedeutung, möglicherweise aber für den Antiquar, den das heimlich aufbewahrte Zeugnis seiner Kostbarkeit mit Stolz erfüllen mochte, denn es war die Expertise der Antikenabteilung eines renommierten Museums, die ein im Besitz Robert Gavels befindliches Buch als echt, alt und äußerst wertvoll eingestuft hatte.

Ich faltete den Bogen wieder zusammen, steckte ihn mit dem Foto in die Buchdeckeltasche zurück, dann griff ich nach dem Umschlag. Ich registrierte, dass die Lasche zugeklebt war, ich würde sie aufreißen müssen, wollte ich lesen, was er enthielt. Doch kaum hatte ich einen genauen Blick auf den Umschlag geworfen, wusste ich, auch ohne seinen Inhalt zu kennen, dass ich auf das gestoßen war, das zu finden ich erhofft hatte. Hier hielt ich in Händen, was die Einbrecher vergeblich gesucht hatten.

Auf der Vorderseite war ein Schriftzug zu lesen, drei quer über das Kuvert geschriebene Worte, dazu eine Zahl: »Damals im August 1994.« Und noch etwas anderes war seitlich mit Rotstift vermerkt: »Nur im Fall meines gewaltsamen Todes zu öffnen«.

Ich legte den Umschlag auf den Schreibtisch, schob ihn etwas zur Seite und lehnte mich zurück. Ich atmete tief, das Gewicht der Entscheidung, die ich treffen musste, lastete auf mir. »Nur im Fall meines gewaltsamen Todes zu öffnen«, Roberts Anweisung war unmissverständlich. An mir war es jetzt, darüber zu befinden, ob es sich um einen solchen Notfall handelte. War ich berechtigt, den Umschlag aufzumachen und das darin Verwahrte zu lesen? Doch zogen wir nicht ins Kalkül, dass Lauras Mann möglicherweise einem gewaltsamen Verbrechen zum Opfer gefallen war? Seit über einem Monat schon war Robert Gavel spurlos verschwunden. Auch wenn wir es vermieden, darüber zu sprechen, niemand von uns glaubte ernsthaft daran, dass er noch am Leben sein könnte. Selbst Laura rechnete mit dem Schlimmsten. Nein, jeder Zweifel war ausgeschlossen, dies hier war der von Robert angeführte Notfall, der ärgste, den man sich vorstellen konnte.

Entschlossen streckte ich die Hand aus, fasste den Umschlag und hielt erschrocken inne. Da war doch etwas? Ich glaubte, ein Geräusch gehört zu haben, so als hätte jemand etwas aufgestoßen oder aneinandergeschlagen. Irgendwo von unten aus der Tiefe des Hauses war es hier heraufgedrungen. Einen Moment war ich wie erstarrt, dann aber lief ich zur Tür und sah in den Flur hinaus. Nichts regte sich, während ich lauschte, ob sich das Geräusch wiederholte. Nur das Klopfen meines wild schlagenden Herzens war zu hören. Aber dann, mit einem Mal, stockte mir der Atem. In der Öffnung, dort, wo die Treppe hinab in den Keller führte, erschien ein Fuß, ein Bein schob sich hinterher, dann die Gestalt eines Mannes. Schnell sprang ich zurück ins Zimmer, schloss die Tür lautlos hinter mir.

Wie angewurzelt blieb ich einen Moment stehen, völlig

überrascht von der unerwarteten Situation. Doch dann begriff ich, dass mir nur wenige Sekunden bleiben würden, die Spuren meines Besuchs hier zu beseitigen. Schnell ging ich zum Schreibtisch und nahm das Buch. Mit den Fingern presste ich den Klettverschluss zusammen, kletterte hastig die Stehleiter hinauf und stellte die Biografie wieder an ihren alten Platz. Noch im Hinuntersteigen sah ich mich nach einem Versteck um, das mich vor den Blicken des Herankommenden verbergen konnte – denn dass der Mann auf das Arbeitszimmer zukam, verrieten seine sich nähernden Schritte nur allzu deutlich.

Die Sorte Unterschlupf, die sich, dazu noch immer im richtigen Augenblick, den Flüchtenden in Kriminalromanen anbietet - bodenlange Vorhänge oder meterhohe Kleiderschränke -, gab es nicht in diesem Raum. Die einzige Möglichkeit, sich vor einem Eintretenden zu verbergen, war die Ecke, die das Regal mit der Außenwand des Zimmers bildete. Dort würde ich mich zumindest seinem ersten Blick entziehen können. Was aber, wenn die Person ans Fenster kam? Von dort musste sie mich unweigerlich sehen.

Doch mir blieb keine Wahl, der Mann konnte jeden Augenblick hier sein. Ich fasste die Leiter, zog sie weg vom Regal in die Mitte des Zimmers, dann schlüpfte ich in den schmalen Raum zwischen Wand und Büchern - gerade noch rechtzeitig, bevor sich die Tür öffnete und der Mann hereinkam. Er schien sich seiner alleinigen Anwesenheit im Haus sicher zu sein, denn sein Eintritt war alles andere als geräuschlos und heimlich. Auch schien er genau zu wissen, was er im Arbeitszimmer wollte. Ohne zu zögern und auch ohne sich zu meiner Erleichterung weiter umzusehen, platzierte er die Leiter an der gleichen Stelle, an der sie noch vor wenigen Augenblicken gestanden hatte. Ich hörte, wie er die Trittstufen hinaufstieg. Jetzt glaubte ich, einen Blick wagen zu können, denn ich erwartete, dass er mir den Rücken zuwandte. Also schob ich den Kopf um das Regalbrett herum und sah, dass ich mich nicht getäuscht hatte. Das Gesicht auf die gegenüberliegende Regalwand gerichtet, stand der Mann ganz oben auf der Leiter. Volles, langes Haar berührte kräftige Schultern, irgendwie kam mir der gedrungene Körperbau bekannt vor. Und dann, beim Drehen des Kopfes, als er mit den Augen die Bücherreihe durchging und mir dabei seine Halbprofil zeigte, wusste ich, wo ich diesen Menschen gesehen hatte. Das Bild von gestern kam mir vor Augen, die Gruppe von Männern, die vom Rand des Hofs dem Abschleppen des Autos zugesehen hatte. Dieser Mann dort auf der Leiter war einer von ihnen gewesen. Das lange Haar und die gedrängte Gestalt hatten sich mir eingeprägt. Später hatte ich ihn noch einmal gesehen, bei unserem fluchtartigen Aufbruch aus Seelentreu, den er mit lauerndem Blick verfolgt hatte.

Jetzt also war er hier, und was er hier suchte, war offensichtlich. Seine Finger tasteten über die Rücken der Bücher, als könne ihre Berührung ihm nähere Auskunft über sie geben. Dann plötzlich verharrte die Hand, griff nach dem Band, auf dem sie lag, und zog ihn heraus. Es wunderte mich nicht, als ich ihn den Vincent mit den Sonnenblumen hochhalten sah.

Hier also holte man nach, was an dem Tag, als Philipp starb, nicht gelungen war. Damals hatte man wohl blind herumsuchen müssen und deshalb nichts gefunden. Dieser Mann hier, das war unübersehbar, wusste genau, wo und nach was er suchen musste.

Ich umklammerte den Umschlag, dankbar, ihn aus dem Buch genommen zu haben. Die Hand, die ihn hielt, verbarg ich auf dem Rücken. Dann kam ich aus meiner Deckung – eine eselsgroße Dummheit, wie sich später herausstellen sollte.

War es das plötzlich hochkommende Bedürfnis, jetzt und hier erfahren zu wollen, wer hinter dem Ganzen steckte, oder eher die Verbundenheit mit Laura, von der ich mich zu dieser unüberlegten Aktion gegen den Eindringling in ihr Haus hinreißen ließ – jedenfalls trat ich zwei, drei Schritte in den Raum hinein und baute mich vor der Leiter auf. »Was machen Sie hier!?«, fuhr ich den Mann von unten her an. Nicht, dass ich mich wirklich fragte, was er hier tat, das Buch in seiner Hand verriet, weswegen er gekommen war, aber irgendwie musste ich meiner Empörung Luft machen.

Der Kopf des Langhaarigen fuhr herum, geweitete Augen starrten mich an. Der vor Verblüffung halboffene Mund formte ein kaum verständliches »Sie?«.

Doch die Lähmung dauerte nur einen Augenblick, plötzlich kam Bewegung in den Mann. Mit einem Sprung löste er sich aus der Erstarrung, stieß dabei die Leiter um. Stolpernd kam er wieder auf die Beine, griff nach dem Buch, das ihm aus der Hand gefallen war, und rannte aus dem Zimmer.

Einen Moment stand ich, überrumpelt von der schnellen Flucht, unbeweglich da, unfähig, mich zu rühren oder hinterherzulaufen. Als ich mich dann endlich entschloss, die Verfolgung aufzunehmen, musste ich schon an der Tür die Zwecklosigkeit meiner Absicht erkennen, denn gerade verschwand der Flüchtige im Zugang zum Keller. Ihn jetzt noch einzuholen, war unmöglich, abgesehen davon, dass ein solches Vorhaben auch gefährlich werden konnte. Schnell ging ich zum Fenster, sah eben noch, wie der Mann über den Rasen lief und zur Straße hin verschwand.

Ich zwang mich zur Ruhe, versuchte, die Gedanken

zu ordnen. Was war da gerade geschehen? Ich musste den Kopf schütteln über den unglaublichen Zufall, der soeben den Mann aus Seelentreu und mich hier zusammengeführt hatte. Beide waren wir mit derselben Absicht in dieses Haus gekommen, am selben Tag, nahezu zur selben Zeit, waren beide durch die Hintertür hineingelangt – aber einen entscheidenden Unterschied gab es zwischen uns: Ich hielt das, was ich gesucht hatte, tatsächlich in der Hand – er glaubte nur, es in seinem Besitz zu haben. Ich konnte mir sein Erschrecken, seine Enttäuschung oder auch Wut gut vorstellen, wenn er den Buchverschluss öffnete und dort lediglich das Blatt mit der Expertise und das Foto fand.

Doch noch im gleichen Moment wurde mir etwas anderes klar: Der Mann, und auch die Leute, die mit ihm unter einer Decke steckten, würden nicht eine Sekunde Zweifel daran haben, dass ich es war, der ihnen das Gesuchte vor der Nase weggeschnappt hatte. Die Tatsache, dass ich mich zu erkennen gegeben hatte, machte mich ab sofort zu einer Person, der es die dem Versteck entnommenen Papiere wieder abzunehmen galt. Erschrocken sah ich hinaus auf den Flur, als fürchtete ich, der Mann habe die Unvollständigkeit seiner Beute schon bemerkt und kehrte bereits zurück, mir das Fehlende zu entreißen. Dass diese Leute nicht zimperlich waren in der Wahl ihrer Mittel, davon zeugte Philipps Tod und auch die gestrige Erfahrung mit unserem Auto. Ich musste verschwinden, so schnell es ging. Je länger ich in diesem Haus blieb, desto größer war die Gefahr, hier noch von dem Zurückkehrenden überrascht zu werden. Ich hob die umgestürzte Leiter auf, rückte den Schreibtisch zurecht, dann verließ ich das Arbeitszimmer. Den Umschlag mit Roberts Bericht hatte ich mir ins Hemd gesteckt, niemand sollte erkennen können, das ich etwas bei mir trug.

Mit einem Gefühl des Unbehagens stieg ich die dunkle Kellertreppe hinunter. Die hintere Eingangstür stand einen Spalt offen, Tageslicht fiel herein. Ich sah, dass der Zugang gewaltsam geöffnet, das Schloss aus seiner Verschraubung herausgebrochen war. Das also war das Geräusch gewesen, das ich oben im Arbeitszimmer gehört hatte.

Soweit es ging, zog ich die Tür hinter mir zu, dann schlich ich über den Rasen hinüber zum Nachbargrundstück. Kurz darauf war ich bei meinem Wagen.

Erleichtert setzte ich mich hinters Steuer und startete sofort. Zügig überquerte ich die Weserbrücke und verließ die Stadt. Ich war entschlossen, durchzufahren, nicht eher anzuhalten, bis ich Oberhone und mein Haus erreicht hatte. Der Umschlag lag neben mir auf dem Beifahrersitz. Bei aller Ungeduld, ich musste mich damit abfinden, ihn später zu lesen, am besten zusammen mit den Frauen, die ja genauso brennend daran interessiert waren wie ich. Jetzt war es vorrangig, erst einmal ein paar Kilometer hinter mich zu bringen und mich einer möglicherweise gefährlichen Konfrontation zu entziehen.

Wie prüfend tastete ich nach dem braunen Kuvert, nahm es auf und wog es zwischen den Fingern. Kaum spürte ich die wenigen Gramm, die ich in der Hand hielt – und doch, welches Gewicht musste sein Inhalt für einige Menschen haben.

Ohne, dass ich es merkte, beschleunigte ich das Tempo. Die Erwartung, das noch Verschlossene offen zu sehen und endlich zu erfahren, um was es ging, trieb mich. Für die Schönheit des Flusstals hatte ich jetzt keinen Blick.

24

Franziska kam mir eiligen Schrittes entgegen, als ich auf den Hof unseres Hauses fuhr. Hinten am Gartenteich stand Laura und verfolgte meine Ankunft. Sie wohnte jetzt bei uns. Wir hatten darauf bestanden, dass sie mit uns nach Oberhone kam. In der Zeit, in der wir gemeinsam mit der Aufklärung von Roberts Verschwinden beschäftigt waren, wollten wir eng beieinander sein. Außerdem, die Ereignisse von Seelentreu hatten uns zusammengeschweißt, wir verstanden uns gut. Aus Franziska und Laura waren Freundinnen geworden.

Ich stieg aus und hielt den Umschlag hoch. Ich schwenkte ihn so, dass auch Laura ihn sehen konnte. »Hier«, triumphierte ich laut, »das haben wir gesucht, und ich hab's gefunden.«

»Angeber«, wies mich Franziska zurecht und streckte die Hand nach dem Kuvert aus.

»Nein.« Ich entzog es ihrem Zugriff. »Roberts Frau soll es zuerst lesen.« Inzwischen war Laura über den Rasen herangekommen, ich reichte ihr den Umschlag. »Du solltest bestimmen, was hiermit wird. Schließlich hat es dein Mann geschrieben, und es ist möglicherweise etwas sehr Privates. Am besten, wir lassen dich erst einmal damit allein.«

Ich holte meine Badetasche aus dem Auto und fasste Franziska am Arm. »Komm«, forderte ich sie auf, »koch uns einen Kaffee. Ich hänge inzwischen die nassen Sachen auf. Danach treffen wird uns am Teich. Ihr sollt doch erfahren, was ich in Karlshafen erlebt habe.«

Zehn Minuten später traten wir wieder aus dem Haus,

Franziska trug das Tablett mit den Tassen, Tellern und dem Gebäck, ich die Kanne. Meine Frau stieß mich an und deutete auf Laura, die wie versteinert in ihrem Stuhl saß und auf die seerosenbedeckte Wasserfläche starrte. Die Hände mit den beschriebenen Blättern waren ihr in den Schoß gesunken.

Während wir herantraten und das Geschirr auf dem Tisch verteilten, sah mich Franziska an und hob die Augenbrauen. »Ich glaube, Heinrich, du solltest uns jetzt erst einmal berichten, wie du in das Haus gekommen bist und das Versteck gefunden hast.« Es war offensichtlich, sie wollte Laura Zeit geben, das Gelesene zu verarbeiten. Auch sollte sie in Ruhe die Entscheidung treffen, ob sie uns einweihen wollte in das, was Robert geschrieben hatte, oder nicht.

Franziska goss den Kaffee ein und reichte den Gebäckteller herum. Laura hatte sich inzwischen aus der Erstarrung gelöst. Auffordernd sah sie mich an. Sie schien dankbar über den Vorschlag und den Zeitaufschub, den er ihr gewährte. »Ja, Heiner, das möchte ich jetzt auch wissen, wie ist es dir in unserem Haus ergangen?«

Also erzählte ich von meinem Abenteuer in der Gartenstraße, dem unbemerkten Eintritt über die Hintertür und dem problemlosen Auffinden des Vincent-Buches.

»Ein Bild von Philipp und Ela«, sinnierte Laura, als ich vom Inhalt der Buchdeckeltasche berichtete, »warum nur hat mir Robert nicht von seinem Bruder und seinen Verwandten erzählt.« Erneut verlor sich ihr Auge im erdbraunen Teichwasser. Ich wartete, bis ihr Blick wieder zu mir zurückkehrte, dann schilderte ich meine Begegnung mit dem Mann aus Seelentreu, bekannte meinen Leichtsinn, mich ihm gezeigt zu haben. »Wenn er und seine Kumpels wirklich so hinter den Papieren Roberts her sind, wie es den Anschein hat, dann wird es ihnen ein Leichtes sein, der Spur hierher nach Oberhone zu folgen. Immerhin hat das Auto mit dem Eschweger Nummernschild lange genug in Seelentreu gestanden. Es dürfte nicht schwer sein, die Anschrift des Halters ausfindig zu machen.«

»Mein Gott, soll das heißen, diese Leute könnten hier auftauchen? Könnten versuchen, uns gewaltsam Roberts Schreiben wegzunehmen?«

Nickend räumte ich diese Möglichkeit ein. Erneut verfluchte ich die bodenlose Fahrlässigkeit meines unbedachten Handelns. Wenn uns das nun tatsächlich alle in Gefahr brachte?

Franziskas schüttelte den Kopf, sie hatte Schwierigkeiten, das zu glauben. »Was steht denn da so Schwerwiegendes drin?«, deutete sie auf die Papierbögen in Lauras Händen. »Scheint verdammt wichtig für die Leute zu sein, ihren Inhalt kennenzulernen.«

»Ich glaube nicht, dass sie das hier kennenlernen müssen«, Laura klopfte mit den Fingern auf das Papier, »das, was hier steht, kennen sie bereits aus eigener Erfahrung, denn sie haben es selbst erlebt. Nein, sie wollen einzig und allein verhindern, dass andere das hier Beschriebene in die Hände bekommen.«

»Andere? Also wir?«, schloss Franziska und erschauerte. »Scheußlicher Gedanke, es könnte jemand auf etwas aus sein, das sich in unserem Haus befindet.«

»Das ist noch das am wenigsten Furchterregende«, sprach ich aus, was mich beschäftigte, »wesentlich schlimmer ist es, wenn jemand auf das aus wäre, was wir in unseren Köpfen gespeichert haben ...« Ich ließ die sich daraus ergebende Konsequenz offen, doch die entsetzten Gesichter der Frauen verrieten, dass sie verstanden hatten, was ich andeuten wollte.

Abrupt erhob sich Laura. Ihre Hand griff nach dem Umschlag auf dem Tisch. »Nein, unter diesen Umständen solltet ihr nichts von dem hier erfahren. Ich kann nicht zulassen, dass euch Roberts und meine Geschichte mehr noch in Gefahr bringt, als sie es bisher schon getan hat.« Sie schob die Blätter in den Umschlag zurück.

Ich legte meine Hand auf ihren Arm. »Laura, deine Rücksichtnahme in allen Ehren, aber wem soll sie nützen? Ob du uns nun das hier jetzt zum Lesen gibst oder nicht, ist für unsere aktuelle Gefährdung unerheblich. Die Leute gehen doch davon aus, dass zumindest ich als der Finder des Umschlags von seinem Inhalt weiß. Ganz sicher rechnen sie auch damit, dass ich euch die Papiere zum Lesen weitergegeben habe. Wie sollten sie also wissen, dass wir den Bericht gar nicht gelesen haben. Oder meinst du, Franziska und ich sollten mit einem Schild vor der Brust herumlaufen: ‚Wir kennen Robert Gavels Notizen nicht, bitte verschont uns'?« Ein Lächeln erschien kurz auf Lauras Gesicht, verschwand aber wieder so schnell, wie es gekommen war. »Wir haben volles Verständnis, wenn du uns die Blätter vorenthältst, vielleicht gehen sie ja wirklich nur dich und deinen Mann etwas an. Was ich dir gerade nur klarmachen wollte, ist, dass jede Rücksichtnahme auf uns überflüssig ist, denn sie bewirkt nichts.«

»Ja, Heinrich hat Recht«, schloss sich mir Franziska an. »Natürlich bin ich neugierig zu erfahren, was sich damals in Seelentreu abgespielt hat, aber die Entscheidung, ob du uns mitlesen lässt, liegt selbstverständlich alleine bei dir. Unsere Sicherheit hängt jedenfalls nicht davon ab, dass wir den Inhalt nicht kennen.« Franziska beugte sich vor, ihre Stimme hatte einen ernsten Klang angenommen, eindringlich beschwor sie uns: »Es sollte jetzt für uns alle Vorrang haben, diese Geschichte zum Abschluss zu bringen. Das, was sich um uns herum abspielt, geht inzwischen über das Unterhaltsame hinaus. Die Welle, die wir ausgelöst haben, droht, über uns hinweg zu rollen. Mich zumindest belastet das zunehmend, sowohl psychisch als auch physisch.«

Lauras Augen waren auf einen Punkt irgendwo in der Ferne gerichtet. Noch zögerte sie. Dann, in einer schnellen Bewegung, drehte sie den Kopf und sah uns an. »Natürlich, was ihr sagt, ist richtig. Unsere Gegner werden so oder so davon überzeugt sein, dass ihr über den Inhalt Bescheid wisst. Also solltet ihr ihn auch kennen. Und was deinen Wunsch nach einem Abschluss der Geschichte betrifft, Franziska – wenn du Roberts Bericht gelesen hast, wirst du wissen, dass wir dem Ende sehr nahe sind.«

Laura legte den Umschlag auf den Tisch. »Lest Roberts fürchterliches Zeugnis in Ruhe, ihr werdet Kraft dazu brauchen. Ich mache in der Zwischenzeit ein paar Schritte durch die Felder. Die Stille dort wird mir hoffentlich etwas von meinem Gleichgewicht zurückgeben.«

Wir sahen Laura nach, warteten, bis sie hinter einer Buschreihe aus unserem Blickfeld verschwand, dann griff ich nach dem Umschlag. Ich zog die Papiere heraus.

»Soll ich?«, fragend sah ich Franziska an und hielt das Beschriebene hoch.

»Ja, lies vor, Heinrich. Ich fürchte, die Lektüre wird uns einiges abverlangen. Ich weiß gar nicht, ob ich selbst imstande wäre, sie zu lesen. Also bitte, lies du.«

Ich faltete die Blätter auseinander. Franziska goss noch einmal die Kaffeetassen voll, ihre Hände waren unsicher. Die Angst vor dem, was sie jetzt hören sollte, war ihr bei aller Gefasstheit, die sie zur Schau stellte, anzusehen. Mir ging es nicht anders. Das, was ich in diesem Augenblick fühlte, war anderer Art als die Gelassenheit, die ich vorgab.

Drei Doppelbögen hielt ich in der Hand, elf Seiten davon waren beschrieben. Groß und gut leserlich waren die Worte mit einem Tintenschreiber auf das Papier gebracht. Der Wechsel in der Rhythmik der Buchstaben, die häufigen Änderungen im Schwung und der Steilheit des Auf- und Abstrichs verrieten die Emotionen, mit denen der Verfasser während des Schreibens zu kämpfen hatte.

Ich räusperte mich, meine Stimme war belegt, ein Gefühl von Beklemmung lag auf meiner Brust angesichts dessen, was mich nun erwartete. Dann begann ich vorzulesen:

Was ist das, was ich hier tue? Warum schreibe ich das auf? Das Einfachste wäre zu sagen, mein Gewissen zwingt mich dazu. Aber ist es nicht eher eine Anklage gegen mich selbst und mein damaliges Tun, eine Art Sühne, die ich mir dadurch auferlege, dass ich das Entsetzliche beim Schreiben noch einmal durchleben muss? Ich glaube nicht, dass ich irgendetwas rechtfertigen will, denn es gibt nichts, was unser abscheuliches Handeln jemals rechtfertigen könnte. Erklärungen, wie es dazu kommen konnte, wird man möglicherweise einige finden, aber darunter ist nicht eine, die uns aus der Schuld entlässt, die wir in dieser Nacht auf uns geladen haben.

Dabei begann alles so unbeschwert fröhlich, wie es eben zugeht, wenn junge Leute zusammenkommen, um zu feiern. Und wir hatten allen Grund zum Feiern, denn am Tag zuvor war es mir gelungen, den Vogel von der Stange zu schießen und damit zum Schützenkönig gekürt zu werden. Eigentlich gehörten ich und mein Bruder Philipp im August 1994 schon gar nicht mehr zum Dorf. Zwar hatten wir seit dem frühen Unfalltod der Eltern einige Jahre dort bei den Großeltern gelebt, hatten aber nach deren Ableben Seelentreu schnell den Rücken gekehrt. Studium und Beruf hatten uns in die Stadt gezogen. Lediglich einen Teil der Sommer verbrachten wir noch im Dörfchen, wohnten in dieser Zeit auf Gideron in dem kleinen Häuschen, das uns der Großvater hinterlassen hatte. Zu den Schützen bestand allerdings unverändert eine enge Verbindung, schließlich gehörten wir, mein Bruder und ich, zu den Gründungsmitgliedern des Vereins. Deshalb waren wir stets gern gesehene Gäste beim Vogelschießen.

Jung wie wir waren – keiner von uns war älter als dreißig -, gaben wir uns natürlich mit nur einer Schützenkönigsfeier nicht zufrieden. Auch wenn das sich an den Vogelschuss anschließende Schützenfest feuchtfröhlich im gemeinsamen dörflichen Beieinander gewesen war und erst spät geendet hatte, die Feierlaune war bei uns am Tag danach noch ungebrochen. Und als dann jemand ansprach, dass heute in Quentel die Kirmes eröffnet wurde, war die Fortsetzung der Feierlichkeiten dort beschlossene Sache.

Gekräftigt durch einen ausgiebigen Schlaf bis in den Tag hinein, machten wir uns also am frühen Abend auf den Weg hinüber in den Nachbarort, um meinen Schießtriumph ein zweites Mal zu feiern. Wir waren beschwingt und voller Übermut und freuten uns auf die bevorstehende Tanzveranstaltung. Vor allem auch deshalb, weil Löwenmäulchen uns begleitete. Das gab unserem Ausflug den besonderen Kick, auch einen Anflug von Verwerflichkeit und dazu noch die Aussicht, mit Vergnügungen bedacht zu werden, die über das Schwingen des Tanzbeins hinaus gingen.

Natürlich ahnten wir, dass Löwenmäulchen sich möglicherweise mit mehreren von uns abgab. Sie war so und es machte uns nichts aus - zumindest bildeten wir uns das ein. Mit ihren siebzehn Jahren war sie fraulicher als jede Frau, die wir kannten, und sie war mit allem ausgestattet, was einen Mann um seinen Verstand bringen konnte. Auch wenn wir gerade erst zu Männern gereift waren, wir steckten voller Hormone und ließen uns nur allzu bereitwillig und gerne von ihr aus der Fassung bringen. Um es deutlich zu sagen, wir alle waren ihr restlos verfallen. Jeden Wunsch hätten wir ihr von den Lippen abgelesen, hätten alles getan, was sie von uns verlangt hätte.

Wir waren zu siebt an diesem Abend, alles starke Kerle im vollen Saft ihres Lebens: Daniel, Simon, Bernd, Peter und Christian, dazu mein Bruder Philipp und ich. Und natürlich Löwenmäulchen, die heute ganz besonders gut drauf zu sein schien. Singend lief sie vor uns her, tänzelte und bot sich unseren Blicken an; das gehörte zu ihrem Spiel. Also spielten wir mit und genossen den schönen Anblick.

Schnell durchquerten wir den Wald und erreichten die Höhe. Unter uns, von Quentel her, drangen leise die Klänge der Blaskapelle zu uns herauf. Kurz blieben wir stehen, lauschten und gaben uns der Vorfreude hin auf das, was uns erwartete.

Der Festsaal, in dem die Quenteler ihre Kirmes feierten, befand sich in einem Anbau des Gasthofs »Zum goldenen Stern«. Ein lautes Stimmengewirr, untermalt von der nicht weniger lauten Musik, drang uns aus der offenen Saaltür entgegen. Wir stürzten uns gleich ins Gewühl, orderten eine Runde Bier nach der anderen und ließen keinen Tanz der Kapelle aus. Löwenmäulchen war unermüdlich. Nicht einem von uns gab sie einen Korb, wenn wir sie aufforderten, und auch die Burschen aus Quentel schnappten sich hin und wieder das schöne Mädchen.

Je länger der Abend währte, desto leidenschaftlicher tanzte Löwenmäulchen. Ihr aufreizender Körper drängte sich eng an die Tänzer, ihre Hände berührten nicht nur, sondern sie suchten und fanden. Eine Unruhe erfasste uns alle, zunächst unterschwellig noch, doch schon bald unverhüllt und offen. Der reichlich genossene Alkohol trug dazu bei, dass schließlich niemand mehr versuchte, seine wachsende Erregung zu verbergen und zu unterdrücken.

Mitternacht war längst vorbei, als wir uns auf den Heimweg machten. Wir spürten, wenn wir jetzt nicht aufbrachen, würden wir es nicht mehr über den Berg schaffen. Die Beine waren schwer, nicht nur vom Tanzen – wir hatten das Gefühl, alles Bier dieses Abends saß bleischwer in den Köpfen und den Gliedern.

Anfangs führte der Weg durch Wiesen und Felder. Bald schon hatten sich unsere Augen an die Dunkelheit gewöhnt, das Licht des halben Mondes genügte, die Konturen ringsum erkennen zu lassen. Wir unterhielten uns lebhaft, scherzten miteinander und trieben allerlei Unfug. Löwenmäulchen schwirrte wie ein Schmetterling zwischen uns herum, ließ sich necken und bewundern, hin und wieder auch berühren. War es einem von uns einmal gelungen, sie einzufangen, gewährte sie ihm ein paar Sekunden, ehe sie sich wieder lachend aus seiner Umarmung löste. So alberten wir uns in den Wald hinein, erreichten den Weg, der in weiten Kehren den Berg hinaufführte.

Daniel Degenhardt war es, der den verhängnisvollen Einfall hatte. Er schlug vor, die lange Strecke des sich allmählich bergauf schlängelnden Weges abzukürzen. »Wir gehen durch die Schonung, da sparen wir einiges an Zeit«, sagte er, und dann, als wir nicht gleich antworteten: »Ihr traut euch doch?«

Wer eine solche Frage an Männer richtet, die sich alkoholbedingt für die unbezwingbaren Helden des Univer-

sums halten und dies der anwesenden Dame auch beweisen möchten, kennt die Antwort im Voraus. Natürlich trauten wir uns, was war denn schon dabei – außer, dass wir uns vielleicht die Haxen brachen oder uns einen Ast ins Auge stachen. Also bogen wir vom Hauptweg ab und folgten Daniel den Steilhang hinauf in die Schonung.

Obwohl es alle noch immer so nennen, ist das Waldgebiet seit langem schon keine Schonung mehr. Vor Jahren einmal angepflanzt, damals auch mit einem Zaun umgeben, wurde der Baumbestand inzwischen so ausgedünnt, dass nur noch einzelne Fichten aus dem dichten Buschwerk herausragten.

Man hat dieses Waldstück, aus welchen Gründen auch immer, im Laufe der Jahre total verwildern lassen. Jetzt war die ehemalige Schonung von einem verfilzten Dickicht überwuchert, das ein Eindringen zwischen die verflochtenen Büsche und Dornen kaum mehr möglich machte. Lediglich ein kleiner Pfad führte in die Wildnis hinein und, so hatte ich es jedenfalls in Erinnerung, auch irgendwo wieder hinaus. Aber wo genau das war und ob überhaupt, darüber machte ich mir in dieser Nacht keine Gedanken.

Ich war ein bisschen zurückgeblieben, hatte mich erleichtern müssen nach dem vielen Bier, das auf die Blase drückte. Die anderen waren schon zwischen den Büschen verschwunden, vor mir hörte ich ihr Keuchen und das Brechen der Zweige, wenn sie sich durch den engen Laubgang zwängten.

Löwenmäulchen war, wie auch anders, wieder einmal vorneweg gelaufen, sie konnte sicher sein, dass wir schnell hinter ihr her hasten würden. Vielleicht war das ja auch ihr Ziel, uns ihretwegen hasten zu sehen.

Ich beeilte mich, zu den anderen aufzuschließen, folgte den Geräuschen der Freunde. Die vorher so rege Unter-

haltung war längst verstummt. Jeder hatte zu tun, mit dem steilen Anstieg und den Folgen des übermäßigen Zechens fertigzuwerden.

Es bereitete mir einige Mühe, in der fast vollständigen Finsternis des zugewachsenen Pfades, in der man die Hand nicht vor den Augen sah, zügig voranzukommen. Obwohl, ich kannte die Örtlichkeit gut. Als Junge war ich oft mit Gleichaltrigen hier in der Schonung gewesen, diesem herrlichen Abenteuerspielplatz mit den vielen Verstecken. Doch seitdem waren Jahre vergangen, die Vegetation hatte sich weiterentwickelt, alles war gewachsen und gewuchert. Vieles sah jetzt anders aus; und auch mein Blickwinkel hatte sich mit dem Eintritt in das Erwachsenenalter verändert. Dennoch erkannte ich an der Verringerung des Anstiegs, dass sich der Pfad nun dem ‚Balkon' näherte, so nannten wir die flache Stelle im steilen Hang, von der aus man in Zeiten, als das Buschwerk noch niedrig war, hinunter auf Quentel und darüber hinaus bis weit in die Söhre blicken konnte.

Fast hatte ich die vor mir Gehenden aufgeholt, hörte schon deutlich und nah ihr schweres Atmen, als ein gellender Schrei mich auffahren ließ. Abrupt blieb ich stehen und lauschte in die Dunkelheit. Auch die anderen hatten angehalten, in atemloser Stille horchten auch sie.

Und wieder erscholl ein Schrei, schrill, angstvoll, bedrängt. Er schien von dort zu kommen, wo der ‚Balkon' liegen musste, und es gab keinen Zweifel, dass Löwenmäulchen ihn ausgestoßen hatte. Und auch das war unzweifelhaft, sie war in höchster Not.

In die Freunde kam Bewegung, wie eine Rotte Wildschweine brachen sie durch das Dickicht auf die Stelle zu, an der sie das Mädchen vermuteten. Auch ich stolperte vor-

wärts, war dicht hinter ihnen, als ich plötzlich Philipp vor mir aufbrüllen hörte. »Ihr verdammten Schweine, lasst sie sofort los!« In dem Tumult, der nun losbrach, hörte ich Flüche und Beschimpfungen, auch Wortfetzen in einer Sprache, die ich nicht verstand. Laute klangen auf, wie sie entstehen, wenn Fäuste auf Körper einschlagen.

Nur Sekunden später stand ich am Rand des ‚Balkons' und starrte auf das Unglaubliche, das sich vor meinen Augen abspielte: Im Schein des Mondes, der durch das Fehlen des Gestrüpps an dieser Stelle ungehindert einfallen konnte, wälzten sich eng umschlungene Körper in zähem Ringen auf dem Gras hin und her. Das Licht war zu schwach, um erkennen zu können, mit wem die Freunde kämpften, aber es war eindeutig, dass sie sich in der Überzahl befanden und meiner Hilfe zunächst nicht bedurften.

Seitlich auf einer Felsplatte stand Löwenmäulchen. Ihre Bluse war aufgerissen, soviel konnte ich sehen – und auch hören konnte ich, wie sie mit kreischender Stimme den am Boden Ringenden zurief: »Sie haben mich überfallen, haben mich angefasst. Bringt sie um!«

Entsetzen packte mich, als ich sie reden hörte, um so mehr, als sie sich jetzt noch einmal zu den Kämpfenden hinunterbeugte und hasserfüllt schrie: »Tötet sie, sie haben's nicht anders verdient!«

Möglicherweise wäre alles nicht so schlimm verlaufen, wenn nicht die Freunde, erschreckt durch die fürchterliche Aufforderung, innegehalten und zu Löwenmäulchen hingesehen hätten. Den dadurch erlangten Freiraum nutzend sprangen die Gegner – drei Männer, wie ich jetzt erkannte – blitzartig auf und suchten ihr Heil in der Flucht.

»Haltet sie!«, Löwenmäulchens Arme zeigten auf die Flüchtenden, »sie dürfen nicht entkommen!«

Bernd Hellwig war der erste von uns, der auf die Beine kam und die Verfolgung aufnahm. Auch die anderen rappelten sich auf und stürzten augenblicklich hinterher.

Ein entsetzlicher Laut, so entsetzlich, dass mir der Atem stockte, durchbrach das Rennen, Rascheln und Knacken, das die Fliehenden und ihre Verfolger verursachten. Es war das krachende Geräusch von splitterndem Holz, das unter der Gewalt eines fürchterlichen Schlages in Stücke zersprang. Aber noch etwas anderes riss und barst dabei, das war mir sofort klar. Wer Knochen jemals hat brechen hören, wusste, was da gerade geschehen war.

Ich stand wie gelähmt, unfähig, mich zu bewegen. Der erregte Ausruf Peter Erdmanns drang vom Rand der Lichtung zu mir, die Panik in seiner Stimme vervielfachte das Grauen, das mich erfasst hatte.

»Bernd hat es erwischt«, schrie der Freund mit einer Wut, die mir Angst machte, »sie haben Bernd totgeschlagen.«

Was sich danach ereignete, ist so unfassbar, dass es mir schwerfällt, darüber zu schreiben. Allein daran zurückzudenken, an diese schrecklichsten Momente meines Lebens, kostet mich alle Überwindung der Welt. Das viele Blut!

Gerade mal eine Minute hatte es gedauert, bis man die flüchtigen Männer aus dem undurchdringlichen Dickicht heraus und auf den ‚Balkon' zurückgezerrt hatte. Brutal warfen die Freunde sie dort auf den Boden und begannen sofort, sie mit Schlägen und Tritten zu traktieren. Es war nicht viel Gegenwehr, die ihnen die schmächtigen Körper ihrer Gegner entgegensetzen konnten. Vergeblich versuchten sie, den Misshandlungen zu entkommen. Und dann auf einmal waren die Knüppel da, dicke knorrige Äste, die in den starken Händen der rasenden Freunde zu tödlichen

Waffen wurden. Ein Schlag nach dem anderen prasselte hernieder, hinein in die Schreie und die sich windenden Leiber der am Boden Liegenden. Hilflos hoben die Geschundenen die Arme, gaben aber im gleichen Maße, wie sie den Kopf dadurch schützten, den Körper schutzlos den fürchterlichen Hieben preis. Löwenmäulchens Pferdeschwanz wippte bei jedem ihrer Schläge im Takt.

Doch schnell verebbten die Schreie, gingen über in ein kraftloses Winseln und verstummten schließlich ganz.

Mit einem Sprung war ich unter den Freunden. Noch immer schlugen sie auf die leblosen Körper ein. Blut, überall sah ich Blut auf den zerschlagenen Leibern. Rot und feucht glänzte es im Mondlicht ringsum im Gras.

Wieder hob sich vor mir ein Knüppel, ich fiel dem Freund in den Arm. »Halt!«, schrie ich, »hört auf! Es ist genug!« Aber, so oft es mir gelang, einen Schlag aufzuhalten, sauste neben mir schon ein anderer hinein in das tote Fleisch. Ich sprang hin und her, versuchte, der Raserei Einhalt zu gebieten. »Peter, Christian, Simon«, sprach ich alle mit Namen an und entwendete ihnen die Prügel. »Mein Gott, Philipp, was ist denn nur in euch gefahren.«

Es war Löwenmäulchen, die den letzten Schlag tat, bevor ich auch ihr den Ast entriss.

Erschöpft sanken wir alle zu Boden, neben uns lagen die Toten. Schwer ging der Atem, die Blicke irrten ins Leere. Jeder rang mit sich, das gerade Geschehene zu begreifen. Es war still um uns herum, totenstill. Die Geräusche des Waldes waren verstummt, das Leben hatte sich aus dieser Nacht zurückgezogen.

Bernd Hellwig fiel mir ein, der angeblich erschlagene Freund. Ich sprang auf, rannte zu der Stelle, an der die drei Männer in das Gestrüpp zu entkommen versucht hatten.

Ich fand den dunklen Körper des Freundes am Rand der Büsche, seine verdrehte Lage und die völlige Reglosigkeit ließen mich das Schlimmste befürchten. Schnell kniete ich mich neben ihn, griff nach dem Handgelenk, um zu fühlen, ob noch Leben in ihm war. Dabei fiel mein Blick auf den Kopf. Man musste kein Arzt sein, um zu begreifen, dass hier jede Hilfe zu spät kam. Der ganze Schädel war eingedrückt, zerschmettert von dem Schlag, dessen grässliches Geräusch ich gehört hatte.

Ich erhob mich, stand einen Augenblick stumm da in dem Schweigen zwischen all den Leichen. Ich fühlte mich wie in einem bösen Traum, in dem man mit aller Macht einem entsetzlichen Erleben entkommen möchte, es aber nicht schafft. Mein Gott, was waren wir noch so jung. Alt genug, die Welt zu zerschlagen und aus den Angeln zu heben, aber noch viel zu unerfahren, um mit Katastrophen wie dieser hier fertig zu werden.

Verstört und sprachlos hockten die Freunde noch immer am Boden, als ich zurückkam und ihnen von Bernd Hellwigs schrecklichem Tod erzählte. Mein Bruder war der Erste, der wieder Worte fand. »Bernd war hinter den Männern her, wollte sie festhalten. Einer von ihnen drehte sich plötzlich um, hielt einen dicken Ast in der Hand und schlug zu. Was für ein Geräusch! Ich glaube, vor allem das hat uns so wütend gemacht.« Philipp richtete sich auf, sah auf die Toten an seiner Seite. »Und dann das hier, wer soll das begreifen?«

Irgendwo im Dunkeln schluchzte jemand.

Ich stellte mich etwas abseits und überlegte, was jetzt zu tun war. Das grauenvolle Unglück war nicht mehr ungeschehen zu machen, das stand fest, aber wie ging man mit so etwas um

Peter Erdmann kam heran, erregt fasste er mich am Arm. »Wir müssen meinen Vater rufen, der weiß, was man jetzt machen muss. Robert«, flehte er mich an, »mein Vater muss her!«

Auch wenn er mein Nicken im Dunkeln nicht sehen konnte, ich gab ihm Recht. Der Lehrer war der einzige im Dorf, der über die Erfahrung und Weitsicht verfügte, diese ausweglose Situation in den Griff zu bekommen.

Ich zog Peter mit in den Kreis der anderen. »Hört zu«, versuchte ich entschlossener zu wirken, als ich es war, »ich gehe jetzt nach Seelentreu, hole den Lehrer. In einer halben Stunde bin ich wieder zurück.«

Ich erwartete Widerspruch, aber niemand hatte einen Einwand gegen meinen Plan, jeder schien erleichtert, dass ich ihm die Entscheidung abgenommen hatte. »Bleibt hier an Ort und Stelle und verhaltet euch ruhig. Dr. Erdmann kann uns bestimmt helfen.«

Aber dann hatte es doch etwas länger als eine halbe Stunde gedauert, bis ich zurück war. Der Lehrer hatte darauf bestanden, Herrn Degenhard, den Vater von Daniel, und auch Christians Opa mitzunehmen. Wir hatten beide erst wecken müssen, waren dann in Dr. Erdmanns Geländewagen bis auf die Höhe gefahren. Dort hatten wir das Auto stehen gelassen und den Weg zu Fuß fortgesetzt.

Jetzt mit den Taschenlampen war das Vorankommen leicht, bald schon lag der ‚Balkon‘ vor uns. Der Lehrer trug eine Kreuzhacke auf der einen, eine Schippe auf der anderen Schulter, Zeugnisse der Weitsicht, die wir bei ihm vermutet hatten. Schon im Dorf und auf dem Weg hierher hatte ich meinen Begleitern alles genau so erzählt, wie es sich zugetragen hatte. Es brachte nichts, irgendetwas zu verheimlichen oder zu beschönigen. Wir brauchten Hilfe, brauchten Trost und vor allem Rettung – denn inzwischen musste auch dem Letzten von uns das ungeheure Ausmaß seiner Tat klargeworden sein.

Stumm fielen die Söhne ihren Vätern in die Arme, auch alle anderen drückte der Lehrer an sich, so wie er es früher auch getan haben mochte, wenn sie als Schüler seiner Hilfe bedurft hatten.

Christians Großvater, der Pragmatiker, beugte sich als Erstes zu Bernd Hellwig hinunter. Kurz nur untersuchte er ihn, dann schüttelte er den Kopf. Nein, da war nichts mehr zu machen.

Herr Degenhard führte uns Jungen zur Seite. Das, was jetzt kam, sollten wir nicht mit ansehen müssen, zumindest nicht aus der Nähe. Der Großvater von Christian, wohl der Unempfindlichste von ihnen, übernahm es, die toten Fremden auf den Rücken zu drehen und zusammen mit Herrn Degenhard ihre Taschen zu durchsuchen. Das, was sie in ihnen fanden, reichten sie dem Lehrer, der sich etwas abseits hielt und es vermied, den Blick auf die verstümmelten Leichen zu werfen. Einmal verschwand Dr. Erdmann zum Rand der Büsche, die würgenden Geräusche von dort verrieten, dass er sich übergab.

Schließlich waren die Toten durchsucht. Die Männer berieten, schienen sich aber schnell einig geworden zu sein, denn schon nach Kurzem kamen sie auf uns zu. Das Wort führte der Lehrer. Dankbar registrierten wir, dass er auf Vorwürfe und Anschuldigungen verzichtete. Jetzt war nicht die Stunde für Zurechtweisungen, jetzt ging es um die Fakten, die wir geschaffen hatten – und die lagen leblos neben uns am Boden.

»Es sind Rumänen«, informierte uns Dr. Erdmann. »Ihr habt sicher davon gehört, dass sich in letzter Zeit rumä-

nische Diebesbanden in unseren Wäldern herumtreiben. Wahrscheinlich habt ihr eine von ihnen hier in ihrem Versteck aufgestöbert. Ausweise haben wir keine finden können, auch keine Adressen oder irgendetwas, was sie identifizieren könnte. Aber die wenigen Gegenstände, die sie bei sich hatten, deuten darauf hin, dass es sich um Rumänen handelt. Sie werden illegal nach Deutschland gekommen sein, sind wahrscheinlich irgendwo im Osten heimlich über die Grenze gegangen. Ihr wisst, was ich damit sagen will?« Als seine Frage unbeantwortet blieb, klärte er uns auf. »Wer illegal hereinkommt, ist nirgends registriert. Er wird in keiner Liste und keinem Meldeverzeichnis geführt und deshalb auch nirgends vermisst, wenn er verschwindet. Ich möchte darauf wetten, dass selbst die Familien in Rumänien nicht wissen, wo sich ihre Männer aufhalten.«

Dr. Erdmann machte eine Pause. Er wollte uns Gelegenheit geben, selbst die Chance zu entdecken, die sich uns durch das gerade Gesagte eröffnete.

Natürlich hatten wir alle von den Rumänen gehört, die auf der Flucht vor der Armut in ihrer Heimat nach Deutschland kamen, um sich hier ein Stück vom Wohlstandskuchen abzuschneiden. Man erzählte Abenteuerliches von diesen Banden. Angeblich hausten sie unter primitivsten Verhältnissen in selbstgegrabenen Waldhöhlen, schliefen tagsüber, um dann nachts auf Raubzug zu gehen. Immer wieder hörte man Warnungen, unwegsame Waldgebiete allein zu durchstreifen wegen der Gefahr, dort auf die Diebe zu stoßen. Und genau das war uns heute passiert.

»Mein Gott, begreift ihr nicht?« Herr Degenhard durchbrach unser verständnisloses Schweigen, fuchtelte mit den Armen, er war sehr erregt. »Wenn wir die drei« - wir ahnten, dass er auf die Toten zeigte - »verschwinden lassen,

wird kein Hahn nach ihnen krähen. Wer weiß denn schon, dass sie sich hier bei uns aufgehalten haben? Die werden ihre Anwesenheit aus gutem Grund geheimgehalten haben. Deshalb wird auch niemand nach ihnen suchen. Kapiert ihr das?«

Christians Großvater versachlichte die emotionale Ansprache: »Wir vergraben die Leute, schweigen über den Vorfall und versuchen, das, was geschehen ist, zu vergessen.«

Die Idee des Lehrers war, das Versteck der Rumänen zu suchen. Dorthinein sollten die toten Körper gelegt werden. Das mühevolle Ausheben eines Grabes blieb uns so erspart. Also suchten wir in Gruppen den ‚Balkon' ab und stießen schon bald auf die mit bloßem Auge kaum wahrnehmbare Abdeckung der Wohnhöhle. Das Beklopfen des Bodens mit der Schaufel hatte uns den darunterliegenden Hohlraum angezeigt.

Wieder wurden wir jungen Männer und das Mädchen an den Rand des Plateaus gedrängt, der Lehrer stellte sich zu uns. Das Anheben der Leichen und ihr Hineinlegen in die Grube führten Christians Großvater und Herr Degenhard alleine durch. Erst als die Abdeckung über die Höhlung gelegt war, durften wir herantreten.

Mein Gott, was für einer makabren Szene hatte ich da beiwohnen müssen. Als hätte nicht schon vorher das Anschauen des Gemetzels die Grenze des Erträglichen überschritten. Und welch eine Vorstellung: Da lagen die toten Männer in einer von ihnen eigenhändig ausgehobenen Grube, in einem fremden Land und ohne jede Chance, dass jemals jemand am Rand ihres Grabes stehen und sie betrauern sollte. Und dazu das Wissen, dass wir es waren, die ihnen dieses Schicksal bereitet hatten.

Die Freunde schienen das Gleiche wie ich zu empfinden. Schweigend standen sie neben mir und sahen auf die wieder mit Baumstämmen und Ästen verschlossene Öffnung hinunter. Es war kein wirklicher Trost, die Felsplatte, auf der Löwenmäulchen gestanden hatte, unmittelbar oberhalb des Höhlenlochs liegen zu sehen – so als hätte man dort einen Grabstein absichtsvoll hingesetzt.

Ich will mir ersparen, das Restliche in allen Einzelheiten aufzuführen. Ich spüre, wie sehr mich das Erzählen und vor allem das Erinnern mitnimmt. Es ist Zeit, zu einem Schluss zu kommen.

Auf Anweisung des Lehrers häuften wir Laub, Zweige und schließlich eine dicke Schicht Erde über die hölzerne Grababdeckung. Wir versuchten, jede Spur unseres Tuns und unserer Anwesenheit hier zu beseitigen. Doch das Schwerste kam dann. Aus Ästen fertigten wir eine provisorische Bahre, hoben den toten Freund darauf und trugen ihn zum Auto.

Im Dorf schickte man uns sogleich in unsere Häuser. Wir erhielten die Auflage, uns sofort auf die Zimmer zurückzuziehen und uns schlafen zu legen. Um das, was im Zusammenhang mit den nächtlichen Ereignissen noch getan werden musste, würden sich die Eltern und Verwandten kümmern.

Entgegen meiner Befürchtung schlief ich gut, auch blieb ich von schlimmen Träumen verschont. Als ich aufwachte, war der Morgen fast vorbei. Der neue Tag, der 28. August 1994, lag sonnenhell über Seelentreu, so als wäre nichts geschehen in der vergangenen Nacht.

Am Nachmittag rief uns der Lehrer zusammen. Er unterrichtete uns über das Ergebnis der Versammlung, die noch am frühen Morgen einberufen worden war und kurz darauf im Dorfgemeindehaus stattgefunden hatte. Alle Angehörigen der am Unglück Beteiligten waren zum Kommen aufgefordert, alle waren erschienen – fast das ganze Dorf also, denn hier war jeder mit jedem verwandt. Nach einigem Beraten hatte man das Folgende beschlossen: Nichts von dem, was in der Nacht passiert war, hat sich jemals ereignet, niemand hat etwas gehört, niemand etwas gesehen. Mit dem heutigen Tag sollte jede Erwähnung und Erinnerung an das Geschehene erlöschen. Da nicht zu erwarten war, dass Außenstehende mit Nachforschungen in dieser Angelegenheit initiativ werden könnten, versprach ein inneres Bündnis des Schweigens vollen Erfolg. Man einigte sich darauf, dass der Tod Bernd Hellwigs durch einen Sturz im Dunkel des Waldes und das unglückliche Aufschlagen des Kopfes gegen einen Felsen verursacht worden war. Die Eltern erklärten sich mit dieser Version einverstanden.

Und tatsächlich, in den Wochen, Monaten und Jahren, die seitdem vergangen sind, sickerte nicht ein verräterisches Wort aus Seelentreu heraus. Alle hielten sich an die Übereinkunft, nicht einer brach das unter Eid gegebene Versprechen. Der vom Dorf um die Akteure dieser verhängnisvollen Nacht errichtete Schutzwall war dicht und hatte Bestand.

Nur mit dem Vergessen ist das so eine Sache. ‚Tut so, als sei nichts geschehen, vergesst das Ganze‘, das ist leicht gesagt. Wohl kann man eine solche Geschichte eine Zeitlang verdrängen, kann und muss sie sogar ausblenden bei all den Belastungen, die uns das Leben sonst noch abfordert. - Doch dann, meist unverhofft, tauchen die grässlichen Bilder wieder auf, diese Mahnung an die ungeheuerliche Schuld, die auf uns liegt – auch auf mir, ich nehme mich da nicht aus. Zwar hatte ich nicht die eigene Hand zum Schlag erhoben – aber ich hatte zugeschaut, viel zu lange, hatte erst dann eingegriffen und versucht, dem Morden Einhalt zu gebieten, als es schon zu spät war.

Kann ich überhaupt sicher sein, dass ich nicht genauso auf die Männer eingeprügelt hätte, wenn ich eng bei den Freunden geblieben wäre und mit ihnen zusammen die Lichtung betreten hätte? Hat mich nur die Tatsache, dass ich zurückgeblieben war, davor bewahrt, eigentätig an dem Verbrechen teilzunehmen?

Was mich beschäftigt – und wahrscheinlich nie aufhören wird zu beschäftigen -, ist dieser gruppenhafte Rausch, in den plötzlich alle geraten waren, diese kollektive ekstatische Erregung, die mit einer unvorstellbaren Leichtigkeit von einem Moment auf den anderen Barrieren niederzureißen vermocht hatte, die in sorgfältiger Erziehung und in jahrelangem gemeinsamem Zusammenleben errichtet worden waren und die immer als unübersteigbar gegolten hatten. Was geschieht mit uns? Was verbirgt sich da in uns?

Noch einiges bleibt unbeantwortet, die Frage zum Beispiel nach dem Einfluss Löwenmäulchens auf den Ablauf der Ereignisse. Wäre es auch ohne ihre Aufhetzung zu dieser Gewalt gekommen? Und welche Rolle spielte der Tod des Freundes bei dem Ganzen? War er der Katalysator des ungeheuerlichen Geschehens? Fragen über Fragen, ich weiß nicht einmal, ob ich auf alle eine Antwort haben möchte.

Mit Philipp habe ich gebrochen, endgültig. Das war keine Kleinigkeit für mich, aber seine Einstellung stieß mich dermaßen ab, die Art, wie er das Vorgefallene bagatellisierte, dass ich es einfach nicht ertrug. Am Tag nach der Dorfversammlung hatten wir eine schwere Auseinandersetzung, die den Bruch besiegelte. »Was haben wir denn schon getan?«, hatte mein Bruder auf meine Einlassung, mich schuldig zu fühlen, getönt. »Wir haben uns doch nur verteidigt. Die Kerle haben Löwenmäulchen begrapscht, schließlich sogar Bernd erschlagen. Notwehr nennt man so etwas.« Und dann, als er sah, dass ich ihn ungläubig anstarrte. »Wenn man ein paar zuviel getrunken hat, macht man halt solche Sachen.« Als ob das etwas entschuldigte.

Mit den Freunden aus Seelentreu habe ich die Beziehung ebenfalls beendet. Es ist mir unbegreiflich, wie mühelos sie alle über dieses unfassbare Ereignis hinweggehen können, so als sei es tatsächlich nie geschehen. Sie machen es sich leicht, glauben, sie könnten die Schuld dadurch von ihren Schultern laden, dass sie sie aus ihrem Gedächtnis streichen. Aber damit kann ich nicht leben, noch immer spüre ich die bedrückende Last dieser schlimmen Nacht.

Ich bin danach nicht mehr nach Seelentreu zurückgekehrt. Dieser Bericht ist – neben der unausweichlichen Erinnerung – das einzige Band, das mich noch mit meinem alten Heimatort verknüpft, eine andere Verbindung zu meinem Dorf ist mir nach den Ereignissen von damals nicht mehr möglich.

Im Februar 2004, Robert Gavel

25

Ich hielt die Blätter fest, als müsste ich mich an etwas klammern. Franziska stand am Rand des Teichs, schon früh war sie aufgestanden, die ungeheuerliche Lektüre hatte sie nicht länger auf ihrem Stuhl sitzen lassen. Mein Gott, was hatten wir auch lesen müssen!

Franziska deutete in die Wiesen. »Laura kommt zurück, ich gehe ihr entgegen.«

Ich war froh, dass ich jetzt erst einmal allein blieb. Ich musste einen Moment für mich sein, um das Grauen zu überwinden, das beim Vorlesen in mir aufgekommen war. Um mich abzulenken, möglicherweise auch unter der Assoziation, Teetrinken habe eine besänftigende Wirkung, brühte ich eine große Kanne auf und trug sie in den Garten. Ich hatte gerade die Tassen verteilt, als die Frauen den Hof betraten.

»Kommt«, rief ich ihnen zu, »es gibt Tee, das beruhigt. Ich glaube, wir haben das jetzt alle nötig.« In stummer, zeremonieller Bedächtigkeit goss ich die Tassen voll, schob Franziska die Milch hin und reichte Laura den Zucker. Erst, als wir einen Schluck getrunken hatten, warf ich die Frage auf, die uns allen auf der Seele brannte. »Was machen wir nun mit dieser entsetzlichen Wahrheit? Wir haben lange genug nach ihr gesucht. Jetzt, wo wir sie kennen, ist sie kaum zu ertragen.«

»Fast wünschte ich, wir hätten sie nie gefunden. Wem oder was nützt es, wenn wir das jetzt aufdecken?«, stellte Franziska in den Raum.

»Nun«, versuchte ich eine Antwort, » klar ist, dass die Enthüllung der Geschichte niemanden wieder lebendig macht und auch nichts mehr ungeschehen. Insofern hast du Recht: Heute, achtzehn Jahre nach der schrecklichen Nacht, könnten Wunden wieder aufgerissen werden, die längst vernarbt sind. Aber was ist mit den Familien der ermordeten Rumänen? Ihnen wurden die Väter genommen, sie könnten eine Entschädigung für den Verlust erhalten.«

«Wenn diese Männer nach der langen Zeit überhaupt noch zu identifizieren sind«, wandte Franziska ein.

»Ja, natürlich, das dürfte schwer werden«, gab ich zu, »besonders dann, wenn sie gar nicht mehr da sind. Was, wenn man die Leichen später beseitigt und das Versteck ganz zugeschüttet hat?«

»Das hältst du für möglich?«

»Durchaus. Leichen im Keller - in diesem Fall in einer Waldgrube – bergen immer die Gefahr, gefunden zu werden. Die lässt keiner ohne Not liegen. - Aber es gibt noch einen anderen Grund, der uns bewegen könnte, Roberts Bericht an die Polizei weiterzuleiten?«

»Und der wäre?«

»Der Mord an seinem Bruder Philipp. Aus dem hier Aufgeschriebenen ergeben sich Hinweise, wer die Mörder des Anwalts sein könnten. Aber die Frage bleibt nach wie vor: Ist es das wert, dieses längst vergessene Geschehen nach zwei Jahrzehnten wieder ans Licht zu zerren?«

»Und was ist mit der Gerechtigkeit? Die könnte uns doch verpflichten, Roberts Schreiben publik zu machen«, führte Franziska ein hohes Gut ins Feld.

»Ich weiß nicht«, war ich noch unentschieden. »Wir haben es hier nicht mit Verbrechern im landläufigen Sinn zu tun, mit Leuten aus kaputten Verhältnissen und schlechter sozialer Prognose. Das, was damals passierte, geschah einfach, ohne jegliche Planung und auch ohne Warnung. Die jungen Leute, alle bis dahin unbescholten und unauffällig, wurden von sich selbst überrascht, hatten später Mühe, sich in ihrem eigenen, abscheulichen Handeln wiederzuerkennen. Denk daran, was Robert geschrieben hat, dass er möglicherweise genauso mitgemacht hätte, wenn er in den Sog der Gruppe und in die Strömung der freiwerdenden Gefühle geraten wäre.«

»Aber da gibt es doch Schranken und Grenzen ...«

»Vermutlich hätte so wie du jeder der Beteiligten argumentiert - vor der Tat. Ich zitiere noch einmal Robert, seine fassungslosen Fragen: ‚Was geschieht mit uns? Was verbirgt sich da in uns?‘ Wer kann sich also sicher sein, wie er reagiert hätte. Es ist noch gar nicht lange her, da wurde der Welt vor Augen geführt, in welche kollektive Schuld sich ein ganzes Volk verstricken kann, ein Volk, das den ‚Nathan‘ hervorgebracht hat und den ‚Kategorischen Imperativ‘.«

»Heißt das, dass du die jungen Leute freisprichst, sie entschuldigst für das, was sie getan haben?«

»Nein, natürlich nicht. Das war Mord – oder im besten Fall Totschlag, da gibt es nichts daran zu rütteln. Was ich versucht habe, ist, die affektive Ausgangslage dieses Verbrechens darzustellen, die besonderen Bedingungen, die zu dieser Mordtat geführt haben. Du hast ja gerade selbst davon gesprochen, dass du wünschtest, die Wahrheit wäre nicht ans Licht gekommen«, erinnerte ich meine Frau.

»Ja, aber das war doch nur Lauras wegen. Die Vorstellung, den eigenen Mann als Objekt einer Mordermittlung zu sehen, muss für sie schockierend sein.«

»Das mag ja sein. Aber sollte nicht gerade sie ein Interesse daran haben, Roberts Bericht publik zu machen, ihn der Polizei zuzuleiten?«

Erst jetzt, als ich von ihr sprach, fiel mir auf, dass wir es ganz versäumt hatten, Laura in unser Gespräch miteinzubeziehen. Aber möglicherweise war ihr das auch recht gewesen, war sie gerne in die Rolle der stillen Zuhörerin geschlüpft, um mit dem inneren Aufruhr fertig zu werden, den Roberts Bericht in ihr ausgelöst haben musste. Sie hatte sich den Anschein gegeben, als verfolge sie unser Argumentieren, als horche sie auf das, was wir an Bedenken und Begründungen vorbrachten, aber vielleicht hatte sie auch einer ganz anderen Stimme gelauscht, die stumm zu ihr gesprochen hatte.

Jetzt hob Laura den Kopf. »Ja«, stimmte sie mir zu, »du hast Recht, Heiner, wir müssen Roberts Bericht offenlegen, ob mir das passt oder nicht. Natürlich wäre es mir lieber, niemand erführe von der Beteiligung meines Mannes an dieser Mordgeschichte. Aber eines ist mir klar: Wenn ich etwas über Roberts Schicksal erfahren will – und ich will es, will es mit aller Macht -, dann muss den hier aufgeschriebenen Fakten nachgegangen werden.« Sie zeigte auf die Blätter, die noch offen neben dem Umschlag auf dem Tisch lagen.

»Fakten? Du meinst die Namen hier?« Ich griff nach den beschriebenen Bögen, suchte die Seite und las vor: »Daniel Degenhardt, Peter Erdmann, Bernd Hellwig ...«

»Der nicht, der ist tot, der kann uns nichts mehr sagen.«

»Dann also noch Simon Geerk und Christian Roth.«

»Ja, die dürften einiges zu erzählen haben über ihre damaligen Taten und Untaten ...«

»Und auch von ihren jetzigen Aktivitäten«, ergänzte Franziska. »Denn das steht doch wohl fest, dass diese Personen hinter den Aktionen gegen uns und dem versuchten Diebstahl in Roberts Arbeitszimmer stecken. Möglicherweise sind diese Leute ja auch, wie Heinrich gerade angedeutet hat, für die Ermordung Philipps verantwortlich. Jetzt wird verständlich, warum die mit allen Mitteln versuchen, uns an der Aufdeckung der alten Geschichte zu hindern.«

»Aber verjähren diese Taten nicht nach einiger Zeit?«, war sich Laura unsicher.

»Mord verjährt nicht« gab ich das wieder, was ich einmal in einem Gespräch mit den Kommissaren erfahren hatte. »Die Männer müssen also auch jetzt noch, achtzehn Jahre später, mit einer Anklage und einer Verurteilung rechnen.«

»Nicht nur die Männer!«

Überrascht von Franziskas Einwurf sahen wir sie an. Dann verstand ich, von was sie sprach. »Du meinst Löwenmäulchen?«

»Ja, auch sie war dabei, hat sich in dieser Geschichte sogar an exponierter Stelle betätigt. Robert schildert sie als die Antreiberin des Ganzen, als die Person, die die anderen regelrecht zum Morden aufgehetzt hat. Dadurch kommt ihr zusätzlich zu der Tatsache, dass sie auch selbst mit dem Knüppel zugeschlagen hat, eine noch erheblich größere Schuld zu.«

»Ist sie mit ihren 17 Jahren denn überhaupt strafmündig?«

»Ja, strafmündig kann man sogar schon ab 14 sein. Das Kriterium ist, dass der Jugendliche reif sein muss, die Schwere seiner Tat einschätzen zu können«, gab ich einen weiteren Beweis meiner im häufigen Umgang mit der Polizei erworbenen Kenntnisse. »Nach Roberts Beschreibung trifft dieses Reifekriterium bei Löwenmäulchen durchaus zu – und das nicht nur körperlich. Sie würde allerdings noch, wenn es zu einer Anklage käme, nach dem Jugendstrafrecht beurteilt, denn zur Tatzeit war sie noch nicht volljährig.«

»Löwenmäulchen, das dürfte ja wohl kaum ihr richtiger Name gewesen sein.«

»Nein, bestimmt nicht. Ich nehme an, so wurde sie nur innerhalb des Dorfes genannt. Das war so eine Art Kosename. Es kann doch nicht schwer sein, herauszufinden, wie Löwenmäulchen richtig geheißen hat. Wenn man sich in Seelentreu einmal umhört ...«

»Wird man vermutlich auf eine Mauer des Schweigens stoßen«, war sich Franziska sicher, »wir haben‘s ja erlebt.«

»Komischer Name«, Laura schüttelte den Kopf. »Ich

habe ja schon einiges an verbalen Liebkosungen gehört – Mauseschwänzchen zum Beispiel oder Schnuckelchen -, aber noch nie eine solche Bezeichnung. Löwenmäulchen, wie kommt man nur auf so etwas?«

»Oft entstehen solche Namen aus einer kindlichen Verniedlichung heraus«, erklärte ich, »manchmal sind es auch Übertragungen aus anderen Worten, gelegentlich auch Verknüpfungen mit Vertrautem und Liebgewonnenem ...«

»Vielleicht gab es ja Löwenmäulchen in ihrem häuslichen Garten?«, wagte Laura eine Deutung.

»Möglich, ja, alles ist möglich. Ich habe mal ein Mädchen in Bingen gekannt, die wurde überall nur Mäusetürmchen genannt – nach dem berühmten Mäuseturm im Rhein.«

»So, so«, horchte Franziska auf, »Mäusetürmchen!? War sie hübsch?«

»Ja, ja, natürlich war sie hübsch. Ich hatte immer nur mit hübschen Mädchen zu tun. Aber kein Grund zur Sorge, das war lange vor unserer Zeit«, beruhigte ich meine Frau.

»Na«, brummte Franziska und gab sich zufrieden. Plötzlich bemerkte ich, dass mir irgendetwas im Kopf herumging, etwas, das mein vorhergehendes Reden erweckt hatte. Ich spürte, wie es herauszudrängen versuchte, nur noch wenig fehlte, ehe es in mein Bewusstsein einbrechen würde. Also gab ich ihm die Zeit, faltete Roberts Papiere zusammen und steckte sie in den Umschlag. Noch einmal goss ich mir Tee ein.

Fast hätte ich die Tasse fallen lassen, als mich, zwar vorausgeahnt, aber dann doch mit unerwarteter Heftigkeit die Erkenntnis traf. Der Tee schwappte über den Rand und tropfte ins Gras. Ungetrunken stellte ich die Tasse ab. »Mein Gott, so einfach ist das.«

»Was hast du, Heinrich?« Franziska blickte mich verwundert an. »Du denkst doch nicht etwa an Mäusetürmchen?«

»Nein, ganz bestimmt nicht – aber ich denke an Löwenmäulchen. Wir können uns sparen, in Seelentreu nachzufragen. Ich weiß jetzt, wer sie ist und wie sie heißt.«

»Wie, du kennst ihren Namen?« Ungläubig starrte mich nun auch Laura an.

»Ja«, sagte ich und lehnte mich zurück. Für einen Augenblick genoss ich mein Mehrwissen und die Verwirrung der Frauen, zumindest so lange, bis Franziska mich barsch aufforderte: »Nun sag schon endlich: Wer ist Löwenmäulchen? Kennen wir sie?«

»Du und ich haben sie noch nie getroffen. Wir kennen sie nur von einem Foto her – und von dem, was über sie geredet wurde. Laura hingegen ist ihr schon einmal begegnet.«

Die Frauen waren noch immer ratlos. Ich half ihnen auf die Sprünge. »Das, was mich auf die richtige Spur gebracht hat, war meine gerade gemachte Bemerkung über die Entstehung der Kosenamen. Erinnert ihr euch, ich habe die Möglichkeit angesprochen, dass solche Namen auch durch Übertragungen aus anderen Worten ... - Versteht ihr?«

Wieder schwangen die Haare, die blonden gleichermaßen wie die braunen, hin und her im gemeinsamen Kopfschütteln.

»Statt Übertragungen kann man auch Übersetzungen sagen ...« Ich wartete, ob der Groschen fiel.

Da ich wusste, dass Latein nicht zu den Fremdsprachen gehörte, die Franziska auf der Schule gelernt hatte, wandte ich mich gleich an Laura. »Wie sieht‘s bei dir mit dem Lateinischen aus? War das Unterrichtsfach in deiner Schule?«

»Fach? Nein, aber es gab eine AG, die ich belegt hatte. Immerhin habe ich das kleine Latinum.«

»Na, dann versuch dich mal in der Übersetzung des Wortes Löwenmäulchen«, forderte ich sie auf und lehnte mich erneut zurück. Franziska folgte meinem Beispiel, gespannt sahen wir auf die Angesprochene.

Es war Laura anzusehen, dass sie sich bemühte, lange Vergessenes wieder hervorzuholen. Mit gefurchter Stirn kramte sie in der Erinnerungskiste ihrer schulischen Vokabeln. Dann, mit einem Mal, sprang sie auf. In einer eingefahrenen Geste plötzlichen Erkennens schlug sie sich mit der flachen Hand vor die Stirn und rief ein ums andere Mal: »Das gibt's doch nicht! Ich glaube das nicht!«

Nun erhob ich mich ebenfalls und ging ein Stück auf Laura zu: »Doch, das gibt's, du erlebst es ja gerade. Das ist das Bezugsglied, das deine Familie bis heute mit Seelentreu verknüpft.«

Jetzt hielt es auch Franziska nicht mehr auf ihrem Stuhl. Energisch sprang sie auf, stellte sich mit in die Seiten gestemmten Armen zwischen uns und verlangte: »Wenn ihr mir nicht sofort erklärt, wieso euch eine Übersetzung von Löwenmäulchen ins Lateinische so aus der Fassung bringt, hüpfe ich in den Teich und ersäufe mich.«

Abgesehen davon, dass die Wassertiefe gerade mal vierzig Zentimeter betrug, ihr Vorhaben also nur unter akrobatischen Verrenkungen zu verwirklichen gewesen wäre, hatte sie natürlich das Recht zu erfahren, was mir, und jetzt auch Laura, aufzudecken gelungen war.

»Auch wenn du die alte Römersprache nicht gelernt hast, so kennst du doch das lateinische Wort für Löwe«, ließ ich sie an der Entschlüsselung des Übersetzungsgeheimnisses teilhaben. »Es wird so häufig verwendet, dass es schon fast sprachliches Allgemeingut ist - außerdem taucht es in jedem Kreuzworträtsel auf.«

»Du meinst ‚leo‘?«, versuchte sich meine Frau.

»Ja, leo, der Löwe – oder auch der Wortstamm leon für alles, was man mit dem Löwen verbindet. - Gut«, lobte ich und machte weiter. »Auch der Begriff für Mäulchen, Mündchen und das, was mit dem Mund zu tun hat, ist in die Alltagssprache eingegangen. Denk an die Medikamente, die über den Mund zugeführt werden, die also geschluckt werden müssen.« Aufmunternd sah ich sie an.

»Ich weiß, was du meinst«, Franziska schien Spaß an dem Enträtseln gefunden zu haben. »Orale Applikation heißt das, auch spricht man von oraler Ernährung. Das Wort ‚oral‘, das meinst du doch, oder?«

»Richtig, oral. Der Wortstamm ist diesmal ‚ora‘, er beschreibt Dinge und Handlungen, die den Mund betreffen.« Ich machte eine kleine Pause, um die Bedeutung des folgenden herauszuheben. »Und jetzt füge die beiden Wortstämme zusammen, ‚leon‘ für Löwe und ‚ora‘ für Mäulchen – dann wird dir schnell klar, was wir entdeckt haben.«

Drei, vier Sekunden dauerte es, dann breitete sich ein ungläubiges Staunen über das Gesicht Franziskas. »Das gibt's doch nicht!«, stammelte nun auch sie die gleichen Worte, die Laura wenige Augenblicke zuvor in ihrer Fassungslosigkeit ausgerufen hatte. »Leon - ora«, flüsternd setzte sie die beiden lateinischen Worte nebeneinander, um sie gleich darauf zu verschmelzen, zu ergänzen und wieder zu verkürzen. »Leonora – Eleonora - Ela.«

Der Augenblick der totalen Verblüffung hielt nur kurz an, zu vorrangig war die Frage, die sich Franziska und auch uns aufdrängte: »Was hat das zu bedeuten?«

Ich fasste meine Frau am Arm und führte sie zu ihrem Stuhl zurück. Auch Laura setzte sich wieder zu uns. Jetzt galt es, eine Antwort auf die eben gestellte Frage zu finden, auch Schlüsse zu ziehen aus den neuen Erkenntnissen. Und vor allem eine Entscheidung zu fällen, wie es nun weitergehen sollte.

»Ein Name wie Eleonora hat natürlich in einem Kaff wie Seelentreu keine Chance zu überleben«, begann ich über unsere Entdeckung laut nachzudenken. »Ein solcher Name passt genauso wenig ins Dorf wie jemand, der dort den ganzen Tag im dunklen Anzug und Lackschuhen herumläuft. Dass aus ihm allerdings ein umgedeutschtes Löwenmäulchen wurde, ist schon überraschend.«

»Bist du dir denn sicher, dass es sich bei Löwenmäulchen tatsächlich um meine spätere Schwägerin Ela handelt?« Lauras fragende Skepsis zeigte die Zweifel, die sie noch hegte.

»Sicher?« Ich zögerte, wie konnte ich sicher sein. Doch dann entschied ich mich. »Ja, ich bin mir sicher. Philipp hat seine frühere Jugendfreundin geheiratet, jenes Löwenmäulchen, mit der zusammen er in dieser verhängnisvollen Nacht zum Mörder geworden war.«

»Aber die Hochzeit hat doch Jahre später stattgefunden. Warum hat Philipp sie erst da geheiratet?«

Ja, das war die entscheidende Frage. Natürlich konnte es sein, dass, zufällig oder gewollt, ein erneutes Begegnen die ehemalige Beziehung wieder aufgefrischt hatte, dass in beiden eine alte Liebe neu entflammt war, aber daran glaubte ich nicht. Ich holte tief Luft. Das, was ich jetzt sagte, war reine Spekulation. Und doch war ich aus mir selbst nicht erklärlichen Gründen felsenfest davon überzeugt, dass ich Recht mit meiner Annahme hatte: »Ich bezweifle, dass Philipp der primär Aktive bei dieser Heirat war. Vielmehr glaube ich, dass Ela zielgerichtet auf Philipp zuging, um ihn zu einer Ehe mit ihr zu veranlassen.«

»Und welchen Grund könnte sie dafür gehabt haben?«

»Den Grund, der für viele Frauen von enormer Wichtigkeit ist: Die Absicherung ihres Lebens«, konstruierte ich mein Gebäude. »Philipp war, wie wir von seiner ersten Frau wissen, zu dieser Zeit schon als Anwalt in Hameln erfolgreich. Er war wohlhabend und angesehen, für Eleonora Gregorius sowohl finanziell als auch gesellschaftlich eine vielversprechende Beute. Also drängte sie sich in Philipps Leben, verdrängte die Ehefrau und setzte sich ins gemachte Nest.«

»Einfach so?« Laura wollte das nicht glauben.

»Ich weiß nicht, ob Liebe mit dabei war – immerhin ist Ela eine attraktive Frau, du hast sie selbst so beschrieben. Aber ihr Hauptargument dürfte ein anderes gewesen sein. Löwenmäulchen wird Philipp daran erinnert haben, was er getan hat, damals, im August 1994. Ich nehme an, sie hat ihm die Pistole auf die Brust gesetzt: Heirate mich, und ich schweige. Wenn nicht ...« Ich brauchte den Satz nicht zu beenden, es war auch so klar, was ich meinte.

»Um Himmels willen, das ist ja Erpressung!«, entsetzte sich Franziska, wurde dann aber nachdenklich. »Eines verstehe ich nicht: Wenn Löwenmäulchen ihre Androhung, das damalige Verbrechen offenzulegen, wahrmacht, würde sie sich doch selbst entlarven.«

»Das ist richtig, aber dass es zu einer Offenlegung kommt, damit rechnet sie nicht. Sie weiß genau, dass der gutsituierte und etablierte Philipp viel zu verlieren hat, wenn er ihre Forderungen nicht erfüllt. Aus dem gleichen Grund hat sie nicht zu befürchten, dass Philipp ihre Erpressung publik machen, sie möglicherweise sogar anzeigen könnte.«

»Das ist ja unglaublich«, machte sich Franziska Luft, ließ aber offen, über was sie sich mehr echauffierte: Über Elas

Verderbtheit oder Philipps hilflose Nachgiebigkeit. »Wenn deine Vermutung richtig ist – und inzwischen glaube ich selbst daran -, dann hat doch diese Liaison des gemeinsamen Verbrechens, wenn ich das mal so ausdrücken darf, über Jahre gehalten. Warum kommt jetzt, achtzehn Jahre später, soviel Bewegung in die Geschichte?«

»Ist das nicht offenkundig, was da geschehen sein muss?« Ich stand auf, stellte mich mit dem Rücken zum Teich und sah die Frauen an. Ich musste wie ein Lehrer wirken, der den Schülern auf ihre Fragen antwortet. »Jemand aus der Gemeinschaft der zum Schweigen Verpflichteten hat geredet – oder zumindest den Anschein erweckt, er könnte reden und das lange bewahrte Geheimnis dadurch gefährden.«

»Du glaubst, das könnte Robert gewesen sein?«

»Ja, Laura, das Ganze beginnt doch mit Elas Auftauchen und Roberts plötzlichem Verschwinden. Bei mir verdichtet sich der Eindruck, dass dein Mann damals deshalb aus dem Haus gelockt worden ist, weil in ihm eine undichte Stelle vermutet wurde, weil die Leute befürchteten, er könnte alles aufdecken.«

»Aber wieso sollte Robert gerade jetzt – nach fast zwei Jahrzehnten ...? Und die Leute, von denen du sprichst ...«

»Sind genau die, die damals zusammen mit Löwenmäulchen an der Erschlagung der Rumänen beteiligt waren. Die Namen kennen wir ja inzwischen. Irgendwie müssen sie erfahren haben, dass dein Mann sein Schweigen brechen wollte. Vielleicht hat Robert es ihnen ja selbst mitgeteilt, hat sie angerufen oder ihnen geschrieben, möglicherweise von seinem Gewissen gesprochen, das ihm keine Ruhe lässt? Was weiß ich – ich kann da auch nur raten.«

»Oder sie haben davon Kenntnis bekommen, dass Robert den damaligen Tathergang aufgeschrieben hat und in einem geheimen Versteck verwahrt?«

»Ja, davon müssen sie gewusst haben. Das war für sie wie eine Zeitbombe, die jederzeit hochgehen konnte.«

Abrupt erhob sich Franziska, hinter ihr kippte der Stuhl ins Gras. Wenn ich vorher wie ein Lehrer gewirkt hatte, so war sie nun die Richterin, die sich mit erhobenen Händen vor uns aufbaute, um das definitive Urteil zu sprechen: »Schluss jetzt mit dem Aufklären, Spekulieren und Hinterfragen. Die Sache hat inzwischen Ausmaße angenommen, die unser Vermögen und die Mittel, die uns zur Verfügung stehen, weit übersteigen. Nun ist die Polizei gefragt, sonst niemand. Oder siehst du das anders, Laura?«

»Nein, jetzt, wo ich weiß, um was es geht, ich Roberts unglückliche Rolle in diesem Drama kenne, soll das Ganze den Lauf nehmen, den es vielleicht schon vor Jahren hätte nehmen sollen.« Laura hielt den Umschlag hoch. »Die Polizei soll das hier lesen und dem Spuk ein Ende machen. Ich will jetzt wissen, was mit Robert geschehen ist – so oder so!«

»Ja«, ich war der gleichen Meinung, »von jetzt ab ist die Polizei am Zug. Oder genauer, von morgen früh an, denn ich hätte da heute noch etwas, das ich ... also … wie soll ich sagen ...« Ich druckste herum, wagte nicht, Franziska anzusehen.

Die sanfte Schärfe ihrer Stimme war der Schneide eines Sarazenenschwertes nicht unähnlich, das den Kopf eines Delinquenten mit einem Streich abzutrennen in der Lage ist. »Heinrich!«, ermahnte sie mich, »ab heute überlassen wir alles der Polizei. Haben wir das nicht gerade beschlossen?!«

»Gut, ja, einverstanden«, tat ich kompromissbereit, »noch heute Nacht übernimmt die Polizei - sagen wir ab Mitternacht, bis dahin bin ich wieder zurück.«

»Heinrich!« Noch einmal fuhr das Schwert auf meinen Nacken herab, »was beabsichtigst du?«

»Ach«, tat ich das, was ich plante, locker ab. Sie musste ja nicht sehen, dass mir bei dem Gedanken an mein Vorhaben alles andere als unbeschwert zumute war, »ich will nur nachsehen, ob das Grab der Rumänen noch da ist.«

»Wie, du willst auf den ‚Balkon'?«

»Ja. Robert hat so exakt beschrieben, wo genau die Grabhöhlung liegt. Selbst im Finstern dürfte es nicht schwer sein, die Lochabdeckung zu finden.«

»Wenn es überhaupt noch eine gibt. Nach achtzehn Jahren ist wahrscheinlich alles weggefault und eingestürzt.«

»Davon will ich mich eben überzeugen, bevor ich die Polizei verständige. Aber keine Angst, ihr braucht da nicht mit. Ich gehe allein. Das ist viel unauffälliger.«

»Da würden mich auch keine zehn Pferde hinkriegen«, verweigerte sich Franziska, und auch Laura schüttelte sich bei der Vorstellung an einen derartigen Ausflug im Dunkeln.

Und dann, das hätte mich eigentlich stutzig machen müssen, räumte meine Frau ohne weiteren Widerstand das Feld. »Fahr in Gottes Namen und überzeuge dich, ob die Skelette noch da liegen.« Mit einer resignierenden Handbewegung schickte sie mich auf die Reise. »Du tust ja doch, was du willst – egal, wie ich mich dazu äußere.«

Ach, wir selbstgefälligen Männer. Wie leichtgläubig lassen wir uns von den Frauen umschmeicheln, wenn sie nur unsere Durchsetzungsfähigkeit und Willensstärke preisen. Auf die Idee, dass mich Franziska fortließ, um ungestört die Fäden des weiteren Ablaufs spinnen zu können, kam ich nicht.

Also begann ich, die Dinge zusammenzusuchen, die ich gleich bei meiner Exkursion im Wald brauchen würde.

26

Meine topographische Karte im Maßstab 1:50 000 war sehr genau, das hatte ich schon mehrfach auf früheren Wanderungen festgestellt, wenn sie mich mit ihren präzisen Angaben zu einem anvisierten Objekt hin oder aus einer falschen Richtung zurück auf den richtigen Weg geführt hatte. Jetzt vor meiner Abfahrt hatte ich sie sorgfältig studiert, hatte erkannt, dass die Annäherung an den ‚Balkon' von Seelentreu aus wesentlich kürzer und einfacher war als von der Quenteler Hangseite her. Ich würde so bis nahe an den Pfad heranfahren und schon nach hundertfünfzig Metern auf ihm mein Ziel erreichen können. Der Nachteil dieser Anfahrt war, dass sie durch das Dorf führte. Auch wenn die Dämmerung gerade begonnen hatte, in die Dunkelheit überzugehen, so bestand doch die Gefahr, dass man meine Durchfahrt bemerkte und, meine Absicht erratend, mir folgte. Aber das musste ich riskieren. Es war mein letzter Einsatz in dieser Sache, das gab mir einen trügerischen Trost.

Für mich war es das erste Mal, dass ich Seelentreu am Abend erlebte. Herrje, war das düster hier! Aber was hatte ich erwartet? Ein Dörfchen, illuminiert wie im Bilderbuch, mit heimeligen Straßenlaternen und warmen Lichtern in butzenscheibenverglasten Sprossenfenstern?

Ganze drei Laternen brannten im Ort, die eine auf dem kleinen Platz vor dem Schulgebäude, die beiden anderen am Anfang und am Ende der Dorfstraße. Dazu kam das spärliche Licht aus den wenigen erleuchteten Fenstern und der Strahler über dem Kneipenschild von »Sanssouci«.

Als ich das Örtchen jetzt durchfuhr, beschlich mich das gleiche Gefühl, wie ich es schon einmal hatte, vor drei, vier

Tagen beim Gang durch das mittägliche Dorf. Von überall her hatte ich mich beobachtet geglaubt und das Empfinden gehabt, man lauere mir irgendwo auf. Auch jetzt, als ich langsam und, wie ich meinte, unauffällig die Häuser passierte, nahm ich Augen und Bewegungen wahr, die aus den Fenstern heraus meinem Weg zu folgen schienen. Flüchtig nur wiegte mich der Gedanke, im dunklen Autoinnern nicht erkannt werden zu können, in Sicherheit, denn schnell wurde mir bewusst, dass der Fahrzeugtyp den Dorfbewohnern vertraut und mein Nummernschild beleuchtet war.

Ich fuhr an Gideron vorbei, schemenhaft nur konnte ich das Wochenendhaus darauf erkennen. Der asphaltierte Straßenbelag endete hier, ein geschotterter Feldweg führte weiter in den Talkessel hinein. Nach zweihundert Meter bog ich ab in den Wald, steil führte der Weg jetzt den Hang hinauf. Ich hatte mir die Örtlichkeit genauestens auf der Karte eingeprägt, wusste, wie ich auf die Höhe und zu der Kreuzung kommen konnte. Von dort sollte der Pfad in die Schonung abzweigen. Die Scheinwerfer hatte ich am Beginn des Aufstiegs ausgeschaltet, ein erleuchtetes Fahrzeug im Wald war ein zu großer Blickfang.

Im Restlicht des Tages kletterte ich mit dem Wagen vorsichtig bergauf, umfuhr die Hindernisse und gelangte schließlich auf den Berggrat. Am Rand der Stelle, von der, wie auf der Karte beschrieben, die Wege sternförmig nach allen Seiten gingen, stellte ich das Fahrzeug ab. Aus dem Kofferraum holte ich Schaufel und Hacke, nahm die Taschenlampe aus dem Handschuhfach und machte mich auf die Suche nach dem Einsteig in die Schonung. Ich leuchtete auf den Buschrand, schirmte dabei den Lichtstrahl mit der Hand so ab, dass er nur auf den Boden fallen konnte.

Nicht lange und ich hatte den schmalen Pfad gefunden.

Aber das, was ich im Schein der Lampe sah, überraschte mich und gefiel mir überhaupt nicht. Ich hatte fest damit gerechnet, mich durch zugewachsenes, lange nicht betretenes Gelände hindurcharbeiten zu müssen. Stattdessen fand ich vor mir deutliche Zeichen einer erst kürzlichen Begehung des Weges: Das Gras war zertrampelt, Zweige abgerissen, an einer feuchten Stelle am Beginn des Pfades ließen sich Abdrücke von schweren Schuhen erkennen.

Ich schaltete die Taschenlampe aus, stand eine Weile unentschlossen da und lauschte in die Nacht hinein. Nun ist der Wald schon immer ein mystischer Ort, besonders, wenn es dunkelt, wenn sich das Leblose zu bewegen beginnt, sich die Schatten ins Riesige vergrößern und die leisesten Geräusche zu bedrohlichen Lauten anschwellen. Hier kam noch hinzu, dass ich erst vor ein paar Stunden von dem Grauenvollen gelesen hatte, das sich nur wenig unterhalb von mir vor vielen Jahren abgespielt hat. Bedrückende, unheilvolle Bilder spukten mir im Kopf herum. Ich sah die Szene vor mir, spürte, wie mich plötzlich eine kaum auszuhaltende Beklommenheit befiel. Am liebsten hätte ich mein Auto wieder bestiegen und die Flucht ergriffen.

Neben mir knackte ein Ast. Erschreckt fuhr ich zusammen. Ein Reh sprang auf und floh in wilden Sprüngen über den Weg. Ich atmete tief durch, zwang mich zu der Einsicht, dass alles rings um mich normal war, das Leben im Wald an diesem Abend nicht anders ablief als sonst. Am Besten, ich machte ich auf den Weg. Das Stillstehen war nicht gut für meine überreizten Nerven, die mir Dinge vorgaukelten, die einzig einer angstvollen Fantasie entsprangen.

Anfangs lief der Pfad steil bergab, einige Male kam ich ins Rutschen. Dicht und undurchdringlich wie vor achtzehn Jahren stand das Buschwerk an den Seiten. Sollte man die

Schonung seitdem schon einmal ausgelichtet oder gar gerodet haben, so war davon jetzt jedenfalls nichts mehr zu sehen. Alles war erneut zu einem unbezwingbaren Geflecht verwachsen.

Mit dem Flacherwerden des Weges kündigte sich der ‚Balkon' an. Weit unter mir konnte ich durch eine Buschlücke einige Lichtpunkte ausmachen, wahrscheinlich waren es die Laternen von Quentel.

Wieder blieb ich stehen, drehte den Kopf nach allen Richtungen, um jedes Geräusch, jede Bewegung einzufangen. Gleich musste ich aus der Deckung des Dickichts auf die Lichtung hinaus, da wollte ich sicher sein, dass ich dort auch allein war. Aber nichts rührte sich ringsum, alles lag still und unbeweglich da.

Es war unvermeidlich, dass die Bilder aus Roberts Bericht vor mir auftauchten, die auf dem Boden ringenden Leiber, die hoch erhobenen Arme mit den Knüppeln darin, sogar das Stöhnen, Wimmern und Schreien glaubte ich aus dem Schweigen vor mir aufsteigen zu hören, als ich das Gestrüpp verließ und hinaus auf den ‚Balkon' trat. Ich sah mich um. Auch jetzt, so wie damals, war der ebene Boden frei von Büschen, lediglich Gras und einige Stauden wuchsen auf der offenen Fläche. Das mochte an dem steinigen Untergrund liegen, der überall durchschimmerte. In einen solchen Boden eine Wohnhöhle zu graben, konnte nur dann Erfolg haben, wenn man auf eine Felsspalte stieß, so wie es den Rumänen seinerzeit wohl zufällig gelungen war.

Ich blickte auf den hinteren Buschrand, dort musste der tote Bernd Hellwig gelegen haben. Auch die Lücke im Gebüsch, aus der der Pfad von Quentel heraufkam und durch die die Freunde damals auf die Lichtung gestürmt waren, entdeckte ich. Und dann die Felsplatte, auf der Löwenmäulchen gestanden und gehetzt hatte.

Ich versuchte mich zu erinnern, was Robert über die Lage der Platte notiert hatte: »...wie ein natürlicher Grabstein oberhalb des Höhlenlochs«, so oder so ähnlich hatte er die Position des Felsens beschrieben. Es sollte nicht schwierig sein, mit dieser Angabe die Grube zu finden. Da die darüberliegende Erdschicht in den vielen seitdem vergangenen Jahren mit Wurzeln durchwachsen und fest geworden sein dürfte, würde ich sie vor dem Wegschaufeln erst mit der Hacke lockern müssen.

Ich trat zu der Felsplatte, stellte mich auf ihre Schräge und kam zu dem Schluss, dass, wenn der Stein sich oberhalb der Grube befinden sollte, diese an seinem tiefsten Punkt liegen musste. Also begann ich dort, die Hacke ins Erdreich zu senken. Schon nach zwei, drei Schlägen hielt ich erstaunt inne, probierte es noch einmal, aber auch diesmal bot mir der Boden nicht den geringsten Widerstand. Ich kniete mich nieder und leuchtete mit der Lampe auf die Stelle. Welkes Laub, dazu Äste und Rindenstücke lagen dort in dicker Schicht. Ich scharrte mit den Händen solange, bis darunter die Erde zum Vorschein kam. Aber das, was ich sah, war kein Untergrund, der sich in über viele Jahre gewährter Unberührtheit gebildet und verfestigt hatte – nein, ich war mir sicher, hier war erst vor Kurzem neue Erde aufgetragen worden. Meine Befürchtung hatte sich also bewahrheitet: Man hatte das Grab aufgedeckt und ausgeräumt, um die Zeugnisse der vergangenen Taten zu beseitigen.

Ich legte die Hacke zur Seite und nahm die Schaufel in die Hand. Mühelos ließ sich die lockere Erde abtragen, schon bald stieß das Schaufelblatt auf einen hölzernen Widerstand. Doch ich erschrak, als ich sah, was ich da gerade freilegte.

Laut Roberts Beschreibung sollte die Grubenabdeckung aus Baumstämmen und einer Lage dicker Äste bestehen. Jetzt aber blickte ich auf eine aus dicken Bohlenbrettern gezimmerte Holzklappe, auf einen Griff und zwei Scharniere. Alles war neu, nichts von Verrottung und Verrostung war zu erkennen.

Mit fieberhaftem Eifer entfernte ich die restliche Erde, nahm die Finger zu Hilfe, um die Ränder freizukratzen. Endlich lag die Luke vor mir, unbedeckt, sauber und bereit, geöffnet zu werden.

Noch einmal sah ich mich um, beruhigte mich, dass ich noch immer allein war. Und doch ließ mich der Gedanke nicht los, der oder die, die sich erst kürzlich Zugang zu der Grube geschafft hatten, könnten zurückkehren. Vielleicht hatten sie mich beobachtet, hatten mich in den Wald und hier herauf fahren sehen. Aber was half das jetzt – ich war gekommen, um Roberts Angaben zu überprüfen. Nun würde ich auch nachsehen, was die Grube enthielt. Doch was, wenn man sie inzwischen ganz aufgefüllt hatte, um ihr Geheimnis unter dem Erdreich zu begraben? Aber wozu hatte man dann einen neuen Deckel angebracht?

Ich fasste den Griff, stemmte die Knie in die seitlich angehäufte Erde und zog an der Abdeckung. Die Bretter waren schwer, die Feuchtigkeit der Umgebung war in sie eingedrungen, ich hatte Mühe, sie hochzuheben. Fast lautlos öffnete sich die Luke. Das Rieseln der wenigen verbliebenen Erdkrumen war zu hören, die mit zunehmender Schräge über das Holz rollten. Mit einem Klick arretierte der Deckel in seiner senkrechten Stellung.

Ich nahm die Lampe in die Hand, zögerte kurz, dann knipste ich sie an und richtete den Strahl nach unten. Zuerst war ich erleichtert, als der Lichtschein sich in einem

Hohlraum verlor. Die Grube der Rumänen gab es also noch.

Doch nur einen Moment später sollte meine Erleichterung in Entsetzen umschlagen. Ich musste geschrien haben bei dem furchtbaren Anblick, der sich meinen Augen am Boden der Höhle darbot. Reglos, inmitten von Gebeinen und Schädeln, lag ein menschlicher Körper – aber was mich noch weit mehr mit Grauen erfüllte, waren die Ketten, mit denen man ihn an die Felswand fixiert hatte.

Doch mir blieb keine Zeit, die ungeheuerliche Szene näher zu betrachten, denn im selben Augenblick schreckten mich Geräusche in meinem Rücken auf, sogar gedämpfte Stimmen meinte ich zu hören. Personen kamen den Pfad herauf – und es war nur allzu deutlich: Der ‚Balkon' war ihr Ziel.

Panisch blickte ich mich um, suchte verzweifelt mit den Augen nach einem Versteck. Hinter einer Buschgruppe am Rand des Dickichts schien sich eine kleine Lücke aufzutun. Dorthin sprang ich und verbarg mich, so gut es eben ging. Doch ich gab mich keiner Illusion hin - wenn man den ‚Balkon' absuchte, würde man mich entdecken, zumal das offene Grab mit der hochstehenden Luke meine Anwesenheit verraten musste.

Die Leute kamen von Quentel herauf, waren also höchstwahrscheinlich keine Seelentreuer, versuchte ich mir Mut zu machen. Aber das nützte wenig, ich zitterte am ganzen Körper, als sich auf einmal der Schein starker Leuchten auf die Lichtung ergoss. Vier, fünf Lampen zählte ich, vielleicht waren es auch mehr. Tief duckte ich mich hinter das dichte Laub. Aber die Lichtbündel der Handscheinwerfer kamen erst gar nicht zu mir, wie angezogen von dem aufgestellten Deckel fokussierten sie sich auf ihn und die darunterliegende Grube.

»Mein Gott, da liegt ja ein Mensch«, rief hörbar entsetzt eine Stimme und bewirkte, dass alle Lampen in die Höhlung hineinleuchteten – und auch das bewirkte sie, dass mir die Tränen in die Augen schossen vor Erleichterung. Nie zuvor war mir eine Stimme wohltönender erschienen als die meines Freundes Gunter jetzt. Und auch die Stimme des Antwortenden klang wie Musik in meinen Ohren, als Charly bestätigte: »Tatsächlich, da liegt jemand drin.«

Ich richtete mich auf und trat auf die Lichtung. Fassungslos starrte ich auf die Kommissare »Wie kommt ihr denn hierher?«

Die Geschwindigkeit, mit der die Scheinwerfer zu mir herumschwangen, erinnerte mich an die blitzschnell gezückten Revolver der Sheriffs und Banditen in den Wildwestfilmen. Viel fehlte nicht und ich hätte die Hände gehoben.

»Verdammt noch mal, Heiner!«, begann Charly, unterdrückte dann aber doch den Vorwurf, der ihm auf den Lippen lag. Stattdessen informierte er mich: »Franziska war bei mir, hat mir das Schreiben von Robert Gavel gezeigt. Mein lieber Mann, was ich da lesen musste, das ging unter die Haut. Mir war klar, dass ich sofort handeln musste, vor allem, als sie mir mitteilte, dass sich ihr Held von Ehemann hier oben auf Leichensuche herumtreibt. Ich habe sofort Gunter und die Mannschaft zusammengerufen, habe einen Kollegen aus Quentel besorgt, der die Gegend kennt und uns hier herauf geführt hat. - Nun also sind wir da und erleichtert, dich wohlauf zu sehen.«

»Von wohlauf kann keine Rede sein. Ich bin ganz schön durcheinander. Der Schreck, als ich euch herankommen hörte, ist mir in die Glieder gefahren. Konnte ja nicht wissen, dass ihr das wart. - Außerdem«, ich zeigte auf die Grube, »das da drin ist alles andere als aufbauend.« Ich trat neben die Polizisten – sechs waren es mit den Kommissaren, gemeinsam schauten wir in das Loch. Die Scheinwerfer waren jetzt auf den Höhlenboden gerichtet, ihr Licht fing sich in den ausgebleichten Knochen und dem darüber angeketteten Körper.

»Wer ist das?«, wollte Charly wissen, »und vor allem, lebt er noch?«

»Keine Ahnung. Ich hatte gerade den Deckel freigelegt und angehoben, als ihr kamt. Erst jetzt komme ich dazu, einen längeren Blick hinein zu werfen.«

Der Hauptkommissar winkte einen jungen Beamten heran. »Dirk«, wies er ihn an, »steig du erst einmal in die Grube. Sieh zu, dass du dabei möglichst wenig Spuren verwischst. Und dann hilf Dr. Gerhard hinunter, er als Arzt kann am Besten den Zustand des armen Teufels dort beurteilen.«

Während Dirk sich unter der Hilfestellung seiner Kollegen in das Loch hinabließ, versuchte ich, mit der mir gerade zugeteilten zwiespältigen Aufgabe fertigzuwerden. Die Vorstellung, jetzt in ein Grab hinuntersteigen zu müssen, in dem ein Mensch auf den Gebeinen dreier erschlagener Männer lag, machte mir zu schaffen.

Der Ruf des hinabgestiegenen Polizisten schreckte mich auf. »Kommen Sie, Doktor, die Wände sind fester Fels. Auf ihren Vorsprüngen und in den Vertiefungen kann man sich gut abstützen. Das Herunterklettern ist nicht schwer.«

Er hatte Recht, die Füße ließen sich gut in die Spalten setzen, die Hände fanden ausreichend Halt, wahrscheinlich deshalb hatte man auf das Schlagen einer Treppe oder eine Leiter verzichtet. Kurz darauf stand ich auf dem felsigen Boden, sorgsam darauf bedacht, auf keinen der herumliegenden Knochen zu treten.

»Und?«, ich wies mit dem Kopf zu dem Körper hin, »ist er noch am Leben?«

»Ich glaube, ja, aber viel fehlt nicht mehr, bis ...« Der Polizeibeamte wandte sich ab, man sah, dass er mit sich kämpfte. Das hier überstieg wohl alles, was er in seiner jungen Laufbahn bisher erlebt hatte.

Ich kniete mich neben den leblosen Leib, sah jetzt, dass es ein Mann war. Und auch, dass der Polizist mit seiner Einschätzung richtig lag. Dieser völlig ausgemergelte Mensch vor mir hatte die Schwelle zum Tod schon mit mehr als einem Fuß überschritten. Seine Atmung war so flach, dass sich der Brustkorb kaum mehr hob, der Puls der Halsschlagader war fast nicht mehr zu tasten. Aber der Mann lebte – noch – und er brauchte schnellstens Hilfe, wenn er weiter am Leben bleiben wollte.

Ich hielt mich nicht damit auf, ihn näher zu untersuchen, hier ging es jetzt um jede Minute. Der abgemagerte Körper war extrem ausgetrocknet. Wie ein ausgewrungener Lappen lag die Haut faltig auf den Knochen, ein Wunder, dass das eingedickte Blut noch zirkulierte. Wie lange mochte dieser bedauernswerte Mensch hier schon liegen?

»Charly«, rief ich zum Grubenrand hinauf, »der Mann muss sofort versorgt werden. Er hat einen bedrohlichen Flüssigkeitsmangel. Sein Leben hängt nur noch an einem seidenen Faden. Versuch, einen Rettungshubschrauber heranzukriegen. Vielleicht kann er ja hier landen.«

»Gut, ich versuch's. Sollen wir ihn vorher heraufholen?«

»Nein, wir können im Moment nichts für ihn tun. Er ist tief bewusstlos. Was er dringend braucht, sind Infusionen. Wartet, bis die Fachleute da sind.«

Ich hörte, wie der Hauptkommissar seine Anweisungen gab. Man wollte den ‚Balkon' so gut es ging ausleuchten, um dem Hubschrauber ein Ziel zu geben. Auch alle Hindernisse, die bei der Landung im Weg sein könnten, sollten entfernt werden. Dann war Charlys Stimme nur noch schwach zu vernehmen, er war wohl zur Seite getreten, um mit der Notrufzentrale zu sprechen.

Ich bückte mich noch einmal hinunter, versuchte vergeblich, den Körper des Mannes zu drehen. »Wir müssen ihn von den Ketten befreien«, sprach ich den Polizisten an, »so kann ich ihn nicht untersuchen. Ich muss unbedingt nachsehen, ob er irgendwelche Verletzungen hat.«

Ratlos hob der Beamte die Schultern, fasste demonstrativ nach einer der dicken Stahlketten, die Arm und Bein des Bewusstlosen umschlossen. »Ohne Werkzeug kriegen wir die nicht auf.« Er deutete auf die schweren Ringe, die in den Felsen eingelassen waren. »Die sind einbetoniert, die müssen herausgebrochen werden.«

Mir fiel mein Grabwerkzeug ein. »Oben am Grubenrand liegt eine Kreuzhacke, damit könnte es doch gehen.«

»Ja, das wäre möglich«, nickte der junge Mann eifrig. Mit den Händen formte er einen Trichter. »Hallo, hört ihr«, rief er nach oben, »neben dem Eingang soll eine Kreuzhacke liegen. Schaut doch mal nach.« Wenig später kam die Bestätigung: »Wir haben sie gefunden. Sollen wir sie hinunterreichen?«

»Ja, und einer von euch muss mitkommen. Ich brauche Hilfe. Ich will versuchen, die Ketten aus der Wand zu stemmen.«

Kurz darauf waren zwei Beamte dabei, den Halterungen zu Leibe zu rücken. Es war ein schweres Stück Arbeit, die Betonverankerungen herauszuhebeln, aber schließlich gelang es. Auch wenn die Ketten vorerst an Hand und Fuß verbleiben mussten, erst später mit Spezialwerkzeug aufgesprengt werden konnten, jetzt ließ sich der Körper wenigstens bewegen.

»Am besten, ihr geht nach oben und helft, die Landung des Rettungshubschraubers vorzubereiten«, schlug ich den Polizisten vor, »das ist im Moment vorrangig. Ich komme hier zurecht. Und nehmt die Leuchte mit, jedes Licht wird jetzt oben benötigt.

Kurz darauf war ich allein mit dem Bewusstlosen, allein mit den vielen Knochen um mich herum und der Dunkelheit, die meine Taschenlampe nur unzureichend zu erhellen vermochte. Ich begann, den Körper zu drehen, wendete ihn so, dass er auf dem Rücken zu liegen kam. Das gelang ohne Mühe, ich hätte nicht gedacht, dass ein so großer Mann so leicht anzuheben war.

Doch dann erschrak ich, als ich in sein Gesicht blickte. Eine dicke Schicht getrockneter Erde bedeckte wie eine Maske Wangen, Mund und Nase. Mit Schaudern begriff ich die Bedeutung dieser Verkrustung, stellte mir den armen Menschen vor in seinem verzweifelten Kampf, am Leben zu bleiben. Unfähig, sich zu bewegen, und umgeben von tiefster Finsternis, musste er auf der Suche nach der lebenswichtigen Feuchtigkeit die Wände mit der Zunge abgetastet und jeden nur erreichbare Wassertropfen aufgeleckt haben. Möglicherweise hatte er sich dadurch ja ein paar Tage Überlebensfrist verschafft, so lange jedenfalls, bis er das Bewusstsein verloren hatte und damit dem Schicksal wehrlos ausgeliefert war.

Charlys Kopf erschien über mir in der Öffnung. »Der Hubschrauber wird gleich da sein«, informierte mich der Freund, »brauchst du bis dahin noch etwas?«

»Ja, ich benötige dringend Wasser.«

»Kein Problem, Wasser haben wir immer dabei. Warte,

ich hole es dir.« Der Kopf verschwand, erschien jedoch kurz darauf wieder. »Hier«, warf mir Charly die Plastikflasche zu. »Glaubst du, er überlebt?«

»Hängt davon ab, wie schnell Hilfe kommt.«

Das Gesicht des Hauptkommissars drehte sich nach oben. »Ich höre schon das Motorengeräusch des Helikopters. Die sind gleich da. In wenigen Minuten bekommst du Unterstützung. Ich muss mich jetzt um die Landung kümmern. Haltet solange durch.«

Wieder blieb ich allein mit dem Mann, der mit dem Tod rang. Wenn ich ihm doch nur helfen könnte, aber was konnte ich schon tun? Ich schraubte die Wasserflasche auf, tränkte einen Zipfel meines Hemdes und begann, ihm die Erdkruste aus dem Gesicht zu waschen. Ich ging behutsam vor, die Haut war so dünn und spannte über den Knochen, dass ich Angst hatte, sie könnte unter meinem Reiben einreißen. Doch dann war der größte Teil der Schmutzschicht entfernt. Ich befeuchtete den anderen Hemdzipfel und betupfte die rissigen Lippen. Auch die Augen und Nasenlöcher benetzte ich, alle Schleimhäute würden jetzt gierig die so dringlich benötigte Flüssigkeit aufsaugen. Vorsichtig öffnete ich den Mund, tröpfelte das Wasser auf die ausgetrocknete Zunge. Doch ich gab mich nicht der Hoffnung hin, dass ich damit mehr bewirken könnte als der sprichwörtliche Tropfen auf dem heißen Stein.

Noch einmal richtete ich das Licht der Taschenlampe auf das jetzt einigermaßen gesäuberte Gesicht, ließ den Strahl über die eingesunkenen Wangen gleiten, leuchtete auf die eingefallenen Nasenflügel und die tief in ihren Höhlen liegenden geschlossenen Augen - und erstarrte, als mich plötzlich mit erschlagender Wucht eine Erinnerung traf: In das gleiche Gesicht, und doch in ein ganz anderes, hatte ich schon einmal geblickt. Ebenso reglos und ohne Leben wie das des Mannes vor mir hatte es dagelegen. Aber im Gegensatz zu diesem bis auf den Schädel abgemagerten Kopf hier war das Gesicht des anderen damals aufgedunsen und schwammig gewesen, aufgetrieben von den Gasen der Zersetzung. Und doch, trotz der Verschiedenheit – es war der gleiche Stamm, die gleiche Herkunft, das war unverkennbar. Und auf einmal war ich mir sicher, wen ich vor mir hatte, wer der Mann dort auf dem Höhlenboden war. Ich hatte damals den toten Philipp gefunden, hatte ihn lange genug anschauen müssen, dass sich mir sein Bild eingeprägt hatte. Jetzt, da war ich mir sicher, sah ich in das Gesicht seines Zwillingsbruders Robert, Lauras Mann, und ich verzweifelte, wenn ich daran dachte, dass er mir unter den Händen sterben könnte.

Aber dann ging alles schnell. Das Geräusch des heranschwebenden Hubschraubers wurde laut und lauter, ohrenbetäubend drang es bis zu uns herunter. Der Helikopter landete, der Lärm verstummte, schließlich war nur noch das Zischen des leerlaufenden Motors zu hören.

Nicht einmal fünf Minuten später war Robert aus der Höhle herausgeholt und in den Hubschrauber gebracht. Noch während der Pilot den Start vorbereitete, sah ich den Arzt im Innern mit der Infusionskanüle hantieren. Auf einmal war ich zuversichtlich, Robert könnte es schaffen, die Hilfe gerade noch rechtzeitig gekommen sein.

Ich sah dem Licht des in den Nachthimmel steigenden Hubschraubers nach. Gunter war zu mir getreten. »Wohin bringen sie ihn?«, fragte ich den Oberkommissar.

»Ich habe gehört, sie fliegen Göttingen an, die Universitäts-Klinik. Glaubst du, er hat eine Chance?«

»Ja, jetzt glaube ich daran. Ich drücke ihm die Daumen – auch Lauras wegen?«

In den nächsten Minuten war ich damit beschäftigt, den Kommissaren von der Identität des angeketteten Mannes zu erzählen, von meiner Entdeckung, nachdem ich ihm das verschmutzte Gesicht abgewaschen hatte. Unter dem Berichten verfestigte sich in mir die Überzeugung, dass ich mich nicht irrte: Der bewusstlos Aufgefundene war der vermisste Antiquar aus Karlshafen – und wer ihn in diese prekäre Lage gebracht hatte, das war offensichtlich.

Charly war der gleichen Meinung. »Wir haben die Geschichte gelesen, Franziska hat uns Robert Gavels grauenhafte Schilderung gezeigt. Nein, über die Täterschaft besteht kein Zweifel – und auch daran nicht, dass wir noch in dieser Nacht tätig werden müssen. Schließlich geht es hier um Freiheitsberaubung und versuchten Mord, das sind keine Kleinigkeiten.«

Charly zog das Handy aus der Tasche. Doch bevor er wählte, wies er den Oberkommissar an: »Gunter, bring Heiner zu seinem Fahrzeug. Er hat heute Abend genug mitgemacht. Alles Weitere ist jetzt Sache der Polizei. Und solltest du nicht selbst fahren können«, fürsorglich legte mir der Freund die Hand auf die Schulter, »dann bringt dich ein Beamter nach Hause.«

»Nein, nein, das Fahren und Alleinsein im Auto wird mir gut tun. Schließlich muss ich das alles hier erst einmal verkraften.«

»Natürlich«, Charlys Stimme erinnerte mich an die meiner Mutter, hoffentlich nahm er mich nicht in den Arm und drückte mich. Aber er beließ es bei einer milden Ermahnung. »Fahr vorsichtig, Heiner, auch wenn deine Frau daheim voller Sorge auf dich wartet. Und schlaf dich erst einmal aus. Es genügt vollkommen, wenn du mit Franziska morgen Nachmittag um drei in die Polizeidirektion kommst.«

»Was ist mit Frau Gavel? Sie wohnt im Moment bei uns. Soll sie mitkommen?«

»Wenn sie da ist, ja. Aber ich gehe davon aus, dass sie den morgigen Tag an der Seite ihres Mannes in der Klinik verbringt.«

»Ja, das ist wahrscheinlich. Also kommen Franziska und ich alleine.«

Gunter leuchtete mir den Pfad hinauf zu meinem Wagen. Als ich eingestiegen war, hielt er die Tür noch einen Spalt breit offen. »Morgen um drei also«, erinnerte er an den vereinbarten Termin. »Seid bitte pünktlich. Und bringt um Gottes willen nichts mit, es ist alles da. Ihr werdet schon sehen, warum.«

Ich schloss die Autotür, sah dem Oberkommissar nach, wie er auf den Pfad einbog und verschwand. Ich startete und lenkte das Fahrzeug auf den Weg, der hinunter nach Seelentreu führte und dann aus dem Dorf heraus auf die Straße nach Quentel und weiter nach Hause. Ein Gefühl der Erleichterung durchströmte mich bei diesem letzten Gedanken.

27

»Es wird Zeit, dass wir aufbrechen. Gunter hat mich gebeten, pünktlich zu sein. Es ist jetzt Viertel vor drei«, erinnerte ich.

»Gut, ich bin startklar«, verwunderte mich Franziska mit dieser für meine Frau ungewohnt kurzen Aufbruchsvorbereitung. Aber die Aussicht, von den Kommissaren Neuigkeiten, vielleicht sogar die Aufklärung der ganzen Geschichte zu hören, hatte sie in diesem besonderen Fall einmal zur Eile und zur Einnahme der vorderen Startposition bewogen. Also gingen wir zum Auto, sie mit dem Schlüssel wedelnd vorneweg, ich nicht weniger erwartungsvoll hinterher.

Wie von Charly vorhergesagt, waren wir allein. Noch in der Nacht war Franziska, unmittelbar nach meiner Rückkehr und der Nachricht, dass Robert noch lebte, mit Laura in die Klinik gefahren. Sie hatte darauf bestanden, die Freundin nach Göttingen zu bringen, denn Laura selbst wäre nicht in der Lage gewesen, ein Auto zu steuern. Zu sehr war sie erschüttert durch die Botschaft vom Auffinden ihres Mannes, zu sehr aufgewühlt, um sich unter Kontrolle zu haben. Dennoch war ich nicht umhin gekommen, ihr von dem kritischen Zustand zu berichten, in dem sich Robert befand - die Fallhöhe sollte nicht zu groß sein, falls er doch noch versterben sollte. Aber ich hatte ihr gleichzeitig auch meine Hoffnung für sein Überleben mitgeteilt: »Er ist ja nicht krank oder verletzt, ihm fehlen lediglich Flüssigkeit und Nahrung. Wenn er beides jetzt erhält, ist die Wahrscheinlichkeit hoch, dass er wieder auf die Beine kommt.«

Und dann, vor einer Stunde, hatte Laura aus der Klinik angerufen. Gerade eben war Robert aus der Bewusstlosigkeit aufgewacht. Sie hatte neben ihm gesessen, als er die Augen aufgeschlagen und sie sofort erkannt hatte. Die Ärzte waren zuversichtlich, dass von seinem Martyrium in der Höhle keine körperlichen Schäden zurückbleiben würden. Franziska war mir um den Hals gefallen, Tränen der Freude waren ihr über das Gesicht gelaufen; und auch ich hatte nach dieser wundervollen Nachricht meine Bewegung nicht unterdrücken können.

Zwei Minuten fehlten noch bis drei, als wir überpünktlich Charlys Dienstzimmer betraten. Der Hauptkommissar begrüßte uns mit Handschlag und bat uns, Platz zu nehmen. Gunter, informierte er, sei schon auf dem Weg, er habe vor, pünktlich anzufangen.

Schon wieder diese Pünktlichkeit, als gäbe es etwas Wichtiges, das einem ausführlichen und zeitlich offenen Gespräch Grenzen setzte. Und dann Charlys Aufmachung. Wie ein gediegenes Denkmal wirkte er in seinem dunkelblauen Zwirn mit der gestreiften Krawatte und dem weißen Hemd, ein für uns ungewohnter Anblick, kannten wir ihn doch bisher fast ausschließlich leger und sportlich gekleidet.

Gerade, als ich mich nach dem Anlass dafür erkundigen wollte, betrat der Oberkommissar das Zimmer. Auch er war im Anzug und begrüßte uns mit formalem Händedruck. Dann, offenbar instruiert, keine unnötige Zeit zu verlieren, zog er einen Stuhl heran und setzte sich.

Sein Chef hatte es heute ebenfalls eilig, denn noch bevor ich mich wundern konnte, warum entgegen aller Gewohnheit diesmal kein Kaffee und auch nichts Essbares auf dem Tischchen stand - und das, nachdem Gunter mir in der Nacht noch versichert hatte, alles sei da -, begann der Hauptkommissar, uns über die aktuellen Entwicklungen zu unterrichten. »Drei Männer haben wir heute früh in Haft nehmen können, die drei letzten noch verfügbaren von den sieben jener verhängnisvollen Nacht damals.« Charly nahm ein Blatt vom Schreibtisch und las die Namen vor: »Daniel Degenhard, Simon Geerk und Christian Roth. Zwei von ihnen, Daniel und Christian, konnten in Seelentreu festgenommen werden – beide wohnen noch dort, führen die Landwirtschaft der Eltern weiter. Der dritte, Simon Geerk, wurde in Gladbeck verhaftet. Da lebt er seit elf Jahren.«

»Und der Vierte?«

»Peter Erdmann ist tot. Er starb jung an Leukämie. Auch

zwei andere können nicht mehr belangt werden: Bernd Hellwig, er kam am Ort seiner Tat ums Leben und Philipp Gavel wurde ermordet - das habt ihr selbst miterlebt.«

»Und was ist mit Eleonora Gregorius, dem damaligen Löwenmäulchen?«, wollte Franziska wissen.

»Tja«, in einer ratlosen Geste hob der Hauptkommissar die Arme, »die ist und bleibt wie vom Erdboden verschluckt. Wir haben sie zur Fahndung ausgeschrieben, hoffen inständig, sie schnellstmöglich aufspüren zu können. Vor allem auch deshalb, weil sie sich als Hauptakteurin und Hauptschuldige in dieser Geschichte herauskristallisiert.« Charly legte das Blatt auf den Schreibtisch zurück. Sein Blick streifte heimlich die Uhr. Aber vorerst blieb er ruhig. Was immer er vorhatte, es schien noch genügend Zeit bis dahin zu sein. Also fuhr er in seinem Bericht fort.

»Ich glaube, ich kann darauf verzichten, die ganze Vorgeschichte noch einmal zu wiederholen. Wir haben alle Robert Gavels Schilderung gelesen, wissen, was im August 1994 geschehen ist. Es gibt für mich keinen Zweifel, dass sich das Ganze tatsächlich so, wie aufgeschrieben, abgespielt hat. Außerdem, bei ihrer ersten kurzen Vernehmung heute Morgen haben die Festgenommenen den Tathergang in dem von Robert Gavel geschilderten Ablauf bestätigt. Also wollen wir uns jetzt darauf beschränken, Licht in das zu bringen, was in der Zeit danach geschah. Auch hierzu gibt es erste Aussagen der Inhaftierten, die ein grobes Bild ergeben. Ein Bild allerdings – und das ist geradezu unbegreiflich -, das in den folgenden Jahren fast leer bleibt, denn nichts passiert, nicht das Geringste. Niemand taucht auf, der Rumänen vermisst, nichts steht in der Zeitung, nirgendwo kursieren Gerüchte. So unglaublich es klingt, aber ihr einstiges Versprechen, dichtzuhalten, das Vorgefallene nie mehr zu erwähnen, es am besten zu vergessen, haben alle Beteiligten nahezu zwei Jahrzehnte lang nicht gebrochen. Das einzig Bemerkenswerte in diesem Zeitraum war die Hochzeit der Tatbeteiligten Philipp Gavel und Eleonora Gregorius. Daniel Degenhard hat ausgesagt, dass Löwenmäulchen sich ihm gegenüber damit gebrüstet hatte, Philipp mit der Androhung, die Geschichte von damals aufzudecken, in die Ehe gezwungen zu haben. Hier ein Auszug seiner Aussage, vor allem dieser Satz ist bemerkenswert«, wieder hob Charly das Blatt vor die Augen: »‚Löwenmäulchen konnte mit uns machen, was sie wollte, ihr war keiner von uns gewachsen‘.« Charly sah uns über den Rand des Blattes an. »Das liest sich fast wie ein Seufzer nach dem Motto: Diese Frau hatte uns alle in der Hand. Wahrscheinlich ist dieser Satz der Schlüssel zum Verständnis des Weiteren.«

»Also hast du Recht gehabt, Heinrich, Ela hat Philipp erpresst!« Mit einem Schnaufen stieß Franziska die Luft aus. »Mein Gott, was für Frauen es gibt!«

»Es gibt auch andere«, beschwichtigte Gunter die Aufgebrachte. »Meine Christine zum Beispiel ...«

»Hat dich vielleicht genauso in der Hand, nur du merkst es nicht.«

»Aber ...«, wollte Gunter protestieren, wurde aber augenblicklich von seinem Chef unterbrochen.

»Zur Sache!« Charly klopfte demonstrativ auf die Uhr an seinem Handgelenk. »Wir müssen uns kurz fassen, also hört zu. Das Entscheidende, das diese Angelegenheit nach Jahren des Schweigens und Vergessens wieder ins Rollen bringt, ist die Skrupellosigkeit Löwenmäulchens, mit der sie jetzt wieder zu Werke geht. Von Daniel Degenhard, dem wohl von Ela am meisten in ihre Planungen Eingeweihten, haben wir erfahren, dass sie Anfang dieses Jahres riskante und illegale Buchgeschäfte gemacht haben muss. So scheint sie bewusst Fälschungen und Faksimiles als echte Antiquitäten auf den Markt gebracht und verkauft zu haben. Große Summen müssen dabei geflossen sein. Als die Sache aufzufliegen drohte, hat sie den Betreiber des zuständigen Auktionshauses mit einer alten Bettgeschichte zu erpressen versucht. Der aber hat sich von ihr nicht beeindrucken lassen und sie aufgefordert, das unrechtmäßig erworbene Geld binnen kurzer Frist zurückzuzahlen, andernfalls werde er sie anzeigen. Zunächst versucht sie, von ihrem Mann Hilfe zu bekommen. Der aber lässt sie abblitzen, mit ihren Machenschaften will er nichts zu tun haben. Auch ihre Versuche, ihn mit der Geschichte von damals unter Druck zu setzen, fruchten nicht. Philipp weiß, dass seine Frau niemals das warme Nest, das er bietet, aufs Spiel setzen würde. In dieser Zwickmühle erinnert sie sich daran, dass sie einen wohlhabenden Schwager in der Familie hat – schließlich war Robert einmal ein gut dotierter Abteilungsleiter in einem großen Chemiekonzern. Auch wenn sie jahrelang keine Verbindung mehr zu ihm hatte, beschließt sie, ihn zu kontaktieren. Er muss ihr wie ein Engel erschienen sein, der sie aus ihrer Not retten konnte, eine goldene Kuh, die man nur zu melken braucht.

Wir wissen nicht, wie Ela an Robert herangetreten ist. Vielleicht hat sie ihn angerufen, sich mit ihm verabredet – das werden wir möglicherweise erst dann erfahren, wenn wir Eleonora Gregorius gefunden haben und sie befragen können, unter Umständen aber auch schon früher, wenn Robert Gavel wieder in der Verfassung ist, mit uns zu sprechen. Aber was wir kennen, ist das Ergebnis der Kontaktaufnahme Elas zu ihrem Schwager. Daniel Degenhard hat uns erzählt, wie Robert auf Elas Erpressungsversuch reagiert hat.«

»Also hat sie auch Robert gedroht, alles offenzulegen, wenn er sich weigert, auf ihre Forderung einzugehen?«

»Ja, sie wollte Geld von ihm, wahrscheinlich keine kleine Summe. Sie hat ihm zu verstehen gegeben, was sie zu tun gedachte, wenn er ihre Forderung nicht erfüllen würde.«

»Na klar, sie wird ihm gedroht haben, seine Frau über das damals Geschehene zu informieren«, war sich Franziska sicher. »Und wie war Roberts Reaktion?«

»Er hat sie ausgelacht, hat ihr klargemacht, dass sie es war, die etwas zu verlieren hatte, dass sie mit dem Bekanntwerden der Geschichte den Ruin ihres Mannes und den Verlust ihrer gesellschaftlichen Stellung riskierte. Und dann hat er ihr, vielleicht aus einer Position der Überlegenheit heraus, die er demonstrieren wollte, von seiner Niederschrift erzählt, hat erwähnt, dass er das damalige Gemetzel in allen Einzelheiten mit Datum und Namen notiert und den Bericht an einem geheimen Ort in seinem Haus aufbewahrt hat. Damit hätte er fast seinen Tod besiegelt. Die Auswirkung dieser Preisgabe könnt ihr euch vorstellen. Ela, aufgeschreckt und alarmiert, startet sofort den Gegenangriff. Sie informiert die beiden Seelentreuer Mitbeteiligten jener Nacht, Daniel Degenhard und Christian Roth, unterrichtet auch ihren Mann, ohne ihm allerdings etwas von der versuchten Erpressung seines Bruders zu verraten. Sie wird ihm irgendein Märchen aufgetischt haben, wie sie von dem verborgenen Bericht Roberts erfahren hat. Die vier – den fünften, den jetzigen Gladbecker Simon Geerk, hatten sie wegen der räumlichen Entfernung erst gar nicht verständigt - treffen sich mehrfach im Dorf – so erklären sich Philipps Abwesenheiten aus seiner Anwaltspraxis – und beratschlagen, wie sie mit der Gefahr durch Robert und seine Aufzeichnungen umgehen sollen. Daniel hat berichtet, dass Ela von Anfang an auf einer endgültigen Lösung, dem Töten ihres Schwagers also, bestanden hatte. Von den anderen aber wurde eine Beseitigung Roberts rigoros abgelehnt, vor allem Philipp war vehement dagegen. Auch die Leerräumung des Rumänengrabes wurde erwogen, dann aber wieder verworfen. Allen war klar, dass so das Problem nicht gelöst wurde. Roberts Bericht musste verschwinden, das war die Bedrohung, die wie ein Damoklesschwert über ihnen hing. Sie beschlossen, sich die Papiere durch einen Einbruch in das Gavelsche Haus zu besorgen. Ela erbot sich, die Örtlichkeiten und die Umgebung auszukundschaften. Und so kam es zu jener Begegnung Ende Mai in Karlshafen, von der dir Laura Gavel in der »Traube« berichtet hat«, sprach mich Charly an.

Kurz erschien das Bild der Bettlerin vor meinen Augen: Ich sah sie mir gegenüber sitzen, mit dem Kaffeebecher in der Hand, schön und fremd und doch schon bald vertraut unter unserem Gespräch, hatte die ernste Stimme noch im Ohr, wie sie mir von ihrem ersten und einzigen Treffen mit Ela erzählt hatte. Doch dann konzentrierte ich mich wieder auf das, was der Hauptkommissar weiter vortrug.

»Eleonora Gregorius tauchte also, für Robert völlig unerwartet, in seinem Haus auf. An jenem Nachmittag trug sie eine Bücherkiste, die ihr aber lediglich als Tarnung diente. Was konnte unauffälliger wirken als jemand, der mit Büchern auf dem Arm den Antiquar aufsucht. Sie hatte vorher, ohne ihren Namen zu nennen, im Haus Gavel angerufen, sich als eine Kundin angekündigt, die Antiquarisches aus Eschwege bringt – im Nachhinein ein entscheidender Fehler, denn erst die Erwähnung unserer Stadt hat es Laura ermöglicht, ihrer Spur hierher zu folgen.«

»Was hat Ela denn eigentlich in Eschwege gewollt? Immerhin wohnte sie einige Wochen bei den Sieloffs in der Hospitalstraße.«

»Sie war beruflich hier, hatte einen libristischen Auftrag. Ihr hiesiger Aufenthalt hat nicht das Geringste mit der früheren Geschichte zu tun. Umso absurder ihr Lapsus, Eschwege zu erwähnen.« Charly kam auf Elas Auftauchen in Karlshafen zurück. »Der erste Zweck ihres Besuchs in der Gartenstraße war, die Wohnung nach dem möglichen Ort des geheimen Verstecks auszuspähen und sich einen Überblick zu verschaffen, wie man unbemerkt in das Haus gelangen konnte. Was sich genau bei ihrer Begegnung abgespielt hat, werden wir erst erfahren, wenn einer der beiden Teilnehmer dazu aussagt. Ich stelle mir vor, Ela hat Robert provoziert nach der Art: ‚Du hast deine Papiere doch bestimmt hier im Arbeitszimmer versteckt'. Robert könnte ihr verächtlich geantwortet haben: ‚Und wenn, du würdest sie hier niemals finden'. So in etwa dürfte es abgelaufen sein. Ela jedenfalls ist überzeugt, mit Roberts Arbeitszimmer den gesuchten Raum gefunden zu haben. Heimlich öffnet sie die Verriegelung eines der Fenster und bereitet so den späteren Einstieg vor. Dann geht sie daran, den zweiten Zweck ihres Besuchs zu verwirklichen. Unter einem Vorwand, den wir noch nicht kennen, lockt sie Robert aus dem Haus. Dabei kommt ihr entgegen, dass Laura gerade zu Einkäufen in der Stadt unterwegs ist, Roberts Verschwinden also unbemerkt bleibt. Ela veranlasst ihren Schwager, mit ihr zusammen in seinem Auto zu einem Treffpunkt zu fahren, an dem Daniel Degenhard und Christian Roth sie erwarten. Robert wird überwältigt und in einem Transporter nach Seelentreu gebracht. Dort hat man auf Daniel Degenhardts Bauernhof ein Kellerverließ vorbereitet, in das man ihn sperrt. Sein Auto wird unter dem Heu in der Scheune verborgen. Jetzt also ist

Robert erst einmal aus dem Weg, nun kann man sich daran machen, die verfänglichen Papiere in die Hände zu bekommen.«

»Aber das ist ja regelrechtes Kidnapping«, war Franziska außer sich, »die geplante Entführung eines Menschen.«

»Ja, das ist es. Ela ist die Triebfeder, die sich das Ganze ausgedacht und kaltblütig inszeniert hat. Ihre beiden Vasallen sind ihr in allem blind gefolgt.«

»Und ihr Mann?«

»Philipp wurde natürlich nicht an der Aktion beteiligt, wurde nicht einmal davon in Kenntnis gesetzt. Ela war sich darüber im Klaren, dass die brüderlichen Bande trotz des schweren Zerwürfnisses einfach zu stark waren, als dass Philipp mit einem gewaltsamen Vorgehen gegen Robert einverstanden gewesen wäre. Wie recht sie hatte, hat sich ja nur wenig später bestätigt.«

Ich hatte einen Einwand. »Die Entführer müssen sich aber doch sagen, dass ein Verstecken Roberts im Keller nicht unbegrenzt möglich ist. Was, wenn Robert wieder freikommt?«

»Dass Robert jemals freikommt, liegt nicht in Elas Planung. Für sie ist sein späterer Tod beschlossene Sache. Vorerst aber braucht sie ihn noch lebend für den Fall, dass das Versteck im Arbeitszimmer nicht zu finden ist. Robert hat sich natürlich geweigert, das Geheimnis zu verraten. Er weiß, dass sein Wissen, solange er es nicht preisgibt, eine Lebensversicherung für ihn ist.«

Wieder warf Charly einen Blick auf seine Uhr. Nun wurde deutlich, dass ihn das Fortschreiten der Zeiger beunruhigte. Mit einem Ruck hob er den Kopf und führte seinen Bericht zu Ende: »Ela hat herausbekommen, dass Laura Gavel für einige Zeit außer Haus war, nämlich jene Tage, die sie in Eschwege zubrachte. Wie Ela davon Kenntnis bekommen hat, ist unbekannt. Aber da es in der Gartenstraße kein Geheimnis war, dass Frau Gavel verreiste, wird sie es wahrscheinlich vom Postboten oder den Nachbarn erfahren haben. Jedenfalls mobilisiert sie Daniel und Christian, die sich mit ihr und Philipp in Karlshafen treffen. Zu viert steigen sie durch das noch immer unverriegelte Fenster in Roberts Arbeitszimmer.«

Franziska intervenierte: »Aber Philipp muss doch inzwischen erfahren haben - aus der Presse oder auch von der Polizei selbst -, dass sein Bruder verschwunden ist. Hat er denn keinen Verdacht geschöpft, dass etwas faul sein könnte bei der Sache?«

»Es ist anzunehmen, dass Ela ihrem Mann auch hierfür eine plausible Erklärung geliefert hat«, Charly zuckte mit den Achseln. »Genaueres wissen wir noch nicht. Jedenfalls beschließen die vier Eindringlinge, als sie im Arbeitszimmer trotz intensiver Suche nichts finden können, auch in den anderen Räumen nachzusehen. Daniel Degenhard hat erzählt, was dann geschah. Sie waren in der Küche, hatten sich auch dort nach dem Versteck umgeschaut, als Philipp von seiner Frau wissen wollte, warum sie sicher war, dass Robert und Laura nicht unerwartet zurückkommen. »Laura ist für mehrere Tage verreist«, hatte Ela geantwortet.

»Und was ist mit meinem Bruder?«, soll Philipp gefragt haben.

»Robert wird uns nicht stören, dafür haben wir gesorgt.«

Philipp, durch die Worte seiner Frau sensibilisiert, hatte nachgehakt. »Was soll das heißen? Habt ihr vielleicht etwas mit seinem Verschwinden zu tun?«

»Glaubst du, dein Bruder wäre freiwillig aus dem Haus gegangen?«, hatte Ela plötzlich überraschend offen zu ihrem

Mann gesprochen. Möglicherweise war ihr da gerade die Eingebung zu dem gekommen, was sie kurz darauf in die Tat umsetzen sollte: »Wir haben ein bisschen nachgeholfen, haben ihn außer Gefecht gesetzt. Er ist jetzt sicher verwahrt und wird uns nicht in die Quere kommen.« Daniel berichtete, dass Philipp in diesem Moment völlig ausgerastet sei. Er habe getobt und gedroht, sofort aus dem Schweigebündnis auszusteigen und alles damals Geschehene aufzudecken, wenn nicht Robert unverzüglich freigelassen würde. In seiner Rage hatte er nicht bemerkt, dass Ela hinter ihn getreten war - mit der Vase in den erhobenen Händen ...«

»Die umfunktionierte Milchkanne? Aber die soll doch so schwer gewesen sein«, erinnerte sich Franziska. »Kann eine Frau wie Ela die überhaupt heben?«

»Ja, wenn sie den Willen hat, es zu tun, dann schafft sie es. Entschlossenheit setzt ungeahnte Kräfte frei. Und Ela war in diesem Augenblick entschlossen und bereit, ihren Mann zu töten. Möglicherweise hat sie die tat sogar schon vorher geplant. Dafür könnte die Tatsache sprechen, dass sie Roberts Papiere mit sich führt, um sie später dem toten Phillip zuzustecken. Denn vom Tod ihres Mannes verspricht sie sich, an sein Geld heranzukommen, Geld, das sie gerade jetzt so dringend benötigt. Und die Gelegenheit, die sich ihr hier plötzlich auftat, war unwiderstehlich. Also ließ sie die erhobene Vase auf Philipps Kopf heruntersausen. Daniel schilderte, wie entsetzt er und Christian waren, als der Freund früherer Tage blutüberströmt vor ihnen auf dem Boden gelegen und sich nicht mehr geregt hatte. »Er hat uns verraten wollen, er hat den Tod verdient«, war Löwenmäulchens einziger Kommentar gewesen. Sie hatte die völlig verstörten, willenlosen Männer zurück ins Arbeitszimmer geführt, mit ihnen zusammen die Spuren der Durchsuchung beseitigt, dann hatten sie auf demselben Weg, auf dem sie hineingelangt waren, das Haus wieder verlassen.«

Charlys Stimme war belegt, man hörte ihm an, dass selbst ihn, den mit solchen Sachverhalten vertrauten Polizisten, das gerade Geschilderte nicht unberührt gelassen hatte. Auch wir anderen, der Oberkommissar, meine Frau und ich, schwiegen betroffen angesichts der entsetzlichen Tat und der Kaltblütigkeit, mit der sie ausgeführt worden war.

»Mein Gott, dieses Weib!«, stieß Franziska endlich hervor. Es fiel ihr schwer, ihre Empfindungen unter Kontrolle zu halten. »Dass die beiden Männer das alles so mitgemacht haben?«

»Sie waren ihr hörig, das wissen wir. Außerdem, sie waren mit dieser Situation völlig überfordert, hatten überhaupt keine Mittel, alleine damit fertigzuwerden. Also überließen sie sich auch weiter der Führung Elas und taten bedingungslos, was immer sie wollte.«

»Weiß man denn, wer die SMS mit dem Hinweis auf Philipp an Laura Gavels Handy geschickt hat? Vermutlich doch die gleiche Person, die uns anonym die Chronik von Seelentreu zugespielt hat?«

»Ja, das ist anzunehmen. Jemand wollte, dass die Geschichte aufgehalten wurde, möglicherweise jemand aus dem näheren Umfeld der Täter, der das ausufernde Treiben um Robert nicht mehr mittragen wollte. Wahrscheinlich werden wir nie erfahren, wer da sein Gewissen erleichtern wollte.«

»Und wie kam es, dass der Mann aus Seelentreu, der, mit dem Heiner in Roberts Arbeitszimmer zusammentraf, bei diesem zweiten Einbruch so genaue Kenntnisse über den Ort des Verstecks besaß?«

»Ich nehme an, der Antiquar hat letztendlich doch geredet. Die werden schon ihre Methoden gehabt habe, ihn zum Sprechen zu bringen.« Der Hauptkommissar schüttelte sich bei der Vorstellung, was man Robert angetan haben könnte.

Jetzt war es Gunter, den das Fortschreiten der Zeit zu beunruhigen schien. Mit dem Finger beklopfte er das Deckglas seiner Armbanduhr. »Du denkst daran, Charly ...«, erinnerte er seinen Chef.

»Ja, ja«, Karl Montag winkte ab, »ich komme schon zum Schluss. Und dass ich diese Sache vorher noch abschließen muss, das verstehst du doch, Gunter?«

»Natürlich, Charly, das versteht jeder. Ein klarer Schlussstrich – und das war's dann. Also bring es jetzt zu Ende.«

»Viel bleibt ohnehin nicht mehr zu sagen«, nahm der Hauptkommissar noch einmal den Faden auf. »Nach dem Mord an Philipp muss Ela, und durch ihre Vermittlung auch den beiden anderen, sehr schnell klar geworden sein, dass das Umfeld und auch die Vergangenheit Philipps intensiv durchleuchtet werden würden – von der Polizei und auch von den Medien – von eurer Privatinitiative mal ganz zu schweigen, davon wusste Ela ja nichts. Zwangsläufig würde man dann auch irgendwann auf Seelentreu stoßen. Die Möglichkeit, dass dabei das Verließ und der eingeschlossene Robert gefunden werden könnten, bewog Ela, auf die sofortige Eliminierung ihres Schwagers und seine spurlose Beseitigung zu drängen, ja diese geradezu ultimativ zu fordern. Sie selbst musste, darüber war sie sich im Klaren, augenblicklich untertauchen, denn die Ehefrau des Ermordeten war üblicherweise als allererste im Visier der Polizei. Ihr kam entgegen, dass sie als Buchmarktexpertin häufig und über lange Zeiträume hinweg in Sachen Bücher unterwegs war, ihr Abtauchen also zunächst nicht auffallen würde. So übertrug sie ihren beiden Marionetten Daniel und Christian die Aufgabe, Robert unauffällig aus dem Weg zu räumen. Sie selbst setzte sich ab und verschwand mit unbekanntem Ziel. Bis jetzt fehlt jede Spur von ihr.«

Charly stand auf und kam um den Schreibtisch herum, es war augenscheinlich, er war mit seiner Falldarstellung fast am Ende. »Doch was Ela nicht bedacht hatte – Daniel Degenhard und Christian Roth waren keine abgebrühten Ganoven. Bei allem Schlimmen, das sie auf sich geladen hatten, aber das absichtsvolle Töten eines Menschen brachten sie nicht über sich. Und so verfiel Daniel auf die Idee, den gefangenen Robert aus dem eigenen Haus heraus und in das Rumänengrab zu bringen. Durch dieses Aus-dem-Blickfeld-schaffen Roberts glaubten sie, seinen Tod quasi neutralisieren zu können. Immerhin würden sie ihn nun nicht direkt und mit eigenen Händen töten müssen. Also bereiteten sie die Grube vor, betonierten erst die Ketten in den Felsen ein und erneuerten dann die verfaulte Abdeckung. Anschließend schleppten sie den wehrlosen Robert in sein neues Verließ und überantworteten ihn dort seinem Schicksal. Alles Weitere kennt ihr, habt es aus eigener Anschauung gerade erst miterlebt.«

Es war deutlich, Charly hatte vorgetragen, was er sich vorzutragen vorgenommen hatte. Mit der Hand strich er durch die Luft, als wollte er den Schlussstrich sichtbar machen. »Vieles ist natürlich im Detail noch unklar – die zwei Hauptbeteiligten, Eleonora Gregorius und Robert Gavel, haben wir bisher noch nicht befragen können. Doch im Groben ist der Ablauf der Geschichte so, wie ihr ihn gerade gehört habt – so schrecklich und so unbegreiflich, dass man ihn kaum glauben möchte.« Charly seufzte, fuhr sich über die Augen, als wolle er dort die furchtbaren Bilder wegwischen.

Auch wir waren betroffen und schwiegen. Angesicht des Grauens, das gerade vor uns ausgebreitet worden war, fehlten uns die Worte.

Karl Montag griff nach dem Blatt auf seinem Schreibtisch. Noch einmal warf er einen kurzen Blick darauf, dann faltete er es zusammen. »So!«, feierlich öffnete er die Schublade und ließ das Papier hineingleiten. »Das war‘s dann wohl endgültig. Jetzt bin ich bereit.«

»Bereit?« Meine Frau sah mich fragend an, ich zuckte unwissend mit den Schultern. »Dass irgendetwas im Busch ist, das habe ich gleich gemerkt. Einmal eure festliche Verkleidung, die ist schon auffällig – und dann der ständige Blick auf die Uhr und die Besorgnis, ja nicht die Zeit zu verpassen. Was geht hier vor?« Franziska war aufgestanden, erregt hatte sie ein paar Schritte zur Tür hin gemacht. Ob bewusst oder unbewusst – jedenfalls stand sie so, dass sie den Weg aus dem Zimmer versperrte.

Der Hauptkommissar gab sich einen Ruck. Mit der einen Hand drückte er energisch die Schublade zu, die andere fasste seinen Kollegen am Arm. »Komm, Gunter, bringen wir es hinter uns.« Entschlossen nickten sich die Polizeibeamten zu, als müssten sie sich gegenseitig Mut machen. Dann setzten sie sich in Bewegung.

Sanft schob Charly Franziska zur Seite. »Kommt einfach mit. Seid heute Nachmittag unsere Gäste und feiert mit uns.«

Wieder sah mich meine Frau verständnislos an. »Aber was ...?«, rief sie den Kommissaren hinterher. Doch die hatten bereits den Raum verlassen.

Ahnungsvoll nahm ich Franziskas Hand. »Ich glaube, ich weiß, was da los ist. Lass uns sehen, ob ich Recht habe.«

28

Wir folgten den Beamten den Flur entlang, stiegen hinter ihnen die Treppe hinunter und traten durch den rückwärtigen Ausgang auf den Hof. Mit jedem Meter, den wir uns dem flachen Gebäude am anderen Ende des Platzes näherten, wurde der Gang der Polizisten zunehmend würdevoller, die Schritte fester, die Haltung aufrechter. Stumm gingen sie vor uns her. Es war deutlich, Charly und auch Gunter rüsteten sich für das, was ihnen bevorstand.

Ich legte den Finger an die Lippen und machte Franziska ein Zeichen, die beiden nicht in ihrer Sammlung zu stören. Denn dass sie etwas Großes, Bedeutungsvolles erwartete, war augenscheinlich. Von allen Seiten strömten Menschen auf den Flachbau zu, verschwanden in dem weit offenstehenden Flügeltor, über dem das Banner mit dem rotweißgestreiften hessischen Löwen wehte. Würstchenbuden standen am Rand der gepflasterten Fläche, auch zwei, drei Getränkewagen mit aufgeklappten Thekenbrettern sah ich. Der Duft von Gebratenem schwebte über allem und versprach, das einzulösen, was Gunter mir gestern Abend versprochen hatte.

Wir erreichten den Eingang und sahen uns um. Die Halle, wohl sonst der Unterstellort für die Polizeifahrzeuge, war vollgestopft mit Bänken und Tischen, wie sie üblicherweise auf Kirmesen und Schützenfesten zu finden sind. Am Kopf des langen Raumes war ein Podest aufgebaut. Ein hohes Pult in der Mitte mit einem schwarzen Mikrofon verriet, dass mit Ansprachen, Grußworten und Reden zu rechnen war. Fünfzehn, vielleicht auch zwanzig Stühle standen zu einem Halbkreis angeordnet am hinteren Rand der Bühne. Offensichtlich waren musikalische Darbietungen geplant.

Von den Kommissaren war jetzt nichts mehr zu sehen. Gleich nach dem Betreten der Halle hatten sich unsere Wege getrennt, waren Gunter und Charly durch eine Tür hinter dem Bühnenpodest mit einigen ebenfalls feierlich gekleideten Herrn verschwunden.

Also mischten wir uns unter das Publikum, drängten zwischen die Menge und suchten uns einen Platz auf einer der schon dicht besetzten Bänke. Franziska hatte bisher schweigsam das Geschehen ringsum verfolgt und vergeblich zu deuten versucht. Nun aber konnte sie sich nicht mehr zurückhalten, jetzt wollte sie endlich wissen, was der Anlass dieser Inszenierung war.

»Sagen Sie«, beugte sie sich über den Tisch und lächelte den weißhaarigen Herrn ihr gegenüber an. »Wie wird das Ganze denn gleich...?« Sie gab sich den Anschein, als wüsste sie genau, was hier vorging, wollte sich aber vorher noch einmal über den zeitlichen Ablauf vergewissern.

Doch der Senior, dem Aussehen nach ein Veteran aus dem alten Polizeikorps, war wenig empfänglich für ihren Charme. »Natürlich kommt zunächst die Zurruhesetzung, dann erst die Ernennung - ist doch klar!«, schnauzte er und wandte sich ab.

Aber dann kam die Aufklärung von anderer Seite. Hinter uns zwängten sich einige Frauen durch die engen Bankreihen. Ich erkannte Judith Rode, die Bibliothekarin, und auch Frau Biehl, die sich im Vorbeigehen zu uns hinunterbeugte. »Na, sind Sie auch zu Charlys Verabschiedung gekommen?«, fragte sie überflüssigerweise, denn sie sah ja, dass wir anwesend waren.

Also hatte ich Recht mit meiner Vermutung, hatte geahnt, was hier ablaufen könnte.

»Ja, wir sind auch da«, bestätigte ich. »Und was führt die Damen der Bücherei heute hierher?« Fragend sah ich sie an und nickte zu Frau Rode hin, die gerade versuchte, sich noch zwischen die dicht an dicht sitzenden Menschen zu quetschen.

»Charly hat uns eingeladen«, gab Frau Biehl Auskunft, »er ist doch Mitglied in unserem literarischen Zirkel.« Von nebenan machte sich die Bibliothekarin bemerkbar. Es war ihr gelungen, tatsächlich noch zwei Plätze auf der Bank herauszuschinden. »Wir sehen uns später«, eilte Frau Biehl zu ihrer Kollegin und der kostbaren Sitzgelegenheit.

Nun erinnerte ich mich, dass Charly mir von seinem literarischen Abenteuer erzählt hatte. Einmal monatlich trafen sich die Freunde des guten Buches, so empfanden sich die Teilnehmer, in der altehrwürdigen Schlossmühle, dem Sitz der Bücherei. Dort lasen, diskutierten und goutierten sie das geschriebene und gedruckte Wort. Karl Montag war der einzige Mann in diesem Kreis, eine Tatsache, die ihm nichts ausmachte, wie er versichert hatte. Im Gegenteil, er genoss seine Rolle als Hahn im Korb.

»Charly soll also heute verabschiedet und in den Ruhestand versetzt werden«, freute sich meine Frau, endlich zu wissen, was hier zelebriert wurde. »Und an so einem Tag, unmittelbar vor seinem großen Zapfenstreich, nimmt er sich die Zeit für uns, macht sich die Mühe, uns zu informieren?«

»Ich glaube, es war wichtig für Charly – und es entspricht auch seinem Naturell und seiner Berufseinstellung -, dass er diesen Fall weitgehend abgeschlossen und gelöst übergeben kann. Stell dir einen Staatsanwalt vor, der noch vor seinem Plädoyer den Gerichtssaal verlässt, oder einen Schauspieler, der den Schlussmonolog sprechen soll und schon vorher von der Bühne geht.« Ich fasste Franziska um die Schultern und zog sie an mich. Dicht legte ich meinen Mund an ihr Ohr, um nicht gegen den Lärm rings um uns herum anschreien zu müssen. Auch wollte ich ihr in diesem Moment nahe sein, denn es war ja schließlich auch unsere Geschichte, die wir zusammen erlebt und bestanden hatten. »Weißt du, irgendwie habe ich das Gefühl, als hätte jemand Regie in diesem Kriminaltheater geführt. Noch in der Nacht vor Charlys letztem Arbeitstag entwirrt sich das Geschehen, die Verdächtigen werden verhaftet, die Zusammenhänge klären sich auf. Und das Wichtigste für Charly: Er erlebt mit der Errettung Roberts noch eine Wendung zum Guten in dieser entsetzlichen Angelegenheit. Das wird ihm seinen Abgang erleichtern.«

Franziska schmiegte sich eng an mich, es war ihr egal, was die Leute dachten. »Charlys letzter Fall«, sinnierte sie und kam ins Träumen. »Wenn ich daran denke, was wir in den vergangenen Jahren zusammen erlebt haben...« Schulter an Schulter überließen wir uns dem gemeinsamen Erinnern.

Das plötzliche Aufdröhnen des Lautsprechers unterbrach die nostalgische Rückschau. Der Polizeipräsident hatte das Wort ergriffen, die feierliche Zeremonie der Verabschiedung eines, wie er sagte, »bewährten, zuverlässigen Beamten, eines aufrechten Menschen und eines guten Kumpels« nahm seinen Lauf. Während der vielen Lobeshymnen, die von allen Seiten über den künftigen Pensionär ausgegossen wurden, schweiften meine Gedanken, wie auch anders, wieder zu dem ab, was gerade hinter uns lag. Wie spielerisch damals alles begonnen hatte – die Begegnung mit der Bettlerin, die Suche nach Ela, unser geradezu pfadfinderhafter Eifer, ihrem Geheimnis auf die Spur zu kommen. Und dann diese Abgründe, in die wir hatten hineinschauen müssen. Es ist müßig, über die Zufälle nachzugrübeln, die unser Leben in die eine oder andere Richtung lenken. Was wäre aus den jungen Männern geworden, wenn sie nicht in jener Nacht angetrunken über den Berg gegangen wären? Sind wir von Natur aus böse oder machen uns erst die Umstände dazu? Diese alte, ewig unbeantwortete Frage. Mir fielen Roberts Worte ein: ‚Was ist da in uns? Was geschieht mit uns?' Ich hatte darauf noch immer keine Antwort.

Ein Glück, dass Charly vorhin unter Zeitdruck gestanden hatte. So war er gar nicht dazu gekommen, uns, Franziska und mir, die Leviten zu lesen. Jetzt, im Nachhinein, war mir schon bewusst, welcher Gefahr wir uns mit unserer Eigenmächtigkeit ausgesetzt hatten. Viel früher hätte die Polizei über unser Tun und vor allem über das, was wir herausgefunden hatten, unterrichtet werden müssen. Aber vielleicht wäre Charly ja heute an seinem letzten Tag auch versöhnlich gestimmt gewesen, hätte unser selbstherrliches Handeln möglicherweise mit einem Brummen abgetan, wer weiß?

Auf die Bühne kam Bewegung, die Musiker zogen ein. Wie ein funkelnder Sternenhimmel blitzten und spiegelten sich die Lichter in dem glänzenden Metall ihrer Instrumente. Viele der Spieler kannte ich, das Pfarrerehepaar der Kreuzkirche zum Beispiel, sie mit dem Horn, er spielte die Posaune. Auch Pfarrer Miehr war mit von der Partie – und natürlich Friedbert Ruff, der alte Haudegen der Blasmusik, mit seiner Trompete. Es war der Eschweger Posaunenchor, der zu Charlys Ehrentag erschienen war. Ich freute mich auf das Ständchen, das wir gleich zu hören bekommen sollten.

Die Bläser begannen mit beschwingten Klängen – irgendetwas Jazziges, ein Gershwin vielleicht -, dann bekamen wir aber auch besinnliche Stücke zu hören, so am Ende der Darbietung die Komposition eines Traugott Fünfgeld, der den bekannten Choral »Nun danket alle Gott« für Blasorchester bearbeitet und variiert hatte. Charly hatte, davon ging ich aus, sich die Musik selbst aussuchen dürfen. Möglicherweise hatte er diese letzte in dankbarer Erinnerung an einen schönen, heute zu Ende gehenden Lebensabschnitt gewählt.

Aber die Reden waren noch nicht alle gehalten, noch einmal betrat der Polizeipräsident das Podium. »Meine sehr verehrten Damen und Herrn, ich bitte um Ihre Aufmerksamkeit«, verschaffte er sich Gehör. Doch dann staunte ich nicht schlecht – auch Franziska hatte den Mund halboffen -, als Gunter, unser Freund, auf die Bühne zitiert wurde. Gefasst, so schien es, kam der Oberkommissar dem Aufruf des Präsidenten nach und stieg bedächtig die wenigen Stufen zum Podest hinauf. Man sah ihm an, dass er sich in seinem dunklen Anzug nicht wohl fühlte. Ein Händeschütteln folgte, eine Urkunde wechselte den Besitzer, dann die präsidiale Verkündung. »...übertrage ich Ihnen mit dem heutigen Tag in der Nachfolge unseres gerade in den Ruhestand versetzten lieben Kollegen Karl Montag das Amt des Chefermittlers und befördere Sie mit sofortiger Wirkung zum Polizeihauptkommissar.«

Jubel brandete auf, lautstark begrüßten die Anwesenden die Ernennung und den neuen Dienstrang. Die Leute waren aufgestanden, riefen und applaudierten, Freude herrschte rings umher, nicht zuletzt auch deshalb, weil nach dem Ende des offiziellen, förmlichen Teils jetzt das Buffet, wenn man die Buden und Getränkewagen draußen so bezeichnen durfte, eröffnet war. Franziska und ich verblieben auf unseren Plätzen, auch wenn der Duft der gebratenen Würstchen und Steaks verlockend durch das offenen Tor hereindrang. Wir verspürten wenig Lust, uns jetzt in einer Schlange anzustellen.

Schließlich saßen wir allein auf unserer Bank. Die Stille in der nun fast geleerten Halle tat uns gut. Zuviel war geschehen in der letzten Zeit, zu viele Bilder in uns gespeichert, als dass wir jetzt noch viel in uns hätten aufnehmen können.

»Weißt du, dass nicht einmal 24 Stunden seit dem Lesen von Roberts Bericht vergangen sind?«, wandte ich mich an Franziska, »24 Stunden, gerade mal die Spanne eines Tages. Und dann noch mein Abenteuer heute Nacht, dazu Charlys Enthüllungen vorhin – ich glaube, es ist jetzt genug, eine Grenze ist erreicht.«

»Ja, auch ich bin heilfroh, dass nun alles vorbei ist.« Meine Frau nahm mich an der Hand und zog mich hoch. »Verzichten wir auf das Würstchen. Lass uns nach Hause fahren. Ich brauche jetzt viel Ruhe – und viel dich.«

‚Viel dich', auch wenn ich etwas schlucken musste bei dieser unkonventionellen Ausdrucksweise, ich freute mich auf das, was Franziska damit sagen wollte. »Na dann!«, ermunterte ich sie und ging mit ihr zum Ausgang.

Im Tor kam uns der Neupensionär entgegen. Er musste unseren Aufbruch beobachtet haben. »Ihr wollt schon gehen?«, fragte er, zeigte sich aber verständnisvoll. »Ich kann's euch nachempfinden, nach allem, was war. Das muss man erst einmal wegstecken. Damit fertig zu werden, ist nicht leicht.« Mitfühlend legte Charly die Hand auf meine Schulter. Seine Stimme war voller Traurigkeit.

Verwundert über soviel Anteilnahme blickte ich den Freund an. Und dann begriff ich, was in Charly vor sich ging. Er selbst war es, der mit dem nicht fertig wurde, was ihm soeben passiert war. Das Ausscheiden aus dem aktiven Polizeidienst machte ihm augenscheinlich mehr zu schaffen, als er geglaubt hatte.

»Was wirst du denn jetzt tun ohne das hier?«, fragte ich.

Mein Arm umschrieb einen Kreis, umfuhr das Hauptgebäude, die Halle, den Hof und all die Kollegen, die heute zu seinem Abschied gekommen waren.

»Das wird mir fehlen«, Charly seufzte. »Obwohl, langweilen werde ich mich nicht. Das Haus, der Garten, die Eschweger Handballer, dazu mein Job als Stadtverordnetenvorsteher – nein, da gibt's genug zu tun. Langweilig wird mir nicht!« Trotz lag in seinen Worten, aber Aufbruchstimmung und Freude auf die Zeit nach seiner Pensionierung hörten sich anders an. Beinahe verlegen gestand er: »Ich liebe diesen Beruf, war Polizist mit Leib und Seele. Und dann von einem Moment auf den anderen ...«

»Du hast dich doch lange genug darauf vorbereiten können«, wunderte sich Franziska.

»Ja, ja, natürlich – aber wenn dann der Tag kommt ...« Sein Kopf sank herab, ich glaube, er schloss sogar die Augen. Die dramatische Geste der Entsagung war vollkommen.

Ich weiß nicht, ob er mich bewusst dahin bringen wollte, wohin er mich brachte, ob er es gezielt darauf anlegte, dass ich, der tröstende Freund, ihm die helfende Hand hinstreckte. Jedenfalls erreichte er, dass ich ihm ein Angebot machte. »Hör zu, Charly«, sprach ich ihn an und registrierte erleichtert, wie sich unter meinen Worten der Kopf langsam wieder zu heben begann, »du kennst mich, weißt, wie schwer es mir fällt, ungeklärten Sachverhalten aus dem Weg zu gehen. Mehr als einmal hast du mich zurechtgewiesen, wenn ich meine Nase mal wieder in Dinge gesteckt habe, in denen sie nichts zu suchen hatte. Diesbezüglich bin ich ein unverbesserlicher Typ, so eine Art Kater, der das Mausen nicht lassen kann. Glaubst du denn, ich würde in Zukunft stillhalten, wenn ich auf eine interessante, geheimnisvolle Geschichte stoße, würde Däumchen drehen und zusehen, wie andere sich mit der Lösung eines Falles herumquälen? Du hast mir einmal gesagt, ich zöge die Kriminalaffären an wie eine Straßenlaterne im Sommer die Käfer. Wenn dem so ist, dann erwartet uns noch einiges ...«

»Uns?« Nun sah mich Charly wieder direkt an, seine Augen waren jetzt hellwach.

»Ja meinst du etwa, ich verzichte auf den Rat meines kriminalerfahrenen Freundes? Wir beide könnten noch eine ganze Menge bewegen.«

»Wir beide?«

»Ja, wir beide, quasi als Ermittler im Hintergrund – dazu Gunter in seiner amtlichen Position - das wäre wie in alten Zeiten.« Kumpelhaft stieß ich ihm die Faust in die Seite. »Aber eines wäre dann ja wohl selbstverständlich ...«

»Ja, ja«, stimmte Charly eifrig zu, ohne dass es ihn groß zu interessieren schien, von was ich sprach.

»Die Kaffeestückchen in Gunters Dienstzimmer«, stellte ich meine Bedingung, »die gehen dann halbe, halbe.«

Begeistert stimmte Charly zu. »Ist doch klar, jeder von uns bringt eine Tüte mit, das versteht sich doch von selbst.«

»So war das aber nicht gemeint«, versuchte ich einen Protest, gab dann aber auf. »In Gottes Namen, ja, bringt halt jeder eine Tüte mit.«

»Und was ist mit mir?«, meldete sich Franziska, »soll ich etwa zusehen, wie ihr beide alleine ...?«

Ich hob beschwichtigend die Hand. »Nein, nein«, gönnerhaft breitete ich die Arme aus und deklamierte: »Du seist, ich gewähr‘ dir die Bitte, in unserem Bunde die dritte.«

»Fein«, freute sich Charly, »noch eine Tüte mehr.«

Wir winkten ihm zu, als wir auseinander gingen. »Ich ruf dich an, wenn‘s mal wieder soweit ist«, rief ich über die

Schulter. »Ich hoffe, du stehst dann schon in den Startlöchern.«

»Allzeit bereit«, winkte Charly zurück und strahlte.